TEORÍA DEL JUEGO

UN THRILLER DE SUSPENSE Y MISTERIO DE KATERINA CARTER, DETECTIVE PRIVADA

COLLEEN CROSS

Traducido por
CINTA GARCÍA DE LA ROSA

SLICE PUBLISHING

TEORÍA DEL JUEGO

Un thriller de suspense y misterio de Katerina Carter, detective privada

Colleen Tompkins escribiendo como Colleen Cross

Copyright © 2017 por Colleen Cross, Colleen Tompkins

Traducido del original por Cinta García de la Rosa: http://cintagarcia.com

Esto es una obra de ficción. Nombres, personajes, lugares e incidentes, o son producto de la imaginación de la autora o se han usado de modo ficticio, y cualquier parecido con personas actuales, vivas o muertas, establecimientos públicos, acontecimientos o locales es pura coincidencia.

Para más información, vea: http://ColleenCross.com

ISBN ebook : 978-1988272-37-5

ISBN Paperback : 978-1988272-38-2

TEORÍA DEL JUEGO

Lo que el dinero no puede comprar, lo consigue el asesinato.

Alguien está desviando fondos desde el fondo de cobertura de divisas del billonario Zachary Barron. Empeñado en procesar al ladrón con todo el peso de la ley, contrata a Katerina "Kat" Carter, la mejor contable forense en su especialidad, para seguir el rastro del dinero. Ambos se ven sorprendidos cuando lleva al padre de Zachary: Nathan.

Y él solo es la punta del iceberg.

Nathan pertenece a una oscura organización con ramificaciones globales y recursos inimaginables. Ellos ya controlan la industria banquera y la prensa, pero su objetivo definitivo—el colapso del mercado de divisas global y un nuevo orden mundial—pronto estará a su alcance.

Kat podría ser todo lo que se interpone en su camino. ¿Pero por cuánto tiempo?

La organización sabe de su implicación y envía un aviso. Ella sabe que será el último: quienes han intentado frustrar sus planes han encontrado muertes violentas.

Si Kat se aleja y mantiene la boca cerrada, ella estará atemorizada el resto de su vida en un mundo que apenas reconocerá. Ignorar la amenaza la convierte a ella y a todos sus seres queridos en objetivos... o potenciales traidores.

Aún así, como Kat Carter sabe demasiado bien... cuanto mayor es el riesgo, mayor es la recompensa.

Y no se puede dividir la apuesta. Es todo o nada.

¿Quién da más?

Colleen Cross escribe misterios amables y thrillers que harán que sigas pasando las páginas. Suscríbete para recibir su email, el cual envía dos veces al año para informar de nuevos libros, en www.colleencross.com

¡Recibe más lecturas excitantes!

"Si te encantan los thrillers, ¡no te pierdas esta aventura internacional cargada de acción!"

"Un thriller legal cargado de acción al estilo de Michael Connolly y John Grisham..."

ELOGIOS PARA TEORÍA DEL JUEGO

"Si te gusta una buena teoría de la conspiración, te ENCANTARÁ el thriller financiero de Colleen Cross, *Teoría del Juego*. La investigadora de fraudes financieros, Kat Carter, se enfrenta a la muy real posibilidad de una conspiración de orden mundial en este inteligente y absorbente libro, que se relaciona de un modo inolvidable con los actuales climas políticos y económicos globales. ¿Fue creada la crisis económica? ¿Están diseñadas las noticias con las que nos alimentan para moldear nuestras opiniones y acciones? ¿Somos simplemente peones en el juego de otra persona? Empezarás a preguntártelo después de leer *Teoría del Juego*. ¡Te hará pensar y es maravillosamente entretenido!"

—Karen Cantwell, *autora*

"Otro fascinante libro apasionante de Colleen Cross. Cargado de suspense para proporcionar un giro inesperado tras otro, este creíble cuento de fraude global y dominación monetaria te absorbe y no te deja ir nunca. ¡Una lectura inteligente y excitante!"

—Sandra Nikolai, *autora*

Las leyes son como las telas de araña, a través de las cuales pasan las moscas grandes y quedan enredadas las pequeñas.

Honoré de Balzac (1799-1850)

CAPÍTULO 1

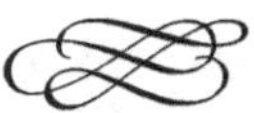

No parecía un hombre a punto de morir. Nunca lo tenían. Parte de la excitación era decidir sus destinos. Simplemente requería un poco de planificación.

–Retrocede. Solo un poco–. Ella le enfocó con su objetivo. Él le doblaba fácilmente la edad, pero estaba sorprendentemente en forma para tener sesenta años. La había seguido sin problemas mientras esquiaban, y luego cuando subieron con raquetas de nieve la empinada Senda de la Cima. La quería en su cama, igual que cualquier otro hombre. Ella había decidido hacía mucho usar eso en provecho propio.

Él dio un paso hacia atrás, acercándose más al bloque de nieve que hacía de cornisa y sobresalía sin apoyo del acantilado. Había tenido cuidado de tomar el acceso oriental para que él no se diera cuenta del peligroso saliente. Su pulso se aceleró cuando anticipó lo que estaba por llegar. Arrendajos grises pasaron volando en reconocimiento, los pequeños pájaros grises volando en círculos mientras se lanzaban para recoger las migas de magdalenas de la mano extendida del hombre.

Era un miércoles por la mañana y el campo estaba desierto.

Otro hombre con raquetas de nieve les había pasado en dirección contraria hacía más de una hora. Estaban solos.

–Sonríe–. Ella acercó la imagen, pulsó el obturador, y sintió una oleada de excitación. La suya sería la última cara que viera, la última voz que escuchara.

Él sonrió mientras cambiaba el peso de su cuerpo y se desabrochaba la chaqueta Gore-Tex. El sol brillaba a través de las nubes bajas, creando extrañas sombras sobre la nieve.

Un segundo más tarde su rostro se contorsionó, confianza sustituida por visible temor. Su boca se abrió mientras sus ojos se demacraban de terror. Era su parte favorita: el cazador era ahora la presa, y su víctima sabía que ella tenía algo que ver con ello.

La comprensión se congeló en su rostro cuando el suelo bajo sus pies se rompió en pedazos, incapaz de soportar su peso. El saliente de nieve se despegó del acantilado, haciéndole precipitarse al valle que estaba doscientos metros más abajo.

Sus gritos resonaron cañón abajo. Luego silencio, excepto por los arrendajos dando vueltas durante unos segundos.

Ella sonrió. Casi demasiado fácil. Ella lanzó la cámara por el borde. Ni balas, ni caos. Ni rastro, a menos que alguien viniera a mirar antes de la siguiente nevada, prevista para que empezara en unas horas. Aún cuando le encontraran antes del deshielo primaveral, parecería un accidente: un turista poco familiarizado con las condiciones de nieve del campo. Lanzó el resto de la magdalena a los pájaros. Se picoteaban entre ellos, luchando por lo que quedaba de las migas.

Igual que ella hizo una vez. Ya no más. Ella conseguiría su parte justa, incluso si tenía que matar por ello.

CAPÍTULO 2

Katerina Carter se removió en la dura silla de plástico y metió las manos debajo de sus muslos. Tenía los dedos de ambas manos cruzados, nudillos machacados contra el implacable asiento. Desafiaba la lógica, pero lo hizo de todos modos. ¿Qué tenía que perder?

El tío Harry encorvado hacia delante junto a ella, codos sobre sus rodillas, preparándose para la siguiente pregunta del doctor McAdam. Su primer mini examen de salud mental había sido hacía seis meses, justo después del accidente. El diagnóstico de la primera fase del Alzheimer significó la pérdida de su carnet de conducir y la independencia que iba con él. Había estado deprimido desde entonces, su memoria empeorando dramáticamente.

La diminuta consulta apenas contenía a los tres. Desde el diagnóstico, el doctor había insistido en que un miembro de la familia le acompañara. Esa era Kat, dado el ataque al corazón de la tía Elsie y su repentina muerte hacía un año.

–¿En qué ciudad estamos, Harry?– El doctor McAdam rodó hacia atrás sobre su taburete mientras esperaba una respuesta.

–Vancouver–. Su tío sacó un pañuelo del bolsillo y se limpió la frente. Una fina película de sudor cubría su frente.

–Bien. ¿Cuál es la dirección de tu casa?

–Fácil… 418 Maple–. Harry estaba radiante.

–Muy bien. ¿Qué año es?

–1989.

–Hmm. ¿Qué mes?

–Junio.

–¿Qué día de la semana?

–Sábado.

Cinco de diciembre, 2012, miércoles. El canal del tiempo finalmente acertó hoy. Aguanieve, con posibilidad de lluvia congelada esta noche.

Kat comprobó su reloj. La mayor parte de la tarde perdida con todo un día de trabajo esperándola en la oficina. Como la mayoría de los días últimamente: planes arruinados, días y semanas completas evaporadas en un instante. Mantener a Harry a salvo, alimentado, y calmado era prácticamente un trabajo a tiempo completo.

–Más vale que se compre un calendario, doctor. ¿Ahora me ayudará a recuperar mi carnet de conducir?

–Tratemos esto primero, Harry–. El doctor McAdam señaló un dibujo. –¿Qué ves en este dibujo?

Harry lanzó una mirada furtiva hacia Kat. –Un reloj.

–¿Y esto? –el doctor McAdam le sonrió.

–Un bolígrafo. ¿Ve? Chupado.

–Ahora algo de aritmética. Empezando desde cien, cuenta hacia atrás restando siete cada vez.

Harry se retorció las manos. –¿Cómo va a hacer esto que recupere mi carnet?

–Simplemente ten paciencia conmigo, Harry–. El doctor McAdam pasó la mirada hacia Kat.

–Tío Harry, relájate. Tómate tu tiempo–. La madre de Kat había fallado un examen similar hacía veinte años, cuando le diagnosticaron Alzheimer por primera vez. Los cambios de humor y la pérdida de memoria eran inconfundibles, incluso para una niña de catorce años.

El padre de Kat había acompañado a su madre a la cita. Poco después las abandonó a las dos para siempre. Fue entonces cuando ella se mudó con los Denton. El Alzheimer era una cruel sentencia de muerte.

Al menos Harry consiguió veinte años más de cordura que su hermana. Alzheimer temprano como el de su madre corría supuestamente en la familia. ¿Había heredado ella el gen? Prefería no saberlo.

–Cien.

Silencio.

–Noventa y tres –Harry arrugó el ceño.

Kat se apretó los dedos cuando su estómago rugió. Los planes para almorzar de Kat habían sido destruidos por un retraso de dos horas para convencer a Harry de que saliera de la casa. Harry ahora tomaba todas sus comidas con Kat y Jace, en parte porque siempre se olvidaba de comer.

–Veintitrés.

Ella liberó una de sus manos y miró de reojo a Harry. No tenía tanta hambre después de todo. De hecho, sentía un poco de náuseas. Harry también se había quejado de calambres en el estómago los últimos días. Debía de ser la gripe que andaba por ahí.

Harry contó hacia atrás hasta tres y se giró para mirar la puerta. Murmuró por lo bajo.

–¿Harry?

–¿Doctor? ¿Hemos terminado ya?

–Todavía no–. El doctor McAdam suspiró y le tendió un lápiz con un portapapeles. –Quiero que dibujes la esfera de un reloj. Luego dibuja las manecillas del reloj marcando las dos menos diez.

Suficientemente fácil. Harry ya no leía ni hacía su crucigrama matinal, pero aún sabía qué hora era. Siempre le reñía a Kat por llegar tarde.

Harry dio golpecitos contra el labio con el lápiz y miró fijamente la página blanca sobre el portapapeles. Despacio, bajó el brazo y empezó a dibujar.

Un tembloroso círculo alargado, pero *era* un círculo.

Kat exhaló.

Harry dejó caer el lápiz sobre el portapapeles y se llevó la mano a la cara. Pasó su dedo índice adelante y atrás contra su labio. Finalmente volvió a coger el lápiz y presionó la punta contra el papel. Una línea. Luego una segunda.

Al revés, marcando las 6:35.

—¿Puedo ahora recuperar mi carnet?

—Harry… ¿te acuerdas de tu accidente de coche? —el doctor McAdam sacó un bolígrafo de su bolsillo. —No puedes recuperar tu permiso de conducir a menos que vuelvas a hacer y apruebes el examen de la autoescuela.

Harry había estrellado su preciado Lincoln de los años 70 contra el escaparate de Carlucci's Pasta House, después de confundir el pedal del acelerador por el del freno. Por suerte el accidente sucedió justo después de que el gentío de la hora del almuerzo se hubiera dispersado. Nadie resultó herido, pero el daño estaba hecho.

Su vida había caído en picado desde entonces. Se había perdido numerosas citas médicas, había acusado a su vecino de robarle, y más recientemente había incendiado su cocina después de que se le olvidara apagar el fogón. Por suerte, Kat había llegado a tiempo de sofocarlo, limitando el daño a una pared ennegrecida. Ella se estremeció al pensar en lo que podría haber pasado.

Harry devolvió el portapapeles a las manos del médico. —¡Un accidente en casi sesenta años! ¿Me retiran el carnet por eso? No es justo. Tengo los reflejos de un treintañero—. Harry hizo un movimiento hacia Kat. —Díselo, Kat.

Kat fingió buscar su móvil en el bolso.

—¿Kat?

—Menos de lo que preocuparse, tío Harry. Yo puedo llevarte a tus citas.

–No quiero que me lleves a los sitios. Soy perfectamente capaz de conducir yo mismo.

–No, no lo eres. Te pierdes y…– Las palabras se derramaron de su boca antes de que pudiera detenerlas. –Solo creo que sería más fácil para ti, eso es todo.

–¿Entonces vosotros dos estáis juntos en esto? Puede que esté jubilado, pero no estoy muerto. Ni soy estúpido–. Se puso rojo y se giró hacia el doctor McAdam. –Dejadme que haga de nuevo el examen práctico.

El doctor McAdam frunció los labios. –No estoy seguro de que sea una buena idea.

–No estás seguro ahí fuera, tío Harry. ¿Y si vuelve a pasar?

–No pasará. Si no me vas a ayudar, bien. Hillary lo hará.

Kat abrió la boca, luego se recompuso antes de responder.

El doctor McAdam frunció el ceño. –¿Hillary?

–La hija de Harry–. Ella se estremeció al pensar en Hillary. Su prima se había desvanecido hacía diez años, poco después de incumplir un préstamo de seis cifras de Harry y Elsie. Ellos se habían negado a adelantarle más dinero. No es que hubieran podido hacerlo, ya que les había limpiado todos los ahorros y les había llevado años recuperarse. Harry claro que hablaba mucho de ella últimamente. El Alzheimer le había desprovisto de los recuerdos recientes y regeneraba los antiguos, como cantos de río erosionados bajo el agua.

El doctor McAdam se puso de pie y pasó las palmas de sus manos sobre su blanca bata de laboratorio. –Tus problemas son mucho mayores que conducir, Harry. Te sugiero que dejes tus asuntos en orden, y pronto. El Alzheimer puede progresar muy rápido.

–¿Alzheimer? Eso es ridículo. Yo no tengo Alzheimer–. Harry saltó de su silla y pasó junto al doctor McAdam. Se giró en la puerta. –Idos al diablo. ¡Los dos!

Abrió la puerta y cerró de un portazo tras él.

El Harry que ella conocía nunca habría hecho eso. Kat contuvo las lágrimas mientras se levantaba. Se sujetó al respaldo de la silla, dominada por el mareo cuando puntos negros oscurecieron su visión.

El doctor McAdam levantó la mano, ignorante de su condición. –Espera… se calmará en la sala de espera. De todos modos deberíamos hablar. ¿Qué más has notado?

La visión de Kat se aclaró y se le pasó el temblor. –Tiene delirios. Habla sobre la tía Elsie como si aún estuviera viva. Cree que unos ocupas se han instalado en su casa y están intentando matarle.

–Típico–. El doctor McAdam escribió algo en su libreta de recetas y se la tendió a Kat. –Haz que se tome estas. Podrían ayudar con las alucinaciones y podrían retrasar el progreso de la enfermedad. También necesitas empezar a explorar ahora opciones para cuidarle, porque la enfermedad requiere gran cantidad de atención y cuidados expertos. Los mejores lugares tienen lista de espera, en las cuales necesitarás apuntarte. Llama a mi consulta mañana y lo arreglaremos para que Harry vea a otro médico.

–¿Un especialista?

Se quedó en la puerta y se miró los zapatos. –No podré continuar viendo a Harry. Con su Alzheimer y todo eso…

–¿Le abandonas como paciente? ¿Justo cuando te necesita más? –Kat tragó el duro nudo en su garganta.

–Es complicado. De todos modos estará mejor con un geriatra.

–Pero ha sido tu paciente durante casi cuarenta años. ¿Cómo va a ser mejor para él ver a un médico al que no conoce?

–No va a importar mucho. Pero recomendaré a alguien… simplemente llámame mañana–. Comprobó su reloj. –Voy un poco retrasado ahora mismo, así que, si me perdonas…

–Pero…

–Buena suerte–. El doctor McAdam cerró la puerta tras él.

Después de cuarenta años, no era el mejor adiós.

CAPÍTULO 3

$\mathcal{L}$a húmeda nieve de la tarde se había convertido en lluvia helada con la caída de la noche. Pinchaba el expuesto rostro y las manos de Kat, y la empapaba a través de sus suelas de cuero. Marcó el número del móvil de Jace, pero le saltó el buzón de voz por enésima vez. ¿Dónde estaba?

Colgó sin dejar otro mensaje. Había sido imprecisa a propósito en su mensaje original, pidiéndole solo que se reuniera con ella delante del edificio médico.

Harry había estado solo en la sala de espera menos de cinco minutos. Ahora estaba desaparecido, y era completamente culpa de ella.

–Kat.

Ella se sobresaltó al oír la voz, apenas audible por encima de la lluvia torrencial.

Jace la saludó con la mano desde media manzana de distancia mientras corría hacia ella. Incluso con su abultada chaqueta de esquí se veía alto y atlético. –Lo siento… estaba fuera atendiendo un aviso. He venido aquí tan pronto como he podido.

La abrazó y la besó. –Esquiador en zona prohibida. Pierna rota.

Tiene suerte de que le encontráramos antes de que empezara la tormenta de nieve. No hubiera sobrevivido nunca a la noche–. Como socorrista voluntario en las montañas North Shore, Jace a menudo recibía avisos para buscar a esquiadores y senderistas perdidos.

Ese mismo sistema climático en la ciudad significaba interminable lluvia torrencial. La lluvia en Vancouver te asfixiaba con sigilo, con una llave que duraba semanas y meses. Lento pero implacable, el clima de la costa oeste te golpea hasta someterte antes de que te des cuenta. Por esa razón había más suicidios aquí.

La lluvia se agitaba diagonalmente como una sábana, mientras el viento se colaba por el túnel creado por las grandes alturas del centro. Kat no podía acordarse... ¿llevaba puesto su tío Harry su gabardina o su chaqueta ligera que no protegía del agua?

Él se echó hacia atrás para mirarla. –¿Qué pasa? ¿Dónde está Harry?

Ella evitó su mirada. –Ido.

–¿Ido? ¿Qué quieres decir con ido?

Ella se soltó de su abrazo y señaló al rascacielos de cemento detrás de ella, el cual albergaba la consulta médica. –Estábamos en su médico. Desapareció de la sala de espera.

Jace no sabía nada del diagnóstico de Alzheimer de Harry hacía seis meses. Acababan de reavivar su romance solo unos meses antes de eso, y ella estaba esperando el momento oportuno para contárselo. Solo que nunca había parecido ser el momento oportuno, y había sido demasiado fácil ocultar la profundidad del problema de Harry: simplemente se espera que los ancianos se vuelvan confusos.

–¿Sigue enfermo? La gripe ya debería habérsele pasado...

Ella cambió de tema. –Lleva desaparecido cuatro horas. No sé me ocurre donde podría estar–. Kat explicó cómo había peinado repetidamente el edificio y las calles circundantes. Había buscado por todas partes. Pero Harry no estaba.

Cuatro horas más tarde no tenía nada que mostrar de su

exhaustiva búsqueda por cuadrículas. Estaba completamente empapada, exhausta, y perdida en cuanto a qué hacer a continuación.

Se puso tensa cuando sintió un retortijón en el estómago. Debía haber pillado la gripe de Harry.

–¿Por qué no mencionaste a Harry en tu mensaje? Podría haber llegado aquí antes. Cuatro horas es mucho tiempo. Podría estar en cualquier parte ahora.

Kat le alejó de un empujón. –¿Crees que tú lo puedes hacer mejor?

Los labios de Jace se fruncieron. –No... solo digo que dos cabezas son mejor que una. Solo implícame antes de que las cosas estén fuera de control.

Ella dio un paso atrás y cruzó los brazos. –Las cosas no están fuera de control. Puedo manejarlo–. Cuanto más tiempo mantuviera a Jace fuera de ello, mejor. Los hombres se marchaban cuando las cosas se volvían incómodas. Como hizo su padre después del diagnóstico de Alzheimer de su madre.

–No, no lo estás manejando en absoluto. Estás hecha un desastre –la tocó en la mejilla. –¿Por qué no me dejas que te ayude?

Jace ya hacía las reparaciones en la casa de Harry, y hacía la compra, y mucho más. ¿Sobreviviría su relación, o la carga de su cuidado la arruinaría hasta no poder repararla?

Se encogió de hombros, no sabiendo qué decir. Jace tenía razón. Simplemente ella nunca había esperado que Harry estuviera fuera de su vista. Especialmente puesto que la cita con el médico había sido la única razón para el viaje. Ahora estaba desaparecido, un error que no podía deshacer.

Él suavizó su voz. –¿Le contaste al médico lo de que está olvidando cosas?

Kat asintió. Jace simplemente pensaba que Harry era olvidadizo.

El interminable manejo de las crisis de los últimos meses la habían agotado, y estaba exhausta por la falta de sueño. Cuidar de

Harry y dirigir a tiempo completo su despacho de investigación de fraudes era imposible. Le preocupaba cometer graves errores en su trabajo. No podía permitirse perder clientes, ni su reputación. Lo que era más importante, no podía perder a Harry.

Kat se metió un mechón de pelo detrás de su oreja mientras se esforzaba por oír a Jace por encima del viento. Silbaba entre las torres rascacielos, las ráfagas aumentando con cada hora que pasaba. Se preocupó cada vez más por Harry. ¿Estaría a salvo?

Kat estudió a Jace. Su calma interna la acogió y la abrazó como un aura. Su firme mirada descansaba en ella como si nadie más existiera. Era lo que más amaba de él. Solo que ahora su rostro estaba teñido de preocupación, a pesar de sus esfuerzos por no demostrarlo.

El doctor McAdam quería que Harry entrara en una residencia de ancianos. Kat se puso furiosa ante la idea. Harry había cuidado de ella; ahora ella necesitaba hacer lo mismo por él. Ella quería aferrarse a él tanto como pudiera. Kat bajó la mirada de los claros ojos azules de Jace y siguió los riachuelos de agua viajando por la parte delantera de su chaqueta impermeable.

–No quise molestarte. Además, estabas trabajando en el plazo de tu historia–. Ella tuvo que elevar la voz para ser oída por encima del viento.

–¿Molestarme? ¿No soy lo suficientemente importante en tu vida como para ser incluido?

–No lo he dicho con ese sentido, Jace. Es solo que yo… yo no sabía qué hacer.

–Aún así deberías haberme llamado–. Jace la abrazó más fuerte. Incluso a través de su chaqueta, sintió la fuerza de su abrazo. La punta de sus dedos recorrieron la curva de su bíceps mientras sus fuertes brazos la rodeaban.

Una cosa más y ella se derrumbaría y se rompería en pequeños trozos. Pedazos demasiado pequeños como para ser recompuestos de nuevo. Rompió el abrazo de Jace. –Lo haré. Pero no podemos desperdiciar más tiempo.

¿A dónde iría ella si la demencia nublara su mente? A casa. Pero el tío Harry no recordaría el camino, y estaba demasiado lejos como para ir andando desde el centro de Vancouver. No es que eso fuera a detenerle. Él no era muy lógico.

—No te enfades conmigo—. Jace dio un paso atrás y se giró. —Solo estoy intentando ayudar.

Ahora ella se sentía incluso peor.

Las farolas arrojaban una fría luz amarilla sobre Jace cuando la miró con los brazos cruzados.

Gore-tex y Timberlands, preparado para cualquier cosa, siempre bajo control. Ella sintió una punzada de resentimiento, aunque estaba agradecida. Nadie más lo dejaba todo cuando ella necesitaba ayuda.

—Lo siento —dijo ella. —Estoy agotada. Mañana es la vista Barron y no estoy preparada—. El futuro patrimonio neto de Zachary Barron recaía enteramente sobre ella.

Los contables forenses como Kat se especializaban en detección de fraudes y en descubrir bienes ocultos. O, en casos de divorcio de alto patrimonio neto como el suyo, en proporcionar evaluaciones y testimonio experto. Una desagradable batalla por el divorcio, un magnate de fondos de cobertura con la mecha corta, imposibles expectativas, y millones en juego no dejaban lugar para errores.

—Estarás bien.

—No lo sé… aún me quedan horas de trabajo que hacer—. Si las cosas iban mal, Zachary Barron podía arruinar su reputación con una llamada telefónica. Si, por otro lado, ganase… la publicidad no tendría precio.

—Saldrá bien.

Siempre era así para Jace. Su mente se deslizó de vuelta a la consulta del médico. ¿Y si Harry estaba herido en alguna parte? ¿O peor? Ella le contaría a Jace lo del Alzheimer… una vez que Harry estuviera sano y salvo. Ella hizo una mueca cuando otro retortijón se apoderó de su estómago.

–¿Kat?

–¿Ajá?

–He dicho que sí… vamos a la casa. Pero deberíamos llamar a la policía primero. Ellos serán mucho más efectivos que nosotros dos a pie. Sé que no quieres…

Harry había estado llamando a la policía al menos dos veces a la semana últimamente por imaginarios ladrones y allanamientos de morada. No todos los policías eran compasivos cuando llamaba por lo que inevitablemente resultaba ser las ilusiones de un anciano, una falsa alarma. Harry quería seguir viviendo en su casa, y siempre y cuando Kat le echara un ojo, se imaginó que estaría a salvo. Hasta ahora. Las cosas estaban resultando mucho peor, más rápido de lo que se imaginó nunca.

–No… está bien. Llámales.

Jace marcó los números en su teléfono móvil mientras andábamos a zancadas hacia el garaje subterráneo.

Kat volvió a comprobar su reloj mientras bajaban la rampa. La vista era en menos de once horas.

Cuando giraron la esquina hacia el primer nivel del aparcamiento, el fulgor de las brillantes luces fluorescentes proyectaron sombras sobre las paredes de cemento gris.

Luego le vio. En la esquina más alejada, una figura acurrucada en posición fetal. Les miró, su espalda acunada contra la esquina donde dos paredes se encontraban. Su torso estaba parcialmente cubierto por un trozo de cartón. No podía estar segura, pero parecía que llevaba puesta una chaqueta gris.

–¿Tío Harry?– Ella echó a correr.

El hombre se incorporó y retiró el cartón. Él sonrió.

Era Harry.

Kat alargó la mano hacia él y le ayudó a levantarse.

–¿Podemos irnos a casa ahora? –dijo Harry sin perder un minuto.

CAPÍTULO 4

El juez bostezó mientras Kat terminaba su testimonio. Mala señal. El análisis financiero era a menudo la diferencia entre dinero caído del cielo y la completa ruina financiera en divorcios notorios. Como contable forense, ella sabía que siempre era un juego de números. Altos riesgos se decidían con el rasgar del bolígrafo de un juez. En este caso, un juez aburrido.

No importaba lo a menudo que Kat proporcionara testimonio experto, ella siempre se ponía nerviosa. Y se sentía personalmente responsable si las cosas se torcían para sus clientes. El caso de Zachary Barron no era diferente. Ella se maldijo por su falta de preparación. Ella no estaba en forma. Si perdiera un caso tan importante, ella arruinaría su reputación y quizás incluso su negocio. Era lo último que podía permitirse. Ella necesitaba dinero más que nunca para el cuidado de Harry, y ella no podía estropearlo por falta de sueño.

Los ojos de Zachary Barron se clavaron en los de ella. ¿Por qué la estaba mirando su cliente así? ¿Se había perdido algo? ¿Había dicho algo mal? No. Tenía que dejar de dudar de si misma.

Finalmente Zachary desvió la mirada.

Ella exhaló. *Relájate.*

En el juzgado solo diez minutos y las cosas ya estaban fuera de control.

—Parece que se ha olvidado varios ceros en su calculadora, señorita Carter.

Kat casi esperaba que Connor Whitehall le guiñara el ojo como si ella acabara de realizar un truco barato; un abogado canoso castigando a una testigo experto mucho más joven. Su aspecto de envejecido presentador de noticias, trajes caros, y los más de treinta años que le llevaba a ella creaban una impresión poderosa. Una impresión que él usaba para desacreditarla.

—No se me ha olvidado nada—. Kat intentó no sonar a la defensiva. Juntó sus manos mientras estaba allí sentada en el estrado. La sala del juzgado estaba vacía, salvo por los contendientes esposos Barron y sus abogados. Victoria y Zachary Barron se sentaban en lados opuestos del juzgado, estudiosamente evitando el contacto ocular.

Whitehall sacudió la cabeza. Mudó su mirada hacia el juez y se dirigió hacia él. La cabeza del juez se levantó con una sacudida de lo que fuera que estuviera leyendo cuando el sonido de las pisadas de Whitehall llenaron el silencioso juzgado.

Kat pensaba que les había visto intercambiar una mirada. El juez probablemente también pensaba que ella era estúpida. Quizás era por eso por lo que no estaba escuchando.

¿Y si ella había cometido ese error? Con menos de tres horas de sueño y sin tiempo para un ensayo esta mañana, ella apenas estaba en plena forma. Había vuelto a llevarse a tío Harry con ella al juzgado, habiéndose quedado sin opciones. Dejarse solo en casa era demasiado arriesgado. Estaba convencido de que unos ocupas en su casa estaban intentando matarle. Esta vez ella le había aparcado en la cafetería del vestíbulo y sobornó a la camarera para que le vigilara. Se sentía culpable por ello, pero ella había agotado todas las demás alternativas.

Ella no había olvidado nada, se aseguró. Whitehall simplemente estaba usando trucos de abogado viejo para hacer que se derrumbara. Ella era la única contable forense en el tribunal, y la única experta en fraudes cualificada. Aún así, rastrear los bienes de un magnate nunca estaba claro.

–¡Se le han olvidado cientos de millones de dólares!– Whitehall se giró en redondo mientras las comisuras de su boca se elevaban para formar una sonrisa burlona. –¿Y usted se llama contable forense?

Whitehall hizo una pausa antes de volver hacia donde Kat estaba sentada en el estrado. Se inclinó hacia delante, exhalando aliento a café en su espacio personal. Kat contuvo el aliento. ¿Por qué se sentía como si fuera a quien estaban juzgando?

–¡Protesto!– El abogado de Zachary Barron saltó a la acción. Por fin. Kat se sentía como si la hubieran abandonado ante los lobos, o peor, ante un abogado depredador.

–Se acepta–. La voz del juez estaba desprovista de emoción mientras comprobaba su reloj. Contando los minutos hasta la hora del almuerzo.

Los divorcios sacaban lo peor de la gente, más que el fraude criminal, los delitos de guante blanco, o cualquier otra cosa. Pero estas pequeñas guerras eran el sustento de su consulta de contabilidad forense, proporcionando un constante flujo de dinero.

Por una vez estaba del lado del cliente con dinero. Él pagaría su factura a tiempo y por completo. En sus semanas de trabajo de campo, ella había identificado todos los bienes, verificado las tasaciones, las valoraciones, y los títulos legales, e incluso había desvelado varias sorpresas. Simplemente tenía que seguir y todo habría terminado en veinte minutos.

Kat echó un vistazo a su cliente. Zachary Barron estaba sentado con la cabeza baja mientras escribía con el pulgar un mensaje en su teléfono. Estaba en la treintena, como ella, pero con más dinero del que ella vería en toda una vida. Potencialmente podía perder la mayor parte de su dinero en los próximos diez minutos si

Whitehall se salía con la suya. Había mucho en juego, y aún así trataba la vista como una distracción. Ella, por otro lado, estaba empezando a sudar, y ni siquiera era su dinero.

—¿Señorita Carter? —preguntó Whitehall.

—¿Me está haciendo una pregunta?

—Sí, le estoy haciendo una pregunta. Estoy disputando la tasación que usted ha asignado a los bienes matrimoniales.

—Eso no suena a pregunta— Kat le devolvió la mirada a Whitehall con su mejor expresión de asombro y consternación. *Descarada, quizás, pero dos pueden jugar al mismo juego.*

—¡Señorita Carter! Esto no es un juego. Ha valorado los bienes matrimoniales en treinta millones. ¿Por qué ha excluido el negocio familiar?— Golpeó su bolígrafo contra su prueba, un poco más fuerte de lo necesario para marcar sus palabras.

Bien. Finalmente había conseguido enfurecer a Whitehall.

Incluso Zachary levantó la mirada del informe que estaba leyendo y sonrió. De una cosa estaba segura: si ella tuviera millones en juego, estaba totalmente segura de que no estaría poniéndose al día con papeleos de oficina.

Victoria Barron, la ex mujer de Zachary, ex directora financiera a tiempo parcial, y anuncio viviente de cirugía plástica, estaba sentada en la mesa opuesta, cruzando y descruzando las piernas. Su expresión permanecía impasible, excepto por una ligera sonrisa siempre presente. Kat concluyó que era una consecuencia de demasiada cirugía plástica.

—¿Puedo? —preguntó Kat.

Se levantó de su asiento y caminó hacia el caballete que sostenía su prueba de los bienes de Barron. Kat enfocó su puntero láser sobre el lado de Zachary de la gráfica de organización financiera.

Sobre Inversiones Edgewater.

Era complicado. Compañías operadora, holdings empresariales, y cuentas en paraísos fiscales. Zachary había tenido cuidado de mantener muy pocas cosas a su nombre. Ella se pasó los siguientes diez minutos explicando la compleja red de acuerdos y relaciones entre las entidades.

Whitehall elevó las cejas, luego se alejó y se dejó caer en la silla junto a Victoria Barron. Él se cruzó de brazos y le dedicó a Kat una mirada de desdén.

Ella le devolvió la sonrisa. –¿Puedo continuar?

Él la miró con rabia.

Victoria Barron, la casi ex mujer florero de Zachary, estaba apuntando, no solo a la mitad de los bienes matrimoniales, sino también a la mitad del negocio de Zachary. Cien millones cabalgaban sobre la interpretación de Kat de lo que estaba o no estaba incluido en bienes matrimoniales. Pero Zachary tenía un acuerdo pre-matrimonial.

–Inversiones Edgewater es el negocio del señor Barron. Ciertamente no es una propiedad comunitaria, así que lo he excluido de los bienes matrimoniales a repartir–. Ella recorrió con el puntero por encima del recuadro de Edgewater, hasta otros dos recuadros, ambos conteniendo compañías. Una era propiedad de Zachary Barron, la otra pertenecía a su padre, Nathan Barron.

–No es cierto. Mi cliente tiene derecho a la mitad de eso.

–Si ese fuera el caso, deberíamos aplicarle la misma lógica al negocio de la señora Barron.

–Eso es hipotético –dijo burlón. –Ella no tiene un negocio.

En realidad, ella se dedicaba al negocio de casarse. Y el matrimonio número tres estaba a punto de acabar. –¿Está seguro de eso? –preguntó Kat.

–¡Por supuesto que estoy seguro!– Whitehall se levantó de un salto de su asiento y marchó hacia ella. –Y soy yo quien hace las preguntas, no usted.

–En realidad debería hablar con su cliente. Según mis registros, ella tiene considerables inversiones, así como unos saludables ingresos. ¿No le ha contado nada de ello?

Whitehall retrocedió, obviamente sorprendido. Le lanzó una mirada furiosa a Victoria Barron. Sus ojos se abrieron mucho y su boca se abrió formando una perfectamente redonda O de Botox.

Kat pasó a un segundo gráfico y explicó los detalles del ganador vino de Victoria Barron y sus inversiones inmobiliarias, tratos de promociones del reality show de cirugía plástica, y un reciente trato para una fragancia con una compañía cosmética. Ella lo había escondido bien, con los beneficios canalizados hacia compañías en un paraíso fiscal de las islas Caimán. Pero una hoja de cálculo era un arma mortal en manos de una buena contable forense.

–Eso no son inversiones –se burló Whitehall. –Son propiedades personales.

Kat miró a Victoria. Sus hombros perfectamente esculpidos caídos y sus ojos cerrados momentáneamente. –Unas cuantas botellas de vino, quizás. Pero ella consiguió unos beneficios de doscientos mil dólares el año pasado, solo con sus inversiones vinícolas. Y su cartera de valores inmobiliarios tiene ocho cifras. Pues vaya afición–. Su análisis había disipado el mito de la esposa dependiente; ahora dependía de la decisión del juez.

–Apenas puede compararse a cien millones–. El tono de Whitehall era plano y derrotado.

–¿Qué más no nos está contando ella?– Kat se giró para sonreírle al juez, pero su cabeza estaba gacha, leyendo el periódico que Kat había visto antes. Él lo había escondido debajo de un fichero a un lado de su escritorio.

Whitehall se ruborizó mientras volvía a su asiento sin decir nada. Improvisando, probablemente suponiendo que nunca sería cuestionado. Desprevenido. Ella le tenía y él lo sabía.

–Eso es solo una de las docenas de ventas que ha tenido durante el último año. ¿O no se lo contó?

Su cara enrojeció hasta adquirir un profundo tono escarlata. Incluso a diez metros de distancia, Kat vio sus nudillos ponerse blancos mientras los clavaba en la desgastada mesa de roble.

Silencio.

–¿Por qué no se lo pregunta a ella usted mismo? –Kat señaló con su bolígrafo. –Como puede ver aquí, en realidad ella le debe dinero al señor Barron, en vez de al revés.

No hubo respuesta.

Zachary se removió.

Kat sintió su rostro ruborizarse. ¿Había llevado las cosas demasiado lejos?

–De ninguna manera, señorita Carter. Sus números son falsos.

Kat respiró hondo y pasó a su gráfico final. Estaba a punto de explicar por qué Whitehall se equivocaba cuando las puertas de la sala del tribunal se abrieron de par en par con un portazo. Ella levantó la mirada, asombrada.

–¡Kat!

Tío Harry estaba en la puerta y sacudía sus llaves.

–¡Tienes que ayudarme! He perdido el Lincoln.

Tío Harry... de nuevo olvidando el accidente.

Kat hizo gestos para que Harry se sentara. Los jueces eran impredecibles. Esto era exactamente el tipo de cosa que podría voltear las cartas contra su cliente.

Tío Harry lanzó sus manos al aire con un ademán exagerado, pero luego se derrumbó en un asiento de la segunda fila. Ella esperaba que pudiera permanecer en silencio durante los siguientes minutos.

–¿Un amigo suyo? –Whitehall levantó las cejas.

Kat le ignoró.

La voz de Harry volvió a elevarse, un resultado desafortunado de la acústica de la sala.

–¡Malditas grúas! ¿Por qué no pueden dejar una nota o un número de teléfono o algo?

El juez hizo un gesto al alguacil de pie en el fondo de la sala.

–Señoría, lo siento. Deme un minuto, por favor–. Si ella no lo había jorobado ya, seguramente lo había hecho ahora. Fue a zancadas hacia Harry lo más rápido posible sin echar a correr.

–¿Dónde, tío Harry? ¿En la acera? –susurró Kat mientras le

daba palmaditas en el brazo. –Diez minutos más. Entonces buscaremos tu coche–. El Lincoln estaba aparcado a salvo en el garaje de Harry. Ella había desconectado el pulsador de la puerta del garaje como precaución añadida, ya que él se negaba a apartarse de sus llaves del coche.

–Al menos podrían llamarme–. Hizo un puchero y se cruzó de brazos.

Whitehall se giró para encarar al juez. –Señoría, ¿de verdad necesitamos oír más?

–No, consejero, no creo que haga falta.

Whitehall se regodeó.

Kat regresó al estrado. Le echó un vistazo a Victoria Barron, quien estaba sonriéndole a un espejo de mano, comprobando su maquillaje.

La sonrisa de Victoria se desvaneció cuando el juez habló.

–Juzgamos que los tres millones en bienes matrimoniales sean divididos en partes iguales. Caso cerrado.

Zachary Barron cerró su archivo de un golpe y se enderezó, de repente prestando toda su atención. Como si alguien hubiera encendido un interruptor.

Kat debería haberse sentido bien, pero los casos de divorcio siempre la desanimaban. ¿Cómo podían enamorarse dos personas, y luego odiarse al cabo de tres años? El dinero sacaba lo peor de las personas. Morirían por él, mentirían por él, e incluso matarían por él. Ella lo había visto innumerables veces en su línea de trabajo.

Era por eso por lo que nunca se casaría. Ni siquiera con Jace, a pesar de su proposición. Ellos habían discutido acaloradamente sobre ello, e incluso rompieron por ello hacía dos años. Habían estado tanteando el terreno como pareja de nuevo durante el último año, y ella no iba a estropearlo casándose.

Metió sus papeles en su maletín y se dirigió directamente hacia Harry.

–Vamos fuera–. Enlazó su brazo con el de su tío y le dirigió hacia el vestíbulo. Era la segunda vez hoy que Harry pensaba que había perdido su Lincoln. –Tío Harry… quizás es hora de que tú…

Harry levantó el brazo en protesta.

–¿Quieres parar, Kat? Conducir es mi derecho divino. Conduzco mejor que todos esos otros paletos en la carretera. Ellos son los que crean problemas.

–Conducir es un privilegio y una comodidad. Pero cuando nos hacemos mayores, a veces es mejor ser…

–¡No uses ese tono de "nosotros" conmigo, jovencita! ¡Puede que sea viejo, pero no seré tratado con condescendencia!

El tono elevado de Harry resonó en el cavernoso vestíbulo de mármol. Grupos de abogados, alguaciles, y otros se giraron y miraron fijamente, la mayoría dedicándoles miradas sospechosas.

–No te enfades, tío Harry. Solo estoy preocupada por ti.

–Lo sé –su voz se rompió. –Pero es frustrante. ¿Qué me está pasando, Kat?

Harry se pasó una mano por su calva cabeza.

–Está bien, tío Harry–. Kat le tocó el brazo. –Solo has estado ocupado. Todos nos olvidamos algunas veces.

El inesperado ataque al corazón de la tía Elsie justo después del caso de las minas de diamantes Liberty había golpeado a Harry con dureza. El doctor McAdam se imaginaba que el estrés aceleró el declive de su salud mental. Ahora Kat era su única familia. Lo que pudiera venir a continuación en el viaje de la demencia también la asustaba.

–Es más fácil coger el autobús. Así no hay que preocuparse del coche o las multas de aparcamiento–. Kat le apretó la mano. –Yo puedo llevarte a donde quiera que necesites ir.

–¿Después de que lanzaras tu coche al río Fraser el año pasado? –Harry retiró su mano. –No, gracias.

Su memoria a largo plazo aún seguía estando notablemente intacta.

–Kat… espera.

Kat se giró en redondo. Zachary Barron emergió de la multitud y marchó hacia ella. La gente se apartaba a cada lado, abriendo un camino para él como si fuera de la realeza. Un hombre pulcro con un traje Ermenegildo Zegna susurraba éxito y poder. El viaje de Kat cogida del brazo de Harry hacía un minuto había sido más una batalla, mientras daba codazos y zigzagueaba entre la multitud.

Era imposible que Zachary estuviera enfadado por el acuerdo. ¿O podía estarlo? Ahórrale a un cliente cien millones y aún encontrarán algo de lo que quejarse. Y él todavía no había visto su factura.

–¿Kat? Necesitamos hablar.

–Claro. ¿Te das cuenta de que has conseguido un muy buen resultado? Es difícil…

–No se trata del divorcio–. Miró alrededor para ver quién podría oírles, luego se inclinó más cerca. –Tú investigas fraudes, ¿verdad?

–Sí, por supuesto–. Fraude corporativo y divorcios eran dos grandes áreas de su consulta de contabilidad forense. Pero Harry estaba agitado; tenía que calmarle y distraerle de su Lincoln.

Harry. Kat se giró en redondo, pero se había desvanecido. La multitud de la hora de comer se había tragado el camino de Harry. Sus ojos buscaron entre la muchedumbre, un puzle a tamaño real de "¿Dónde está Wally?" Nada. Una oleada de pánico la embargó. ¿Cómo podría encontrar a un octogenario bajito y calvo en el mar de personas?

Le vio por el rabillo del ojo. Un destello de pelo gris, una gabardina beige. Harry –o al menos alguien que se parecía a Harry– desapareció al volver la esquina.

–Zachary… ¿puedo llamarte más tarde esta tarde? Me acaba de surgir algo.

Ella pulsó la llamada rápida de su móvil, intentando llamar al tío Harry y hacerle volver. Aún cuando tuviera su teléfono, probablemente no contestaría, pero merecía la pena intentarlo.

—Es urgente —dijo Zachary. —Iré a tu despacho esta tarde. A las dos en punto.

Era más una orden que una pregunta. Kat levantó la vista de su teléfono móvil para protestar, pero Zachary Barron se había marchado.

CAPÍTULO 5

Kat y Harry picotearon de los restos de la comida china que ella había pedido después de encontrar a Harry en los escalones del juzgado dos horas antes. La comida pareció asentarle el estómago, y sentaba bien estar finalmente de vuelta en Carter & Asociados después del drama en el juzgado esta mañana. Las paredes centenarias de ladrillos de su despacho no soportarían un fuerte terremoto, pero hoy les parecía una fortaleza. El sospechoso vecindario y los muebles rústicos les parecían cómodos, especialmente con su tío finalmente sano y salvo.

–Ella ha vuelto, Kat. Es como si nunca se hubiera ido–. Los ojos de Harry brillaban mientras hablaba.

El regreso de Hillary era uno de los desvaríos de Harry que Kat no podía soportar.

Se estremeció mientras recordaba su primera semana viviendo con los Denton. Ella había llegado a casa desde el colegio para encontrar a Hillary junto a la chimenea, sonriendo. Se quedó delante del rugiente fuego, las fotografías de Kat en una mano mientras animaba a Kat a acercarse con la otra. Luego las dejó caer en las llamas, una a una. Las fotos de su madre desaparecidas para siempre. Todo lo que le quedaban eran recuerdos, y esos se desvanecían más con cada año que pasaba.

–¿De verdad? –le siguió la corriente Kat. A pesar de sus sentimientos, recordarle a Harry que no era cierto solo causaría angustia mental. Nadie quería saber que estaban perdiendo la cabeza.

–Sí. Genial, ¿verdad?

Kat alargó la mano para coger un segundo rollito de primavera.
–¿Cuándo volvió?

–Hace un rato. Se está mudando de vuelta a casa. Ojalá Elsie estuviera aquí para verla. Ella estaría muy orgullosa.

Harry se encargaba de la recepción mientras Kat se sentaba con las piernas cruzadas en el sofá, sintiéndose más relajada después de una rápida carrera. Ella había llevado una cinta de correr al despacho vacío para poder seguir encajando algo de ejercicio a su rutina a pesar de tener vigilado a su tío.

–¿Orgullosa?– ¿Orgullosa de que su hija tuviera la caradura de aparecer después de lo que hizo?

–Tiene un nuevo trabajo.

–¿Haciendo qué?– Hillary nunca había trabajado ni un solo día en su vida. A menos que contaras engañar y manipular a la gente para sacarle el dinero como una carrera. Ella había convencido a Harry y a Elsie para que le prestaran todos sus ahorros para la jubilación, prometiendo devolvérselo. Nunca volvieron a saber nada de ella. Algunas cosas era mejor olvidarlas.

–No me acuerdo. Pero es algo realmente importante.

–Estoy segura de que es así –dijo Kat. Si no lo fuera, Hillary se daría prisa en embellecerlo o, más probablemente, en inventarse todo el asunto.

–Y está deseando volver a estar en contacto contigo.

Kat sintió una puñalada de temor. Nada con respecto a Hillary venía sin un precio. Pero eso era una idiotez; Hillary ahora solo existía en la imaginación de Harry.

–¿Almuerzo de trabajo?

Kat se puso alerta ante la voz del hombre. Ella no esperaba a nadie hasta dentro de otra hora.

Zachary Barron estaba en la puerta, mirándola fijamente. Ella se sintió consciente de repente del aspecto que tenía: ralo cabello caoba, sudor seco sobre su rostro por la carrera. Si se acercaba más, él olería su húmeda y apestosa ropa de correr. Masticó un bocado de Chow Mein tan rápido como pudo, y entonces Harry la rescató.

Harry salió de detrás del mostrador de recepción, sorprendentemente rápido para un octogenario.

–Creo que no nos conocemos. Soy Harry Denton, el socio de Kat.

Harry alargó su mano. Zachary se la estrechó y tuvo la gracia de no mencionar su anterior encuentro ese mismo día.

La placa sobre la puerta de la oficina leía Carter & Asociados, pero en realidad Kat había estado sin socios desde que abriera el despacho hacía dos años. De todos modos, tío Harry siempre había buscado excusas para venir, así que Kat lo había hecho oficial.

Al menos su presencia en la oficina le permitía tenerle vigilado, algo que era importante desde que él hubiera perdido el interés por todo y por todos. Sus compañeros en la pista de curling barrían el hielo sin él ahora, y mala hierba era todo lo que crecía en su otrora bien cuidado jardín.

Mientras su tiempo juntos aumentaba, ella se volvió completamente consciente de su decadente estado mental. Sin importar qué, ella disfrutaba teniéndole en la oficina y se imaginó que el contacto con la gente era bueno para él.

–Mmm, lo siento–. Kat tragó un bocado de fideos. Se puso de pie y se limpió las manos en sus pantalones cortos. –Normalmente no…

–No hay necesidad de explicaciones. Esto será rápido.

Riquezas rápidas, matrimonios rápidos, divorcios rápidos. ¿Había algún otro modo con Zachary Barron?

–¿No dijiste a las dos en punto?

–En realidad no acudo a citas. ¿Podemos hablar o no? – preguntó Zachary.

CAPÍTULO 6

Zachary Barron se sentó en el borde del sillón de cuero al otro lado del escritorio de Kat, su traje de diseño y corbata en contraste con la desgastada decoración chic de su despacho. Él pareció ignorante a los muebles y a la vista del millón de dólares del exterior.

Las ventanas del despacho de Kat enmarcaban una vista del puerto de Vancouver, espectacular incluso bajo la lluvia. Los muelles estaban desiertos, sin embargo. Los gigantescos barcos de cruceros que surcaban el Alaska Inside Passage se habían marchado para la temporada. Las únicas actividades marinas hoy eran una docena de gordas gaviotas buscando comida.

Zachary se inclinó hacia delante, sus codos sobre el escritorio de Kat. –Quiero que investigues a mi socio.

–¿Tu socio? Pero, ¿no es tu...?

La boca de Zachary se endureció al fruncirla. –Nathan Barron. Sí, es mi padre. Eso no le convierte en menos capaz de cometer fraude.

–Él fundó Edgewater–. Kat conocía la enredada red de compañías interrelacionadas de padre e hijo por los procedimientos del divorcio de Zachary.

–Hace veinte años. Pero la compañía que empezó no es nada a lo que Edgewater es hoy. Por aquel entonces solo eran pequeñas transacciones, principalmente sobras que sus compañeros de universidad le lanzaron. Y el negocio se estaba secando.

–¿Qué cambió?

–Hace diez años me uní a la compañía. Convertí Edgewater en lo que es hoy.

Modesto no era. –¿Y cómo?

Zachary se reclinó hacia atrás y enderezó su corbata. –Mi patentado modelo de comercio convirtió Edgewater en el segundo mayor fondo de cobertura mundial. Los resultados económicos señalan a nuestro éxito, pero ¿dónde está el dinero? Tuve problemas para cerrar una transacción la semana pasada. El banco dijo que no teníamos suficiente dinero. ¿Cómo puede ser?

–¿Quizás es un tema de tiempo?

–De ninguna manera. Para un fondo de cobertura multibillonario, nuestro negocio es muy sencillo. Compramos y vendemos divisa usando mi modelo patentado. Las transacciones se cierran unos días más tarde, y las tasas de correduría se pagan como parte del trato de comercio. Aparte del alquiler de la oficina, los salarios, y los gastos, no hay nada más en lo que gastar dinero–. Zachary le tendió a Kat el más reciente informe anual de Edgewater.

–Nathan siempre ha manejado la parte administrativa, y yo he hecho las transacciones comerciales. Nunca he prestado atención al lado administrativo hasta la semana pasada, cuando el banco dijo que andábamos cortos de dinero. ¿A dónde está yendo el dinero?

Kat conocía los resultados preliminares de final de año: habían formado parte de los procedimientos del divorcio Barron. Abrió el informe por la página de los ingresos. Se quedó boquiabierta. Ella no había visto los resultados auditados y finales hasta ahora. –

¿Edgewater ganó dos billones de dólares después de los impuestos? Es mucho más alto de lo que había pensado.

¿Había retrasado Zachary la divulgación del informe anual para favorecer su procedimiento del divorcio? Tanto si era así como si no, ciertamente había resultado ser así.

–A eso me refiero. ¿A dónde ha ido el dinero? Dos billones en ganancias, y solo unos millones en el banco. Edgewater ha extendido completamente nuestra línea de crédito. ¿Por qué hay tan poco dinero cuando la mayoría de nuestras transacciones comerciales son de cientos de millones de dólares?

–Eso no significa fraude necesariamente, Zachary. Podría ser mala gestión–. Kat se dio cuenta de repente de que tío Harry estaba pululando justo fuera del despacho. Daba vueltas atrás y adelante, su frente arrugada.

–¿Se supone que eso tiene que hacerme sentir mejor?

–No, pero necesitamos considerar todas las posibilidades. En cualquier caso, lo comprobaré. ¿Cuándo lo necesitas?– Kat esperaba estirar la fecha límite. Ella miró al pasillo. Necesitaba una distracción para Harry pronto.

–Ayer. Sin acceso al dinero, Edgewater no puede operar por más que unos días.

–¿Has hablado con Nathan sobre esto?– Kat sabía que las cosas estaban tensas entre padre e hijo por el divorcio de Zachary. Su tasación de Inversiones Edgewater asumía una sociedad igualitaria. Sin embargo, Nathan no estaba de acuerdo y estaba incluso contemplando emprender medidas legales contra su hijo.

–No. Quiero que primero tú husmees un poco antes de que yo hable con él. Necesito todos los datos.

–Puedo hacerlo. ¿Qué hay de las pérdidas en inversiones? Eso también podría aniquilar tu saldo en efectivo–. Kat estiró su cuello hacia el pasillo justo cuando Harry volvió a desaparecer.

–Imposible. Hemos tenido un gran año. Al menos tres carreras e informes de dos cifras. Deberíamos estar nadando en dinero. En vez de eso, estamos prácticamente en la ruina. No estoy implicado en operaciones diarias –Nathan hace eso– pero a nivel comercial, sé exactamente en qué apostar y el porcentaje de ganancias.

–¿Qué hay de las amortizaciones? Unos cuantos grandes inversores cobrando en efectivo podrían disminuir tu saldo inmediato–. Tío Harry estaba otra vez fuera, sujetando su talonario de cheques. Debería haberlo sabido. Había estado intentando hacer el balance durante semanas, pero había rechazado toda ayuda.

Zachary frunció el ceño. –No, está sucediendo exactamente lo contrario. Los inversores están peleándose por entrar en nuestro fondo. De hecho, nuevas inversiones sobrepasan las amortizaciones en más de dos a uno. El fondo Evergreen tiene amortizaciones estelares… todo debido a mi modelo de comercio. Nuestra amortización de inversiones es mucho mejor que la de nuestros competidores.

Tío Harry miraba ansiosamente desde la puerta.

–¿Tío Harry? ¿Va todo bien?

–Eh, sí–. Harry comprobó su reloj y luego volvió a desaparecer pasillo abajo.

Kat volvió a centrarse en Zachary. –Necesitaré acceso a tu oficina y a todos los archivos financieros de Edgewater, las nóminas… todo lo que implique pagos o recibos. Y acceso al sistema de contabilidad–. Ella comprobó su reloj. Eran pasadas las tres. –Puedo empezar esta noche.

–Genial. Estaré en la oficina hasta las diez, más o menos. Nathan ha vuelto a largarse, así que ven lo antes posible–. Zachary se levantó. –Debería irme.

–Antes de que te vayas… ¿por qué estás tan seguro de que hay un fraude? Nathan fundó Edgewater. ¿Por qué robaría de su empresa?

–¿Por qué si no iba a desvanecerse el dinero? Nathan es un ladrón–. Zachary escupió las palabras.

Al parecer no tenían buena relación. ¿Cómo conseguían padre e hijo trabajar juntos todos los días? ¿Un enfado reciente, o uno más duradero?

—¿Alguna prueba de tus sospechas? —Kat se reclinó en su silla, estudiando a Zachary. Los contables forenses eran un poco como loqueros financieros. Su psicoanálisis se basaba en preguntas abiertas. Cuando la gente hablaba libremente, siempre revelaban más.

—No, pero tú las encontrarás. De eso estoy seguro.

—Si realmente hay un fraude, ¿por qué ahora tan de repente? ¿Por qué no hace cinco o diez años?

—Cuanto más éxito tengo, más resentido se vuelve. No puede ser solo por el dinero. Tiene todo lo que necesita. No puedes gastarte la cantidad de dinero que estamos ganando.

Harry había vuelto otra vez. Solo que esta vez no esperó en el pasillo. —Kat... siento interrumpir. Tienes que ayudarme. Necesitamos ir al banco antes de que cierre. Necesito un préstamo.

—Tío Harry, dame un minuto—. Kat se sentía mal por pedirle a Harry que esperase, pero un cliente que pagaba estaba sentado justo delante de ella. Devolvió su atención a Zachary. —Si Nathan está robando, quizás sea su forma de equilibrar la balanza contigo. Como has dicho, los billonarios como Nathan no necesitan más dinero.

—Pensarías que estaría agradecido. Los fondos crecieron astronómicamente cuando me uní a Edgewater. Mi modelo de comercio patentado elige ganadores, y nuestra actuación es mejor que la de los demás. Él consigue regodearse en la gloria sin ningún esfuerzo.

—¿Qué tiene de especial tu modelo? ¿Por qué no puede hacerlo sin ti?

—La especulación monetaria es parte análisis técnico y parte corazonadas. Mi modelo hace las cuentas: producto interior bruto, deuda del gobierno, tipos de interés, y otros datos económicos. Entonces usa la teoría del juego para evaluar todas las posibilidades.

—¿La teoría del juego? —Kat recordaba el modelo matemático

de la universidad. Los jugadores o bien competían o cooperaban para maximizar sus propias ganancias individuales.

–En términos más simples, significa que todo el mundo busca su propia ganancia personal, incluso a expensas de los demás.

–Sé lo que significa, Zachary–. Kat luchó por controlar su enfado. –Mi pregunta se refería a cómo se factoriza en tu modelo.

–No necesitas entender los detalles–. Zachary la desestimó con una sacudida de su mano. –Mi modelo determina la probabilidad de que cualquier evento suceda o no, basado en lo reconfortante que es para los jugadores implicados. Entonces hago mi apuesta y arrincono el mercado. Solo mi apuesta moverá la divisa, porque nuestro fondo es muy grande. Pero la auténtica recompensa es cuando los comerciantes te siguen, pensando que es algo seguro. Se convierte en una profecía que se cumple, haciendo que Edgewater reciba aún mayores beneficios. Los otros inversores aún ganarán, siempre y cuando salgan antes de que yo venda mi posición. Entonces la fortuna cambia.

–Estás manipulando la divisa.

–Por supuesto que no. Solo estoy adoptando una posición. Una enorme, quizás. Pero no soy el flautista de Hamelin; otros especuladores no tienen que seguirme ciegamente. Solo porque lo hagan no quiere decir que les esté manipulando.

–Pero la mayoría de esos seguidores perderá. Como una patata caliente, los grandes jugadores o personas con información privilegiada rapiñarán beneficios a cuenta de aquellos que compren cuando ellos estén preparados para vender. Quien quiera que llegue tarde al juego sufre. ¿Es eso justo?– Zachary y su padre eran billonarios de propio derecho. Tenían más dinero que el noventa y nueve por ciento de la población mundial. ¿Qué más necesitaban?

–No hay víctimas aquí. Ellos saben que mis motivos son hacer beneficios.

–Debilitando más la divisa así.

–Es un mundo libre, Kat. Libre elección, libre voluntad.

–¿Y entonces el gobierno interviene?

—En teoría. Ellos compran su divisa para apoyarla. Pero en realidad no pueden controlarla; los mercados monetarios lo hacen. Los mercados comercian con unos cuatro trillones de dólares al día… manejados principalmente por especuladores como yo. Las reservas del gobierno contienen menos de una décima parte de eso.

—Enorme —acordó Kat. —Así que apuestas a que, digamos, el dólar americano va a caer. ¿Qué ocurre después?

—Todas las divisas se manejan en parejas de divisas. Digamos que apuesto contra el dólar americano. Lo venderé al mismo tiempo que estoy comprando otra divisa… o apostando a que subirá. Digamos que es el Euro. El dólar americano caerá porque he vendido más de lo que otras personas están comprando. El Euro subirá contra el dólar americano simplemente porque acabo de comprar una enorme posición en él.

—Oferta y demanda —dijo Kat. —Un juego exclusivo que solo unos pocos pueden jugar.

—Todo el mundo puede jugar.

—Solo con suficiente dinero. Necesitas una enorme cantidad para mover el mercado. Jugadores más pequeños solo pueden ser seguidores.

—Técnicamente, sí. Pero la gente que me sigue puede ganar potencialmente un montón de dinero.

—Si aciertan con el momento oportuno.

—Por supuesto. El momento oportuno lo es todo. O pueden simplemente invertir en el fondo de cobertura Edgewater.

—¿No es la inversión mínima quinientos mil? Eso es demasiado dinero para la mayoría de los inversores.

—Quizás —Zachary se puso de pie. —No puedo preocuparme por otras personas. Me concentro en lo que hago mejor: ganar dinero.

—¿Seguro que no quieres hablar con Nathan primero? Quizás haya una explicación lógica.

—No tiene sentido; nunca está. Se ha ido a unos de sus viajes en barco, o quizás a un gran safari en África. No me dice a donde o cuando se va.

A Zachary probablemente le gustaba así. Dirigía el negocio sin mucha interferencia de su padre. La mayoría de fraudes se mantiene en silencio. Nadie quería hacerse responsable de robo durante su guardia y, a menos que impactara significativamente en su negocio y en los beneficios de sus accionistas, la dirección normalmente obligaba al infractor a dimitir silenciosamente. La retribución era rara: normalmente el dinero ya se había gastado.

Kat garabateó unas cuantas notas en su bloc legal. –¿Y si tus sospechas se ven confirmadas y encuentro fraude? ¿Qué pasa a continuación?

–Le destruiré.

CAPÍTULO 7

Kat y **Harry esperaron en** el diminuto despacho sin ventanas mientras la directora del banco obtenía los informes bancarios de Harry. Una bandeja de entrada amontonada con quince centímetros de alto de archivos y documentos unidos con clips descansaba sobre el lado izquierdo del desgastado escritorio de madera. Junto a ella, una placa de latón rezaba *Anita Boehmer*. Varios diplomas y un dibujo infantil colgaban de la única pared. Tres particiones de cristal con persianas venecianas medio abiertas cercaban el resto de la habitación.

No me sorprende que Harry estuviera tan angustiado. Según su informe bancario, estaba simplemente arruinado. Kat señaló una transacción en la mitad de la página. –Aquí dice que ya te han concedido un préstamo.

–¿Sí? Déjame ver eso–. Harry recorrió su dedo junto al de Kat. –¿Diez mil dólares? Tiene que ser un error.

Kat también lo pensaba. Tío Harry era frugal hasta el punto de la locura. Compraba en tiendas de segunda mano, reutilizaba el film transparente, y había llevado el mismo par de zapatos remendados desde hacía más tiempo del que Kat podía recordar.

Ella examinó el resto del informe. Un número de cheques por cantidades de miles de dólares también estaban enumerados. Ella hojeó el montón de cheques cancelados. Todos estaban hechos al portador. Su pulso se aceleró. Esto no era en absoluto típico de Harry.

Anita Boehmer regresó con un par de archivos de papel manila. Los dejó caer sobre el escritorio y le sonrió a Harry. Se sentó en su sillón de respaldo alto detrás de la mesa. –Veo cual es el problema.

–Yo también–. Harry se cruzó de brazos. –Sus informes son erróneos. Yo no he pedido ningún préstamo.

–Me temo que sí lo hizo, señor Denton. Lo recuerdo porque yo lo aprobé. El mes pasado. Dijo que necesitaba el dinero para hacer obras. ¿No se acuerda?

–Eso es imposible –dijo Kat. Harry nunca financiaba nada. Y ciertamente no hacía obras.

–Aquí está el acuerdo del préstamo–. La directora del banco lo sacó del archivo y le dio la vuelta para que Kat pudiera leerlo. Y claro, tenía la firma de Harry al pie, firmado hacía un mes. Harry en realidad había pedido un préstamo. ¿Pero por qué? ¿A dónde estaba yendo todo su dinero?

Kat estudió el documento. *Era* su firma, aunque su gran y curvada Y era más temblorosa ahora. –Esta es tu firma, tío Harry. Supongo que te has olvidado.

Harry descruzó sus brazos y se inclinó hacia delante para estudiar el documento. –No, no se me ha olvidado–. Su voz se elevó mientras su rostro enrojecía.

Ella le dio una palmadita en la mano. Parecía frágil y temblaba bajo su tacto. –Mira la firma.

–Déjame ver–. Harry le arrebató el papel a Kat. –Parece mi letra. Pero no puede ser. Deben haberla falsificado.

Kat suspiró. Harry estaba volviendo a estar paranoico sobre el hecho de que alguien le estaba robando, otro delirio del Alzheimer. Pero su firma estaba justo allí en el documento, con tinta azul. La pregunta real era por qué necesitaba el dinero. Ni quien le habría llevado al banco. Se giró hacia Anita. –Esto no es en absoluto típico de Harry. ¿No pensó en preguntarle por qué estaba pidiendo un préstamo por primera vez en su vida?

–Katerina, lo siento mucho, pero no podemos interrogar a todo el mundo que pida dinero. Les tomamos al pie de la letra a menos que haya un error evidente.

Por supuesto, ella tenía razón. La demencia de Harry no era obvia. Hasta que hablabas con él durante unos dos minutos. Seguro que la solicitud del préstamo había llevado más tiempo que eso. ¿No se dio cuenta Anita de lo muy a menudo que se repetía Harry? Era demasiado tarde para hacer nada sobre ello ahora.

Kat volvió a concentrarse en el informe bancario. Ella señaló la siguiente línea del extracto. Los mismos diez mil dólares transferidos a otro lugar al día siguiente. –Anita, ¿a dónde fue este dinero?

–Transferido a otro banco. Todo lo que tenemos es el banco y el número de la cuenta. Me temo que tendrá que contactar con ellos. Lo siento.

Kat rodeó la transacción con su bolígrafo. Si ella pudiera identificar al receptor, estaría un paso más cerca de descubrir lo que estaba pasando.

CAPÍTULO 8

*K*at siguió a Harry subiendo los rechinantes escalones hasta su puerta principal. Kat y Jace había comprado la vieja casa victoriana en una subasta de embargo el año pasado. Las escaleras eran solo una de las muchas reparaciones enumeradas en su interminable lista de cosas por hacer.

Mientras sus reparaciones no estaban en suspenso, el cartel de *se vende* sí que lo estaba. Kat y Jace habían planeado originalmente repararla y venderla para conseguir un rápido beneficio, pero le habían cogido cariño a la casa victoriana. Era una de las casas más antiguas en su vecindario de Queen's Park, convenientemente situada a solo dos manzanas de distancia de la de Harry.

–¿Jace? Ya estamos en casa–. Hizo una pausa para inhalar los aromas vigorizantes a albahaca, orégano, y tomate.

–Aquí. Espero que tengas hambre.

Kat siguió la voz de Jace hasta la cocina. Estaba delante del fogón, removiendo la fuente del maravilloso olor. La mirada de Kat pasó desde sus musculosos brazos hasta su ajustada camiseta negra. Se veía sexi incluso con delantal.

Él le guiñó un ojo. –¿Espaguetis?

–Me encantaría–. Ella le besó, deseando poder quedarse. –Pareces feliz.

–Lo soy. Mi historia del fraude de la inmobiliaria va a salir en portada. En el periódico de mañana.

–Hmm, maravilloso. ¿Eso te convierte en una estrella del rock en el *Sentinel*?– Jace había descubierto un fraude inmobiliario que implicaba docenas de propiedades de lujo en el acaudalado lado oeste de Vancouver. El fraude usaba tasaciones infladas para darle la vuelta a las propiedades.

–Todavía no. Pero vuelvo a caerle en gracia a McCleary. Cree que puedo sacar una serie de ese artículo–. El duro editor de Jace era notoriamente difícil de complacer.

–Buenas noticias–. Kat echó un vistazo a Harry. Estaba sentado a la mesa de la cocina, la cabeza derrumbada sobre su pecho mientras roncaba.

Ella bajó la voz y le contó a Jace lo del préstamo del banco y la interminable búsqueda del Lincoln. Pero no le dijo nada sobre su Alzheimer. Todavía no. Decirlo en voz alta hacía que todo fuera demasiado real. –Los problemas de Harry son mucho peores de lo que pensaba.

–¿No puede descubrir el banco a dónde fue el dinero?

–No, y no sé qué hacer. Es obvio que Harry ya no puede manejarse por si mismo. Primero el incendio y ahora esto–. Ella sintió un nudo en la garganta y se giró, esperando que Jace no lo hubiera notado. Vivir solo se estaba convirtiendo en un grave tema de seguridad.

Él dejó la cuchara sobre la encimera y le rodeó la cintura con sus brazos. –Podría mudarse aquí. Tenemos mucho sitio.

–Yo… no sé, Jace. Será un gran cambio para ti–. Kat se soltó de su abrazo. Jace no sabía lo que le estaba ofreciendo, en lo que se estaba metiendo. De la noche a la mañana se vería catapultado en el paranoico mundo de Harry. Un mundo que empeoraba con cada día de demencia que pasaba. Podría ser demasiado para Jace.

–No es gran cosa. De todos modos estamos todo el tiempo en

casa de Harry–. Jace golpeó con la cuchara el borde del cazo. –Podría incluso ser más fácil para nosotros dos.

Kat se acercó de puntillas a la mesa de la cocina para evitar despertar a tío Harry. Dio un rodeo alrededor de la sección del suelo que crujía, pero no sirvió de nada. Harry se despertó con una sacudida cuando ella sacó su silla. –¿Tienes sueño?

–¿Y por qué iba a tener sueño? Apenas es la hora de almorzar–. Harry se levantó de su asiento y arrastró los pies hacia el cuarto de baño. –Voy a refrescarme.

En realidad eran pasadas las seis, pero Kat no se molestó en corregirle. –Lo sé. Ya tengo hambre–. Harry ya se había olvidado de su día en el juzgado y en el despacho de Kat.

Jace llevó dos rebosantes platos de espaguetis y los colocó sobre la mesa.

–No puedo quedarme mucho tiempo, Jace. Voy a empezar con el caso Edgewater esta noche.

–¿Ahora trabajas por las noches? Zachary Barron no pierde el tiempo, ¿verdad?

–Supongo que no–. Kat cogió su tenedor y enrolló pasta en él. La porción en su plato podía alimentar a un ejército pequeño. –De todos modos, estará bien adelantar trabajo y ver de qué va este caso. Especialmente mientras Nathan Barron está fuera de la ciudad–. Ella le puso al día sobre los Barron: las sospechas de Zachary y lo de Inversiones Edgewater.

Harry salió del cuarto de baño. –¿Le estás contando a Jace lo de mi préstamo del banco? Demonios, el banco me está desplumando. ¿Te puedes creer lo de los diez mil dólares, Jace? ¡Criminales!

Kat levantó las cejas hacia Jace, sorprendida de que Harry aún se acordara. –Acabamos de estar en el banco. Dicen que Harry obtuvo un préstamo el mes pasado.

–¿En serio? –Jace miró a Kat. –¿Qué estás comprando, Harry? ¿Inmuebles?

–No he comprado nada. ¡Esos bandidos han falsificado mi

firma! ¿Sabes qué? No puedo esperar… voy a llamar a la policía–. Harry cogió el teléfono de la cocina. –¿Cuál es el número, Jace?

–Eh, Harry, ¿por qué no comemos primero?– Jace regresó al fogón y sirvió otro plato de espaguetis. Se sentó a la mesa, enfrente de Kat y Harry. –Llamaremos a la policía después de cenar.

–Mmm, está muy bueno, Jace–. Kat no se había dado cuenta de lo hambrienta que se sentía. Harry se olvidaría de lo de llamar a la policía en unos minutos. Pero eso no resolvía el problema de quien había orquestado el préstamo. Harry no pudo acudir al banco él solo puesto que alguien tenía que llevarle. Ya apenas salía de la casa. Nunca iba a ningún sitio solo, excepto quizás al supermercado o a la cafetería. ¿Había conocido a alguien en alguno de esos lugares?

–He destapado una red de fraude, Harry. Es la historia principal de mañana–. Jace sonrió. –Compraban casas y falsificaban las tasaciones inmobiliarias para inflar los valores de las propiedades. Pidieron enormes préstamos contra las casas, y luego se marcharon con el dinero.

Kat hizo un gesto de corte a través de su cuello. Préstamo era una palabra de ocho letras.

La sonrisa de Jace se desvaneció y pronunció *lo siento* sin voz. Pero luego continuó de todos modos. –Permitían que los bancos les embargaran. Rastreé al menos dos docenas de caras casas en el West Side y las divulgué. Hasta mi historia, ni siquiera habían estado en el radar de la policía.

–Ajá –dijo Harry mientras enrollaba pasta en su tenedor. –¿Sabes? Siento un poco de náuseas ahora mismo. Creo que he tenido demasiado.

–Come, tío Harry–. Kat estudió a su tío. No le extrañaba que tuviera fatiga… apenas comía nada. Su cara estaba demacrada y pálida; esa reciente gripe estaba realmente dando la cara. Necesitaba todas las calorías que pudiera conseguir.

–Vale.

Comieron el resto de la cena en silencio. A pesar de su profesión, Kat a menudo sentía que el dinero era el origen de todos los males, o de la mayoría de ellos al menos. Este era uno de esos momentos.

–Simplemente estoy contento de haber terminado mi historia–. Jace dejó su tenedor y miró su reloj. –Ahora puedo relajarme. Oye, están echando el partido de hockey. ¿Quieres ver el partido, Harry?

–¿Y ver a un puñado de millonarios despreocupados perseguir un disco? No, gracias.

CAPÍTULO 9

*K*at siguió a Zachary a través de las pesadas puertas de madera que guardaban el despacho de Nathan. Ella había planeado su visita para que fuera después de horas de trabajo, de modo que no levantaran sospechas entre los empleados de Edgewater.

Un enorme escritorio de caoba elegantemente grabado dominaba el centro de la habitación. A la izquierda, estanterías empotradas se desbordaban con volúmenes encuadernados en cuero y libros en tapa dura más recientes. En la esquina a mano derecha, un sofá de cuero marrón oscuro y un sillón miraban a una mesa con un juego de ajedrez de alabastro. La pared de encima estaba alineada con fotos enmarcadas con pesados marcos de madera. Las ventanas estaban enmarcadas con pesadas cortinas de damasco parcialmente cerradas.

A pesar de estar veinte pisos arriba, Kat se sintió transportada al estudio de un estado en el campo del siglo diecinueve. El aire llevaba el débil aroma a puros. Aún con la presencia de Zachary, se sentía incómoda, como si se hubiera colado en la guarida de un cazador. Un cazador que podría regresar en cualquier momento.

Los zapatos de Kat se hundieron en la gruesa alfombra bereber mientras se encaminaba a estudiar las fotos. Nathan Barron estaba en todas y cada una de ellas. Varios lugares, poses, y locales, pero todas implicaban a Nathan posando con algo a lo que acababa de disparar o atravesar con una lanza. Principalmente osos, leones, otros felinos. Un depredador entre depredadores.

Kat bajó por la pared hasta la última foto, la cual, a juzgar por el marco, era la más reciente. Un fornido hombre de unos sesenta años estaba al lado de un hipopótamo. Sin camisa, llevando solo unos pantalones chinos y un rifle colgado del hombro. Con una sonrisa que decía *en la cima de la cadena alimentaria.* Hacía que Kat sintiera escalofríos.

–El año pasado. Selous Reserve. Tanzania. Se considera caza furtiva matar a un hipopótamo, pero a él no le importa.

Kat se sobresaltó al oír la voz de Zachary, luego se recuperó. –Tengo que preguntar lo obvio. ¿Por qué le robaría un billonario a su propia compañía? No tiene por qué hacer esto.

–Sencillo. Nathan es un bastardo tacaño. El cincuenta por ciento de Edgewater es mío. Si paga a través de Edgewater, él recibe un descuento del cincuenta por ciento.

–¿Y arriesgarse a ir a la cárcel? –Kat no se lo creía. Algo más que el dinero estaba provocando el fraude. –¿Por qué? Él ya tiene más dinero del que puede gastarse en una vida.

Kat se sentó en el sillón de Nathan Barron, intentando obtener alguna sensación del hombre al que aún no había conocido. La superficie del escritorio estaba desnuda, excepto por una bandeja de entrada vacía y un teléfono. Contrastaba con la oficina de Zachary, donde desordenados montones de papeles y tres pantallas de ordenador competían por llamar la atención.

Kat abrió el cajón lateral de escritorio. Sacó un grueso fajo de papeles de una carpeta de papel manila. Estudió la hoja de encima, una hoja de cálculo. Una serie de números eran sumados y restados en cada una de las doce columnas.

Ella pasó las páginas de debajo. Todas tenían el mismo formato, solo que los encabezados y los números eran diferentes. –¿Qué es esto?

–No lo sé –dijo Zachary. –Ayer fue la primera vez que he estado aquí. Él siempre mantiene su oficina cerrada con llave.

–¿No tienes una llave maestra?– Era raro que Zachary, como copropietario, no tuviera las llaves de cada oficina. Ella devolvió su atención a la primera hoja de cálculo. Encabezando cada columna había un grupo de iniciales y números. Era un código de algún tipo. Si era así, debía ser críptico por alguna razón. ¿Qué tenía que esconder Nathan Barron?

Zachary sacudió la cabeza. –Nathan hizo que instalaran una cerradura especial en la puerta de su despacho. Traje a un cerrajero ayer para que me hiciera una llave.

Kat dejó la hoja de cálculo a un lado. Había llegado a Edgewater hacía casi dos horas. Antes de buscar la oficina de Nathan, ella había revisado todos los cheques emitidos por Inversiones Edgewater y por el fondo de cobertura, Evergreen. Había sido extraño mirarlos, ya que muchos llevaban la firma de Victoria; ella había abandonado el departamento contable de la compañía solo tras la separación formal de Zachary. Aparte de los habituales pagos para gastos como alquiler, artículos de oficina, y nóminas, Kat advirtió varias grandes facturas y cheques cancelados por investigación de inversiones. Ella sacó el archivo con los documentos de su maletín y se lo tendió a Zachary. –¿Qué sabes de esto?

Zachary se sentó en el escritorio de su padre y abrió el archivo. Repasó las primeras páginas. –¿Research Analytics? Nunca he oído hablar de esta gente.

–¿No deberías conocerles?

Zachary levantó la mirada de las facturas, claramente asombrado. –¿Por qué debería?

–Son el gasto más grande de Edgewater –explicó Kat. –Proporcionan análisis de investigación sobre divisas, tu área de especialización. ¿No debería resultarte familiar el nombre?

–Tienes razón. Pero no–. Zachary abrió el último cajón de Nathan y buscó entre los archivos.

–¿Puedo?– Kat intercambió puestos con Zachary y encendió el ordenador de Nathan. Ella conectó un disco duro portátil al ordenador y le dio al ratón para empezar a copiar los archivos de Nathan. Mientras esperaba a que se copiaran los datos, sacó los archivos uno a uno de su escritorio, buscando más pistas. Aparte de sus archivos y material de oficina, los cajones del escritorio contenían varias tarjetas de crédito y algunas divisas sueltas. Ella no tenía demasiadas esperanzas; Nathan apenas pasaba tiempo en el despacho. Eso probablemente significaba que tenía muy poco en su ordenador.

Después de que los archivos de Nathan se hubiera copiado con éxito en su disco duro portátil, abrió uno a uno varios de ellos. Nada significativo salió, solo unas cuantas cartas de marketing sobre la actuación del fondo Edgewater.

Zachary se colocó detrás de su silla mientras ella cerraba el último archivo. –¿Nada?

–Nada. Pero hay un lugar más que me gustaría comprobar–. Abrió el email de Nathan y accedió a su lista de contactos. Aparecieron cientos de contactos, en claro contraste con la escasez de archivos en el ordenador. Ella examinó la lista, notando filántropos billonarios, realeza, y cabezas de estado. Nathan se movía en un círculo exclusivo.

Casi al final de la lista algo llamó su atención. Un grupo enumerado bajo W para algo que se llamaba *World Institute*.

–Zachary, ¿qué es el World Institute?

Él se inclinó más cerca y miró la pantalla con ojos entrecerrados. –¿World qué?

Ella abrió la entrada para revelar una lista de nombres dentro. –Este grupo del World Institute… ¿has oído hablar de él?

–No estoy seguro… creo que es alguna especie de comité de expertos global al que Nathan pertenece.

–¿Qué hacen exactamente? –ella examinó la lista. Actuales y

anteriores cabezas de estado. El líder del Fondo Monetario Internacional… junto con miembros de al menos dos familias reales.

–Algo que ver con la teoría de la divisa, creo. Nathan lo mencionó una o dos veces, allá cuando todavía nos hablábamos.

–Teoría de la divisa… ¿eso no te interesaría?– ¿Por qué no sabía Zachary más sobre algo claramente relacionado con su especialidad?

–En realidad no. Yo comercio con divisa, no teorizo sobre ella. La teoría es para los académicos–. Apoyó su mano sobre el respaldo de su silla mientras examinaba la lista de nombres.

Kat garabateó una nota para sí misma de que debía averiguar más. Desconectó su disco duro y lo colocó en su maletín. Examinaría los restantes registros byte a byte de vuelta en su oficina.

–Mira esto–. Zachary se agachó y cogió un papel de la papelera de Nathan. –Ni siquiera lo está ocultando.

Kat estudió el papel.

–¿Qué tiene de malo un vuelo a Londres?– Era un itinerario de viaje. Un vuelo y seis noches en un hotel de lujo.

–Para empezar, se supone que tiene que estar reunido con nuestros banqueros de Nueva York. Londres no tiene nada que ver con nuestro negocio. Por supuesto, a él no le importa eso.

–Las líneas entre los viajes personales y de negocios a veces están borrosas. Es común en los negocios familiares.

–¿Negocios familiares? –Zachary escupió las palabras como si fueran veneno. –Solo somos familia por el nombre.

–El vuelo fue ayer. ¿Alguna idea de lo que esté pasando en Londres?

CAPÍTULO 10

*L*a respiración de Kat se aceleró mientras subía la colina, incapaz de concentrarse en nada más que en su lenta carrera subiendo la inclinación del diez por ciento. La casa de tío Harry estaba a medio camino hacia la cima, cerca, pero aún a unos imposibles treinta metros de distancia.

Le ardían las piernas, no acostumbrada a subir corriendo la larga cuesta. Ya era viernes y era su primera carrera esa semana. Con el aumento de las necesidades de Harry y su carga laboral en aumento, era difícil insertar una carrera decente o encontrar tiempo para ella misma. Esta podría ser su carrera más larga durante un tiempo, así que quería que doliera, quería que contara.

La empinada inclinación daba la ilusión de una carretera hacia ninguna parte, subiendo casi verticalmente hasta que tocaba el horizonte, terminando bruscamente. Al menos esa era la vista desde el fondo. Cuando ella era pequeña, después de que su padre se marchara y ella se fuera a vivir con Harry y Elsie, ella había querido continuar. Arriba hacia la cima de la colina, donde ella fingiría que no había nada por encima del asfalto, solo el cielo. Allí desaparecería de la superficie de la tierra... lejos de su pasado, presente, y especialmente lejos de Hillary.

Ella había empezado temprano para encajar una carrera de dos horas antes de que Harry se despertara. El continuo aguacero se había convertido en una llovizna. No es que importara ya. Su ropa estaba empapada, y sus zapatillas de deporte chapoteaban por aterrizar dentro de demasiados charcos.

Finalmente Kat subió la colina y redujo la marcha hasta llegar caminando a la cima. La casa estilo Cape Cod de Harry apareció a la vista a media manzana de distancia. Estaba muy lejos de la inmaculada condición en la que Harry siempre la había mantenido. El musgo se había apoderado del césped, y la pintura estaba descascarillada en los marcos de las ventanas.

Tras el accidente de coche, ella había adoptado la costumbre de comprobar cómo estaba Harry todas las mañanas, llevándole el desayuno y llevándole a la oficina, o a su casa los fines de semana. Ella llamó a la puerta y esperó unos minutos. Sin respuesta. La televisión estaba a todo volumen. La juez Judy estaba amonestando a alguien sobre un descapotable que no le pertenecía.

Ella se agachó y levantó la rendija del correo, sus piernas agarrotadas ya.

–¿Tío Harry? Soy yo, Kat.

Pisadas se arrastraron detrás de la puerta. Sonó a metal cuando Harry descorrió media docena de cerrojos.

–¡Qué agradable verte! –Harry le sonrió.

Como si no se hubieran visto en años. Como si ella no hiciera esta comprobación cada mañana.

–¿Qué te trae por aquí? –Harry llevaba una camisa hawaiana de mangas cortas y pantalones de lana sujetos con un cinturón. Había perdido mucho peso desde que Elsie muriera el año pasado.

–Solo comprobaba cómo estás. ¿Te sientes mejor que ayer?

–¿Por qué? ¿Qué pasó ayer?

–Te sentías enfermo–. Kat dejó caer la mirada sobre el brazo de Harry, morado con moretones. –¿Te has caído?

—¿Y por qué ibas a preguntar eso? —Harry cerró la puerta y frunció el ceño.

—Tu brazo —ella lo levantó y señaló los moretones.

Harry miró fijamente su brazo con sorpresa. —Sí, supongo que sí. Pero creo que todo está bien ahora.

Harry hizo gestos para que Kat entrara. —Ya era hora de que vinieras, Kat. ¡No te he visto durante semanas!

Ella siguió a Harry dentro del vestíbulo, donde un muro de calor la asaltó. Un montón de correo estaba sobre la mesita auxiliar. Ella cogió los sobres y los hojeó, buscando facturas o cualquier cosa que necesitara atención inmediata. Dos facturas de la Visa, una factura de la MasterCard, una factura de teléfono, y su último extracto bancario.

Abrió primero el extracto de la Visa y casi soltó un grito cuando vio el saldo.

Veintidós mil dólares y pico. Los otros dos extractos de las tarjetas de crédito tenían transacciones similares. El total ascendía a treinta mil. Eso era un montón de cheques de la pensión.

Su corazón golpeaba su pecho mientras se metía en el bolsillo los extractos. Entró en el cuarto de baño, cerrando la puerta tras de sí para poder examinarlos sin levantar las sospechas de Harry.

Seis mil en Tiffany's. ¿Qué demonios podría comprar Harry en Tiffany's? Otros cuatro mil en varias tiendas de ropa de diseño. Inquietante, ya que Harry solo compraba en tiendas de segunda mano. Intereses y un saldo trasladado al ejercicio siguiente conformaban el resto de la cantidad debida. ¿Era un error? Probablemente no, a raíz del préstamo sospechoso. Y ahora ella descubría tres saldos diferentes de tarjetas de crédito.

Abrió el último extracto bancario y comprobó el saldo final. El descubierto de Harry era mucho más alto de lo que recordaba haber visto en el despacho de Anita Boehmer. Pero entonces, el extracto que Harry había llevado al banco era de hacía un mes.

Contuvo el aliento y pasó a la última página. Una hipoteca, pedida hacía casi tres semanas, estaba enumerada junto con el préstamo para la renovación de la casa. Anita Boehmer nunca la mencionó. ¿Qué demonios estaba pasando?

Kat suspiró. El préstamo, cheques al portador, y ahora facturas de tarjetas de crédito y una hipoteca. En solo unos meses las finanzas de Harry habían entrado completamente en una espiral fuera de control.

Salió del cuarto de baño y comprobó el termostato. Veintinueve grados. Lo bajó a veintidós y entró en la cocina.

La pequeña televisión sobre la encimera contaba a gritos las noticias de la mañana. –...Fredrick Svensson se precipitó a su muerte en un accidente paseando con raquetas de nieve–. La reportera de la CBC levantó una mano para retirar unos mechones sueltos de su rostro cuando el viento la azotó.

–Se cree que el accidente en las montañas ocurrió hace dos días, cuando Svensson fue visto por última vez en el campo. Los equipos de rescate localizaron su cuerpo temprano esta mañana, pero retrasarán la operación de recuperación del cuerpo al menos hasta mañana, debido al frente tormentoso que se acerca.

El cielo detrás de la periodista estaba oscuro, con nubes bajas oscureciendo los picos de las montañas cubiertas de nieve detrás de ella. Varios hombres cargados con mochilas y esquís a la espalda estaban a la derecha de la cámara.

Kat bajó el volumen y se unió a Harry sentándose a la mesa de la cocina. Pilas de libros estaban apilados sobre la mesa, apenas dejando espacio para su vaso de zumo de naranja.

–¿Has comido, tío Harry?

Le dio un sorbo a su zumo. –Oh, hace mucho tiempo.

El calor dentro de la casa era opresivo. Como siempre, todas las ventanas estaban cerradas a cal y canto. Kat abrió la ventana del rincón de desayuno y la abrió de un empujón.

–¿Qué comiste?– Ella sacó la cabeza e inhaló el frío aire.

–No puedo acordarme. No abras esa ventana... los ladrones entrarán.

–Hace un calor sofocante aquí. ¿Cómo puedes respirar?– Algo olía a podrido. Abrió los armarios uno a uno. A una hamburguesa medio comida dentro de la tercera puerta le había crecido pelos grises. La cogió con una servilleta de papel y rápidamente la llevó al cubo de la basura.

–¿Quieres zumo de naranja, Kat?– Harry cogió su vaso de la mesa y lo acercó a Kat.

–Claro–. Kat cogió un vaso del armario y se acercó a la mesa. Localizó la jarra del zumo de naranja detrás de un montón de periódicos y se sirvió un vaso. Se quedó helada cuando vio su dedo anular desnudo. –¿Dónde está tu anillo, tío Harry?– Él no se había quitado su anillo de boda desde que Elsie muriera, o en los cuarenta años de matrimonio antes de eso.

–Oh–. Harry se llevó la mano a la boca. Las comisuras de su boca se elevaron en una tímida sonrisa. –Creo que se cayó por el desagüe.

–¿En serio? ¿En qué fregadero?– Si aún estuviera en el desagüe, Jace podría ser capaz de pescarlo. Ella le pediría que echara un vistazo esta noche.

–Eh, el fregadero de la cocina. No, el del cuarto de baño.

Kat se tragó su zumo. Normalmente la refrescaba después de una carrera, pero este zumo sabía un poco raro. Probablemente Harry lo había mantenido fuera del frigorífico demasiado tiempo. Empujó a un lado una pila de libros y dejó su vaso vacío sobre la mesa. –¿Vienes al despacho mañana?

–Claro.

–Genial. Podemos ir juntos en el coche. Nos pararemos en mi casa para desayunar. Tengo que recoger unas cosas–. Jace vigilaría a Harry mientras ella se duchaba y se cambiaba para ir a trabajar. Era parte de su rutina asegurarse de que Harry estuviera comiendo. La comida también podría calmar el estómago de ella. Hizo una mueca cuando otro retortijón se apoderó de su estómago.

Los pensamientos de Kat pasaron a la factura de la Visa de Harry. Era inexplicable, al igual que la hipoteca, el préstamo de renovación, y miles de dólares en cheques al portador en su chequera. Todo estaba cayendo fuera de control, y ella se sentía impotente para detenerlo.

CAPÍTULO 11

$\mathcal{K}$at bostezó, **mareada después de su** siesta. El examen de esta mañana de los informes financieros de Edgewater había resultado en nada. Entre mantener vigilado a Harry e intentar darle sentido a Edgewater, se sentía tanto física como mentalmente exhausta.

Le echó un vistazo a Harry. Estaba sentado en el mostrador de recepción, cabeza inclinada mientras garabateaba en esa maldita chequera suya. Le había consumido completamente. Más valía que le distrajera o podría matarle también.

El sol del mediodía se colaba por las altas ventanas, iluminando motas de polvo mientras se deslizaban hacia el suelo. Ella todavía le daba vueltas a Research Analytics. Edgewater le había pagado a la compañía cincuenta millones este año, y doscientos veinte millones el año pasado. Aunque Zachary no sabía nada sobre ello. Cualquiera que fuera el servicio de negocios que proporcionara Research Analytics, era obviamente lucrativo.

Marcó el número de teléfono impreso en la factura de Research Analytics y miró por la ventana mientras esperaba una respuesta. Las nubes de tormenta se habían dispersado finalmente fuera, exponiendo las montañas North Shore en todo su esplendor nevado.

Kat contó seis tonos y estaba a punto de colgar cuando respondió una mujer, quien sonaba sin aliento. ¿Un ligero acento? Kat no podía ubicarlo.

—Sí, me gustaría recibir información sobre vuestras investigaciones de inversiones.

Larga pausa, solo respiración al otro lado.

—Puedo pasarme esta tar…

Clic.

Kat volvió a marcar. Esta vez su llamada quedó sin contestar, alimentando sus sospechas. Los negocios legítimos no ignoraban a sus clientes ni les colgaban.

Hojeó las facturas de Research Analytics una segunda vez. Muchos de los números de las facturas estaban en orden secuencial. Un signo de fraude. La mayoría de los negocios reales tenían más de un cliente. Especialmente los negocios con cientos de millones en ventas anuales.

O bien Research Analytics no tenía otros clientes, o los otros clientes que tenían eran muy infrecuentes. Kat apostaba que era lo primero.

Las facturas de Research Analytics mostraban una dirección en East Broadway, a solo unos minutos en coche desde su oficina. Ella les haría una visita más tarde esa mañana. Buscó en internet para ver qué más podía encontrar sobre la compañía. Nada, ni siquiera una página web.

—¿Problemas?

Kat había estado tan metida en sus pensamientos que ni siquiera había oído a Jace entrar. Estaba detrás de Harry, inclinado.

—Está justo aquí —Jace señaló a la chequera de Harry. —Se te ha olvidado la que te llevas.

Harry murmuró algo por lo bajo. Kat le lanzó a Jace una mirada de aviso. Harry se agitaba cada vez que alguien intentaba ayudar.

Los pensamientos de Kat volvieron a los datos del ordenador

de Nathan. Rebuscar entre los datos toda la mañana no había revelado nada de sustancia en sus restantes archivos informáticos. Exceptuando su impresionante lista de contactos, una lista de los más importantes peces gordos globales. La entrada del World Institute en particular la intrigaba. Aparte de riqueza y poder, ¿qué tenían todos sus miembros en común?

Miró a Harry mientras protegía su chequera con su brazo derecho. Jace estaba detrás de Harry, mirando por encima de su hombro. Solo que ahora Harry estaba más animado.

Kat esperó la inevitable erupción de Harry. El doctor McAdam tenía razón al menos en una cosa: era mejor estar de acuerdo con él, incluso si no lo estábamos.

–Para, Jace –gruñó Harry. –Haces que quiera tirarme de los pelos.

No un buen momento para recordarle a Harry que había sido calvo durante décadas.

–Bien–. Jace fingió hacer un puchero con la boca. –Solo estoy intentando ayudar.

–Dale un respiro, tío Harry –dijo Kat. –Déjame ayudarte.

–¡Maldito banco! El préstamo ya fue bastante malo. Todos estos cargos son errores también. Dice que tengo un descubierto, pero eso no puede ser cierto. ¿Por qué no pueden hacer sus extractos menos complicados? ¡Es como leer chino!

Harry tiró su bolígrafo y se levantó de la silla. –¡Dejadme en paz vosotros dos!

–Tío Harry… puedo solucionarlo en una hora. Dámelo–. Kat se levantó del sofá y caminó hacia el escritorio. Ella bajó la mirada al cajón de su escritorio. Estaba abierto del todo, haciendo doble trabajo como una línea de no cruzar. El cajón estaba lleno de enredadas bandas elásticas y montones de papeles rotos. Y, por supuesto, una caja fuerte de metal, su versión de una caja de seguridad.

–No–. Se cruzó de brazos y la miró con rabia. –Quiero hacerlo yo mismo. Me mantiene atento.

—Pero has estado trabajando en ello durante semanas. Yo reviso extractos bancarios todo el tiempo. Solo deja que te ponga la chequera al día. Sumaré todos los errores del banco para que puedas llamarles.

—Casi lo tengo. Solo un par de horas más...

—Necesito que trabajes en otra cosa —dijo Kat. —Es urgente.

—Cuando lo explicas así, supongo que cada uno de nosotros deberíamos centrarnos en nuestras áreas de especialización—. Arrastró la última sílaba con un largo *cióóóón* mientras recogía sus papeles.

—Genial. Necesito que ordenes estas facturas por orden de fecha—. Kat le tendió el archivo de Research Analytics, sabiendo que a Harry le gustaba sentirse indispensable mucho más de lo que le gustaban las matemáticas.

—Vale, jefa—. Su ceño fruncido se desvaneció. —Si necesitas algo más, solo grita.

Kat alargó su mano. —Mejor dame eso.

Harry le dio de mala gana su chequera y los extractos bancarios. —¿Prometes que no desharás mi trabajo hasta ahora? Necesito saber dónde lo he dejado.

Kat le sonrió, pero en secreto le preocupaba qué otras sorpresas financieras contendría su chequera. —Lo prometo.

Ella le robó una mirada a Jace, pero él evitó mirarla a los ojos. En vez de eso se trasladó al sofá del área de recepción, sus anchos hombros derrumbados en derrota. Se sentó y se aflojó la corbata. Algo iba mal. El elegantemente planchado traje con el que había salido de casa esta mañana ahora estaba arrugado. Su sonrisa de cien vatios también estaba ausente.

—¿Es este tu look de periodista desarrapado? Si lo es, lo estás haciendo perfectamente.

Sin respuesta.

—Jace, de verdad necesito hablar contigo—. Ella hizo gestos para que él la siguiera. Los pasos de Jace siguieron los de ella mientras se dirigían a su despacho.

–¿Una tarea para mí también?

–Es Harry–. Ella bajó la voz. –Harry tiene unos problemas financieros enormes… aún mayores de lo que descubrí ayer. Tiene altos saldos en su tarjeta de crédito. Está prácticamente en bancarrota. Mira esto–. Ella le tendió una copia de los extractos bancarios de Harry, mostrando la enorme hipoteca por el valor completo de la casa de Harry. –Está hipotecado hasta el cuello y no tiene nada en el banco. Cada vez que me doy la vuelta hay un nuevo préstamo o cargo en la tarjeta de crédito. Y aún así él está con nosotros noche y día. ¿Dónde encuentra el tiempo para hacer estas cosas?

Jace se encogió de hombros. –¿Tal vez por internet?

Kat negó con la cabeza. –Está a punto de perder su casa.

–Como he dicho antes, Harry puede mudarse con nosotros. Puede vender la casa.

Jace no sentiría lo mismo una vez se diera cuenta de lo que se avecinaba. –Se niega. Dice que le estoy traicionando. Ya no entiende nada y no recuerda haber pedido la hipoteca. Mientras tanto, sus finanzas han caído fuera de control. ¿Qué hago, Jace?

–No lo sé–. Jace se derrumbó en la silla enfrente de ella y soltó un suspiro.

Algo *iba* mal. Jace siempre tenía respuesta para todo. Y se veía triste. Ella se sentía triste al mirarle. –¿Qué te pasa? ¿Es que se ha muerto alguien?

Kat limpió algo de espacio en su escritorio y depositó el papeleo de Harry. Podía esperar unos minutos más.

Jace se inclinó hacia delante, codos sobre sus rodillas. Apoyó la frente en sus manos, aún en silencio.

–¿Jace? ¿Qué pasa?

–El *Sentinel* acaba de despedirme.

–¡No! ¿Por qué a ti?

Jace se recostó hacia atrás y se pasó los dedos por el pelo. –Creo que sé por qué. ¿Esa historia de las inmobiliarias? Debe estar conectada a alguien importante.

–¿Quién?– Ella se sentía egoísta por anteponer sus problemas a los suyos.

–Eso es lo que no puedo averiguar. No solo han retirado mi historia de portada… me dijeron que ya no necesitan mis servicios.

–Es una locura. A tu editor le encantaba la historia–. Jace había investigado la compañía durante un mes. Kat había ayudado con el análisis que finalmente expuso las retorcidas tasaciones de la inmobiliaria.

–No creo que fuera decisión suya. Alguien más arriba debe haberlo eliminado. Nadie me dice nada. Me escoltaron fuera del edificio, Kat. Después de diez años. Demasiado polémico, supongo.

–¿No es eso lo que se supone que hacen las noticias? ¿Crear revuelo, invitar a discusión? ¿Exponer delitos?

–Al parecer no en El *Sentinel*. ¿Pero por qué decirme que continúe con ello si planeaban matar la historia al final?– Dejó caer el periódico sobre su escritorio. –¿Ves esto? Prefieren hacer publirreportajes sobre desarrollos inmobiliarios que incluir una pizca de controversia–. El anuncio a toda página mostraba a una pareja de veinteañeros abrazados en un sofá, con la mesa puesta y una cocina gourmet de fondo.

–Ni siquiera me dicen la verdad sobre ello. Dijeron que estaban sustituyendo a los periodistas con sindicación. Pero fui yo el único despedido.

La plantilla de periodistas del *Sentinel* ya había sido reducida cuando un grupo mediático global lo compró el año anterior.

–No pueden despedirte. No eres un empleado, eres autónomo–. Kat se levantó de un salto de la silla y rodeó el escritorio. Se inclinó y besó la cabeza de Jace. Odiaba verle tan deprimido. El periodismo era su vida.

–Semántica. El resultado final es el mismo: no más ingresos. Y como autónomo no recibo indemnización. El periódico ha sido mi única fuente de ingresos durante más de una década. ¿Qué voy a hacer, Kat? Son los únicos que quedan en la ciudad.

Era cierto. Ya nadie leía periódicos. Todo estaba en internet, reducido a palabras monosilábicas, y gratis.

Kat se sentó en el borde de la silla de Jace y le dio un abrazo.

–Hay montones de revistas online–. Kat intentaba sonar optimista, aunque no se lo creía ni ella. –Podrías hacer algo ahí.

–Lo dudo. Todo está sindicado ahora, y pagan peniques por palabra. No es suficiente para vivir. Necesito pagar las facturas.

–Encontrarás algo. Eres un buen periodista–. Jace había ganado premios durante tres años consecutivos.

–No estoy tan seguro. Con todas las fusiones, todo está en manos de cada vez menos gente últimamente. Nadie contrata.

–Puedo cubrir nuestros gastos, Jace. Acabo de recibir un buen anticipo por mi nuevo caso. Encontrarás trabajo pronto… estoy segura de ello.

Sacudió la cabeza. –Debería haber elegido una carrera diferente. ¿Quién habría pensado que los periodistas acabarían como los herreros y la gente que repara las máquinas de escribir? Obsoletos.

–No estás obsoleto. La gente sigue necesitando oír la verdad objetiva.

–Es peor–. Jace abrió el periódico por la sección financiera. –Lee esto.

Kat examinó el titular. *Las gangas abundan en las inmobiliarias locales.* –Es el completo opuesto a tu historia sobre fraude en las tasaciones y un mercado agitado–. Sacudió la cabeza. –No importa, Jace. Ellos se lo pierden.

–Por supuesto que importa. Me despidieron por algún tipo de tapadera. Quiero saber qué es.

–Será mejor para tu salud mental que lo dejes–. Jace nunca sabía cuando dejarlo. Era tan tenaz como un perro con un hueso. A veces eso era bueno, como cuando trataban con los contratistas en las interminables reparaciones de su casa. Pero enfrentarse a gente poderosa rara vez funciona al final.

–Eso es exactamente lo que quieren que haga. Obviamente hay

más en esta historia que lo que he desvelado. Voy a descubrir qué es. No pueden amordazarme. Siempre merece la pena luchar por la verdad.

—A veces, pero siempre conlleva un precio, Jace—. Kat quería creer. Pero la gente sin escrúpulos ganaban a cualquier precio, y a menudo a expensas de idealistas como Jace. No se paraban a pensar en los cuerpos, corazones, y mentes que pisoteaban para seguir adelante. Enfréntate a ellos y te enterrarán, en un agujero a veces demasiado profundo como para salir.

Como tío Harry y su dinero. O esos inversores más pequeños que seguían las apuestas monetarias de Zachary. Sería mejor para Jace que cortara por lo sano y siguiera adelante, en vez de empeorarlo. Tenía que elegir sus batallas. Las que son blanco y negro. Las que son demasiado preciadas como para perder.

CAPÍTULO 12

Kat entró con fuerza en el banco, preparada para el combate. Ignoró las miradas de los cajeros y fue directamente hacia el despacho de Anita Boehmer. Jace tenía razón. Merecía la pena luchar por algunas cosas. Y como Harry no podía hacerlo él mismo, ella lo haría. ¿Cómo podía poner el banco sus propios intereses por delante de un obvio abuso financiero? ¿De verdad era tan importante para ellos ganar dinero? Era delincuente. Inhaló, concentrada en sus pensamientos, y se obligó a permanecer en calma. Establecer batalla con los bancos no había estado en su lista de cosas por hacer hoy.

Jace se había llevado a Harry a hacer la compra, lo cual dio a Kat la oportunidad de trabajar en la chequera de Harry. Quería tenerla arreglada por él cuando regresara. Sus finanzas estaban mucho peor de lo que había notado.

Tras un vistazo más de cerca de sus extractos de los últimos seis meses, notó algo más. Ambos pagos de la hipoteca habían sido devueltos debido a fondos insuficientes. Harry siempre había sido un ahorrador, y de repente estaba estirando su límite del descubierto bancario.

Kat bajó la vista hacia una sorprendida Anita Boehmer en el despacho de la directora del banco. –¿Por qué no mencionó la hipoteca de Harry cuando estuvo aquí ayer?

–Estábamos hablando sobre su préstamo para obras. No había ninguna razón en particular para mencionar la hipoteca–. Anita se levantó y se quedó de pie junto a su mesa.

–¿Ninguna razón en particular? –Kat tiró el extracto bancario de Harry sobre la mesa de la directora del banco. –Vinimos aquí para discutir una transacción inusual. ¿Cuál sería una buena razón para mencionar otras transacciones sospechosas en la cuenta de un pensionista de ochenta años?

Anita suspiró y se sentó. Hizo un gesto para que Kat hiciera lo mismo. –Como le dije ayer, él parecía perfectamente normal cuando pidió el préstamo. En cuanto a la hipoteca, eso habría sido realizado por el oficial de préstamos–. Anita levantó los brazos, las palmas mirando a Kat. –No veo qué es tan sospe...

–¡Tiene ochenta años, Anita! Vive de unos ingresos fijos, con dinero en el banco. De repente todo su dinero ha desaparecido y está en deuda. ¿Dejaría que sus ancianos padres hipotecaran su casa?

–No puedo decirle que no lo haga. No es asunto mío.

–Tiene Alzheimer. Si usted no le ayuda, ¿quién lo hará?

Anita simplemente la miró con la mirada vacía, como si lo oyera todo el tiempo.

–El silencio es igual de malo. Pero supongo que usted habrá ganado unos puntos más hacia su cuota mensual–. En realidad Kat no tenía ni idea de si los empleados de banca recibían incentivos o no.

El rostro de Anita se enrojeció. –*Siento* que sus finanzas estén en semejante situación. De verdad que lo siento. Simplemente no es asunto nuestro manejar el dinero de la gente.

–¿No? ¿Y cuándo es asunto suyo? ¿Después de que les haya vendido todos los productos del banco que existen? –Kat señaló el extracto bancario de Harry. –¿Después de que les arruine?

–Lo siento, pero no veo en qué modo el banco es responsable de esto.

–Anita… usted le ayudó a rellenar la solicitud del préstamo –Kat señaló el impreso. –Esta no es la letra de mi tío.

–Recuerdo que él tenía problemas para rellenarlo–. Anita se mordió el labio.

–Exactamente lo que quiero decir. No puede recordar cosas de una hora para otra. No puede manejar su chequera y no puede hacer el papeleo. ¿Y aún así se siente cómoda dándole un préstamo?– La chequera de Harry había estado plagada de errores. Sus cálculos indicaban un saldo de miles de dólares más alto que su extracto bancario.

–No podía rechazárselo. Era apto y los números concordaban. Pero la letra del impreso no es mía. Otra persona le ayudó.

–¿Quién?– Ella les echaría una buena bronca.

–Nadie del banco. Se llevó el impreso a casa.

–Eso simplemente no tiene sentido –dijo Kat, más para sí misma que para Anita. Aún cuando Harry recordara rellenar el impreso, se habría olvidado de devolverlo. Aparte del hecho de que ya no conducía y estaba con ella casi las veinticuatro horas todos los días. –¿Quién estaba con él?

–Nadie. Vino solo. Ambas veces –Anita le tendió el extracto de Harry de nuevo a Kat. –Sé que esto debe ser difícil para usted, pero el banco no ha hecho nada malo.

Kat se puso de pie. –Quizás no legalmente. Pero moralmente, no le concedería a un anciano con demencia una hipoteca y un préstamo para ganarme unas perras. Si usted y el banco no tienen conciencia, ¿entonces quién?

Anita simplemente la miró fijamente, sin habla.

–¿Quién cuida de la gente vulnerable como Harry?– Ella necesitaba, no solo sacar a Harry de este desastre financiero, sino también descubrir quien le había metido en este lío en primer lugar.

Cinco minutos más tarde, Kat estaba en su Subaru en el aparcamiento del banco, furiosa. Como la mayoría de la gente, Anita ponía sus necesidades primero: su cuota por delante del bienestar de una persona vulnerable. Técnicamente, Anita tenía razón; ella solo estaba haciendo su trabajo. Legalmente, ella no podía ejercer el juicio moral sobre sus clientes. Pero eso era parte del problema. Las leyes y las reglas nunca se aplicaban hasta que alguien se quemaba. La gente como Harry, los más vulnerables de la sociedad, recibían abusos repetidamente antes de que cualquiera hiciera que se cumplieran las leyes en primer lugar.

Sus llaves colgaban del contacto mientras intentaba recomponerse. Aunque no estaba de acuerdo con el banco, probablemente no debería haberle soltado una perorata a Anita. Era mejor concentrarse en quien había hecho esto y recuperar el dinero. Pero con la memoria defectuosa de Harry y sin pistas, ¿por dónde empezar?

Como contable forense, Kat siempre consideraba el triángulo del fraude: motivo, racionalización, y oportunidad. Casi siempre señalaba al estafador. Solo que en el caso de Harry no había oportunidad. Harry estaba con ella o con Jace constantemente, excepto cuando se iba a casa a dormir. Estaba bastante segura de que él no había visto a nadie de su círculo social en meses, ya que la mayoría la había llamado para expresar preocupación por su ausencia y su falta de memoria.

Al menos en su caso de Edgewater tenía un probable sospechoso. Pero un pensamiento la incordiaba desde que revisara los extractos auditados esta mañana. Aún cuando Zachary no hubiera notado el dinero desaparecido, ¿cómo había escapado al escrutinio de los auditores? Con tanto dinero sin explicación, la auditoría anual debería haber hecho saltar las alarmas. Los auditores no firmaban extractos financieros de una compañía sin verificar el saldo de las cuentas. O bien no habían comprobado el saldo bancario o habían permitido a propósito el engaño.

Ella cogió el informe anual de Edgewater del asiento del copiloto y lo abrió. El informe del auditor estaba firmado por Beecham

& Company. Era extraño que una compañía del tamaño de Edgewater fuera auditada por una pequeña firma local en vez de una de las grandes firmas internacionales de contabilidad.

Comprobó la dirección. A solo unas manzanas del banco. Decidió hacerle una visita a Beecham. Encendió el motor del Subaru y salió del aparcamiento.

Minutos más tarde tenía una respuesta, solo que no era la que había esperado. Aparcó en la acera del 422 de Cedar Street y salió. En vez de un rascacielos de cristal y metal, se enfrentó a un solar vacío encerrado tras una valla metálica.

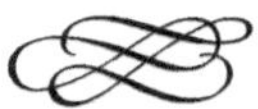

CAPÍTULO 13

Al final de la tarde, **Kat salió** del ascensor y entró en las lujosas y silenciosas oficinas de Edgewater. La recepcionista llamó a Zachary e hizo gestos a Kat hacia un mullido sillón en la sala de espera. Zachary no la estaba esperando, pero la revelación de los auditores exigía atención inmediata.

Si Beecham no existía, entonces los informes financieros de Edgewater no habían sido auditados independientemente. El engaño a propósito solo significaba una cosa: resultados financieros falsos. Alguien estaba ocultando algo. Cogió su teléfono móvil y marcó el número de Jace. Dejó un mensaje, pidiéndole que hiciera una revisión de antecedentes de Beecham.

Diez minutos más tarde, Zachary la recibió en la recepción y la hizo pasar a su espacioso despacho. Empujó un montón de papeles hacia un lado de su escritorio y la animó a sentarse. Kat le informó sobre la dirección ficticia de Beecham y sus sospechas.

–Eso es imposible. Los reguladores requieren que tengamos extractos auditados. Por no mencionar a nuestros clientes. No invertirían en fondos no auditados–. Zachary sacudió la cabeza.

–¿Te has reunido alguna vez con los auditores? ¿Los has comprobado?

–Nunca tuve que hacerlo. Como ya he dicho, Nathan manejaba la parte administrativa.

–Pero dijiste que tu modelo de comercio era complicado. Los auditores necesitarían entenderlo para auditar a Edgewater. ¿Quién se lo explicó a ellos? ¿Nathan?

Le llegó la comprensión. De repente Zachary se concentró en Kat como un láser.

–Nathan nunca me comunicó nada sobre ello. Y él ha usado a Beecham durante años, incluso antes de que yo entrara en el negocio–. Se derrumbó hacia delante y apoyó la frente en sus manos. –Esto no puede estar pasando.

–Bueno, pues sí. A menos que Beecham opere desde un solar vacío.

–¿Quizás se han mudado? –Zachary se limpió una delgada pátina de sudor de la frente.

Kat levantó las cejas. –Beecham probablemente ni siquiera exista. Tengo a alguien comprobándolo ahora mismo.

–Pero la firma del auditor está en los extractos. ¿Me estás diciendo que ha sido falsificada?

–Cualquiera puede cortar y pegar una firma. El fin de año fiscal de Edgewater fue hace unos meses. ¿No estuvieron los auditores en el despacho?– Los auditores normalmente trabajaban en las oficinas de sus clientes durante parte de la auditoría de fin de año. Para una compañía del tamaño de Edgewater, el trabajo de campo duraría al menos unas semanas.

–No que yo recuerde. No recibimos muchos visitantes, ni siquiera auditores. Las cosas administrativas no son exactamente mi punto fuerte, pero aún así… ¿cómo ha podido pasar esto delante de mis narices?– Golpeó el escritorio con el puño mientras se ponía de pie. –¿Cómo he podido ser tan estúpido?

–Podría parecer obvio a posteriori. Pero hasta que empezaras a quedarte sin dinero no tenías razones para cuestionar nada–. Igual que tío Harry y sus préstamos.

Incluso Zachary parecía pequeño mientras se paseaba contra el fondo de las grandes ventanas. –Tengo que parar esto. ¿Qué pasa a continuación?– Sus hombros cayeron hacia delante derrotado.

–Piensa en por qué fueron falsificados los extractos financieros. Reconstruiré los resultados a partir de tu sistema financiero para ver cuales son los números reales.

–¿Los números reales?– Se detuvo bruscamente y miró fijamente.

–Si los informes financieros son falsificados, puedes estar seguro de que los números reales son diferentes. Adivino que no de buena manera. Necesito acceso completo a tus libros y registros. Trabajaremos de noche, mientras tus empleados no estén–. Como si ella tuviera otros empleados para ayudar. Reconstruir las finanzas podían consumir una enorme cantidad de tiempo. Quizás Jace podría ayudar.

La frente de Zachary se arrugó. –Vaya mierda. No me extraña que Edgewater no tenga dinero. Llamaré a mi abogado, conseguiré una orden judicial. Congelaré las cuentas bancarias y los fondos.

–Zachary, esa también sería mi primera reacción, pero…

–No me diga que espere y ya veré. Tengo que dejarle fuera–. Zachary se dirigió hacia la puerta de su despacho, teléfono móvil en mano.

–Vale, llama a tu abogado. Pero él también querrá pruebas. Algo que Nathan no pueda explicar. Especialmente si quieres que los cargos se sostengan.

–Eso podría durar días. Mientras tanto, ¿Edgewater resulta saqueada? –Zachary se giró bruscamente y se enfrentó a Kat. –No puedo permitírmelo. Iremos con lo que sea que averigües de aquí al lunes.

–¿El lunes?– El viernes casi estaba acabado. Considerando que todo el futuro de Zachary descansaba sobre su investigación, unos días era ridículo. —Necesito una semana o dos como mínimo solo para reconstruir las finanzas. Edgewater es una compañía multibillonaria.

—El lunes—. Zachary salió al pasillo antes de que ella tuviera ocasión de responder.

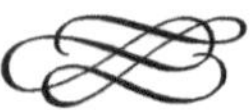

CAPÍTULO 14

Kat pasó las horas de la noche en el despacho de Nathan, extrayendo datos del sistema de registro de clientes de Edgewater, el primer paso al validar los ingresos de la compañía. Edgewater ganaba su salario como un porcentaje de la actuación inversora de sus clientes. Si las inversiones de sus clientes crecían, también lo hacían los ingresos de Edgewater. Pero si perdían su dinero, o incluso si recuperaban lo invertido, el fondo de cobertura no ganaba nada.

Ese era el problema. Según sus cálculos, los ingresos de Edgewater ascendían a una fracción de lo que fue realmente informado en los extractos financieros. Exceptuando una fuente de ingresos por descubrir, los ingresos de la compañía estaban exagerados por billones. ¿Había pasado algo por alto? Improbable después de su análisis exhaustivo. Algo sospechoso estaba sucediendo. Necesitaba hablar con Zachary antes de seguir progresando.

También estaba el problema de la dirección del solar vacío de Beecham. Siguiendo una corazonada, Kat tecleó la dirección de Beecham en el 422 de Cedar Street en Snoopy, su patentado software de auditoría analítica. Pulsó intro y esperó mientras el software escaneaba todos los datos de las cuentas pagables de Edgewater. Se sorprendió al ver que los resultados contenían, no uno, sino dos vendedores con la misma dirección. El segundo nombre le sonaba familiar, pero ella no podía averiguar por qué.

–¿Zachary?

Sin respuesta. Ella iría pasillo abajo hasta su despacho en un minuto. Pero primero haría algo más de investigación. Encontrar dos vendedores de Edgewater en una dirección no existente era una señal de fraude.

Miró fijamente la pantalla por un momento, preguntándose dónde había oído el nombre Svensson antes. Entonces le vino: Fredrick Svensson era el hombre que había muerto en el accidente de paseo con raquetas por la nieve. Estaba segura de que era el nombre que había oído en la radio de Harry esa mañana.

Tecleó Svensson en un motor de búsqueda y pulsó intro. Y claro, arriba de la página de resultados había media docena de historias sobre el accidente de las raquetas de nieve del miércoles. Pulsó en la primera. Un hombre canoso de unos sesenta años con barba elegantemente cuidada y gafas como las de John Lennon miraba desde la fotografía. El pie de foto leía "Economista Nominado al Nobel Muere en Tragedia con Raquetas de Nieve".

¿Por qué le pagaría Edgewater a un economista de Nobel? Sacó el registro de vendedor de Svensson en el sistema de contabilidad de Edgewater y abrió los detalles de la transacción. Una serie de facturas habían sido pagadas durante los últimos dos años, todos por similares cantidades de ocho o nueve mil dólares. Pinchó en una de ellas y leyó la descripción: tasa de consulta. ¿Consulta para qué? ¿Qué tenían en común Svensson y Beecham?

Lo que era más importante, ¿qué tenían Svensson y Edgewater en común? Kat examinó el resto de las historias. Aparte de su amor por el aire libre, Fredrick Svensson tenía opiniones muy particulares sobre la divisa.

Pinchó en otro artículo, con fecha del año pasado.

Una Divisa Mundial - ¿Tiene Sentido Económico?

Fredrick Svensson, el economista nominado al Nobel y pionero en reforma monetaria, habló hoy en la Cumbre Económica Davos. Su trabajo en la reforma de la divisa es bien conocido y controvertido, argumentando que numerosas divisas crean ineficiencias y barreras en el comercio mundial y en el bienestar económico total. Svensson dice que estas barreras resultan en costes de transacciones más altos y colocan a los países subdesarrollados en desventaja. Habló sobre la necesidad de una divisa mundial como un paso hacia la prosperidad global.

Kat leyó por encima el resto del artículo. Edgewater y Svensson tenían las divisas como común denominador. Edgewater intercambiaba divisas, y Svensson era el preeminente experto global. Pero sus visiones sobre las divisas diferían dramáticamente. Las teorías de Svensson, si fueran adoptadas, impactarían directamente en Edgewater. Edgewater explotaba tasas de intercambio de divisas, lo mismo que Svensson recomendaba eliminar. Entonces, ¿por qué le pagaría Edgewater a Svensson por una consulta?

Kat pulsó el botón de imprimir y cogió el artículo de la impresora. Se detuvo un momento ante el enorme ajedrez de mármol de Nathan, luego salió al pasillo. Zachary podría arrojar algo de sentido en todo esto. Se había retirado a su despacho hacía unas horas.

Notó por primera vez que las paredes estaban alineadas con marcos de madera oscura, cada uno conteniendo un anticuado billete o bono de algún tipo. Examinó los nombres: Mississippi, la South Sea Company, y otros. Sin valor, excepto como artículos de coleccionista. Qué irónico que las paredes de Edgewater estuvieran cubiertas con instrumentos financieros de anteriores fraudes financieros. ¿Los había escogido Nathan o Zachary? El pasillo estaba extrañamente silencioso. Ni voces, ni tecleo, solo el sonido de sus zapatos hundiéndose en la gruesa moqueta.

–¿Zachary?

Sin respuesta. Volvió a llamar, más alto esta vez. Había supuesto que Zachary estaba en algún otro lugar en el despacho, ya que ella no había oído a nadie irse o llegar. Kat giró la esquina hacia el despacho de Zachary. No estaba allí. Había supuesto mal.

Sacó su teléfono móvil y marcó el número de Zachary. Se sobresaltó cuando oyó el tono cerca de ella. El teléfono móvil de Zachary estaba sobre la mesa, pero su abrigo no estaba.

Kat maldijo por lo bajo. ¿Por qué no le había dicho Zachary que se marchaba? ¿Iba a volver o había esperado que ella trabajara aquí toda la noche? Ni siquiera tenía la llave para cerrar. Dejó un mensaje para que él la llamara tan pronto como fuera posible, sabiendo que probablemente no haría demasiado bien.

Volvió al despacho de Nathan y cerró su ordenador. Recogió los extractos financieros de Edgewater, listados de cuentas, testimonios de clientes. Aunque ella ni siquiera había empezado a reconciliar por completo los totales de clientes con las finanzas, había un total en particular que la molestaba.

La cuenta bancaria de Edgewater tenía un saldo ahora de menos de cien mil dólares. Para un billonario que invertía pesadamente en su propia compañía, esa cantidad era impensable. No solo eso, sino que difería de la cantidad en el extracto del valor neto de Zachary para el divorcio. Si el saldo era correcto, su valor neto era mucho menos de lo que había creído, ya que estaba totalmente redondeado en Edgewater. Eso significaba que el acuerdo de divorcio de Victoria Barron había estado basado en dinero que en realidad no existía.

¿Podía de verdad ser Zachary tan ignorante sobre el valor de sus propias acciones? ¿Cómo reaccionaría cuando descubriera la verdad?

Metió los documentos en su maletín y cogió su abrigo. Aunque se acercaba la fecha límite de Zachary, había sobrepasado el punto de concentración. Aparte de su dolor de estómago, sentía que iba a entrarle fiebre. Necesitaba dormir antes de que esta gripe se apoderara de ella. Y también comprobar cómo estaban Harry y Jace.

Se detuvo ante la puerta, luego volvió al despacho de Nathan.

Volvió a abrir su maletín y estudió el saldo bancario final de hoy. Según sus primeros cálculos, el dinero de Edgewater se acabaría el martes: meros días desde ahora, y un día después de la fecha límite de Zachary.

El sentido de urgencia de Zachary era real. Incluso el lunes podría ser demasiado tarde, si había sobrestimado el gasto de dinero de Edgewater y la avaricia de Nathan Barron.

Una llave sonó en la cerradura de la puerta principal.

Ahora era un momento tan bueno como cualquiera para contárselo. Kat dejó su abrigo y su maletín en el sofá de Nathan y se dirigió hacia la puerta.

Pero no era Zachary. La risa de una mujer rompió el silencio.

Kat se quedó helada. Su corazón latía furiosamente mientras examinaba el despacho en busca de un lugar donde esconderse. Luego se dio cuenta: conocía esa voz. Era Victoria. ¿Pero por qué estaba aquí ahora? Después de semejante batalla en el tribunal tan fea, ¿por qué no había cambiado Zachary las cerraduras?

La puerta principal se cerró de un portazo. Kat se giró en redondo y buscó ponerse a cubierto. La única puerta llevaba directamente a la recepción y a Victoria. ¿Detrás del sofá? No. Victoria podría entrar en el despacho. Si se sentara, sería en el sofá o en el escritorio.

Los tacones de aguja de Victoria repiqueteaban por el suelo de mármol de la recepción, luego se hizo el silencio cuando llegó a la alfombra bereber del pasillo. Kat contuvo un estornudo cuando un fuerte perfume se deslizó hacia ella. Se escondió detrás de las pesadas cortinas de damasco. Seguían la moda actual, suficientemente largas para que formaran como un charco en el suelo, y por suerte cubrían sus pies.

Victoria susurró algo; Kat supuso que por su teléfono móvil. Ahora estaba en el despacho de Nathan, demasiado cerca como para estar cómoda.

Kat bajó la vista horrorizada. La luz se filtraba por debajo de la cortina junto a sus pies, y se dio cuenta de que la punta de su zapato estaba fuera de la alfombra. Deslizó despacio su pie hacia dentro, esperando que el movimiento no llamara la atención.

¿Quién estaba con Victoria? No había oído más pasos. Un cajón se abrió y sonaron papeles removiéndose.

Kat se aplastó contra la pared, deseando no haber comido un gran almuerzo. ¿Abultaba a través de las cortinas? No podía saberlo.

—Vale, lo tengo. Te llamo más tarde.

Kat apenas entendió las palabras susurradas. Victoria debe estar hablando por el móvil. *Lo tiene. ¿El qué?*

Soltó un suspiro de alivio cuando los tacones de Victoria resonaron por el suelo de mármol del vestíbulo. Tenía mucha cara para venir aquí, ya que no había trabajado en Edgewater desde la separación. ¿No le importaba encontrarse con Zachary? ¿O es que de algún modo sabía que él no estaría aquí?

La puerta exterior de la oficina dio un portazo. Kat contuvo el aliento cuando la llave chasqueó en la cerradura.

Esperó a escuchar el timbre del ascensor, luego esperó cinco minutos completos antes de salir desde detrás de las cortinas. El pesado perfume de Victoria permanecía, cosquilleando su nariz. Estornudó.

Mientras Kat buscaba un pañuelo de papel, vio su abrigo y maletín apoyados sobre el sofá. ¿Los habría visto Victoria? Dio un salto cuando su móvil sonó. Comprobó la pantalla mientras cortaba la llamada. Era Jace. No se atrevía a devolverle la llamada desde aquí. Victoria podría regresar, y Kat estaría en casa en veinte minutos de todos modos.

CAPÍTULO 15

*L*os ojos de Kat parpadearon de fatiga. Eran casi las tres de la mañana. Ansiaba echar un sueñecito, pero no podía descansar hasta que hiciera un recuento de los daños para Zachary. Edgewater parecía ser la víctima de un fraude masivo, mayor que nada de lo que había visto nunca.

Desde que llegara a casa desde Edgewater hacía varias horas, ella continuó analizando las cuentas de clientes individuales contrastándolas con las copias de los extractos que había encontrado en la oficina de Nathan. Era un proceso minucioso que hacía que le dolieran los ojos. Había comprobado unas ciento cincuenta cuentas hasta ahora, pero todavía tenía que encontrar una sola cuenta en la que el extracto en papel coincidiera con los registros del ordenador. Las copias en papel alardeaban de ingresos de dos cifras, y aún así la mayoría de cuentas en el ordenador tenían saldos cercanos a cero, con pérdidas de inversiones en vez de ganancias.

Las ganancias de las inversiones de las cuentas en papel también eran increíblemente consistentes. Demasiado consistentes, de hecho. Cada cuenta que comprobó ganaba exactamente un doce por ciento en ganancias, independientemente de la oportunidad de la inversión del cliente. Tal consistencia era estadísticamente imposible, teniendo en cuenta que el mismo fondo fluctuaba. Invertía en diferentes divisas con pérdidas y ganancias constantemente cambiantes.

El viento soplaba en rachas fuera, y ella ansiaba el calor de su cama.

–¿Aún estás con eso?– Jace estaba en la puerta del estudio de arriba, sosteniendo dos tazas de humeante café.

–Ven a ver esto, Jace–. Ella le llamó con la mano para que se acercara a la pantalla de su ordenador. –Las cuentas de clientes solo suman unos ciento cincuenta millones de dólares. No los billones que se muestran en los extractos financieros de Edgewater. Los he contrastado de forma cruzada con los extractos de cuentas que encontré. No tiene buena pinta–. Ella había encontrado archivos de extractos en papel en un archivador cerrado con llave en Edgewater. Ninguno coincidía con los saldos en el sistema informático.

Jace le tendió un café y acercó una silla. –¿Ciento cincuenta mil millones frente a tres billones? ¿Quieres decir que han desaparecido dos billones ochocientos mil? ¿Cómo puede ser tan diferente?

–Parece que Nathan ha estado operando una estafa piramidal gigante. Coge el dinero de los inversores y lo transfiere a otro sitio tan pronto como entra. Estas deben ser copias de los extractos falsos. Así es como hace el seguimiento. ¿Ves esto? –Kat señaló la pantalla del ordenador, donde había reconstruido ingresos de inversiones para un grupo de muestra de veinte inversores de Edgewater. –Todos estos inversores ganaron exactamente un doce por ciento al año durante los últimos tres años.

–Eso es impresionante. Yo gano menos del dos por ciento en el banco. ¿Quizás debería mover mi dinero?

–Es falso, Jace. Todo inventado. Cada uno de estos clientes invirtió en momentos diferentes. Algunos han estado en el fondo todo el tiempo, y otros solo invirtieron en él el año pasado. Aún así recibieron exactamente las mismas ganancias por su inversión.

–¿Coincidencia, quizás?

–No. He comparado docenas de clientes y sus inversiones en el fondo. Supuestamente, el fondo invierte en todo tipo de especulación de divisas, aunque no puedo reconstruir las transacciones en cada una de sus cuentas, o cualquiera de las otras transacciones en el fondo de cobertura Edgewater. He rastreado todos los pagos comerciales de las extractos bancarios *y* he reconstruido la ganancia o pérdida en cada divisa con la que comercia Edgewater. ¿Sabes lo que he conseguido?

–¿Qué?

–Una pérdida, Jace. No hay un doce por ciento de ganancias. Zachary cree que su modelo de divisas funciona, pero no lo hace. No hay transacciones. Nathan simplemente no las ejecuta. No está invirtiendo el dinero, y Zachary ignora ese hecho porque nunca revisa las cuentas.

–¿Quieres decir que todo es falso? ¿No trabajan otras personas aquí? ¿Cómo ha podido pasar sin que nadie lo note?

–Nathan es muy práctico, lo cual es sorprendente con sus frecuentes viajes y ausencias. Un ejecutivo que hace el trabajo administrativo es otro signo de fraude. El trabajo es demasiado básico como para un fundador billonario–. Alguien tuvo que estar ayudando también. La extensión de la manipulación de la cuenta manual era demasiado trabajo para una sola persona.

–¿De verdad que Zachary no tiene ni idea de todo esto?

–Dice que no. Por muy difícil que resulte creerlo, creo que está diciendo la verdad –dijo Kat.

–¿Pero cómo podría Nathan conseguir tanto dinero sin que Zachary o cualquiera se diera cuenta?

–No lo sé. Este fraude ha estado operativo durante al menos diez años. Mira esto–. Kat levantó un extracto. Tenía el nombre y el logo de Edgewater, pero tenía un formato diferente a los extractos generados por el ordenador. El nombre del cliente estaba pegado al extracto.

Jace cogió el extracto y frotó el logo con su dedo. –Chapucero. Este trabajo de corta y pega no engañaría a nadie.

–Él no usa esta versión: escanea y envía por email una copia electrónica, así que nadie sabe que ha sido manipulado. Lo registra todo en una hoja de cálculo y solo añade un aumento al porcentaje de cada cuenta cada trimestre. Todo el mundo está contento–. Las crípticas hojas de cálculo que Kat había encontrado en el despacho de Nathan finalmente tenían sentido. Era algo así como su sistema de contabilidad manual.

–¿Cómo se asegura de que los auténticos extractos no salgan?

–Alguien más debe estar metido en ello. Cuando el sistema imprime los extractos reales, son destruidos. Los extractos manipulados son enviados por email a los clientes.

Jace silbó. –¿A dónde va todo este dinero?

–Un buen puñado ha ido a una compañía llamada Research Analytics. Les haré una visita mañana–. Kat señaló la pila de facturas de Research Analytics. –Cincuenta millones han sido transferidos ya este año, y doscientos veinte millones el año pasado. Aún estoy buscando el resto.

–¿Y si un cliente quisiera embolsarse su inversión? ¿No expondría eso el fraude?

–Solo si Nathan no les da su dinero. Siempre y cuando entre más dinero, puede pagarle a los inversores que se amortizan sin que el fondo vaya a la quiebra. Simplemente mueve el dinero de la cuenta de un inversor a la siguiente para cubrirlo–. Kat advirtió un movimiento por el rabillo del ojo. Se giró en redondo para ver a Harry en el pasillo, vestido con pantalones cortos y camisa de golf. –¿Vas a alguna parte, tío Harry?

–Solo voy a dar un paseo.

–Es de madrugada. Y está lloviendo–. Harry había decidido quedarse después de ver el partido con Jace. ¿Había realizado Harry estas excursiones nocturnas antes?

–¿Ah sí? Quizás me quedaré dentro, entonces.

Kat y Jace intercambiaron miradas. ¿Y si ella no hubiera estado despierta? Harry habría salido con este clima bajo cero sin ponerse el abrigo. –Vale, tío Harry. Te veo por la mañana.

Harry arrastró los pies de vuelta por el pasillo. El médico tenía razón: Harry no estaba a salvo él solo. Pero mudarle a una residencia de ancianos era impensable. Ella pensaría algo mañana. Se volvió de nuevo hacia Jace.

–¿Amortizarías tu inversión si estuvieras ganando un doce por ciento durante cinco años consecutivos?

Jace sacudió la cabeza. –De ninguna manera. No puedo conseguir ese tipo de ganancias en el banco… o en cualquier otro lugar.

–Eso es exactamente lo que piensan los clientes de Edgewater también. Año tras año, ellos han ganado fantásticos ingresos. Nadie liquida su inversión a menos que estén en graves apuros. Estarías loco si pasases de esos ingresos. Nathan está apostando por muy pocas amortizaciones. Los inversores siempre se embolsan menos inversiones rentables primero.

–Así que Nathan solo necesita suficiente dinero para cubrir las pocas cuentas que sí liquidan.

Kat asintió. –Sí, y eso no ha sido un problema. Los inversores están prácticamente derribando la puerta para invertir en el fondo de cobertura. El fondo tiene un aire de exclusividad. Nathan no permite que cualquier invierta, así que la gente se considera afortunada por invertir en primer lugar. Si amortizan su inversión, podría ser que no les permitieran volver a entrar. Y tienes que ser rico para invertir en un fondo de cobertura de alto riesgo con una inversión mínima de quinientos mil.

–Suena a que no hay ningún riesgo. Los inversores reciben una considerable ganancia, año tras año. Los mercados no han sido así para nada. Es demasiado bueno para ser cierto.

–Lo es… siempre y cuando Edgewater siga ganando esos beneficios estelares. Zachary cree que se debe a su modelo de mercado secreto.

—Suena a que dudas de él.

Kat le dio un sorbo a su café. —Creo que *él* cree que su modelo funciona. El problema es que nunca se ha demostrado, ya que Nathan no está procesando las transacciones. Y Zachary nunca lo comprueba. Supongo que asume que un total del doce por ciento suena correcto. Sin embargo, las sospechas de Zachary son correctas. Nathan está claramente defraudando a Edgewater. Los falsos extractos de clientes y Beecham & Company lo demuestran. Simplemente no entiendo como Zachary podía estar tan desconectado. Hay más—. Ella le informó sobre la improbable asociación de Edgewater con Fredrick Svensson.

—¿El economista del Nobel? Quizás haya una buena razón para pagarle. Incluso con diferentes opiniones, él podría tener muy buenas predicciones sobre divisas.

—Es demasiado raro, Jace. La teoría de Svensson aboga por una divisa común —como el Euro— solo que a escala global. Edgewater explota y se beneficia de las mismas discrepancias que Svensson busca por eliminar con su modelo. No tiene sentido.

—Quizás Zachary tengo algunas ideas. Puesto que es tan inteligente—. Jace sonrió.

—Lo dudo, Jace. Zachary insiste en que todas las transacciones están basadas en su patentado modelo de comercio. Dice que no usan ninguna investigación externa. Hay algo más que no puedo averiguar.

—¿Y qué es? —preguntó Jace.

—¿Cómo está sacando esto adelante Nathan? Zachary dice que él mismo introduce sus transacciones en el sistema. Pero cuando lo comprobé, esas transacciones no están siendo introducidas en el sistema de contabilidad. Es como si no estuviera conectado a nada.

Jace nunca tuvo oportunidad de responder.

Ambos se quedaron paralizados cuando un fuerte ruido seguido de cristales rompiéndose llegaron desde abajo.

Kat dejó caer el bolígrafo. Pesadas pisadas resonaron en las escaleras principales. Se levantó de un salto y miró por la ventana del estudio. Una figura oscura corría acera abajo hasta un sedán negro aparcado en la acera. No podía ver si era un hombre o una mujer cuando cerraron de un portazo la puerta del copiloto. Los neumáticos del coche rechinaron cuando se alejó de la acera.

Corrió hacia el pasillo con Jace cerca detrás de ella. Ambos se detuvieron en el descansillo de la escalera cuando olieron la gasolina.

CAPÍTULO 16

Kat y Jace se quedaron en el descansillo, transpuestos por la escena de abajo. Los restos de un cóctel Molotov casero ardían en el centro de la alfombra del pasillo. Vapores de gasolina mezclados con humo, y cristal de la ventana lateral cubría el suelo de madera.

De repente la botella explotó.

Se disparó fuego en todas las direcciones. En cuestión de segundos su visión de la puerta principal fue eliminada por el creciente humo. Las llamas lamían la barandilla de la escalera.

La gasolina quemaba las fosas nasales de Kat. Dio un salto cuando una segunda explosión ocurrió, formando una bola de fuego.

–Oh, Dios mío. Tío Harry… ¡sal aquí! ¡Date prisa!– Kat se giró en redondo, a punto de dirigirse hacia la habitación de invitados.

Pero Harry ya estaba en el pasillo. –¿Qué está pasando? –Harry se frotó los ojos. Sus ojos se abrieron como platos cuando vio las llamas. –¡Mierda!

Kat entró corriendo en el despacho para llamar a los bomberos.

Pero el teléfono inalámbrico no estaba en su soporte. Soltó un taco y volvió a correr hacia el pasillo, preguntándose dónde estaría.

–Intentaré apagarlo–. Jace bajó corriendo las escaleras, quitándose su sudadera.

–¡Jace! Ten cuidado–. Kat observaba desde lo alto de las escaleras. En menos de un minuto, las llamas habían crecido varios metros. Era demasiado tarde para hacer nada. Pronto bloquearía la escalera y su vía de escape.

Se giró. –¡Harry! ¡Vamos!– Ella le hizo señas con la mano y descendió las escaleras con Harry justo detrás de ella.

–Déjame echarte una mano, Jace–. Harry se quitó su camisa de golf por la cabeza y se dirigió hacia Jace.

–¡No! –Kat cogió a su tío por el brazo y tiró de él hacia atrás. Le hizo girar hacia la cocina y lejos del fuego. –Sigue caminando, Harry, sal por la puerta trasera. Jace, tú también. Déjalo.

El fuego ahora envolvía todo el vestíbulo delantero, demasiado grande para ser extinguido. Estaba fuera de control.

De repente Kat recordó los papeles de arriba. Las hojas de cálculo de Nathan y los extractos de los clientes. Ella tenía las copias originales.

Si corriera arriba ahora podría cogerlos a tiempo. No… eso era una estupidez. –¡Jace, déjalo!

Su rostro estaba ruborizado por el calor.

–Puedo apagarlo–. Jace frunció el ceño mientras levantaba su chamuscada sudadera de la alfombra. Se acercó un poco y la lanzó sobre el fuego. Saltó sobre él con sus botas, intentando extinguir las llamas.

Kat se detuvo en la puerta de la cocina. Las acciones de Jace podrían haber funcionado hacía un minuto, antes de que las llamas se hubieran duplicado en tamaño. Ahora tenía poco efecto, aparte de ser peligroso.

–Es demasiado, Jace. Vamos.

Jace saltó hacia atrás y protegió su rostro justo cuando una tercera explosión aumentó las llamas. Ahora las llamas bloqueaban la escalera que acababan de descender. Jace se giró y se colocó detrás de Kat, animándola a seguir.

Kat giró hacia la cocina, solo para encontrar a Harry inmóvil junto a los fogones, retorciéndose las manos. Parecía perdido. –Vamos a salir por las escaleras traseras, Harry. Solo sígueme hasta la puerta de la cocina–. Kat cogió el teléfono inalámbrico de la encimera de la cocina mientras salía, intentando permanecer en calma. Abrió la puerta de la cocina y se llenó los pulmones con el frío aire limpio. Marcó el número de emergencias y bajó las escaleras, tirando de Harry detrás de ella. Cuando miró hacia atrás, su corazón se detuvo.

¿Dónde demonios estaba Jace? Debería haber estado justo detrás de ella y Harry. Solo que no estaba.

–Espera aquí. Habla con ellos–. Puso el teléfono en manos de Harry y volvió corriendo.

–¿Qué quieres decir con que espere aquí? –Harry levantó la mano. –No entres ahí, Kat.

Ella se giró. –Tengo que encontrar a Jace–. El aguacero ahogó las súplicas de Harry, o quizás ellas las bloqueó.

–¡No!– Harry gritó más fuerte y se retorció las manos. –Espera a los bomberos.

Pero Kat ya había subido las escaleras. Cruzó el umbral solo para ser recibida por un humo espeso. Le dio una arcada y se agachó, esperando encontrar aire más fresco abajo. ¿Por qué no la había seguido Jace fuera? Había estado justo detrás de ella. Era obvio que el fuego era demasiado grande para ser extinguido... ¿en qué estaba pensando? Ella gateó por el suelo de la cocina, muy bajo contra el humo espeso.

Harry tenía razón: volver había sido un error. Pero unos segundos podrían suponer una gran diferencia antes de que llegaran los bomberos. Sus papeles de Edgewater eran una cosa, pero no podía abandonar a Jace. Ella tosió cuando el humo invadió sus pulmones. Le escocía los ojos y parpadeó para controlar las lágrimas.

Atravesó gateando la cocina hasta el pasillo, incapaz de ver más de un metro delante de ella. Aunque las llamas se habían reducido, el espeso humo impregnaba cada centímetro del pasillo, haciendo imposible ver.

Ella se acercó más hasta donde había visto a Jace por última vez, su respiración pesada por el agotamiento. No podía conseguir suficiente aire.

Entonces oyó las sirenas de los camiones de bomberos bajando por la calle mientras jadeaba buscando aire. El camión se detuvo con un chirrido fuera. Puertas se abrieron a portazos y voces de hombres se colaban por la ventana rota. Aún tenía la esperanza de que las parpadeantes luces del camión de bomberos penetrase la oscuridad. El vestíbulo estaba vacío. Jace no estaba.

at se estremeció y se arrebujó más en la manta de lana que rodeaba sus hombros. Se sentó en sus peldaños delanteros, escuchando el agua gotear por los alerones. La lluvia había amainado, y el fuego estaba extinguido. Tosía con espasmos, un resultado de la inhalación de humo. Harry se sentó junto a ella y asintió con la cabeza mientras el jefe de bomberos la regañaba por entrar en la casa. Uno a uno, los vecinos regresaron a sus casas y apagaron sus luces, aliviados de que el fuego no se hubiera extendido.

Jace atravesó el césped, pasando junto a un par de bomberos ocupados en recoger su equipo. Su mano y brazo derechos estaban vendados y envueltos en venda blanca. Había roto la ventana del salón y había saltado por ella al patio delantero. Kat se levantó y descendió los escalones para reunirse con él.

Ella le abrazó, agradecida por que hubiera escapado del fuego. —No vuelvas a hacer eso, Jace. Pensaba que habías muerto allí.

Él se echó hacia atrás para estudiarla. Sus ojos se entrecerraron. —No deberías haber vuelto a entrar. Puedo cuidar de mí mismo.

Kat no estaba de acuerdo pero no dijo nada. Simplemente estaba aliviada de que no hubiese resultado herido más gravemente. Entrelazó su brazo con el que no tenía vendado. Juntos subieron las escaleras hasta la puerta delantera. Ella se quedó justo fuera y miró hacia el vestíbulo delantero.

–¿Por qué haría alguien esto? –Kat estudió los chamuscados restos del cóctel Molotov. Parecía casero, un trapo ennegrecido aún sobresaliendo del cuello de la rota botella de vino.

Jace no respondió. Se agachó y estudió el suelo dañado.

Un círculo negro quemado era todo lo que quedaba de la antigua alfombra de la India británica. Había sido tan antigua como la casa. La barandilla de la escalera y el zócalo del pasillo estaban ennegrecidos y chamuscados, y los suelos de madera que Jace había restaurado tan concienzudamente estaban ahora debajo de charcos de agua. Los bomberos habían extinguido rápidamente las llamas, pero el daño estaba hecho.

–No lo sé–. Jace se puso de pie y se giró hacia ella. –Quizás es un caso de identidad errónea. Atacaron la casa equivocada.

–La mayoría de nuestros vecinos tienen más de setenta años, Jace. No puedo imaginármelos como objetivos de nada–. Los pensionistas en su vecindario de Queens Park hacían cócteles sin alcohol, no cócteles Molotov.

–Alguien os tiene manía, chicos–. Harry apareció detrás de ellos. Miró dentro al desastre. –Quizás no debería quedarme.

–¿Qué es esto? –Jace empujó un bote metálico con la punta de su bota. Yacía parcialmente escondido debajo del armario del vestíbulo, desapercibido a ojos de los investigadores de incendios provocados. Se agachó y lo recogió. Desenroscó la tapa y sacó un pedazo de papel.

–¿Qué es? –preguntó Kat. –Quizás deberías dejarlo ahí.

Jace la ignoró. Su rostro se oscureció mientra lo leía, luego se metió el papel en el bolsillo.

–Déjame ver eso –Kat tendió su mano hacia él.

Jace sacudió la cabeza. –No es nada.

–¿Qué quieres decir con nada?– El bote de metal debía haber estado dentro del cóctel Molotov. –Yo también vivo aquí. Quiero saber qué dice.

Jace se encogió de hombros y sacó el papel de su bolsillo. Se lo tendió a ella.

Kat leyó la nota mecanografiada. *Detén la historia.* –Entonces esto va de tu artículo. ¿Pero no lo había cancelado *El Sentinel*?

–Lo hicieron.

–¿Hay otra historia de la que yo no sé nada? –Kat se estremeció cuando le devolvió la nota. Se arrebujó aún más dentro de la manta que rodeaba sus hombros.

–No, esa es la única en la que estaba trabajando. Pero no salió impresa. Nadie sabe que existe.

–Nadie excepto la gente del *Sentinel*. La misma gente que te despidió.

–¿Crees que alguien del periódico nos lanzaría una bomba incendiaria? Es una locura, Kat.

–Quizás no es *El Sentinel*. Alguien podría haber filtrado tu historia. A la gente que estás acusando, ¿tal vez?

–¿Por qué harían eso? –Jace miró el papel antes de metérselo en el bolsillo.

–¿Quién sabe? Quizás por la misma razón por la que tu historia fue retirada. Eso todavía significa que *El Sentinel* está conectado de algún modo con tu historia. Deben imaginarse que vas a publicar el artículo de todas formas.

–¿Sabes? En realidad eso no es una mala idea. *El Sentinel* no es el único periódico de la ciudad.

–No merece la pena, Jace.

–¿Por qué no? Le venderé la historia a alguien más. Obviamente hay más en esto, y no van a amordazarme. Quizás debería investigar un poco más profundamente y ver a dónde me lleva.

–¿Y ser atacados de nuevo? –Kat desearía no haberlo mencionado nunca. Jace era como un sabueso siguiendo un rastro. Nunca pararía hasta que descubriera quien estaba detrás de la bomba incendiaria.

–Quien quiera que sea tiene que ser detenido, Kat. Especialmente ataques violentos como este. Si no les detengo, ¿qué pasa a continuación? ¿Todo lo que sea controvertido será reprimido? Así es como empieza la opresión.

Kat suspiró. Ella también quería saber quién estaba detrás del ataque, y quería justicia. Pero algunas veces era mejor tener la fiesta en paz. Era algo que había aprendido creciendo en la casa de los Denton.

Ciertamente ella no tenía ganas de discutir después de todo lo que había pasado. Cambió de tema. –¿Encontraste algo sobre los auditores de Edgewater anoche mientras yo estaba en sus oficinas?

–De hecho, sí –dijo Jace. –Beecham & Company es una compañía registrada, aún cuando opera desde un solar vacío.

Al menos eso era un progreso. Incendio o no incendio, ella todavía tenía trabajo por hacer.

–Entonces existe en realidad.

–Beecham existe, sí, pero solo en nombre. Sus propietarios son un holding empresarial. Cuyo dueño a su vez es Nathan Barron.

Los peores miedos de Kat se vieron confirmados. –Eso explica por qué los auditores no se dieron cuenta del fraude. No hay auditores. Es todo una farsa.

Por supuesto que Nathan Barron no podía arriesgarse a que un auditor legítimo descubriera su fraude. Pero con billones en juego, ¿por qué no había tapados sus huellas mejor? Una dirección en un solar vacío y un número de teléfono desconectado era simplemente chapucero.

–¿No comprueban los inversores millonarios este tipo de cosas más que las personas normales? –preguntó Jace.

–Pensarías que sí, pero con un doce por ciento de ganancias todos los años, quizás no. Zachary me cuenta que los inversores prácticamente se pelean por invertir en el fondo. Y otra cosa…

alguien más en los registros de Edgewater tiene la misma dirección que Beecham.

–¿En serio? ¿Quién?

–Fredrick Svensson. Necesito que me ayudes a averiguar por lo que le están pagando–. Eso y cómo demonios Zachary podía hacer transacciones sin dinero. Algo no olía bien.

at y Jace se sentaron en la oficina del centro de Kat, exhaustos por el incendio de la noche anterior. Aparte de la ventana rota, el fuego había deshecho cientos de horas de concienzuda restauración en la barandilla tallada y el zócalo. Por suerte no había daño estructural, pero era demasiado duro mirarlo ahora mismo. Para cuando terminaron de limpiar y tapar la ventana, ya era temprano por la mañana del sábado. Habían venido a la oficina para escapar del aire humeante que todavía persistía abajo.

–Dime que no estoy loca, Jace –Kat señaló las confirmaciones de transacciones de Edgewater durante los últimos dos meses. –Edgewater está en bancarrota, y no hay transacciones para empezar. ¿Cómo podía Zachary no saberlo? –Kat hizo una mueca mientras bebía su café. Estaba frío como el hielo.

–¿Estás totalmente segura de que no está implicado? Por supuesto que estaría loco por contratarte si fuera así–. Jace se encogió mientras apoyaba su herido brazo derecho sobre su rodilla.

–Exacto. ¿Pero por qué no se dio cuenta de que sus transacciones no estaban llegando a término? Inversiones Edgewater parece no ser para nada como él lo ha descrito. Está a punto de derrumbarse.

–¿Podría falsificarse también las confirmaciones de las transacciones? –preguntó Jace.

–Sí, pero ¿no habla Zachary con las demás personas? ¿Otros comerciantes? ¿Su corredor de bolsa?– A pesar del incendio, el trabajo de la noche anterior había valido la pena. Con pruebas de que el dinero era desviado, Kat se figuró que podría cumplir el plazo de Zachary. Si pudiera seguir el dinero hasta su último destino, Zachary tendría un caso sólido contra su padre. Pero esta última pregunta la tenía muda. –¿No ejecuta las transacciones en una plataforma de comercio computerizado? Es un ardid elaborado si todo eso también es falso. Tendré que verle hacerlo.

–¿Dijiste que Edgewater le pagó a Analítica de Investigacion unos doscientos veinte millones el año pasado? –Jace se rascó la barbilla.

–Correcto.

–Es casi exactamente los ingresos totales de Analítica de Investigacion durante el año. Me descargué su informe anual –dijo Jace. –Fue sorprendentemente fácil de acceder.

–Eso significa que Edgewater podría ser su único cliente–. Kat volvió a pensar en la dirección del solar vacío de Beecham y la llamada de teléfono en la que le colgaron. Research Analytics también era probablemente una fachada. ¿Pero una fachada para qué? ¿Qué estaba escondiendo Nathan? ¿Y por qué necesitaba todo ese dinero?

Kat se levantó de su escritorio y cogió una gruesa carpeta de encima de su archivador. –Esto son copias de todos los depósitos bancarios del año pasado. Casi todos los depósitos son clientes invirtiendo su dinero. Ningún intercambio que pueda ver.

–Más pruebas de que no está pasando ningún comercio.

Kat asintió. Se encaramó en el brazo del mullido sillón de Jace. –A menos que haya una cuenta bancaria de la que no sabemos nada–. Ella abrió la carpeta. –Los depósitos son inmediatamente transferidos de nuevo, casi tan pronto como entran. Todo al mismo número de cuenta en el Banco de Caimán.

–Apuesto a que esa es la cuenta de Research Analytics–. Jace levantó la mirada hacia ella. –¿Quieres que lo confirme?

–Claro. También quiero revisar las relaciones internas–. Kat se levantó y dejó la carpeta sobre su mesa. Caminó hacia la pizarra. –Ayuda ver quién está relacionado con quién.

Ella señaló al diagrama dibujado en la pizarra. Un recuadro etiquetado como *Edgewater* estaba arriba. Los dos recuadros de abajo estaban marcados como *Research Analytics* y *Svensson* respectivamente. Líneas marcadas como *pagos* los conectaban a Edgewater. Una línea marcada como *informes* corría hacia la derecha, conectando *Edgewater* con un recuadro identificado como *Beecham*.

–¿Para qué es todo esto? –Jace se puso de pie y levantó el brazo mientras la seguía hacia la pizarra.

–Para hacerme una idea de cómo fluye el dinero y la información. ¿Qué tienen todos ellos en común? –Kat recorrió con su dedo la parte de arriba del diagrama.

Jace levantó las cejas pero no dijo nada.

–Sabemos cuanto le pagó Edgewater a Research Analytics. Y sabemos cuanto dinero tienen en total por su informe anual–. Kat golpeó el documento sobre su escritorio. Junto con el Registro de Compañías de las Islas Caimán y búsquedas online, el diagrama representaba toda la información que pudo reunir sobre la compañía.

Ella señaló al recuadro de *Research Analytics*. –Casi todo el dinero que recibe Research Analytics –unos doscientos veinte millones anualmente– van a una organización sin ánimo de lucro. El World Institute. Nathan es miembro–. Por suerte para ella, el World Institute tenía página web. Una página web que enumeraba orgullosamente a sus donantes y miembros.

Ella dibujó un círculo debajo del diagrama y escribió *WI* dentro. Dibujó flechas hacia abajo desde *Research Analytics*. –

Research Analytics es simplemente un conducto desde Edgewater hasta el World Institute.

–Eso es una fortuna. Si todo va a un lugar, ¿por qué no pagarían los donantes al World Institute directamente?

–¿Quieres decir como Edgewater? –Kat dio golpecitos en la pizarra.

Jace asintió.

–Buena pregunta. Es sin ánimo de lucro, así que no hay ventajas fiscales derivadas de canalizarlo a través de las Caimán o cualquier otro paraíso fiscal.

–Research Analytics es solo una fachada–. Jace se sujetó el brazo mientras volvía a su silla. –El dinero de Edgewater termina en WI sin que nadie lo rastree de vuelta allí.

–Exacto. Apuesto a que algunos donantes tienen algo que ocultar. Quizás quieren permanecer anónimos.

–Obviamente están borrando sus huellas por alguna razón–. Jace se removió en su sillón y arrugó el gesto. Se frotó su brazo herido.

–¿Está muy irritado? Deberías ver a un médico, Jace.

Jace lo rechazó con su mano izquierda. –Está bien por ahora.

–Como quieras–. Kat volvió a sentarse en su escritorio y tecleó *World Institute* en el buscador y pulsó intro. Los resultados de la búsqueda volvieron con una docena de entradas aparte de la página web oficial de WI. Pinchó en la primera. –Al parecer también celebran una conferencia anual.

–Pensaba que era una organización secreta.

–Lo es. Nadie sabe lo que discuten dentro de la conferencia, o incluso donde se celebra. Solo que la celebran cada año–. Para semejante organización clandestina, ella se sorprendió de lo fácil que era encontrar información online. Quizás para inspirar a inversores adicionales.

–¿Quiénes son los miembros? ¿Del tipo inversor?

–No… eso es lo que es interesante. Es cualquiera y todo el mundo. Magnates empresariales, filántropos, miembros de la realeza, futuros presidentes, e incluso presentadores de programas de entrevistas bien conectados. Gente con dinero.

–¿Futuros presidentes? ¿Cómo pueden predecir al siguiente cabeza de estado antes de que suceda?

–No tienen que predecir el futuro –dijo Kat. –Ellos lo deciden. Al menos eso es lo que dicen algunas personas–. Ella pasó hasta la página de información financiera. –¿Ves esto? La afluencia total el año pasado fue de cuatrocientos millones. Eso significa que los doscciento veinte millones de Edgewater por medio de Research Analytics es más de la mitad de toda su afluencia de dinero.

–Vaya. Muy influyente. ¿Quién está aportando el resto? –Jace se inclinó hacia delante.

Kat frunció el ceño. Como un perro con un hueso, él olía una historia. Jace era el mejor desenterrando secretos.

–No lo sé. ¿Puedes investigar más para ver quién más está afiliado con ellos?– La rápida investigación de Kat había encontrado todo tipo de teorías de la conspiración relacionadas con el World Institute. Aunque el WI se refería a sí mismo como un *comité de expertos* en el informe anual, otros eran menos halagadores. En el mejor de los casos estaba considerado como una sociedad secreta de la élite global, los ricos y poderosos determinando las políticas y las leyes para cubrir sus necesidades. En el peor de los casos era descrito como un gobierno global en la sombra que socavaba la soberanía nacional al respaldar a políticos amigos de las grandes empresas.

Pero ella dejaría que Jace formara sus propias opiniones. Nadie era mejor desenterrando mierda. Solo tenía que asegurarse de que él no se desviara una vez que viera el potencial de una historia.

–Me pondré a ello inmediatamente–. Jace se reclinó en el sillón de cuero y estiró sus largas piernas delante de él. Sacó un ordenador de su maletín y lo encendió.

Kat miró en su bandeja de entrada, donde el extracto bancario de Harry llamó su atención. Estaba encima de su chequera y otros extractos. Otra tarea que necesitaba atacar rápidamente. Quien quiera que estuviera detrás de su desastre económico necesitaba ser detenido, pero se estaba quedando rápidamente sin tiempo para cumplir el plazo de Zachary. Ella trabajaría en lo de Edgewater otra hora más y luego se concentraría en lo de Harry. Ella necesitaba enderezar sus asuntos esta noche de una vez por todas. Cogió el montón para depositarlos en su maletín cuando una línea atrajo su atención. Era una transferencia mensual a la misma cuenta que el reciente préstamo.

Jace se removió en su sillón. Estaba en silencio, aparte del ocasional tecleo en su teclado.

Se giró de nuevo al extracto bancario de Harry. En efecto, regulares transferencias mensuales habían sucedido durante al menos seis meses, que era lo más atrás en el tiempo que iban los informes de la chequera de Harry. Pero por lo que ella sabía, él no tenía otra cuenta en el mismo banco. Garabateó una nota para preguntarle a Anita Boehmer.

~

Treinta minutos más tarde, Jace animó a Kat a que se acercara.
–Kat, esto es fascinante. No puedo creer que nunca haya oído nada del World Institute. Dice que están intentando empezar un nuevo orden mundial.

Kat examinó el artículo. El pie de foto debajo de la fotografía del autor decía *Roger Landers, autor de la Conspiración de las Divisas y el Nuevo Orden del Mundo.*

–Podemos descubrir qué hay detrás del World Institute más tarde –dijo Kat. –Como no tenemos mucho tiempo, concentrémonos en como terminan los pagos de Edgewater allí.

–La lista de miembros es impresionante –dijo Jace. –He rastreado a todos los asistentes desde las primeras reuniones en 1954. Ese año, cien personas de la élite mundial se reunieron con el único propósito de establecer un gobierno mundial. Cada año desde entonces, unas cien o así de las personas más poderosas se habían reunido para avanzar su causa.

—Eso es toda una teoría de la conspiración como no he oído jamás—. Kat se dio cuenta de su error demasiado tarde. Jace ya se había salido por la tangente.

—Hay un montón de datos interesantes con los que respaldarla. Por ejemplo, los últimos tres presidentes americanos, el primer ministro británico, y el primer ministro canadiense han asistido a las reuniones. Justo antes de que fueran elegidos.

—Fueron votados por la gente, Jace. Democráticamente—. ¿Cómo podía hacer que volviera a concentrarse en lo importante?

—Cierto —dijo Jace. —Solo que ¿quién decidió qué personas se presentarían en primer lugar?

—¿Crees que esas nominaciones fueron fijadas?

—Por lo menos muy influenciadas. El noventa y tres por ciento de todos los asistentes políticos del World Institute terminaron en el poder un año o dos más tarde. Eso es más que una coincidencia. ¿Pero cómo y por qué están conectados con el WI? Ni siquiera he oído nada de la organización hasta ahora.

—¿Qué tiene esto que ver con el dinero?

—Antecedentes, Kat... antecedentes. Supongo que la única razón por la que no hemos oído del WI antes es porque no quieren que lo hagamos. Por supuesto, unos cuantos periodistas *están* escribiendo muchas de las cosas que estoy leyendo, pero han sido rechazados como chiflados.

—Solo que tú no crees que sean unos chiflados —suspiró Kat.

—Debe haber un elemento de verdad en esto. Por lo que puedo ver, el WI es todo muy secreto. Las reuniones están cerradas a los medios. Al menos los medios regulares. Unos cuantos periodistas notorios han sido invitados, pero con el entendimiento de que están obligados a guardar secreto. Rompe el silencio y no volverán a invitarte... o escribe un libro como Landers y serás completamente expulsado. Ninguno de los periodistas más complacientes han filtrado nada nunca. No en más de cincuenta años. Cualquier periodista que valga su peso en oro escribiría una historia sobre esto.

–Y aún así ningún periodista de masas lo ha hecho–. Kat se giró más completamente hacia él. –A ver, ¿por qué es eso?

–Han sido silenciados–. Jace enarcó las cejas. –Les pagaron… o algo peor.

–O quizás no hay nada de lo que escribir.

–Quizás sí, quizás no. No te engañes, Kat. Es una gran historia. Hay un motivo por el que no hemos sabido nada de esto hasta ahora. Estas son algunas de las personas más ricas y poderosas del mundo. Controlan bancos, gobiernos, e incluso países. Su objetivo es consolidar el poder aún más. ¿La Unión Europea? Ese fue el primer paso. Tienen planes para una unión asiática y otra norte-americana a continuación.

Jace señaló el Informe Anual del World Institute en la pantalla del ordenador de Kat. –Su mandato es una divisa mundial. Edge-water es uno de los mayores comerciantes de divisa global.

–Eso no tiene sentido para mí –dijo Kat. –Menos divisas arruinan el negocio de Edgewater. No tendrían nada con lo que comerciar.

Ella se giró hacia la pantalla de su ordenador. –De todas formas, necesariamente no necesitamos saber las razones de Nathan para desviar el dinero. Solo pruebas de que malversó el dinero.

–¿No quieres saber el motivo detrás del delito?

–Claro, es interesante, pero no tenemos tiempo, Jace. Necesito terminar esto antes del plazo del lunes de Zachary.

Era como si Jace no hubiera oído ni una palabra. –Ejemplo perfecto: la Unión Europea. ¿Qué pasó después de eso? El Euro. Una divisa.

–¿Y qué?

–Eso es solo el principio, Kat. ¿Y si la crisis de crédito sucedió a propósito?

–¿Quieres decir que alguien lo planeó?

–Exacto. ¿Y si la divisa no tuviera valor? ¿Qué harías?

–Mantendría mi dinero en una divisa más fuerte. O, si eso no fuera suficiente, en algo como oro o diamantes. Y cualquier otra persona haría lo mismo. ¿Pero por qué orquestaría alguien una devaluación de la moneda? Hace daño a todo el mundo.

–No a todo el mundo… solo a la gente que no se lo ve venir.

–Suena igual que cualquier otra teoría de la conspiración de las que he oído hablar –dijo Kat. –Y no tiene nada que ver con Edgewater y la tarea de Zachary.

–Ahí es donde te equivocas, Kat. Independientemente de la baja opinión de Zachary sobre su padre, Nathan Barron es un experto en divisas muy respetado. ¿Y si el objetivo era cambiar a una divisa mundial? ¿Cómo harías que la gente –o los gobiernos– hicieran eso?

–Tendrías que devaluarla –dijo Kat. –Entonces todo el mundo querría salirse de la divisa débil. La cambiarían por una divisa más segura y más estable.

–Exacto. Devalúa el dólar, la libra, el yen. Todo el mundo entra en pánico y, *voilà*, ofreces una divisa global para sacarles del lío en el que están metidos. Con tus condiciones, por supuesto.

–¿De dónde sacas estas cosas, Jace? Es completamente disparatado.

–No lo creo. Mira estas listas–. Jace le tendió a Kat una fotocopia de los asistentes a cada conferencia. Cada año era como una Lista de los 100 Mejores. Solo que no eran las canciones de éxito del año. Eran los pesos pesados del año: los más ricos, los más poderosos, la gente más influyente del mundo, cada año desde 1954.

–¿La reina de los Países Bajos? Es una filántropa. El World Institute es un comité de expertos. Nada extraño sobre ello–. Kat examinó la lista. Pesos pesados de verdad, pero nada que indicase motivos siniestros.

–Ella controla una de las mayores compañías petrolíferas del mundo –dijo Jace. –Es más que un interés en la humanidad. Es una concentración de poder.

–Incluso si tuvieras razón, ¿cómo está relacionado exactamente con Nathan Barron y Edgewater? –Kat sintió como era absorbida.

–Hay dinero que ganar, Kat. Si resulta que sabes que una divisa está a punto de caer, puedes beneficiarte de ese conocimiento.

–¿Quieres decir especulando con ello? ¿Cómo en las transacciones de Edgewater?

–Exacto –dijo Jace. –Es por eso que tenemos que expandir el ámbito para incluir al World Institute. Sabemos que Research Analytics juega un papel principal en el fraude de Nathan. Como poco, deberíamos investigar la relación de Research Analytics con el World Institute.

–No, Jace. Solo necesitamos proporcionar información sobre el World Institute y demostrar que el dinero va allí. Todo lo que vaya más allá está fuera de los límites.

–¿Por qué? Aparte del hecho de que el dinero que Nathan está aportando no es suyo en realidad, debe haber una razón por la que contribuye secretamente en primer lugar. ¿No querría saber Zachary que Nathan ha fundado una organización que socava su negocio?

Kat suspiró. –Vale, siempre y cuando Zachary esté de acuerdo–. Ella ya estaba segura de que Zachary se tiraría de cabeza sobre algo que expusiera los delitos de Nathan. –Solo mantente concentrado.

–Necesitamos ir a esa conferencia.

–Jace, no –Kat levantó los brazos para protestar. –No me importa ayudarte con una historia, pero nos estamos desviando del tema. No necesitamos ir a la conferencia.

–Pero creo que es dentro de unos días. Al menos así lo parece, dada la información que encontraste en el email y el calendario de Barron. Tiene lugar en algún lugar diferente cada año, normalmente en un centro turístico justo a las afueras de una gran ciudad.

El año pasado fue en un complejo suizo, el año anterior justo a las afueras de Nueva York.

Kat se dio un golpe en la cabeza al darse cuenta. −El viaje de Nathan a Ginebra el año pasado por estas fechas−. Lo recordaba por su calendario.

−Exacto. La reunión tiene lugar en las mismas fechas cada año. Apostaría a que si vas atrás un año más, también encontrarás un viaje a Nueva York.

−Mis tarifas no incluyen los viajes internacionales, Jace. Si quieres ir con tu propio dinero, bien. ¿Dónde se va a celebrar este año?

−No estoy seguro. El secreto se extiende hasta ni siquiera decírselo a los asistentes hasta última hora. No quieren a un puñado de periodistas metiendo las narices −Jace sonrió. −Pero esos son los mejores lugares… obviamente tienen algo que ocultar.

at seguía sin poder alejar a Jace del tema una hora más tarde.

Ya era mediodía, y Kat no había adelantado nada. Miraba fijamente el diagrama en la pizarra de su despacho, intentando encontrarle el sentido a los flujos de dinero y como se conectaban con Edgewater.

Jace, sin embargo, se había convertido en un experto en los asuntos del World Institute.

–¿Dónde está exactamente Nathan Barron? –preguntó Jace. –Eso nos daría una pista sobre donde buscar a continuación.

–No lo sé. Su agenda mostraba el vuelo a Londres de ayer. Pero Zachary lo comprobó con su secretaria y confirmó que no estaba en él. Pero está fuera de la ciudad.

–¿Dónde está?

–No lo sé. Su secretaria tampoco lo sabía. Al menos eso es lo que le dijo a Zachary. Y Zachary no le ha visto en casi una semana.

–¿Crees que ha huido?

–Lo dudo–. Kat recordaba los trofeos en el despacho de Nathan. Su ego era demasiado grande como para dejarlos atrás. –

Ha estado haciendo esto durante más de una década. Estoy segura de que no tiene ni idea de que le estamos investigando. Solo son negocios, como siempre, por lo que a él respecta.

—Supón que eso es cierto, y también supón que es miembro del World Institute. Debe de serlo, puesto que está desviando todo su dinero a ellos. Eso significa que estará asistiendo a la conferencia.

—Quizás eso era lo que estaba teniendo lugar en Londres —dijo Kat.

—¿Cuándo se reservó el billete?

Kat sacó una copia del billete de avión de Nathan. —Fue expedido hace seis meses. ¿Por qué importa eso?

—No puede ser para el World Institute. Lo planean todo en el último minuto: un mes o dos antes de la conferencia. Para mantener la localización en secreto. Pero siempre ha tenido lugar en esta época del año. Creo que no va a Londres porque tiene algo más importante. La conferencia anual del World Institute.

—Suponiendo que sea así, ¿cómo descubrimos dónde? —preguntó Kat.

—Hay otro modo de ver esto. Dame la lista de la conferencia—. Jace cogió un puñado de chinchetas. —Si estoy buscando a alguien en el campo, empiezo con la última localización que conocemos. Eso me da un patrón para definir nuestra zona de búsqueda. Luego es un proceso de eliminación.

—Esto no es una misión de búsqueda y rescate.

—No, pero se aplican los mismos principios.

Una hora más tarde estaban en la oficina libre del centro de Kat, mirando fijamente la pared delante de su cinta de correr. Era el único lugar disponible donde colgar el mapa que Jace había comprado en un todo a cien.

Las chinchetas marcaban la localización de todas las cincuenta y pico conferencias hasta la fecha. Estaban concentradas en Europa, pero había muchas en la costa este de los Estados Unidos y Canadá. Chinchetas azules marcaban las conferencias que habían tenido lugar en los últimos diez años, amarillas para la década anterior, y así sucesivamente.

El mapa parecía una versión de saldo de algo que encontrarías en la sala de operaciones del Pentágono.

–Interesante concepto –dijo Kat. –¿Pero cómo nos ayudará esto a encontrar el lugar?

–Supongo que es como las Olimpiadas. No eliges el mismo continente o país una y otra vez. Para ser justos con todo el mundo.

–Eso descarta Europa.

–Norteamérica parece un poco escaso –dijo Jace.

Cierto. Solo había siete chinchetas, todas en el este de Norteamérica.

–Siempre tienen lugar en hoteles exclusivos con mucha seguridad: guardias armados, soldados, servicio secreto, policía –añadió Jace.

–Tiene sentido. Algún lugar donde puedan asegurar el perímetro.

–Y limpiar las zonas circundantes de residentes y visitantes.

–¿De verdad? –Kat arqueó las cejas por la sorpresa. –¿Llegan a esos extremos?

Se quedaron en silencio y estudiaron el mapa. Aunque los lugares y jugadores habían cambiado a lo largo de los años, aquellos que movían los hilos en la sombra no habían cambiado. Cambios en el gobierno, guerras civiles, e incluso la democracia no habían alterado la real estructura de poder. El juego era el mismo, solo que con un diferente plantel de actores en escena. Algunas cosas nunca cambiaban de verdad.

CAPÍTULO 20

at miró fijamente el mapa de Jace. Sus grupos y redes le recordaban caminos neuronales y la demencia que estaba dominando el cerebro de Harry. Placas y enredos rompiendo sus últimas líneas de defensa, asfixiando las sinopsis y atrapando los recuerdos. Líneas de batallas eran redibujadas diariamente mientras la demencia invadía más su mente y su cuerpo.

Harry cerró de un portazo un archivador en la oficina externa y musitó algo ininteligible.

Kat dio un salto.

—¿Qué pasa contigo? —preguntó Jace. —¿No me has oído?

Kat le miró a los ojos y no pudo responder. Su labio inferior temblaba.

—¿Por qué me miras así?

Kat estalló en lágrimas. —Harry tiene Alzheimer.

Jace no vaciló. Tiró de ella, sosteniéndola contra su pecho mientras las lágrimas corrían por sus mejillas. —Entonces ahora el diagnóstico es oficial.

—No pareces sorprendido.

Jace se retiró para mirar a Kat a los ojos. Le acarició la mejilla.

–Venga, Kat. Ambos sabemos lo que ha estado pasando con él. Sus delirios y accidentes. Es más que simple despiste. ¿Pero por qué no hablaste conmigo?– Tiró de ella hacia él. –¿Lo sabías antes... en la consulta del médico?

–Sí–. Ella no mencionó la primera consulta. Sus lágrimas empapaban su camisa mientras ella escondía su rostro en su pecho.

–¿Pero me lo ocultaste? ¿Por qué?

¿Cómo podía decirle por qué? ¿Decirle que le daba miedo que él la dejara? Se sentiría insultado por la sugerencia. Pero su padre se marchó. Quizás Jace también lo hiciera.

–Estaba esperando el momento oportuno.

–El momento oportuno fue el minuto en que lo supiste, Kat. No querías contármelo... ¿Sabes cómo *me* hace sentir eso? –Jace se giró, una expresión herida en sus ojos.

–No sabía qué decir–. Él tenía razón, por supuesto, pero ella estaba asustada.

Jace la abrazó y la besó. –Kat, te quiero. Tengo derecho a saber. Simplemente no puedes dejarme fuera de las cosas así.

–Lo sé, pero hablar de ello... solo me asusta. Lo hace demasiado real. No puedo lidiar con ello ahora mismo–. Kat se obligó a dejar de llorar. Llorar nunca solucionaba nada.

–Tu madre tuvo Alzheimer.

Ella asintió mientras las lágrimas caían por su rostro.

Ya estaba... él lo había dicho por ella, en voz alta. Ella solo tenía catorce años cuando su madre murió, y ella se había mudado con los Denton. Tío Harry y tía Elsie. Y Hillary.

–¿Lo sabe Harry?

–No estoy segura. Pareció entenderlo, pero ahora ha olvidado todo sobre ello.

–Todo irá bien, Kat. Lidiaremos con ello–. Jace acarició su mejilla y limpió una lágrima.

–No quiero que Harry termine como ella, Jace.

Ella aún tenía la esperanza de que el diagnóstico fuera un error. Pero en su corazón sabía que no era así.

–Ayudaré con Harry. No te preocupes por nada.

Fueron interrumpidos por un golpe que venía de la recepción.

–¿Tío Harry?

Kat corrió pasillo abajo, con Jace cerca detrás de ella.

Harry estaba tumbado en el suelo. Su silla volcada estaba junto a él, las ruedas girando todavía. Se sujetaba el hombro y se encogía de dolor.

–Estoy bien. Solo he perdido el equilibrio.

–Nunca te pongas de pie en una silla con ruedas, tío Harry.

–Tenía que ayudarla. El archivo estaba en la estantería de arriba–. La oficina de Kat había albergado previamente una clínica dental, con archivadores desde el suelo hasta el techo. Ella no usaba las filas de arriba, pero todavía no había llegado a renovarlo.

–¿Ayudar a quién? No hay nadie aquí aparte de ti.

–Hillary –explicó Harry. –Ella necesitaba un archivo para su proyecto escolar. Lo tiene que entregar mañana.

–Vale –dijo Kat. –No la veo. ¿Dónde está ahora?

–Tuvo que irse. O llegaría tarde al colegio.

Kat luchó contra el deseo de llorar. Jace no tenía ni idea de en lo que se estaba metiendo, y ella no podía esperar que él ayudara mucho tiempo. Era pedirle demasiado a cualquiera.

CAPÍTULO 21

*K*at finalmente encontró tiempo para acercarse a comprobar Research Analytics. Aparcó en la acera y apagó el motor del Lincoln. El único espacio suficientemente grande como para aparcar el enorme Lincoln de Harry estaba a una manzana de distancia. Estaba bien, ya que aparcar calle abajo le permitía observar Research Analytics sin llamar la atención.

Harry insistió en que se llevaran su coche, lo cual, por supuesto, significaba que ella tenía que conducir. A pesar de haber perdido el permiso de conducir, él había reparado el Lincoln después del accidente y se había negado a venderlo. Estaba sentado junto a ella en el asiento de copiloto, dándole vueltas a sus pulgares. Ahora se removía constantemente, aunque al parecer no era consciente de ello.

–Vigila los bordes, Kat. Vas a arañarlas –Harry contuvo el aliento. –¿Por qué siempre aparcas tan cerca de la acera?

Kat se giró hacia Harry. –Estoy a unos diez centímetros. Abre la puerta y míralo tú mismo–. Ella siempre aparcaba más retirada para evitar este interminable debate, pero la percepción del

113

espacio de Harry y la proximidad de las cosas parecía estar mal ahora.

Harry desvió sus ojos e hizo rodar sus pulgares más rápido. –¿Por qué estás discutiendo conmigo, Kat?

–No, tienes razón, tío Harry. Estoy demasiado cerca–. Kat se dio cuenta de repente de por qué estaba agitado: la manilla de la puerta. La erosión mental de la demencia era irregular. Harry recordaba letras de canciones de moda de su juventud, y aún así se había olvidado de cómo hacer funcionar la manilla de una puerta. Incluso en un coche que había tenido durante más de treinta años. –Intentaré tener más cuidado la próxima vez.

Kat saltó fuera del coche y corrió hacia la puerta del pasajero para abrir la puerta. Ella estudió la calle mientras esperaba a que él saliera. Esta parte de la ciudad era un batiburrillo de escaparates de tiendas y edificios de apartamentos de tres plantas, construidos principalmente de los años cuarenta a los setenta. Exceptuando la pintura descolorida y el deterioro, permanecieron casi sin cambios desde su apogeo. Incluso la gente aquí destilaba cansancio. Ella cerró la puerta del coche. –¿Preparado?

Harry asintió y recorrieron la calle. Era su viejo vecindario, a solo tres manzanas de la casa donde él nació.

–¿Dónde estamos, Kat? –Harry miraba alrededor con asombro. –Nunca he estado aquí antes. Hay mucho ajetreo aquí.

–Lo sé–. Kat no le corrigió. Solo le disgustaría, y ya estaban en su destino. El cuartel general corporativo de Research Analytics parecía ser un edificio de apartamentos de estuco con un letrero de "vacantes" delante. Ella se acercó hacia la puerta principal e inspeccionó el listado de oficinas. Ninguno de los nombres era siquiera remotamente similar al de Research Analytics. Lo más cercano a la suite mil cuatrocientos era la número doce, que constaba como que pertenecía a A. Knopf.

Justo como había sospechado, Research Analytics era un completo invento. El número de teléfono tampoco lo había comprobado; resultó ser un número desconectado. Vendedores ficticios eran un método común para la malversación por información privilegiada. Kat sacó su teléfono móvil e hizo una foto del edificio como prueba para su informe.

~

Una hora más tarde, Kat estaba sentada enfrente de Zachary en la sala de juntas de Inversiones Edgewater. A pesar de ser sábado, la mitad de las oficinas estaban ocupadas por gente hablando por teléfono o tecleando en sus ordenadores. Retazos de conversaciones de pasillo se colaban por la puerta abierta de la sala de juntas cuando la gente iba a por sus cafés matutinos.

Ella sacó un grueso montón de documentos de su maletín y lo dejó sobre la mesa.

–¿Qué tienes? Suficiente para pillarle, espero–. Zachary parecía casi feliz. Una extraña reacción ante el descubrimiento de que su compañero –y padre– le estaba robando.

La investigación de Kat había resultado en más preguntas que respuestas. Una cosa era cierta: Edgewater y la familia Barron nunca volvería a ser igual.

Ella contuvo el aliento. A Zachary no iba a gustarle lo que ella tenía que decir. –Estoy trabajando en ello. Aquí está lo que he conseguido hasta ahora–. Kat contó cómo el dinero había pasado de Edgewater a Research Analytics.

–¿La compañía de investigación de inversiones de la que me hablaste? ¿De cuánto dinero estamos hablando? –Zachary la miró fijamente.

–Cincuenta millones por ahora este año. Doscientos veinte millones el año pasado–. Ella levantó las manos y se encogió de hombros. –Antes de eso… aún estoy trabajando en los números.

Él se levantó de un salto de la silla. –Eso es imposible. Sé que algo está pasando… ¿pero un cuarto de billón? Eso no puede ser cierto.

–¿Recuerdas cuando dijiste que no había dinero en el banco?

–¿Pero tanto? Es imposible.

–Me temo que es posible, Zachary.

Su petulante expresión pasó a una de pánico. –¿Cómo podemos recuperarlo?

–Estoy intentando averiguar eso ahora mismo. Lo que sé hasta ahora es que Research Analytics es una farsa. La dirección en la factura es un destartalado y sórdido edificio de apartamentos en la zona este–. Ella le dio la vuelta a su teléfono para enseñarle la fotografía del ruinoso edificio.

Zachary se burló. –Lo sabía. Nathan es un ladrón. Quiero denunciarle, echarle de Edgewater.

–Nathan no actuó solo, Zachary.

Se envaró y sus ojos se entrecerraron. –¿Qué quieres decir?

–Tuvo ayuda. Alguien tuvo que expedir los cheques a Research Analytics. Él no tiene el acceso de seguridad para hacer eso.

–Bueno, ¿quién lo tiene?

No había forma de evitarlo. –Victoria. Los auditores de Edgewater también son sospechosos–. Kat explicó los números secuenciales de las facturas y Beecham, incluyendo su conexión con Nathan. Victoria era la única persona de Edgewater con acceso a los cheques.

–¿No existen? ¿Nathan montó una firma de auditorías ficticia?– Él no parecía muy sorprendido. La falta de emoción de Zachary la preocupaba. ¿No entendía las implicaciones? O quizás lo hacía, pero estaba en negación.

–Es muy serio, Zachary. Todo sobre Edgewater es sospechoso. Las finanzas, la realización de las inversiones… todo–. No había modo de endulzarlo. –Edgewater está en la ruina, y tú también.

–¿Qué quieres decir con en la ruina?

Kat sacó el extracto bancario de su maletín y lo deslizó a través de la mesa de la sala de juntas.

Zachary cogió el papel y se quedó en silencio durante un momento mientras leía su análisis. –Mataré al bastardo–. Dio un golpe con el puño sobre la mesa.

Kat dio un salto, aún cuando había esperado su reacción. –Lo difícil será recuperar el dinero. ¿Tienes algo en reserva? ¿Alguna línea de crédito?

Zachary sacudió la cabeza. –¿No queda nada de dinero?

Kat negó con la cabeza.

–¿Me estás diciendo que estoy arruinado? –Zachary se alejó de la mesa y se paseó delante de ella.

Zachary estaba incluso más arruinado que Harry. Solo que todavía no lo sabía.

CAPÍTULO 22

Kat y Jace se sentaron en su despacho y miraron fijamente los veintisiete nombres en la pizarra. Muchos de los asistentes a la conferencia del World Institute también estaban en la lista de contactos de Nathan. A la derecha de los nombres había columnas, una por cada año de las últimas cinco conferencias. El sábado por la tarde se estaba acabando, y se estaban acercando aún más a la fecha límite de Zachary del lunes.

Fuera, las gaviotas chillaban mientras volaban en círculos por el nublado cielo, buscando desperdicios en los muelles del puerto de abajo. Una gran gaviota se lanzó sobre un pájaro más pequeño en el muelle, robándole su captura.

Habían decidido concentrar sus esfuerzos en Research Analytics. Pero eso solo significaba seguir el dinero hasta su último destino: el World Institute. Cada paso hacía surgir más preguntas, y Zachary exigía respuestas para todas ellas.

–¿Quiénes *son* estas personas? –Kat se preguntaba lo mismo que Jace. Se puso de pie y se acercó a la pizarra.

La lista de asistencia de la conferencia del World Institute no había

118

sido difícil de conseguir. Los teóricos de la conspiración habían documentado las idas y venidas de los asistentes durante años, siguiendo a unos cuantos jugadores clave para concentrarse en la localización. Eso fue todo lo que descubrieron. Como no se permitía entrar a los no miembros, no podían informar sobre el orden del día de las reuniones. El detalle de la seguridad para una conferencia del World Institute rivalizaba con el de una cumbre del G8, repleto con equipos de las fuerzas especiales de la policía, vigilancia aérea y terrestre, y los detalles de seguridad personal de cada uno de los asistentes.

–La mayoría son ricos –dijo Jace. –Casi todos ellos son famosos. Todos son importantes figuras públicas. Aparte de ser invitados del World Institute, todos estos nombres tienen algo que ver con el dinero.

–Eso es cierto –Kat estudió la lista. –Secretarios del Tesoro, líderes de bancos centrales, presidentes de bancos, y directores de fondos de cobertura. O bien desarrollan leyes, o las regulan, o se ven impactados por las reglas.

–Coincido –dijo Jace. –Y todos son expertos globales en políticas monetarias. ¿Pero por qué todo el secreto? ¿Por qué reunirse como un grupo supranacional fuera del gobierno?

–Los gobiernos son obstáculos para ellos. Implican votantes, leyes, y discusiones. Democracia y consenso. La gente poderosa como Nathan Barron y el resto del World Institute quieren que las cosas se hagan a su manera, con sus términos. Como un bloque, sus corporaciones multinacionales también eran más grandes que la mayoría de los gobiernos–. A veces era mejor no saber como funcionaba realmente el mundo.

Jace no dijo nada.

–Eso suena un poco paranoico, ¿no? –preguntó Kat.

–Sí, pero también tiene un cierto aire de verdad. Cada vez más, las grandes multinacionales establecen las reglas. Usan a cabilderos pagados para influir en los que hacen las leyes, y eliminar las barreras de comercio equivale a mayores beneficios. Las transacciones en divisas extranjeras son simplemente otro obstáculo que les cuesta tiempo y dinero.

Era la única conexión que habían hecho en la última hora, y era problemático. Kat seguía sin poder entender por qué Nathan sería parte de ello. Menos divisas significaban menos oportunidades de arbitrar las diferencias, y ahí es donde los beneficios de Inversiones Edgewater tenían lugar.

–¿Qué tipo de conferencia se organiza en el último minuto? –preguntó Kat.

–Una secreta. Una que quiere conseguir sus objetivos sin interferencia externa.

–Claro–. Kat golpeó la pizarra con un bolígrafo para pizarra blanca. –Revisemos cada nombre y veamos qué más tienen en común.

–Jason Blackstone –dijo ella. –Consejero de la Reserva Federal de los Estados Unidos.

Jace leyó de su ordenador. –Ha estado en la conferencia durante los últimos tres años.

Kat colocó tres cruces junto al nombre de Blackstone.

–Jean-Claude Bruneau.

–Asistió por primera vez el año pasado. Dirige el Fondo Monetario Internacional.

–¿Desde cuándo? –preguntó Kat.

–Hace seis meses. Antes de unirse al Fondo Monetario Internacional sirvió como ministro de economía de Francia–. Jace vació un paquete de azúcar en su café y lo removió con la punta de su lápiz.

Kat le lanzó una mirada desaprobadora. –Vas a conseguir un envenenamiento por plomo. ¿No puedes coger una cuchara?

–No tengo tiempo –le sonrió dulcemente.

–Da igual. La coordinación de tiempo es cuando menos interesante. Bruneau fue invitado justo antes de su nombramiento como jefe del Fondo Monetario Internacional. Al igual que el actual presidente de los Estados Unidos y el primer ministro canadiense.

–Invitados antes de que se convirtieran en cabezas de estado – recapituló Jace.

–Correcto. Y los ministros de economía como Bruneau normalmente no asisten.

–A menos que el World Institute tenga planes más grandes para ellos.

–Está empezando a parecer así. El World Institute decide quien sube al poder. Tu elección está hecha incluso antes de que votes.

Kat continuó: –Gordon Pinslett.

Jace se atragantó con su café. –¿Quién?

–Gordon Pinslett. Es un magnate de la prensa... Global Financial.

–Sé quien es, Kat. Es el dueño del *Sentinel*.

–¿En serio? Nunca le mencionaste antes.

–Nunca ha puesto un pie en nuestra humilde oficina. Técnicamente, es el dueño del conglomerado que posee el *Sentinel*.

–Oh. ¿Qué está haciendo en el World Institute?

–No lo sé, pero pretendo averiguarlo –Jace se rascó el brazo vendado. –Quizás él sea la razón por la que el editor anuló mi historia. Criticar a los ricos es algo que le afecta demasiado directamente, supongo. Pero si no se cuentan historias como las mías, nunca sabemos la verdad. ¿Qué tipo de mundo es ese?– Él no espero su respuesta. –Uno censurado.

Kat se encogió de hombros y sonrió, esperando sacarle de su modo sombrío. –Nada de eso importa ahora, ya que tú no trabajas allí ya.

–Me importa a mí, Kat. La gente como Pinslett no puede simplemente comprar todos los medios y hacernos callar. Historias como la mía tienen que ver la luz.

Kat suspiró. –Vale, pero por ahora concentrémonos en la historia que tenemos entre manos: por qué Nathan está desviando dinero a Research Analytics y al World Institute–. Discutir la democracia con Jace podía durar horas. Si ella quería cumplir el plazo de Zachary, necesitaba guiarle en la dirección correcta. Ver el nombre de Pinslett había vuelto a alterar a Jace. –Estás mejor sin ellos, Jace. Tú mismo dijiste que las cosas se estaban hundiendo en el *Sentinel*. Esta es una oportunidad para un nuevo comienzo.

Jace se encogió de hombros. –Supongo. Pero todavía necesito ganarme la vida.

–Lo tengo cubierto–. Eso era debatible. Habían ganado su ruinosa casa de patrimonio con su puja en la subasta municipal el año pasado. Ganar era la palabra equivocada. La vieja casa victoriana era un pozo sin fondo que consumía interminables horas y billetes con reparaciones y remodelaciones. Las estrictas reglas de patrimonio de la ciudad significaban caras y demoradas reparaciones. Era un constante desafío permanecer dentro de las leyes de urbanismo.

–Volvamos a la lista.

Revisaron los restantes nombres mientras el cielo se oscurecía fuera. Empezó a llover.

–Svensson –dijo Jace. –Invitado durante los últimos tres años. Su nominación al Nobel era la base para la mayoría de las teorías de una divisa mundial que hay ahí fuera.

Kat escribió "pago de Edgewater" y "accidente con raquetas de nieve" junto a su novio.

–El tipo que murió en las montañas, ¿verdad?

Kat asintió.

Jace dio un golpecito en la pizarra. –Se cayó por una cornisa–. Las cornisas se formaban bajo condiciones de nieve abundante, provocando que el bloque de nieve se extendiera unos metros pasando el borde de un acantilado. Era obvio que debajo no hubiera tierra para soportarlo. Por encima parecía ser tierra cubierta de nieve. Era una causa común de caídas en el campo.

–Recuerdo oír lo del accidente, pero no los detalles –dijo Kat.

–Los detalles no estaban en las noticias. Kurt me lo contó. Él formó parte de la operación de rescate–. El amigo de Jace, Kurt, también era voluntario de los equipos de rescate. Kurt trabajaba en la Sunshine Coast, mientras que el territorio de Jace era el North Shore.

Jace tecleó algo en su teclado. –Espera un momento… aquí dice que ahora el forense sospecha que fue suicidio.

–¿Suicidio? ¿Cuando estaba nominado al Nobel? –preguntó Kat. –Ganar un Nobel sería la cumbre de la carrera de cualquiera. Solo faltan dos semanas. Definitivamente merece la pena esperar, incluso con depresión.

–La depresión hace que la gente haga cosas extrañas. También encontraron narcóticos en el cuerpo de Svensson. Demasiado para haber hecho senderismo por allí. Debe haber tomado las drogas después de llegar al punto desde el que se cayó. La historia continúa diciendo que tenía problemas financieros.

–Montones de personas tienen dificultades financieras, Jace. El dinero del premio Nobel lo habría arreglado.

–Este artículo dice que dejó una nota. Acaban de encontrarla en su habitación de hotel–. Jace dio golpecitos en la pantalla de su ordenador.

–Me gustaría ver esa nota de suicidio –dijo Kat. –Está en un país extranjero en mitad del invierno, ¿y hace senderismo durante horas solo para saltar por un precipicio? Eso es mucho esfuerzo para alguien que quiere acabar con todo.

–Cierto –dijo él.

Kat miró fijamente por la ventana. Un anciano con un impermeable amarillo esparcía migas de pan por el muelle. Varias docenas de palomas se arremolinaban a sus pies, picoteando las migas.

–Espera un momento… no es la habitual nota de suicidio. Aquí dice que se disculpaba.

–¿Se disculpaba? ¿Por qué?

Jace volvió a teclear en su teclado. –Svensson cambió de idea. Decidió que una divisa mundial estaba mal después de todo.

–Pero eso era toda la base de su nominación al Nobel.

Jace levantó la mano mientras leía de su pantalla. –Un fragmento de su nota fue publicado en el *Herald* hoy.

Kat corrió al lado de Jace para leer por encima de su hombro:

Una única divisa global o supranacional socava la regla soberana de las naciones. El dinero es una herramienta fundamental en política económica. Los gobiernos lo necesitan para ajustar las tasas de interés, las deudas, y la provisión de dinero para controlar sus economías.

El *Herald* era el otro periódico diario de la ciudad, el competidor del *Sentinel*.

–Tengo que estar de acuerdo con él –dijo Kat. –Elimina las herramientas y de repente pierdes el control de tu economía y, hasta cierto punto, tu destino.

–Por supuesto su nueva teoría está completamente en desacuerdo con el World Institute. Una divisa global es la razón de ser del World Institute.

–Me pregunto qué hizo que Svensson cambiara de idea –Kat miró fijamente por la ventana. Dos de las palomas más grandes habían atacado a un pájaro más pequeño. Voló hasta un poste, observando con impotencia como los dos pájaros más grandes devoraban su parte.

–No lo sé, pero tengo la intención de descubrirlo. Hay una historia aquí… puedo sentirlo–. Jace pulsó algunas teclas de su ordenador. –Otra cosa: Svensson ahora ya no es candidato al Nobel. Al parecer no puedes ganar si estás muerto.

–¿No incluye dinero el ganar un Nobel?

–Diez millones de coronas. Un millón y medio de dólares.

–Esa es una suma considerable –dijo Kat. –Algunas personas matarían por ello.

–¿Crees que fue asesinado?

–Posiblemente. No lo sé. En cualquier caso, tenemos que descubrir la localización de la conferencia de este año y conseguir la prueba de la implicación de Nathan. Svensson ha estado en las últimas tres conferencias, así que probablemente aún está invitado a esta conferencia, incluso si cambió de idea. Creo que sé donde es.

–¿Dónde?

–Justo aquí –dijo ella. –¿Ves esos puntos en tu mapa? Están pendientes de un lugar en la costa oeste. También explica por qué Svensson estaba aquí. Mira a ver si puedes descubrir si alguno de los otros está aquí. Comprueba con todos los hoteles de lujo. Podrían llegar el día antes y quedarse en un hotel del centro. Luego comprueba con todos los centros de conferencias locales. Lugares fuera de la ciudad, donde el perímetro puede ser asegurado. Preferiblemente los que tengan acceso limitado. No tenemos mucho tiempo si ya están aquí.

–Estoy en ello.

Esa era la parte fácil. Lo difícil llegaba ahora.

CAPÍTULO 23

*L*a corazonada de Kat fue confirmada diez minutos más tarde.

—El Tides Resort en Hideaway Bay —dijo Jace. —Cerca, pero difícil de acceder.

—¿En la Sunshine Coast? No puedo imaginarme a estos VIPs llegando en el ferry.

La Sunshine Coast estaba a veinte kilómetros al norte de Vancouver, y era accesible solo por barco. Llegar allí implicaba dos cortos viajes en coche con un viaje en ferry de cuarenta minutos entre los dos.

Los locales confiaban en los ferris del gobierno para permanecer conectados con el resto de la provincia; aún así, los ferris de British Columbia eran para el proletariado, no para la élite global acostumbrada a servicios de cinco estrellas. Kat no podía imaginárselos en fila detrás de todoterrenos y furgonetas en las colas de dos horas del ferry, sorbiendo café de tazas desechables mientras intentan mantenerse abrigados.

—No tienen que subir al ferry —dijo Jace. —Pueden volar desde el aeropuerto de Vancouver en cuestión de minutos en un pequeño vuelo chárter o en helicóptero. El Tides Resort tiene una pista de aterrizaje.

–Necesitaremos confirmarlo de algún modo.

–Hecho. Ya he llamado al hotel porque Monsieur Bruneau se olvidó su medicación –Jace sonrió. –He dispuesto que se le enviará por mensajero inmediatamente.

–Eres muy taimado–. Kat le rodeó la cintura con sus brazos y le abrazó.

Jace ladeó la cabeza para besarla. –¿Cuándo nos vamos? Bruneau llega mañana.

~

Dos horas más tarde, Kat, Jace, y Harry estaban sentados en un banco gastado en la cabina delantera del ferry de Sunshine Coast. El interior del barco no había cambiado desde la primera vez que se echó a la mar en los sesenta, aparte de las marcas en el escay azul polvoriento por las generaciones de pasajeros y el hecho de que no estaba demasiado bien cuidado. Las ventanas de la cabina estaban empañadas, un resultado de ropas húmedas encontrándose con el calor del interior.

–Es él –Kat dejó su periódico y señaló al otro lado del pasillo hacia el lado opuesto del barco. Un alto hombre delgado balanceaba una taza de café con una mano mientras sacaba un cuaderno de una mochila.

Jace se acercó más mientras el grabado mensaje de seguridad resonaba por los antiguos y distorsionados altavoces del ferry. –¿Quién?

–Roger Landers–. Kat concentró sus ojos en Landers. Llevaba vaqueros, y su desabrochada chaqueta de esquí revelaba un jersey de franela debajo. –Definitivamente estamos en el lugar correcto.

Kat se quedó sorprendida de que Jace no le hubiera visto

primero. Landers había rastreado las últimas docenas o así de conferencias del World Institute e intentaba colarse en todas ellas. Solo podía haber una razón para su presencia en el ferry.

El periodista levantó la mirada y miró a Kat a los ojos. Se levantó de un salto de su asiento y arrugó el gesto cuando se derramó café en la mano. Dejó caer la taza y se limpió la mano contra la chaqueta. Luego se giró y se dirigió hacia la mitad del barco, dirigiéndose a las escaleras de la cubierta aparcamiento.

–Tengo que reunirme con él –Kat se levantó y le siguió.

Jace frunció el ceño y sacudió la cabeza, claramente avergonzado. Ella le ignoró.

Harry se giró en redondo en su asiento. –¿A dónde vas, Kat?

Kat no respondió.

Landers miró hacia atrás, hacia ella. Llegó a las escaleras y echó a correr, bajando los escalones de dos en dos.

–¡Espere! –gritó Kat. –Solo quiero hablar con usted.

Landers aceleró el paso cuando desapareció al volver una esquina. Kat bajó la escalera, llegando a la puerta del garaje cuando estaba a medio camino cerrándose. La abrió de un empujón y miró al mar de vehículos. Landers había desaparecido.

En algún lugar en las largas filas de coches y camiones, un perro ladró, sus ladridos resonando bajo los techos bajos de la cubierta de los coches. Aparte del perro, el silencio era estremecedor, en claro contraste con la locura de hacía treinta minutos cuando embarcaron en Horseshoe Bay. Ella tenía que alcanzar a Landers antes de que el barco atracara en veinte minutos si quería hablar con él. Quizás podían combinar fuerzas.

Ella se sobresaltó cuando sonaron pisadas en algún lugar delante de ella. La silueta de Landers estaba subrayada bajo un haz de dura luz fluorescente blanca a unos treinta metros delante. Él la vio y se agachó detrás de una furgoneta Ford F-150. Ella zigzagueó entre los vehículos, manteniendo los ojos donde le había visto por última vez.

–¿Señor Landers? Por favor, no huya. Podemos ayudarnos.

Silencio.

Kat corrió hacia la furgoneta, pero Landers ya se había ido. Orientó sus orejas para escuchar pisadas, pero solo oyó una tubería goteante junto a ella. ¿Qué motivo tenía para huir de ella? Ni siquiera la conocía. Lo que era más importante, ¿a dónde había ido?

Kat dio un salto cuando algo se estrelló en la parte delantera del barco. Sonaba como si viniera de la sección donde aparcaban las bicicletas, pero por supuesto no había ninguna en esta época del año.

Entonces vio a Landers. Le daba la espalda, silueteado contra el océano de fondo. La parte delantera del nivel de aparcamiento estaba completamente abierta, excepto por una barrera de cuerdas dobles que eran retiradas cuando los vehículos desembarcaban. Él se giró y la miró a los ojos durante un segundo. Luego saltó.

CAPÍTULO 24

El desvío del ferry significaba pasajeros enfadados y un horario que cumplir. El anuncio a bordo del capitán del ferry prácticamente acusaba a Kat de estar realizando una broma. La policía parecía escéptica también, al no encontrar ninguna prueba de hombre al agua.

Kat no podía esperar a desembarcar para escapar de las miradas furiosas de los pasajeros retrasados. Condujo el Subaru por la rampa del ferry y siguió al tráfico de vehículos fuera de la terminal del ferry y por la empinada colina que llevaba a la autopista. Era la misma ruta por la que habían viajado a menudo para ir a la cabaña de Kurt Ritter. Como Jace, Kurt también era un voluntario de equipos de rescate.

–¿Por qué saltaría Landers?– La maleza se abría a una vista panorámica de Howe Sound más allá del borde de la autopista, pero Kat apenas se dio cuenta. Todavía no podía averiguar cómo había desaparecido Roger Landers justo delante de sus ojos.

–Huía asustado –dijo Jace. –Yo también tendría miedo si tú corrieras así detrás de mí.

Kat puso los ojos en blanco. –Yo solo quería hablar con él. No entiendo por qué huyó, o por qué saltó.

–Obviamente pensaba que eras otra persona –dijo Jace.

–¿Prefería ahogarse a que le cogieran?– Landers no duraría ni cinco minutos en las heladas aguas del océano. –¿De qué demonios estaba huyendo?

Varios pasajeros cercanos prácticamente la habían atacado cuando tiró de la alarma de emergencia. Al parecer sus horarios eran más importantes que un accidente marítimo. Pero permanecía el hecho de que Landers había desaparecido por la borda. Ella sabía lo que había visto, aún cuando fuera la única testigo. ¿No se supone que deben ayudar a un hombre que cae al agua?

–No sabemos de cierto que se haya ido. Solo que ha desaparecido.

–Jace, simplemente se desvaneció. No hay ningún lugar hacia el que haya podido nadar. No hay tierra, no hay barcos–. Landers había desaparecido sin dejar rastro, a pesar de los esfuerzos del capitán por darle la vuelta al ferry y la casi inmediata llegada de la guardia costera.

Kat echaba vistazos al agua mientras el Subaru abrazaba las curvas a lo largo de la autopista costera. Cualquier secreto que guardaran las aguas permanecería así, al menos por ahora. Ella salió de la autopista hacia una carretera sin pavimentar y sinuosa. Una hora más tarde, los baches y las rocas finalmente dieron paso a un pavimento liso y la propiedad apareció a la vista.

El Tides Resort estaba construido en la ladera de la colina, como un búnker. Grandes rocas anclaban enormes vigas de cedro maduro que se elevaban tres pisos, enmarcando una impresionante vista por su centro. Kat vio un gran vestíbulo a través de los grandes paneles de cristal y, más allá de eso, el océano. La gran sala estaba dominada por una enorme chimenea de piedra, el hogar lanzando un brillo naranja. Varias personas se sentaban a su alrededor, tomando unas copas.

A la izquierda estaba un segundo edificio que Kat asumió era la sala de conferencias. Más allá de su fachada de cristal y acero estaba el océano y nada más. Altos abetos de Douglas flanqueaban los dos edificios como centinelas. Un jardín y un camino estaban entre ellos, más allá de los cuales el acantilado caía hacia el océano bien abajo. Incluso en un día invernal, la dejó sin aliento.

–¿Recuerdas el plan, Jace?

–Soy el técnico para instalar el equipo audiovisual. Una sustitución de último minuto.

Kat había descubierto tanto la compañía como el nombre del empleado con una llamada telefónica al hotel para verificar el alojamiento en el lugar del técnico.

Luego llamó a la compañía de vídeo y canceló el trabajo. Ahora eran libres de ocupar el lugar de la compañía. Era la tapadera perfecta. Tenían habitación, y nadie había visto nunca a los empleados de la compañía. Siempre y cuando el material audiovisual fuera básico, les iría bien.

Jace, sin embargo, estaba inquieto. –No estoy muy seguro de esto, Kat.

–Pensé que eras un periodista de investigación–. Ella enfiló con el Subaru el largo camino circular y se detuvo.

–¿Por qué yo? –el rostro de Jace se oscureció cuando el aparcacoches se acercó al coche. –Esto no va a funcionar nunca. Ni siquiera sé el aspecto que tiene el tipo. ¿Cómo puedo disfrazarme como él?

–No tienes que hacerlo. Los empleados del hotel nunca le han visto antes. Además, eres un hombre. Yo apenas podría hacerme pasar por ese fulanito. Y Harry es demasiado viejo.

Eso llamó la atención de Harry, quien estaba en el asiento trasero.

–¿Demasiado viejo para qué?

–No importa–. Kat le tendió las llaves al aparcacoches y abrió la puerta.

–Oh. ¿Nos vamos a alojar aquí? –los ojos de Harry se abrieron como platos. –Vaya.

–Coge tus cosas, Harry –Jace abrió la puerta del pasajero. –Vamos.

–Recuerda –le susurró a Jace mientras entraban. –Estás cansado y quieres registrarte lo antes posible. Actúa como si estuvieras irritado para que no quieran hablar contigo.

Kat llevó a Harry hacia un par de bajos sillones de cuero. Sus ojos siguieron a Jace mientras se dirigía al mostrador de recepción. Ella había insistido en que llevara traje. Incluso si solo era el técnico de audiovisuales, era importante mezclarse. Se imaginó que los tíos al mando del poder global probablemente dormían con sus trajes puestos.

Se alegró de haber insistido. Jace estaba vestido igual que otros dos hombres en el bar del vestíbulo, solo que Jace era definitivamente más guapo y más sexi. No pudo evitar admirar el modo en que la bien cortada chaqueta definía sus anchos hombros y delgada cintura. Definitivamente no como un rarito técnico de audiovisuales.

Ella estudió a los dos hombres sentados en el bar. Estaban enfrascados en su conversación, girados el uno hacia el otro, haciendo difícil echarles un buen vistazo. Probablemente dos de los cien o así invitados. Uno de ellos movía los brazos con énfasis, casi derramando las bebidas sobre la barra. Kat sacó su teléfono móvil y lo levantó.

–¿No es hermoso? –dijo en voz alta a Harry en lo que esperaba pasara por algún tipo de acento europeo. Hizo una foto, asegurándose de que los dos hombres aparecieran en la imagen. Podría serle útil más tarde.

Diez minutos más tarde, Kat, Jace, y Harry admiraban la vista del océano desde el balcón de su suite del tercer piso. Se sentaron arrebujados en sus chaquetas de invierno, sus espaldas hacia el calefactor de gas que Jace había encendido a plena potencia.

–¿Estás segura de esto, Kat? Ni siquiera me pidieron mi tarjeta de crédito. Alguien lo va a descubrir.

–No si nos mantenemos discretos. La gente que hizo los preparativos ni siquiera estén aquí. Incluso si lo están, con tantos otros detalles y personas de las que ocuparse, la asignación de habitaciones es lo último que estará en sus mentes. Además, alquilaron todo el hotel, así que no va a importar. Nadie se dará cuenta.

–No estoy tan seguro. ¿Y si nos cogen? –Jace miró por encima de la barandilla del balcón.

–No nos pillarán. Tendremos pruebas de que Nathan está aquí, quizás incluso de su nivel de implicación. Podemos estar fuera de aquí mañana, con suficiente tiempo para cerrar el caso Edgewater–. De repente se sintió hambrienta. Se levantó de la silla y entró para investigar el mini-bar. Eligió un paquete de almendras tostadas, tres barritas de chocolate, y una botella de Merlot.

Llevó el vino y tres vasos fuera, junto con los aperitivos.

–Pidamos al servicio de habitaciones para que nadie se pregunte por qué no estamos cenando con los demás invitados.

–¿Supongo que me toca a mí otra vez? –Jace desenvolvió una barrita de chocolate.

–Tú eres el jefe–. Kat lanzó el menú del servicio de habitaciones a través de la mesa. Sirvió el vino en los vasos.

–Nada para mí –Harry se puso de pie. –Estoy agotado. Necesito una siesta.

Kat se levantó y llevó a Harry a su habitación. La suite tenía dos habitaciones adyacentes, cada una con una chimenea.

–Recuerda, no vayas a ningún sitio sin nosotros.

–No lo haré. Buenas noches, Kat.

Kat cerró la puerta y regresó a la suite principal. ¿Había estado bien por su parte traer a su tío aquí? Probablemente no, pero ciertamente no podía dejar a Harry solo durante días seguidos, especialmente no después del incendio de su cocina.

Jace entró desde el balcón mientras ella comprobaba su reloj. Eran las seis en punto y encendió la televisión, esperando ver la noticia de Roger Landers y su desaparición del ferry. El reportero pasó por las noticias locales sin ninguna mención del periodista desaparecido. Las noticias mundiales dominaban el telediario.

Grecia y Portugal habían fracasado al intentar cumplir los términos de los préstamos del Fondo Monetario Internacional a los que habían accedido como parte de sus previos rescates financieros.

–¿No está el líder del FMI aquí en la conferencia? –Jace volvió a poner el teléfono en su receptor. Había pedido filetes para los dos y un sándwich Monte Cristo para Harry por si acaso se despertaba.

–¿Jean-Claude Bruneau? –a Kat no le gustó la expresión del rostro de Jace. –Ni siquiera pienses en seguirle, hablar con él, o enfrentarte a él, Jace.

–Seré discreto. Es la oportunidad de mi vida.

–De ninguna manera. No hasta que obtenga las pruebas sobre Nathan. ¿Prometido?

Jace puso cara triste. –Vale. Supongo.

–Me pregunto cómo se siente por rescatar a esos países–. El destino de muchos en manos de unos pocos. A Kat le recordaba a los señores feudales de épocas medievales, donde la élite vivía en castillos y los siervos vivían fuera de las murallas. Unos cuantos afortunados conseguían vivir dentro de los muros del castillo, dejando al resto desprotegidos y vulnerables.

–¿Bruneau? No le importa nada. Son órdenes del FMI. A él no tiene por qué importarle hacerlo.

–Cierto, pero tienes que preguntarte si el sistema financiero global provocó en realidad los fracasos en primer lugar. Unos cuantos países establecen las reglas para que todo el mundo las siga. Reglas que les favorecen a ellos mismos–. Kat devolvió su atención a la televisión. La previsión del tiempo daba una mezcla de lluvia y nieve para mañana. Sin menciones a Landers y su desaparición del ferry.

–Los préstamos impagados no refuerzan precisamente su caso –dijo ella. –A menos que, por supuesto, quisieran que fracasaran–. Los pagos de Research Analytics demostraban que el dinero estaba siendo desviado para algo más que legítimas facturas de investigación. Asumiendo que Research Analytics era una fachada, ¿para qué estaba usando el dinero el World Institute? ¿Era realmente una conspiración para destruir las divisas mundiales?

Kat cogió el mando a distancia justo cuando oyó la voz de un hombre fuera de su habitación. Su pulso se aceleró. Era demasiado pronto para el servicio de habitaciones. Silenció el volumen y se dio cuenta de que no venía del pasillo. Solo era tío Harry hablando en sueños en la habitación adyacente.

CAPÍTULO 25

Kat se despertó cuando llamaron a la puerta. Jace debe haber pedido el desayuno al servicio de habitaciones. Se le hizo la boca agua mientras visualizaba huevos Benedict y gofres. Se dio la vuelta y alargó el brazo sobre la cama.

Apoyó el brazo sobre el estómago de Jace y recorrió con sus dedos sus firmes abdominales. Si Jace seguía en la cama, entonces él no había llamado al servicio de habitaciones. Su decepción se convirtió en aprensión. ¿Habían sido descubiertos ya?

–Jace –susurró. –Hay alguien en la puerta.

–Hmmm–. Él se dio la vuelta y acarició su hombro con la mano. Su piel cosquilleó cuando su mano bajó por su brazo. Los golpes se volvieron más fuertes. Ella se espabiló.

–Jace, contesta.

–Vale. No vayas a ninguna parte–. Jace se levantó y se puso una camisa y pantalones. Caminó hacia la puerta y miró por la mirilla. Se giró, volvió a la cama, y se sentó, sacudiendo la cabeza.

–No vas a creerte esto–. Se abotonó la camisa.

–¿Creerme qué? –Kat se levantó de la cama y se puso pantalones de chándal y una camiseta.

Los golpes se hicieron aún más fuertes, como si alguien estuviera lanzando su cuerpo contra la puerta.

–Es tu prima Hillary–. Hillary, Kat, y Jace habían estado en el mismo curso en el colegio. Jace había sentido una inmediata antipatía por ella, a pesar de los esfuerzos de Hillary por embelesarlo.

El pulso de Kat se aceleró mientras recordaba su último enfrentamiento con Hillary. Los anillos de diamantes de la tía Elsie habían sido robados. Hillary insistió en que había entrado alguien a robar, pero Kat sospechaba otra cosa. Poco después del robo, Hillary lucía un nuevo Rolex, sin duda costeado por los anillos desaparecidos. Ella no era más que problemas. –Imposible. Ha estado desaparecida desde hace diez años. Además, ¿cómo iba siquiera a saber que estamos aquí?

–Lo sé, pero estoy seguro de que es ella. Quizás Harry no haya estado imaginándose cosas. Ven aquí y compruébalo por ti misma.

Kat fue de puntillas hacia la mirilla y contuvo el aliento mientras miraba por el visor.

Los años habían añadido arrugas, una barbilla colgante, y una tonelada de maquillaje. Los ojos de Hillary se escondían detrás de gafas de sol de Chanel con un logotipo de tamaño grande. Llevadas como una etiqueta para anunciar su estatus y gusto impecable, a pesar del hecho de que estaba en un interior en mitad del invierno.

Kat abrió la puerta y su prima pasó como una exhalación junto a ella, prácticamente derribándola. Llevaba un vestido con escote sin mangas, aún cuando estaban bajo cero fuera. Manchas blancas de sal formaban patrones circulares en sus botas marrones de tacón de aguja. Una exagerada cremallera con el logo de D&G colgaba de cada bota. Era Hillary, seguro.

–¿Dónde demonios está papá? –Hillary se dirigió directamente hacia las puertas correderas del balcón, subiéndose las gafas gigantes hacia su cabello cardado y lleno de laca. –¿Qué has hecho con él? ¡Le has secuestrado!

–¿Hillary? –preguntó Kat. –¿Qué estás haciendo aquí? ¿Por qué ibas a pensar que...?

Jace abrió la boca cuando Hillary pasó junto a él hacia el balcón. Una ráfaga de aire frío se coló dentro.

No encontrando a nadie en el balcón, Hillary volvió a entrar, dejando la puerta corredera abierta al frío. Se dirigió al armario, prácticamente arrancando la puerta de sus goznes.

–Dime dónde está. ¡Ahora!

Jace se acercó a la puerta del patio y la cerró. Le arqueó las cejas a Kat pero no dijo nada.

–Está en la habitación de al lado. ¿Qué está pasando? –preguntó Kat, todavía en shock.

Hillary tiró del picaporte, y cuando no se abrió llamó a la puerta adyacente.

–¡Papá! Abre la puerta.

–Cálmate –dijo Kat. –La romperás.

Hillary solo la miró con furia. Entonces la puerta se abrió desde el otro lado.

Harry salió con aspecto soñoliento.

–¡Hillary! –sonrió. –Que agradable sorpresa.

Kat le echó un vistazo a Jace. Le estaba lanzando miradas asesinas a Hillary, quien no pareció notarlo.

–¿Cómo supiste que estábamos aquí?– Cuando eran adolescentes, Kat pensaba algunas veces que Hillary la acosaba.

–A ti te lo voy a decir –Hillary miró a Kat con rabia desde el otro lado de la habitación.

Kat estudió a Hillary. Pesada sombra de ojos marrón enmarcaba sus ojos. Parecían un par de enchufes quemados.

–Voy a llamar a la policía y a denunciarte–. Hillary cogió a Harry del brazo. –No volverás a trabajar ni un día más de tu vida una vez que haya terminado contigo.

–¿Denunciarme por qué?– ¿Qué demonios estaba haciendo allí?

–Obligarle a venir aquí contra su voluntad.

–Tío Harry, ¿te he obligado a venir aquí?

Hillary puso su mano sobre la boca de Harry justo cuando él

empezaba a hablar. Se giró a Kat. —No hables con él. Ya has hecho bastante.

—Hillary, tenía que traerle conmigo—. Miró a Harry, preguntándose cómo explicárselo a Hillary sin herir los sentimientos de Harry. —La demencia… está empeorando.

Harry bajó la mirada hacia la alfombra, alicaído.

—Lo siento, tío Harry.

—Está bien. Kat tiene razón. Sé que no estoy tan cuerdo como solía estar.

—No está a salvo por sí mismo, Hillary. Si hubieras estado cerca durante los últimos años, quizás lo sabrías.

Hillary no sabía lo de Harry dejando el fogón encendido y casi incendiando la casa. O lo de estrellar su Lincoln contra el escaparate de Carlucci's Pasta House. ¿O lo sabía? Harry había estado hablando de ella durante meses, y con más frecuencia últimamente. Y luego estaba el cargo de Tiffany's en su tarjeta de crédito. Pero ni siquiera Hillary caería tan bajo, ¿no?

En cualquier caso, Kat tenía que concentrarse en Harry. Desenchufar el fogón e inhabilitar la puerta del garaje y la batería del coche solo eran arreglos temporales. Harry necesitaba cuidados a tiempo completo, y Kat se había quedado sin opciones. Hillary claro que no ayudaría. De repente se le ocurrió: la reaparición de Hillary debía ser por un motivo. La demencia de Harry era obvia. ¿Estaba Hillary aquí para aprovecharse de la situación? ¿Por qué si no habría regresado después de una década?

—Secuestraste a papá contra su voluntad. ¿Cómo puedes vivir contigo misma? Eres una criminal.

—¿Cómo puedes vivir contigo misma, Hillary? Tú eres la criminal; robaste los ahorros de toda su vida a tío Harry y tía Elsie.

—Fue un regalo.

Kat puso los ojos en blanco. —Lo que tú digas.

Harry miraba fijamente al suelo, sin decir nada.

—No lo entiendes, Hillary. A Harry se le olvida comer. Está aquí porque yo cuido de él. No le dejaría solo durante unos días.

–Oh, yo lo entiendo muy bien. Le has secuestrado para aprovecharte de él. Voy a ponerle fin a esta situación ahora mismo.

Harry debe haber estado hablando por teléfono con Hillary la noche anterior. Ella debe haber llamado a su móvil. Harry no recordaría el nombre del hotel, pero todavía podía leer. Hillary solo tenía que pedirle que encontrara algo con el nombre del Tides Resort.

–¿Secuestrado? ¿Lo dices en serio? –Kat miró a Harry. Había dejado la mente en blanco, ignorando la discusión. –Él quería venir.

–Finalmente volvemos a estar todos juntos –sonrió Harry. –Vamos a desayunar y a celebrarlo.

Kat estaba a punto de explicar por qué no podía cuando Hillary intervino.

–No, papá. Nos vamos. Coge tus cosas–. Hillary empujó a Harry de vuelta a la otra habitación y cerró la puerta de un portazo.

Kat miró a Jace, atónita. Una oleada de impotencia la inundó cuando pensó en Hillary llevándose a Harry. ¿Sobreviviría Harry al viaje de vuelta a casa antes de que Hillary, con su poca paciencia, se cansara de él y le abandonara con cualquiera? Es decir, si realmente le estaba llevando a casa.

–Deja que se vaya–. Jace la abrazó. –Él estará bien. Estaremos en casa mañana.

–Pero ella no sabe lo mal que está–. Hillary era demasiado egocéntrica como para lidiar con su medicación, delirios, y confusión.

–No me lo creo ni por un segundo –dijo Jace. –Ella sabe exactamente lo que está pasando.

–¿Entonces por qué está diciendo esas cosas?

–Para enfurecerte. Y para desviar cualquier cosa negativa de ella hacia ti. Para ocultar lo que realmente ha estado pasando.

Kat se alejó. –Sé que ella es egoísta y sé que le robó. Pero no puede posiblemente pensar que le estoy haciendo daño –dijo Kat. –Ella no lo dice en serio en realidad.

–Vamos, Kat, todo esto va de ella y de conseguir lo que quiere. Precisamente tú deberías reconocer un fraude cuando lo ves. ¿Esas misteriosas retiradas de dinero del banco, los cargos de Tiffany's? Explícalo.

–Yo también pensé en los cargos de Tiffany's. ¿Pero no es... demasiado obvio?

–¿Una serie de errores sobre las finanzas de Harry cuando ella reaparece después de diez años? Demasiada coincidencia para mí. Acúsala de ello... estoy seguro de que insistirá en que todos eran regalos.

–¿Crees que ha vuelto porque cancelé esas tarjetas de crédito? ¿Se le cerró el grifo? –Kat se sentó en la cama. –Ella no iría hasta ese extremo: es fraude y es abuso de ancianos.

–Abre los ojos, Kat. Harry no compra en Tiffany's. ¿Por qué crees que ha vuelto?

Jace tenía razón. –¿Pero robarle a su propio padre?

–La mayoría de la gente no lo haría –acordó Jace. –Pero Hillary no es la mayoría de la gente. Hará cualquier cosa de la que pueda salir indemne.

–Jace, incluso si fuera cierto, no queda nada. He cancelado las tarjetas de crédito y todo su dinero fue a pagar las facturas. No le queda nada que robar.

CAPÍTULO 26

Kat y Jace se arrebujan en sus cálidos chaquetones en el balcón y saborean sus cafés matutinos. El sol acababa de elevarse sobre el horizonte, y un brillo naranja quemado asomaba sobre los altos árboles de hoja perenne. Una luz irreal se reflejaba en la fresca capa de nieve y contrastaba con las largas sombras de los árboles.

Kat tragó su último bocado de tostada francesa. Sus síntomas de gripe se le habían pasado durante la noche, y se sorprendió de lo hambrienta que estaba. –¿Crees que Harry estará bien? Hillary tiene muy poca paciencia. Su demencia va a frustrarla.

–Ella no se quedará mucho tiempo una vez que descubra que el dinero ha desaparecido. Todo lo que le importa a Hillary es Hillary–. Jace se puso de pie y miró por la barandilla. Hizo un gesto a Kat para que se asomara.

Dos guardias de seguridad acababan de salir de la puerta de la cocina del hotel debajo de ellos. Hablaban en voces demasiado bajas como para que Kat distinguiera la conversación.

Primero Kat se dio cuenta de los dos fornidos treintañeros fuera del edificio esa mañana. Se quedaron abajo sobre la tierra

143

helada, asegurando la entrada. Cada pocos minutos le hablaban a sus mangas; al parecer establecían contacto por radio.

La seguridad se había materializado gradualmente en Hideaway Bay mientras llegaban los asistentes a la conferencia. Incluso con trajes, los hombres de seguridad parecían más bien comandos del ejército. Un claro contraste con los envejecidos asistentes con sobrepeso de la conferencia a los que protegían.

–Debe haber una docena de tipos solo en este lado del hotel – susurró Jace. –Voy a dar una vuelta: un VIP debe estar llegando.

Kat levantó la mano, no queriendo arriesgarse a que la oyeran los hombres de abajo. Pero Jace ya estaba dentro, poniéndose un traje. Kat se levantó de un salto y le siguió, cerrando las puertas del balcón.

–¿De verdad necesito llevar este traje todo el tiempo que esté aquí? –Jace se sentó en la cama mientras se ponía los zapatos.

–No puedes salir ahí, Jace–. Kat dejó su chaquetón sobre la cama.

–¿Por qué no? Si de verdad soy del soporte técnico, ¿no debería estar ahí fuera? Los empleados del hotel deben preguntarse por qué no hemos salido de la habitación–. Jace se acercó y le rodeó la cintura con sus brazos. Cerró las cortinas.

Kat colocó sus manos sobre las de él. –¿No podemos simplemente relajarnos y disfrutar del lugar? Una vez que empiece la conferencia, los de seguridad se relajarán un poco. Dales unas horas para que se relajen–. Ella no se sentía relajada para nada. Ahora que estaban dentro, ella no quería hacer nada que pudiera hacer que les descubrieran.

–Tú misma dijiste que no comprueban a nadie que ya esté dentro.

La seguridad había parecido extrañamente ausente hasta ahora. Después de todo, Hillary había conseguido entrar. Kat se dio cuenta de que tenían suerte de haber llegado un día antes de que empezara la conferencia. De otro modo, podrían no haber llegado al camino de entrada al hotel.

–Estoy más preocupada por ti. Que pudieras enfrentarte a Pinslett o algo así. Necesito cerrar este caso y cumplir el plazo de Zachary. Idealmente antes de que Edgewater se quede sin dinero mañana o el martes. No podemos arriesgarnos a poner sobre aviso a Nathan Barron. No pongas en peligro mi caso, Jace.

Jace sacudió la cabeza. –Vamos, Kat, dame algo de crédito. Por supuesto que no lo haré. Pero tampoco puedo dejar pasar una oportunidad de toda una vida. Ningún periodista ha estado dentro de una conferencia del World Institute antes.

–Excepto Pinslett.

–Él no es periodista. Solo es el dueño de una plantilla de periodistas. Quiero desenmascararle, hacérselo pagar–. Dio un puñetazo con el puño contra su mano.

–Vale, en realidad no vas a salir ahí fuera. Estás demasiado alterado. Levantarás sospechas y harás que nos echen de aquí.

–¿Me vas a retener como prisionero? ¿Y si me pierdo algo?

–Jace, sabes lo que quiero decir. Lo primero es lo primero. Encontremos pruebas de la implicación de Nathan. Una vez tengamos eso, puedes ponerte las botas con Pinslett y los demás. Incluso te ayudaré. El problema es que no puedo entrar en la conferencia. Casi todos los delegados son hombres.

–Y pronto sabrán que soy un impostor.

–Quizás sí, quizás no. En cualquier caso, necesitamos un modo de conseguir pruebas de que Nathan está aquí y de su implicación. De otro modo, sin una grabación en vídeo, sigue siendo nuestra palabra contra la de ellos–. Ella necesitaba algo más blindado.

–¿Entonces qué hacemos? –le preguntó él.

Kat se vistió rápidamente y se puso unas zapatillas de deporte.

–Tengo una idea–. Metió su largo pelo debajo de una gorra de béisbol. –Dame quince minutos.

Ella abrió la puerta al pasillo y miró fuera.

Despejado.

Giró a la derecha, hacia la dirección que se imaginó era más improbable que se topara con otros huéspedes. Después de seguir el pasillo hasta su final, dobló hacia otro pasillo y miró por la esquina. Un carrito de la limpieza estaba aparcado a medio camino entre donde ella estaba y las escaleras.

Se dirigió a zancadas hacia el carrito, con la cabeza baja por si acaso se encontraba a alguien. Examinó el carrito, momentáneamente tentada de coger acondicionador extra.

Todas las puertas de las habitaciones del hotel estaban cerradas, lo cual significaba que la señora de la limpieza probablemente no estaba en ninguna de ellas. Giró la esquina y vio la puerta marcada como *Servicio de Limpieza*. La puerta estaba ligeramente entornada, y la abrió. Si fuera descubierta, fingiría estar buscando más almohadas.

No había nadie dentro. No tardó mucho en encontrar lo que estaba buscando. Un uniforme de limpiadora colgaba de un gancho detrás de la puerta. Lo cogió y se cambió rápidamente, metiendo su chándal y su camiseta en una bolsa de la lavandería. Tiró con fuerza hacia debajo de la demasiado ajustada camisa para intentar cubrir su estómago; no importaba, no estaría en el pasillo mucho tiempo.

El pasillo seguía vacío. Ella salió y se dirigió hacia el carrito. Cogió dos botellas de acondicionador justo cuando algo duro rozó su cadera. Cuando se lo sacó del bolsillo, no pudo creerse su buena suerte. No solo tenía un uniforme de limpiadora, sino que ahora tenía la llave maestra de todas las habitaciones del hotel.

Se giró y se fue corriendo, ansiosa por recorrer el pasillo sin ver a nadie. Llegó al rellano del ascensor que dividía las dos alas del edificio justo cuando el ascensor dio un timbrazo. Luego oyó una voz. Una voz que habría conocido en cualquier parte.

CAPÍTULO 27

Kat se detuvo de pronto, casi estrellándose contra la pared. Luchó contra el deseo de girarse y volver por donde había venido. Era demasiado tarde. Había sido vista.

Victoria Barron estaba junto a los ascensores y daba golpecitos impacientemente con su pie calzado con unas sandalias de Gucci mientras miraba el reloj. Su figura de talla pequeña estaba envuelta en un grueso albornoz de algodón como los de la habitación de Kat. De algún modo parecía más glamuroso en Victoria.

–No te atrevas a alejarte de mí –ladró Victoria.

Kat se quedó helada. Bajó la mirada hacia sus gastadas zapatillas de correr y se preguntó qué ocurriría a continuación. ¿Por qué estaba Victoria aquí? El World Institute había reservado todo el hotel, y Victoria no era exactamente material delegado.

–¡No me ignores! No me voy a ir y puedo conseguir que te despidan en un suspiro.

Kat levantó lentamente la mirada para mirar a Victoria. ¿Era posible que Victoria no la hubiera reconocido con su uniforme de limpiadora?

–Vosotras nunca hacéis más que lo mínimo posible–. Victoria

señaló a Kat con una uña bien cuidada. El color combinaba exactamente con su lápiz de labios. –Hay demasiado polvo en mi habitación y no suficiente champú. ¿Te das cuenta de lo afortunada que eres por trabajar aquí? Nunca conseguirías un trabajo como este en tu propio país, donde quiera que esté. Apuesto a que ni siquiera estás aquí legalmente.

Kat ni siquiera había abierto la boca y Victoria ya la había etiquetado como vaga, ilegal, e incompetente.

–Sí, señora –dijo Kat en lo que ella esperaba pasara por el mismo acento de Europa del Este que había usado antes. –Le daré más champú. ¿Cuál es su número de habitación?

–Habitación 216. Me voy al spa–. Las puertas del ascensor se abrieron y Victoria entró. –Espero encontrar champú en mi habitación cuando vuelva. Cualquier otra cosa es inaceptable.

–Sí, señora–. Las puertas del ascensor se cierran. Fue un alivio no haber sido reconocida, pero también era humillante. Después de todo, ella se había enfrentado a Victoria en los tribunales… incluso había sido su perdición. Toqueteó la llave maestra en su bolsillo. Con Victoria ida, ella bien podría registrar su habitación. Quizás descubriría por qué ella estaba aquí en primer lugar.

Kat se colocó fuera de la habitación 216 y llamó. No hubo respuesta. Deslizó la llave maestra en el lector. Una parpadeante luz verde y un clic la saludó. Abrió la puerta y dejó que se cerrara con un chasquido detrás de ella.

La habitación tenía una disposición parecida a la suya, pero al revés. Las cortinas estaban corridas y dos maletas estaban apiladas junto a la ventana. Incluso con la tenue luz vio ropa tirada por todas partes: en el suelo, en la cama deshecha, y doblada sobre las puertas del armario y la tabla de planchar. ¿Cómo podía encontrar polvo Victoria? No había ninguna superficie desnuda sobre el que posarse.

Ella se acercó al escritorio, casi tropezando con una pila de zapatos de tacón en mitad del suelo. Había papeles tirados de cualquier modo sobre la superficie del escritorio. Encendió la lámpara y rápidamente hojeó los papeles. Ella no podía creerse su buena suerte. Debajo de la información de registro del hotel había una agenda de la reunión del World Institute. Se la metió delante de su uniforme.

Luego vio el resto de los documentos, un grueso montón sujeto con un sujetapapeles. Pasó las páginas. Encima estaban los puntos del día de la reunión del año pasado, seguido de algunos informes financieros y otros documentos.

¿Era Victoria realmente una delegada? Era difícil de creer, pero ¿por qué si no iba a estar aquí? ¿Y por qué tenía una agenda del World Institute? Kat la sacó y la examinó. Ninguna mención de Victoria como asistente. Miró su reloj. Según el horario, la reunión no empezaba mañana, sino en treinta minutos. Victoria ciertamente no iría a asistir en albornoz.

Kat metió los papeles unidos por el clip en las toallas dobladas debajo de su brazo.

Dio un salto cuando la puerta del cuarto de baño se abrió con un clic. Colonia de hombre y húmedo vapor de ducha se deslizaron hacia ella. Rápidamente se metió la agenda bajo su camisa. Luego estornudó.

–¿Qué demonios está haciendo en mi habitación?– Nathan Barron salió del cuarto de baño. Estaba desnudo, a excepción de una toalla alrededor de su cintura. Era mucho más pequeño en la vida real que en sus retratos depredadores. Por supuesto, en las fotos, sus trofeos eran mamíferos muertos, no gente viva, así que era difícil obtener un sentido de la escala.

Kat empezó a sudar. Nathan estaba entre ella y la puerta, bloqueando su salida. Sintió un nudo en la garganta y su corazón latía como loco en su pecho mientras se esforzaba por inventarse una excusa para estar en la habitación. Luego se acordó: ella solo había conocido a Nathan por fotos. Él no había estado en Edgewater cuando ella estuvo allí. Él nunca le había puesto la vista encima y no sabría quien era ella. Y con su uniforme de limpiadora, ella tenía una razón perfectamente plausible para estar aquí.

—Yo... lo siento, señor. Pensé que la habitación estaba vacía. Solo estaba comprobando las toallas.

—Déjelas sobre la cama—. Se cruzo de brazos y la miró fijamente.

No podía. Dentro de las toallas estaban los documentos que acaba de coger del escritorio. Intentó mantener su voz calmada. —Estas están sucias. Deje que le traiga toallas limpias.

—Bien—. Nathan hizo una mueca mientras se giraba. Volvió a meterse en el cuarto de baño y cerró la puerta de un portazo detrás de él.

Kat soltó un suspiro y se dio cuenta de que había estado conteniendo el aliento. Se limpió una delgada capa de sudor de la frente y abrió la puerta hacia el pasillo. Estos encuentros sorpresa estaban estresándola.

Nathan y Victoria tenían que ser amantes. ¿Por qué si no compartirían una habitación? ¿Sabía Zachary que su ex mujer estaba teniendo una aventura con su padre?

No entraba exactamente dentro de su ámbito de investigación. Aún así, ¿no merecía él saberlo? Por otro lado, si ella se lo contara, él sabría que ella se había colado en su habitación de hotel. Quizás había una buena razón para los sentimientos hostiles de Zachary hacia su padre. ¿Qué tipo de hombre se liaba con la ex mujer de su hijo?

Kat salió. La puerta se cerró con un chasquido detrás de ella cuando salió al pasillo. Su boca se abrió de golpe cuando casi colisionó contra una delgada mujer rubia con uniforme de limpiadora.

—¿Quién eres tú? —preguntó con un fuerte acento.

Rusa, adivinó Kat. La mujer parecía medir metro y medio, y quizás pesaba cincuenta kilos. El uniforme no le quedaba bien y le colgaba de los hombros. Estaba diseñado para alguien mucho más grande.

—Soy nueva—. Kat extendió la mano, ordenándole que no temblara. —Mi nombre es Marcie. Hoy es mi primer día.

La mujer la estudió sin decir nada.

Kat retiró su mano y se limpió la mano en la parte delantera de su uniforme que tampoco le quedaba bien. Estaba diseñado para alguien quince centímetros más baja, y ella no necesitaba un espejo para adivinar lo ridícula que se veía. Tiró de su blusa hacia abajo para cubrir su abdomen y volvió a extender la mano.

La limpiadora miró la pulsera de Kat y le estrechó la mano ligeramente. –Angelika. ¿Estás aquí para conferencia? Dorothy no mencionó a ti–. Las frases de Angelika estaban salpicadas de pronombres perdidos y plurales omitidos. Miraba nerviosamente pasillo abajo y se metió un mechón rebelde de cabello rubio detrás de la oreja.

–Sí, la conferencia–. Kat no pudo evitar notar lo hermosa que era. Pómulos altos y translúcida piel de marfil.

Angelika robó otra mirada pasillo abajo.

–¿Buscas a alguien?

Angelika negó con la cabeza. –No, solo comprobando habitaciones. Cual hacer después.

–Me llamaron esta mañana–. ¿Cuántas limpiadoras trabajaban en un mismo turno? ¿Cinco? ¿Dos docenas? Una de ellas podría estar buscando su uniforme ahora mismo. –Con la conferencia y eso.

Angelika todavía parecía sorprendida.

–No estoy en esta planta –añadió Kat rápidamente. –Solo he bajado a por algo de champú extra–. Con suerte Angelika no preguntaría en qué piso estaba trabajando.

–Por supuesto. Hay una caja de champú en cuarto almacén–. Angelika sonrió y señaló el pasillo en la dirección desde la que había venido Kat. –Sírvete. ¿Tomando lugar de Annie?

–Sí, Annie. No podía recordar su nombre. ¿De qué va esta conferencia?

–¿Dorothy no te dijo? Quizás no, si tú solo venir hoy. Es alto, alto secreto. No podemos hablar con nadie de ello. ¿Tú firmas acuerdo de confidencialidad?– Angelika se apoyó contra su carrito, tirando una caja de pañuelos sobre la alfombra.

Kat se agachó para recogerla. –Todavía no. Lo firmaré en mi descanso.

Ella le tendió los pañuelos a Angelika sin retirar sus ojos de los zapatos de la limpiadora. Sus zapatos de diseño tenían tacones de aguja de ocho centímetros; totalmente poco prácticos para limpiar habitaciones de hotel.

–Me alegraré por el viernes –suspiró Angelika. –Los guardias de seguridad por todas partes, y huéspedes… muy exigentes.

–¿Viernes?

–Cuando conferencia termina. Cosas vuelven a lo normal.

El viernes también era la fecha límite para el siguiente pago de la hipoteca de Harry. Si no podía pagarlo, el banco le embargaría. ¿Cómo podía lidiar con sus préstamos y con el caso de Zachary al mismo tiempo?

Ella temía al viernes y esperaba que llegara al mismo tiempo.

Los pensamientos de Kat volvieron a tío Harry mientras se dirigía al cuarto de almacenaje. Una vez que Hillary descubriera que Harry estaba totalmente arruinado, ¿qué haría? Su regreso después de todos estos años debe significar que estaba desesperada. ¿Cómo de lejos llegaría para conseguir más dinero de Harry?

Kat pasó su llave por la puerta del cuarto de almacenaje. Abrió la puerta y se quedó helada cuando se encontró cara a cara con Roger Landers.

CAPÍTULO 28

Kat dio un salto hacia atrás cuando la puerta se cerró de un portazo tras ella. Las toallas cayeron de sus manos y se desplegaron cuando cayeron al suelo. El sujetapapeles debe haberse roto en algún momento desde la habitación de Nathan y este lugar. Cayó en trozos al suelo mientras los papeles se dispersaban. Ella le dio una patada con el pie a los papeles y los metió debajo de las toallas.

–Cállate y no te muevas–. Roger Landers blandía el mango de la escoba por encima de su cabeza, preparado para golpear.

Kat permaneció inmóvil mientras su mente corría, intentando averiguar qué hacer a continuación. Su mano cogió el pomo de la puerta. Landers estaba suficientemente cerca como para golpear, pero no lo suficientemente cerca como para sujetarla. Si ella actuara rápidamente, podría ser capaz de abrir la puerta y escapar al pasillo. Landers probablemente no la perseguiría, especialmente si se estaba escondiendo. Pero eso significaba dejar los documentos atrás.

¿Cómo había entrado Landers? Teniendo en cuenta que era *persona non grata* por las anteriores conferencias, él nunca pasaría por delante de la seguridad sin ser reconocido. Por no mencionar el hecho de que presumiblemente se había ahogado, su cuerpo sin vida flotando en algún lugar en Howe Sound.

Quizás había sido invitado a la conferencia después de todo. Incluso si no hubiera sido invitado, la seguridad había parecido bastante relajada antes de que llegaran los fornidos trajeados. Después de todo, ella, Jace, Harry, y Hillary habían conseguido entrar en el hotel sin problemas. Jace solo tuvo que dar el nombre de la compañía de audiovisuales.

—Pensaba que estabas muerto —dijo Kat.

—Eso quisieras—. Landers todavía seguía intentando empalarla. Pero al menos había relajado su sujeción del mango de la escoba.

—No tengo ninguna opinión ni a favor ni en contra. Solo estaba intentando hablar contigo —dijo Kat. —¿Por qué saltar del barco? Ni siquiera me conoces.

—Sé a quien representas.

—No represento a nadie. Estoy aquí por la misma razón que tú: para descubrir más sobre el World Institute—. Kat se agachó sobre las toallas y las recogió, esperando que Landers no hubiera visto los papeles sueltos.

¿Habían estado las toallas intactas cuando entró en el cuarto de almacenaje? ¿Y si el sujetapapeles se hubiera abierto antes? Papeles sueltos por el pasillo serían algo totalmente revelador.

—Oh, ¿en serio?

—Estoy investigando a uno de los miembros—. Kat sostuvo la mirada de Landers durante unos segundos antes de que él mudara su mirada hacia la puerta detrás de ella, una expresión preocupada en su rostro. El cuarto era como un armario.

—Estás mintiendo. A estos tipos no se les investiga. Están por encima de la ley.

—Nadie está por encima de la ley—. Ni siquiera los ricos y poderosos... o las auto-proclamadas hijas. La gente se arrodillaba demasiado ante el primer grupo, y le daba a las segundas rienda suelta. El doble rasero la ponía realmente furiosa. –Especialmente no este tipo.

–Demuéstralo.

–No tengo que demostrar nada. Además, es confidencial–. Sin embargo, ella no quería que él también la expusiera. Ella exhaló y se encogió de hombros. Era mejor tener a Landers como aliado que como enemigo. –Es uno de los miembros del World Institute. No voy a decir quien.

Los hombros de Landers cayeron. Ella interpretó su postura relajada como una señal de que la creía. Probablemente le preocupaba que ella estuviera compitiendo contra él por conseguir una historia. Aún así, él no bajó la escoba, la cual permanecía inmóvil por encima de su cabeza. –Dame una buena razón para confiar en ti. ¿Cómo sé que no les dirás que estoy aquí?

Kat suspiró. –Estoy intentando trabajar contigo. Pero si no quieres, vale. Me voy.

Se giró hacia la puerta, pero el mango de la escoba cayó delante de ella, cerrando su salida.

–Espera. Te escucho. ¿Quién eres y por qué estás aquí?

–Kat Carter. Soy investigadora de fraudes–. Alargó la mano despacio. Landers no la estrechó, pero al menos bajó el mango de la escoba.

Kat describió como el rastro de pagos de Edgewater a Research Analytics la había llevado hasta el World Institute.

–¿Research Analytics? Nunca he oído hablar de ellos.

–Debes conocer el hombre. ¿No escribiste un libro sobre el World Institute? ¿Con seguridad que habrás comprobado sus finanzas? Si lo hiciste, sabrías que Research Analytics es uno de los mayores donantes del World Institute. Está todo en su informe anual–. Kat se había sorprendido por la transparencia económica del World Institute, teniendo en cuenta que escondían todo lo demás. Si sus planes ocultos eran realmente ciertos.

–El World Institute no publica un informe anual.

–Claro que sí. Puedes encontrarlo online. ¿No tienes una

copia?– Kat se palpó el pecho. Los documentos de Nathan estaban a salvo metidos debajo de su uniforme. No podía esperar a leerlos.

–¿Es eso lo que tienes ahí? –Landers arqueó las cejas. –Enséñamelo.

–No lo tengo conmigo. Pero lo que tengo es mucho mejor.

Ella tiró de los papeles para que solo la parte de arriba fuera visible. Su uniforme era tan ajustado que se arriesgaba a romper un botón con cualquier movimiento. Ella se ruborizó. Una capa de sudor cubría su piel y sostenía la agenda del World Institute en su lugar. Una agenda oculto, pensó mientras sonreía.

–¿Por qué sonríes?

–Chiste privado. ¿Te apuntas o no?– Kat no le había echado más de un vistazo a la agenda, pero podía adivinar a lo que probablemente estaba unida. Organizaciones multimillonarias tenían extractos financieros, probablemente añadidos a dicha agenda. Los extractos serían discutidos en la reunión anual, así que los delegados recibirían una copia. Estaba ansiosa por regresar a la habitación para comprobar su botín y encontrar menciones de Nathan Barron y Edgewater.

–¿Por qué debería cooperar contigo? Solo harás que recaiga la atención sobre mí. Persiguiéndome en el ferry y ahora aquí–. Landers apoyó el mango de la escoba contra la pared. –Para ser investigadora, eres bastante extravagante.

Kat se rió. –Todo gira en torno a ti, ¿no? ¿Estás encerrado en un cuarto de la limpieza y crees que te estoy acosando? Estás loco–. Ella lanzó las manos al aire. La manga del uniforme demasiado pequeño se rasgó y ella soltó una palabrota por lo bajo.

Kat había esperado trabajar con Landers. Su conocimiento recopilado por diez años de seguir al World Institute podría haberle ahorrado mucho tiempo, pero obviamente no quería cooperar.

Landers la miró de arriba abajo. –No más loco que tú con ese diminuto traje de limpiadora. ¿También estás limpiando habitaciones aquí?

–Algo así–. *Más bien robando en las habitaciones.* Los documentos robados debajo de su uniforme se pegaron a su piel cuando se giró hacia la puerta. Al diablo con Landers. Ella no necesitaba su ayuda. Sacó su llave del bolsillo y la balanceó delante de él. –Esta es una llave maestra. Puedo ir a cualquier sitio, conseguir casi cualquier cosa. ¿Estás conmigo o contra mí?

–Tienes razón –concedió Landers. Apoyó la escoba contra la pared. –Dos cabezas piensan mejor que una.

–Finalmente has entrado en razón. Ahora, ¿cómo llegaste a la orilla antes de morir de hipotermia? Te vi saltar del ferry. No habrías durado más de unos minutos en esa agua helada.

–Ah. Pero tú no me viste aterrizar… solo desaparecer–. Una débil sonrisa cruzó su rostro. Pero fue rápidamente sustituida por la misma expresión amargada.

–Si no saltaste, ¿a dónde fuiste?

–Me deslicé por un agujero de las amarras en la popa. Hay un asidero y un saliente al otro lado. Simplemente asumiste lo obvio: que había entrado en el agua. Nunca consideraste otra opción. Simplemente me sujeté durante unos minutos hasta que el ferry atracó, y me fui antes que los coches y los pasajeros de a pie. Adelantándome al tráfico. Delante de la cola. En realidad me ahorré mucho tiempo.

–Inteligente–. Kat todavía no conseguía averiguar por qué había corrido en primer lugar. Cogió sus toallas, cuidadosamente metiendo los documentos dentro para que Roger Landers no los viera.

–Yo también lo pensé.

Hicieron planes para volver a encontrarse en el cuarto de la limpieza en treinta minutos. Kat decidió no contarle que ella estaba alojada en el hotel. Todavía no se había ganado su confianza.

CAPÍTULO 29

*J*ace se metió de un salto en la cama y se subió las sábanas hasta el cuello. Sus ojos se abrieron de pánico.

–Relájate. Solo soy yo–. Kat se sentó en la cama junto a él y miró la pantalla LED del reloj de la mesilla. Hoy había pasado muchas cosas, y aún así el reloj solo marcaba las ocho y media de la mañana. –¿Has vuelto a acostarte?

–¿Qué más puedo hacer? Me has atrapado en esta habitación de hotel. Oye, ¿por qué vas vestida así?– Relajó su sujeción de las sábanas para alargar la mano hacia ella.

–Larga historia–. Kat se quitó los zapatos de una patada y dejó caer las toallas a los pies de la cama. Luego se apretó en la cama junto a Jace. –Mientras tú estabas ahí tirado, he estado recopilando información.

–Hmm, esto es agradable. Cuéntamelo todo–. Jace tiró de ella hacia él. Luego se detuvo. –Espera un momento… ¿por qué crujes como un papel?

Kat apretó su pecho con las manos a cada lado. Era la única forma de que pudiera retirar el grueso fajo de documentos sin hacer estallar los botones de su blusa demasiado apretada. Ella extrajo cuidadosamente los documentos. –¿Ves lo que tengo?

Jace miró fijamente su pecho.

Kat exhaló, finalmente capaz de respirar de nuevo. Las toallas se cayeron al suelo cuando ella movió su cuerpo. Levantó los papeles para enseñárselos a Jace. Recogería las toallas y el resto de los documentos en un minuto.

–Déjame ver eso–. Jace los cogió con su mano estirada y examinó la página de arriba. –¡Gordon Pinslett está en la agenda! Tiene un montón por lo que responder. Como por qué es un delegado, en vez de tapar esta farsa de institución. Voy a hablar con él.

–No, Jace–. Cualquier pizca de romance en el aire había sido sustituida por una ambición ciega. –Enfrentarte a Pinslett pone en peligro mi caso. Además, su compañía te despidió.

Kat se puso de lado para mirar a Jace a la cara. –Simplemente es una mala idea en muchos aspectos–. Justo lo que había temido: Jace olía una historia y haría cualquier cosa por conseguirla.

El rostro de Jace se ensombreció. –Es un perfecto ejemplo de que la prensa se acuesta con los negocios.

Kat recorrió su brazo con el dedo. –¿Quieres decir como nosotros?

El asomo de una sonrisa jugueteó en los labios de Jace. –Ya sabes lo que quiero decir. Pinslett y sus compinches lo están dominando todo. Ellos ya influyen en el gobierno, hacen las leyes, y controlan el comercio. ¿Libertad de prensa? No funciona cuando la prensa está en la cama con los políticos.

Kat apoyó la cabeza sobre el pecho de Jace. –No voy a permitirte que salgas de esta habitación.

–Vale. Pero voy a escribir esa historia en el momento en que nos marchemos.

–No te preocupes… habrá un montón de cosas sobre las que escribir. Nunca te creerás con quien me he encontrado–. Kat le contó su encontronazo con Victoria, y luego su encontronazo con Roger Landers.

Mientras describía el comportamiento paranoico de Landers, alguien llamó a la puerta. Ambos se quedaron paralizados.

–Abre la puerta, Jace–. Kat se metió bajo las sábanas. –Corre.

–No estoy vestido. Quien quiera que sea tendrá que irse.

La puerta se abrió. –Servicio de limpieza.

Jace se incorporó a una posición sentada. –¿Hola?

Angelika, la limpiadora, entró en la habitación. –oh, lo siento, señor.

Kat aplastó su cuerpo contra el colchón, deseando no haber comido tanto para desayunar. ¿Notaría Angelika su silueta debajo de las sábanas? Metió barriga y contuvo el aliento.

¿Qué era peor: una limpiadora en la cama con un huésped, o una huésped haciéndose pasar por limpiadora? No importaba, su tapadera se vería descubierta en más de una sola forma.

Kat levantó la sábana lo suficiente para tener una rendija de visión. Angelika se quedó junto a la pantalla de televisión a los pies de la cama.

–Oh, señor –la mano de Angelika voló hacia su boca. –Lo siento mucho. Yo pensaba que ya había ido para conferencia.

–Me siento un poco enfermo. Voy a quedarme aquí a descansar un poco–. Jace tosió. –No se preocupen por limpiar la habitación hoy.

–¿Está seguro? ¿Vuelvo esta tarde?– La limpiadora parecía dudosa mientras examinaba la habitación. Había ropa colgada de las sillas y en montones encima de las maletas.

Kat vio las dos tazas de café sobre la mesa. ¿Se daría cuenta Angelika? Se movió ligeramente debajo de las sábanas para tener una mejor visión mientras la limpiadora reculaba hacia la puerta.

Angelika se detuvo cuando pilló el movimiento. Miró fijamente la cama, al parecer asombrada por los montones extra debajo de las sábanas. O quizás solo era la imaginación de Kat.

–No hace falta, pero gracias –dijo Jace.

–Vale, señor–. Angelika se agachó para recoger las toallas caídas.

Las toallas con los documentos de Kat metidos dentro. Documentos que todavía apenas había visto.

Kat le dio una patada a Jace bajo las sábanas.

–¡Ay! Eh, deje las toallas, por favor.

Angelika parecía sorprendida. –Tengo toallas limpias fuera en el carrito. Las traeré en un minuto.

Kat volvió a darle una patada a Jace.

–¡No! Quiero decir, quiero estas. Solo déjelas.

–Vale, señor–. Angelika sonrió. Dejó caer las toallas a los pies de la cama y reculó hacia la puerta. –Espero se sienta mejor pronto.

Después de preguntar por recambios de jabón y champú por enésima vez, Angelika se marchó finalmente. Kat miró el reloj. Su reunión con Landers era en menos de cinco minutos.

CAPÍTULO 30

—Ha estado cerca. Ahora bien, ¿dónde estábamos?— Jace levantó las sábanas y besó a Kat en la cabeza. —Antes de que empieces a darme patadas, claro.

—Estabas a punto de vestirte—. A ella le encantaría jugar al escondite toda la mañana entre las lujosas sábanas, pero simplemente no tenían bastante tiempo.

—Así no es como lo recuerdo—. Jace le acarició el estómago y enterró sus labios en el hueco de su cuello.

—Tengo que irme—. Kat se incorporó y se dio la vuelta para besar a Jace. Miró el reloj despertador de la mesilla de noche. —Landers está esperando.

Se levantó de un salto de la cama y recogió el resto de los papeles de las toallas. Los llevó de vuelta y los colocó debajo de la agenda y otros documentos que Jace había colocado en la mesita de noche.

—Vale—. Jace suspiró y se sentó. Sacó las piernas por un lado de la cama y encendió la televisión con el control remoto. —Estás totalmente obsesionada con ese tío.

—Tendremos más tiempo luego—. Ella le besó en la mejilla y

cogió sus zapatillas de deporte. Se sentó en la cama para atarse los cordones. –Lo prometo.

–Estaré esperando–. Jace se puso de pie y cogió su ropa del armario. Se quedó helado delante de la televisión.

Kat siguió su mirada. Roger Landers estaba delante de la estación Hideaway Bay RCMP. La cámara hizo una panorámica para mostrar a un agente de policía junto a él, entrecerrando los ojos a la luz del sol.

–¿Cuándo determinó que Svensson fue asesinado? –Landers sostenía su micrófono delante del oficial de policía. Llevaba vaqueros y una chaqueta de plumas, desabrochada.

La boca de Kat se abrió mucho cuando miró a Jace a los ojos. –Imposible. ¿Cómo puede estar Landers en televisión? Acabo de hablar con él hace media hora, escondido en el cuarto de la limpieza. Estamos al menos a diez kilómetros de la ciudad.

–Quizás fue grabado antes –dijo Jace. –Nunca podría colarse dentro y fuera del hotel ahora mismo. No con toda la seguridad por medio.

Jace se giró en redondo y cogió papel y bolígrafo del escritorio. Empezó a escribir.

Kat estudió la pantalla.

El oficial de policía se giró hacia Landers. –Sospechamos que era asesinato al principio de la investigación, solo que no teníamos suficientes pruebas. Ahora tenemos varias pistas prometedoras y esperamos presentar cargos muy pronto–. El oficial Kravitz miró a la cámara con ojos entornados cuando la luz del sol se reflejó en su placa de identificación. Sacó pecho y se ajustó el cinturón.

Kat se giró hacia Jace. –¿Primero suicidio y ahora asesinato? Me pregunto si de verdad tienen un sospechoso.

Jace la ignoró, hipnotizado por la televisión.

–Apostaría a que nada tan grande ha pasado nunca en Hideaway Bay –dijo Kat. –Primero una conferencia mundial, y ahora toda esta intriga internacional con el asesinato–. Ella todavía no podía creerse que el World Institute hubiera escogido la adormilada aldea para la conferencia. Pero quizás ese era el atractivo. Estaba cerca de un aeropuerto internacional, aunque remoto y difícil de acceder, excepto por avión privado. Sin llamar la atención.

–¿El motivo? –le estaba preguntando Landers a Kravitz.

–Creemos que fue un robo. Hideaway Bay es un lugar muy seguro y quiero asegurarle a todo el mundo que...

Jace apagó la televisión. –Necesito reunirme con este Landers. Vamos.

La inesperada visita de Angelika había puesto nerviosa a Kat. ¿Desde cuándo las limpiadoras limpiaban las habitaciones a las ocho y media de la mañana? La noticia sobre Svensson añadía un nuevo giro también. ¿Estaba relacionado con sus teorías de política monetaria o con algo más?

Cuando Kat se puso de pie, vio varias tarjetas sobre la moqueta, sobresaliendo de debajo de la cama. Se agachó para recogerlas: una tarjeta llave del hotel y una MasterCard. Deben haberse caído de su bolsillo cuando se amarró los cordones.

Jace las vio al mismo tiempo y le hizo un gesto a Kat para que se las pasara. Ella le dio la tarjeta llave. Estiró la goma elástica adherida a ella entre sus dedos. –Esta no es nuestra llave. Es de un color diferente. ¿Dónde la has conseguido?

–Estaba en el bolsillo cuando me puse el uniforme. Es una llave maestra–. Kat alargó la mano y movió los dedos. –¿Me la devuelves?

–¿Cómo sabes que es una llave maestra? –Jace le tendió la llave y se acercó al escritorio. –Espera un momento... ¿estás allanando las habitaciones?

–Usar la llave no es allanamiento–. Ella le dedicó lo que esperaba que fuera su sonrisa más encantadora. –¿Cómo si no crees que he conseguido todo este material sobre el World Institute?

–¿No está bien que yo fisgonee, pero tú puedes robar en las habitaciones de los demás? No es justo.

–Recuerda por qué estamos aquí en primer lugar, Jace. Edgewater. Necesito resolver el caso. Sin que tú revuelvas las cosas.

–Mira quien habla sobre hacer cosas cuestionables… –Jace se quedó junto a la puerta, con los brazos cruzados.

–No te hagas el inocente conmigo. Tú haces cosas así todo el tiempo para conseguir historias.

Kat no se había dado cuenta de la segunda tarjeta en su bolsillo. Ella estudió la MasterCard. No llevaba impreso el nombre del cliente. Diminutas letras por encima del holograma de MasterCard decían *débito*. No era para nada una tarjeta de crédito, sino una tarjeta prepago. Las tarjetas de prepago eran usadas a menudo por personas sin cuentas bancarias o solvencia crediticia. Se preguntó si quedaría algo de dinero en la tarjeta. Si era así, su dueña podría buscar el uniforme.

–Te equivocas, Kat. Nunca he robado ni un uniforme ni llaves maestras. Estás investigando un delito y cometiendo otro para hacerlo.

–Conseguí las pruebas contra Nathan, ¿no?

–¿Cómo las conseguiste exactamente? Eres muy parca dando detalles. Ni siquiera yo me colaría en la habitación de alguien por una historia.

–No es que planeara hacerlo. Simplemente… sucedió–. Después de todo, Victoria había insistido en que le repusiera champú. Lo cual se había olvidado de hacer, se dio cuenta. Al menos le daba una excusa para volver si fuera necesario.

–Cosas así no suceden simplemente.

Kat le dio golpecitos al reloj. –Te lo explicaré más tarde. Llegamos tarde.

~

Diez minutos más tarde, Kat y Jace regresaron a la habitación con Roger Landers. Landers se sentó en la silla del escritorio, sus largas piernas estiradas delante de él. Jace y Kat se sentaron en el borde de la cama. El cuarto de almacenaje había resultado estar demasiado abarrotado, y reunirse allí solo aumentaba el riesgo de ser descubiertos.

–Cuéntanos lo que sabes sobre el asesinato de Svensson –dijo Kat.

Landers no respondió. En vez de eso echó la cabeza hacia atrás y vació su segunda taza de café en menos de cinco minutos.

Kat abrió el mini-bar y cogió una lata de Pringles. Se la lanzó.

Landers cogió la lata con una mano y arrancó la tapa de aluminio. Devoró las patatas como un animal famélico. –No hay mucho que contar. La policía dice que el motivo es el robo, lo cual es ridículo. ¿Una ruta de senderismo de dos o tres horas en medio de la nada? A los criminales normalmente les gusta objetivos más fáciles.

–¿Cuándo hablaste con la policía?– Kat estaba segura de que la entrevista había sido grabada antes, ¿pero cuándo? El tiempo ayer había estado nublado, y el sol del amanecer se había transformado rápidamente en una nube.

–Hace un tiempo.

–¿Puedes ser más específico? ¿Es en esto en lo que se basa tu teoría de la conspiración?

–No es una teoría, Katerina. Es un hecho–. Landers colocó la casi vacía lata de Pringles sobre la mesa. –Las teorías de Svensson son la piedra angular del mandato del World Institute. La base para su nominación al Nobel. Hasta que se echó atrás, claro está. Supongo que no les gustó que su economista estrella se cambiara de bando.

–¿Crees que el World Institute está implicado en el asesinato de Svensson? –preguntó Jace.

¿Por qué había presentado a Jace un teórico de la conspiración como Landers? Terrible error. Ahora ambos periodistas olían una historia y no se detendrían ante nada para conseguirlo.

–¿Cómo si no puedes explicarlo?

–Hay montones de posibilidades –dijo Kat. –La policía lo llamó un robo. ¿Por qué no están explorando tu teoría?– Estaban desviándose rápidamente del tema. La idea de conseguir rápidamente las pruebas contra Nathan Barron se estaba evaporando junto con la paciencia de Kat.

Landers se rio irónicamente. –¿En este pueblo paleto? La policía no tiene ni idea de por donde empezar en una investigación de asesinato. Los mayores delitos de Hideaway Bay son canoas robadas o allanamientos en cabañas. Es el lugar perfecto para que el World Institute se vaya de rositas con un asesinato.

–¿Cuál es el motivo? –preguntó Jace.

–Silenciar una voz discordante –dijo Landers. –Svensson era un miembro del World Institute, y aún así habló contra su plataforma. No solo tiene caché como un economista nominado al Nobel; también es un experto mundial en reformas de divisas. No les dejó opción.

–¿No les dejó opción? –Kat se quedó sorprendida de que Landers racionalizara de algún modo el asesinato de Svensson.

–No si quieren conseguir su mandato–. Landers se quitó el suéter, revelando una camisa de cuadros azul. –Hace mucho calor aquí.

Kat se acercó hacia el termostato y lo bajó. –Otros miembros del World Institute también son influyentes. Todo lo que tenían que hacer era desacreditarle. El World Institute tiene suficiente dinero y poder para contrarrestar sus afirmaciones. No necesitaban asesinarle.

Los comentarios de Kat cayeron en oídos sordos. Landers y Jace miraban fijamente la televisión, traspuestos por una historia en la CNN. Jace siempre tenía las noticias puestas; ella apenas las oía ya. Ella suspiró y miró la televisión.

Una rica estrella de cine acunaba a un bebé etíope en sus brazos. No podía recordar el nombre de la estrella, solo sus incursiones anuales para adoptar en orfanatos de países africanos. Kat se preguntaba si los padres querían realmente deshacerse del bebé, o si tenían que hacerlo. ¿Cómo sería negarle a tu hijo una vida de riquezas incalculables? Algunas elecciones realmente no eran elecciones para nada.

Ella miró a Landers, preguntándose cómo se habría vuelto tan obsesionado con el World Institute. A pesar de cubrir al WI durante diez años, su trabajo había sido desacreditado en gran medida. Ella había descubierto muchas críticas y comentarios desfavorables sobre su libro cuando investigaba el trasfondo del Institute.

Luego vio la camisa de Landers. Era azul claro; la misma camisa que había llevado en el ferry. No la camisa roja que llevaba puesta en la televisión. Así que la entrevista había sido grabada después de todo. Eso, junto con la diferencia en el clima, era significativo. Las nubes aquí contrastaban con el tiempo soleado durante la entrevista de Landers con el oficial del RCMP. Hideaway Bay solo estaba a unos kilómetros de distancia, ciertamente no lo suficiente como para justificar la diferencia climática.

Dado que la entrevista había sucedido antes, ¿cuándo exactamente cambió la muerte de Svensson de suicidio a investigación por asesinato? ¿Y por qué no lo había mencionado Landers antes? A pesar de sus mejores esfuerzos, ella también se estaba desviando del tema.

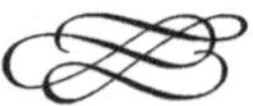

CAPÍTULO 31

—Mira esto–. **Jace le quitó el clip a** los documentos y los extendió sobre la pequeña mesa de su suite. Señaló el primer punto de la agenda. –Una moneda global.

Kat le lanzó una mirada de reojo. No habían discutido cuanto enseñarle a Landers, y a ella le sentó mal que él le enseñara los documentos de la reunión sin preguntarle a ella. Cinco horas habían pasado desde que Landers llegara a su habitación, y aún así no había compartido información propia. Solo recibir y no dar.

–¿Dónde habéis conseguido esto?– Landers se inclinó para estudiar los documentos. –No pueden ser auténticos.

–Por supuesto que son auténticos–. Jace retiró los papeles como si le hubieran pinchado. –Directamente de un delegado del World Institute.

–¿Quién?– Landers levantó la mirada. –Nunca he sido capaz de ponerle las manos encima a ningún material de sus reuniones.

–Eso es confidencial–. Kat alejó de un tirón los documentos justo cuando Landers hacía ademán de cogerlos. Había sido un error invitar a Landers a su habitación. Ahora él sabía donde estaban, pero no había ofrecido nada a cambio. Ciertamente no iba a incriminarse a ella misma revelando que los documentos fueron robados de la habitación de Nathan y Victoria. Ella intentó mirar a Jace a los ojos, pero su cabeza estaba baja, absorto en la agenda.

–Incluso si es legítimo, eso no es noticia nueva–. Landers sacó otro puñado de patatas de la lata de Pringles. –Una moneda global ha estado en la lista de éxitos del World Institute durante años.

–Quizás como teoría, pero ahora están preparados para implementarla –dijo Jace.

–Eso no lo sabes–. Landers se limpió migas de patatas de sus palmas. –Todo lo que muestra la agenda son temas a discutir.

–Tenemos pruebas–. Jace señaló a uno de los montones extendidos sobre la mesa. Los documentos de la habitación de Nathan prometían un tesoro escondido de información... si Kat podía conseguir algo de intimidad para revisarlos adecuadamente. Apenas había podido echarles más que un vistazo. Jace, mientras tanto, solo los estaba hojeando, con Landers mirándole con intención. –Tienen una campaña mediática bastante impresionante aquí. Están planeando un colapso financiero. Primero, una crisis de deuda, que devaluará todas las divisas principales. Inicialmente Europa, luego Norteamérica. Una vez que esos dos estén eliminados, Asia y el resto del mundo les seguirán.

–Déjame ver eso –Landers extendió la mano.

Jace miró a Kat.

Ella ladeó la cabeza. *Ahora no.*

Jace pasó las páginas de los documentos. –Una vez que las divisas pierdan su valor, una moneda global común será mucho más aceptable. Al borde del desastre, el World Institute interviene y salva a todo el mundo. Nadie adivinará que ellos mismos orquestaron todo el asunto, y ni siquiera les cuestionarán. Es un nuevo salvaje oeste. Todo el que reclame una parte la recibe.

Landers se giró hacia Kat. –Esto es exactamente lo que he estado prediciendo. ¿Ahora entendéis el motivo del asesinato?

Kat sacudió la cabeza, exasperada. Ella no era una colegiala inexperta. –Eso lo tiene que decidir la policía. Yo estoy aquí para resolver un fraude.

–Está todo relacionado. ¿Crees que esta fuerza policial de pueblo paleto tiene siquiera al World Institute controlado? –Landers no esperó su respuesta. –No tienen ni la sofisticación ni el personal. Tenemos que guiarles. Exponiendo el mandato del WI.

–¿Tenemos? –dijo Kat.

–Él tiene razón, Kat –Jace señaló los documentos. –Pinslett y sus amiguitos son parte de una artera absorción de los medios de comunicación. Su conglomerado ya posee el sesenta por ciento de los principales periódicos de Norteamérica y Europa. También posee canales de televisión y radio. Entre él y un par de otros tipos controlan la mayoría de los significativos medios globales. Solo informan de lo que quieren.

–Solo de lo que quieren que oigamos. Dinero e información son dos claves para el poder –añadió Landers. –Con eso pueden controlar a los políticos, gobiernos, y sociedad.

Kat se sentía amenazada. Había perdido a Jace por una loca teoría de la conspiración.

–Primero manipularon la Unión Europea, luego defendieron el Euro –dijo Landers. –Su siguiente paso es crear lo mismo en otras regiones del mundo: Norteamérica, Asia, y Sudamérica.

–¿Qué pasa con África? –preguntó Jace.

–No hace falta hacer nada. Al menos esa es la postura del World Institute–. Landers cogió otro puñado de Pringles. Sus ojos pasaron a las pilas de documentos sobre la mesita de café. –Ya está controlada o explotada –dependiendo de tu visión política– por el resto del mundo. No hay moneda estable o dominante que desbancar. El comercio se hace principalmente en dólares o en euros, y China tiene la mayor parte de los recursos naturales atados.

Todo lo que Landers decía era confirmado por los informes de la reunión del año anterior. Pero, ¿por qué dependía de ellos salvar el mundo? Quizás cortarle el suministro de comida a Landers haría que se fuera. A juzgar por donde se estaba encaminando la conversación, probablemente era demasiado tarde.

—El argumento de Svensson el año pasado era a favor de una moneda global común —dijo Jace. —Es por eso por lo que fue nominado al Nobel. Entonces, justo antes de morir, cambió de opinión. Un poderoso motivo para un asesinato. Lo que no entiendo es… ¿por qué tanto secreto? El euro funciona. ¿Por qué no someterlo a votación?

Kat empezó a hablar pero se dio cuenta de que una respuesta solo alimentaba la discusión durante otras pocas horas. Así que en lugar de eso volvió al frigorífico y lo abrió. Registró entre los aperitivos del mini bar. Al final lo cogió todo y lo dejó en un montón sobre la mesa.

Landers cogió una barrita de chocolate Mars y le sonrió. El reportero de las noticias de la CNN había cambiado a una historia sobre deuda doméstica y gratificación instantánea.

—No todo el mundo está a favor, Jace —dijo Landers. —La mayoría de los gobiernos no lo están, ya que una divisa global les quita el poder. Solo los países dominantes lo quieren, porque elimina las barreras comerciales y baja los costes de transacciones y cambio de divisas. Ellos tienen la sartén por el mango, así que las reglas siempre terminan a su favor. Prácticamente te ves obligado a una moneda común si quieres que esas barreras comerciales caigan. Pero los precios pueden aumentar dramáticamente cuando haces el cambio. De repente estás pagando salarios en una moneda más fuerte. Eso hace subir la inflación.

—Lo cual hace que tus bienes domésticos sean más caros y menos asequibles—. Jace caminó descalzo hacia la ventana. Las nubes fueran se habían vuelto más densas, y el cielo oscuro amenazaba con reventar en cualquier momento. —Un buen argumento, pero el dolor es solo temporal. En vez de igualar el terreno de juego, lo hace más irregular a largo plazo.

—Es por eso por lo que Svensson cambió de idea —dijo Landers.

–Es una lástima lo del accidente… digo, asesinato. La suya era la única voz moderada.

–¿Qué pruebas tienen la policía de que sea un asesinato? –Jace garabateó en su cuaderno.

–Informe toxicológico. El forense dijo que no podría haber llegado allí con la cantidad de drogas en su sistema.

–Quizás tomó las drogas después de llegar allí –dijo Jace.

–No. Otro escalador le vio en la Senda de la Cima a las dos de la tarde–. Landers desenvolvió la última barrita de chocolate y le dio un bocado. –No estaba perjudicado. El informe del forense dice que ingirió las drogas alrededor de las tres de la tarde. Basándonos en cuando el escalador le pasó, aún le quedaban unas horas de escalada hasta llegar a donde murió. Posiblemente no podría haber llegado allí después de tomar las drogas. Eran demasiado potentes.

–¿Nadie más le vio?– Kat había recorrido la senda muchas veces con Jace en ruta a la cabaña de Kurt. Había un pesado manto de nieve en esta época del año, y a menudo caminaban durante horas sin encontrarse con nadie.

–No, aunque alguien recordaba haberle visto con una mujer antes ese mismo día –dijo Landers. –Otro escalador con raquetas de nieve les adelantó. Nadie denunció su desaparición hasta el día siguiente. Es entonces cuando los de salvamento recorrieron sus pasos y le encontraron. Una caída de trescientos metros.

–Conozco ese sendero –dijo Jace. –¿Qué hay de la mujer? ¿Quién es ella?

–Nadie lo sabe. Nunca la encontraron. No había ningún coche en el aparcamiento, así que ella debe de haber estado bien –dijo Landers.

–¿No hay informes de personas desaparecidas? –Kat sabía que el único modo de llegar al sendero era en coche. Era demasiado poco práctico para cualquiera que les dejaran allí. –¿No necesitas un pase de senderista?

–Sí –dijo Jace. –Pero no te piden el nombre. Tampoco hay

sistema para comprobar quien sale. Conozco a algunos de los hombres del equipo de rescate. Averiguaré qué saben del tema–. Kurt lideraba la zona de salvamento de Hideaway Bay, y probablemente sabría los detalles.

–¿Por qué se marcharía ella sin denunciar nada? –Kat tenía sospechas. –A menos que ella estuviera implicada en el asesinato.

Landers sacó bolígrafo y cuaderno de su bolsillo trasero. Se levantó y cogió un bolígrafo del escritorio cuando no consiguió que el suyo pintase. –El cambio de idea de Svensson no sentó bien. Su opinión experta era la base para todo el argumento de la reforma de divisas. Un nominado al Nobel en Economía es un peso pesado.

–Uno que disiente es incluso mayor –dijo Jace. –En vez de una ventaja, se convirtió en un obstáculo. Ahora no hay debates ni disidentes. Fácil.

CAPÍTULO 32

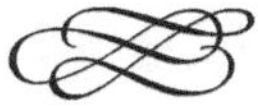

Después de que Landers se comiera todo el mini bar como un rehén rescatado, pidieron comida al servicio de habitaciones. De inmediato devoró un bistec de trescientos gramos y dos postres en cuestión de minutos.

Un detalle seguía molestando a Kat. Landers había llegado a Hideaway Bay en el mismo ferry que ellos. Asumiendo que hubiera grabado la entrevista por adelantado, ¿cuándo lo había hecho? El clima de la entrevista había sido soleado. No había sido soleado en todo el tiempo que habían estado allí.

Luego estaba el descubrimiento del cuerpo de Svensson. Solo fue recuperado ayer, y la autopsia fue terminada hoy. Landers llegó en el mismo ferry que ellos, antes de que fueran anunciados los resultados de la autopsia. Si la entrevista fue grabada con antelación, ¿cuándo consiguieron Landers y la policía los resultados de la autopsia?

Kat estaba cansada de hacer de anfitriona para un oportunista como Landers. Después de comer su comida y absorber toda su información, él no había ofrecido nada tangible a cambio. Ya eran las once de la noche. Ella había estado encerrada en la habitación todo el día y no podía trabajar en el caso con Landers presente.

Kat se giró hacia la televisión. Estaban dando las noticias de la noche. Incluso con el volumen apagado, vio que París estaba en estado de sitio. La cámara se concentró en el Barrio Latino, donde una muchedumbre enfadada había incendiado varios coches, incluyendo un coche de policía.

–Francia es la siguiente en caer –Landers siguió la mirada de Kat. –Va siguiendo los pasos de Grecia y Portugal. La gente no aceptará las medidas de austeridad que están proponiendo. Especialmente no los franceses.

Jace subió el volumen. Las cámaras de televisión pasaron a los Campos Elíseos, donde varios hombres ocultos tras bandanas daban patadas a escaparates. Una multitud se había formado detrás de ellos, animándoles.

–¿Por qué están tan enfadados? –preguntó Jace. –Es culpa suya por extralimitarse con el crédito. Ahora tienen que pagar por ello.

–Algo así –dijo Kat. –El gobierno y los bancos comparten algo de la culpa con sus políticas monetarias. El gobierno por mantener los tipos de interés tan bajos. Y los bancos porque concedían préstamos a todo el mundo, independientemente de su solvencia. Cuando la gente no pudo pagar, todo se desbarató. No son solo las personas las que se pasaron del plazo, sino todo el país–. Kat comprendió por qué Svensson cambió de idea. Una moneda común tenía sentido teóricamente, hasta que tenías en cuenta el comportamiento interesado de las cada vez menos personas que la controlaban. La concentración de poder llevaba a la corrupción.

–¿Por qué no dejaron de conceder préstamos los bancos cuando las cosas se pusieron feas? –preguntó Jace.

–Estaban ganando demasiado dinero –dijo Kat. –Los bancos descargaban su riesgo al unir en el mismo paquete los préstamos buenos y los malos para crear un nuevo producto de inversión. Siempre y cuando la mayoría de los préstamos en el mismo paquete tengan una alta tasa de crédito, pueden aplicar las altas tasas al grupo. En realidad, los préstamos han sido reagrupados tantas veces que nadie recuerda para quien o para qué eran los préstamos.

—O quien está realizando los pagos —dijo Landers. —Los bancos ganaban dinero al conceder préstamos a cualquiera con una dirección fuera de un cementerio. Y aún así esperan que los gobiernos les rescaten cuando la gente no puede pagar. Darle a un recogedor de fruta temporal una hipoteca para una casa de un millón de dólares con interés cero es un desastre destinado a suceder. Cuando explota, los banqueros también quieren ganar dinero en su caída.

—¿En qué estás trabajando exactamente, Roger? —le preguntó Kat a bocajarro para que no pudiera evitar la pregunta. Si ella estaba alimentando a este náufrago abandonado, ella quería algo a cambio. ¿Cómo podía confiar en él cuando todo lo que hacía era coger, coger, coger?

—¿No me has oído antes? Mi trabajo es bastante famoso.

Kat fingió ignorancia. —No hasta que investigué el World Institute y descubrí que eres un grupi del World Institute.

Jace le frunció el ceño a Kat.

Al menos finalmente tenía toda su atención. Él estaba prácticamente babeando sobre Landers, convencido de que podían escribir una historia juntos. Kat estaba segura de que Landers nunca compartiría el crédito con nadie. Era un abusador, un egoísta. ¿Por qué no podía verlo Jace?

Landers sacó pecho. —Soy periodista, no un grupi, Katerina. Si hubieras leído mi libro, entenderías lo serio que es todo esto.

Kat ignoró el desaire. —¿No es tu teoría del World Institute un poco exagerada? Tienes que admitir que inventar todas estas cosas aumenta las ventas de tu libro. Probablemente tienes suficiente material para una secuela—. Las ventas del libro de Landers habían languidecido, y un poco de controversia no le haría daño a las ventas de su libro. Herirle el ego podría hacer que mostrara sus verdaderas intenciones.

El rostro de Landers se enrojeció y se cruzó de brazos. –No necesito tu opinión.

–Dejémoslo por hoy–. Kat se giró y se dirigió hacia el cuarto de baño. Quizás Landers se iría si le ignoraran.

Ella empezó a cerrar la puerta del cuarto de baño, pero Jace la siguió y se coló dentro. –Kat, ¿por qué estás actuando así? Es la oportunidad de mi vida. Landers ha investigado el World Institute durante diez años. Junto con lo que ya hemos conseguido, podemos sacar esto a la luz. Es una enorme historia sobre avaricia y corrupción.

Kat pasó junto a él hacia la parcialmente abierta puerta del baño. –¿Has dejado a Landers ahí fuera con todos los documentos? Jace, ¿cómo has podido?

Jace bloqueó su camino y levantó los brazos, con las palmas hacia fuera.

–Landers no hará nada –susurró. –Me aseguraré de ello.

–Por supuesto que lo hará. Es un oportunista–. Kat abrió el grifo para amortiguar su conversación. –¿Ves a dónde se dirige esto? Solo te está usando hasta que consiga lo que quiere. Luego te tirará y se quedará todo el mérito.

–¿Por qué estás siendo tan negativa? –Jace se colocó junto a ella en el lavabo del cuarto de baño, mirándola en el espejo.

–Solo estoy siendo realista–. Kat puso pasta de dientes en su cepillo, furiosa. Le dolía mucho la cabeza, y estaba disgustada porque su conversación había deteriorado hasta llegar a una discusión. Todo por culpa de Landers. ¿Por qué había hablado ella con él en primer lugar? Había mejores formas de conseguir información, y ahora que ella había arrastrado a Jace con ella, las cosas solo irían en aumento. –Tengo que cerrar este caso antes de reunirme con Zachary mañana al mediodía. No puedo permitirme complicaciones ni retrasos–. Zachary ya le había dejado varios mensajes, y ella necesitaba pruebas concretas antes de revelar la conexión con el World Institute. Sonaba demasiado increíble de otro modo.

–¿No puedes concederme el mérito por nada, Kat? De todos modos nos vamos a quedar aquí esta noche. ¿Qué tiene de malo aprovecharse de una oportunidad? Voy al cuarto de al lado–. Jace se giró y cerró la puerta del cuarto de baño de un portazo tras él.

¿No podía ver Jace a Landers por lo que era en realidad? Kat apretó los dientes y miró fijamente su reflejo en el espejo. No le gustaba la persona en la que se había convertido.

Aunque no me molestaba que Jace se agarrara a una oportunidad de escribir una historia, ella no podía permitir que fuera a costa de su propia investigación.

Kat cerró el grifo y presionó la oreja contra la puerta. Se esforzó por escuchar retazos de la conversación.

–Vayamos a la suite contigua –le dijo Jace a Landers. –Kat está cansada, y podemos continuar nuestra discusión allí.

–Claro.

–También puedes dormir allí. La habitación está vacía, y es mejor que el cuarto de la limpieza.

Kat se quedó boquiabierta. ¿Cómo podía ofrecerle Jace la habitación a Landers? Aún cuando fuera de fiar, lo cual Kat dudaba, una persona más simplemente aumentaba las oportunidades de que les descubrieran.

Se enjuagó la boca y abrió la puerta, preparada para expresar sus objeciones. Pero Jace y Landers ya se habían ido. Los documentos del World Institute también habían desaparecido de la mesa.

Kat presionó la oreja contra la puerta de la suite adyacente y escuchó. Oyó sus voces en la otra habitación, animados mientras continuaban su discusión. Ella consideró llamar, pero decidió no hacerlo.

Dejaría que Jace tuviera su historia. Tenía que confiar en él con los documentos. Aunque no estaba de acuerdo con darle acceso completo a Landers, ella también sabía que Jace nunca se separaría de ellos. Siempre y cuando no interfiriera con su investigación, era bueno ver su entusiasmo volver después de haber sido despedido del *Sentinel*. Arrastró los pies hasta la cama y se derrumbó. Él conseguiría lo que necesitaba esta noche, y mañana recogerían y se irían.

CAPÍTULO 33

Kat se despertó sobresaltada, bañada en sudor. Su corazón latía con fuerza mientras liberaba de una patada sus piernas de las sábanas. Luego vio el destello del detector de humo de la habitación del hotel encima de su cama. Su pánico remitió cuando se dio cuenta de donde estaba.

Solo fue un mal sueño. Hillary había derribado la casa de Harry y le había dejado en un refugio para gente sin hogar. Ni siquiera Hillary llegaría a ese extremo, pensó mientras se frotaba los ojos.

Se giró hacia el reloj de la mesilla. Las tres de la mañana, y la cama junto a ella estaba vacía. Luego se acordó: Jace se había ido a la habitación de al lado con Roger Landers. Su discusión sobre el World Institute y su resultante pelea volvió a su mente. La nueva alianza de Jace con Landers era inquietante, pero ella no debería haber estado tan molesta con él. Él tenía todo el derecho a perseguir lo que podría ser una historia exitosa, y aún así ella le había puesto obstáculos. ¿No confiaba suficiente en él como para usar su discreción? Por supuesto que sí. Se sentía avergonzada por su egoísmo.

Después de ponerse una camiseta y vaqueros, ella se puso las zapatillas de deporte por si acaso. Se dirigió hacia la puerta de la adyacente suite y escuchó. Nada de voces. ¿Estaban dormidos? No. Jace habría regresado a la habitación, independientemente de su argumento.

Ella llamó suavemente a la puerta y esperó.

Unos segundos más tarde oyó suaves voces. –¿Jace?

Probó el picaporte de la puerta, pero estaba cerrada con llave. Llamó ligeramente una segunda vez. La puerta se abrió apenas una rendija. Su nuca cosquilleó cuando se dio cuenta de que la habitación estaba a oscuras. Estaba demasiado oscuro como para ver si la figura en la sombra era Jace o Landers.

–¿Jace? ¿Eres tú?– La puerta se abrió más. De repente una mano la agarró y tiró de ella hacia la suite de al lado.

–Eh...– Fuertes brazos la sujetaron por los hombros y la empujaron más dentro de la habitación. Ella tropezó hacia delante y casi se cayó cuando sus suelas de goma se atascaron en la moqueta. Jace no haría esto. –¿Roger?

–Cállate–. Le cruzó la cara de un bofetón. –Alguien te oirá.

Kat recuperó el equilibrio y se giró para mirarle. Sus instintos habían sido correctos. Landers no era un amigo. –¡Me estás haciendo daño! ¿Qué estás haciendo...? –Kat nunca tuvo la oportunidad de terminar su frase.

Landers dio un portazo con la puerta detrás de ella. Las luces se encendieron y Kat miró fijamente a los ojos del demonio.

Nathan Barron estaba completamente vestido esta vez, con un esmoquin negro debajo de una gabardina. También llevaba guantes de látex.

El corazón de Kat iba como loco cuando vio sus manos. Los guantes solo significaban una cosa: ni huellas dactilares ni pruebas. Se le aflojaron las piernas y se tambaleó medio paso antes de recuperarse.

–¿Has venido hasta aquí para vigilar a Victoria? –Nathan Barron la sujetó cuando Roger Landers aflojó su sujeción. Se quedó junto a la mesilla de noche, bloqueando la visión de Kat de una tercera persona que estaba sentada en la cama. –Qué conmovedor.

–¿Qué quieres de mí?– ¿Era posible que Nathan no supiera nada sobre su investigación de fraude? Kat examinó la habitación.

Jace no estaba en la habitación. Tampoco vio los documentos que había robado de la habitación de Nathan.

Landers permaneció detrás de ella, bloqueando la puerta a la suite adyacente. Nathan se movió ligeramente hacia la derecha, revelando a la persona detrás de él.

Victoria estaba sentada en el borde de la cama y le sonreía a Kat. Al menos sonreía tanto como le permitía el Botox. –Me llevó un rato, pero te reconocí. ¿Sabes algo? Eres una doncella terrible.

–Esto no tiene por qué ser desagradable, señorita Carter –dijo Nathan. –Te marchas ahora, abandonas la investigación, y ambos dejaremos esto atrás–. Los labios de Nathan se curvaron hacia arriba, pero sus fríos ojos perforaban los suyos. –Si colaboras completamente.

Kat le devolvió su mirada furibunda.

Cálmate.

Ella inhaló y exhaló dos veces, soltando el aire despacio y obligando a su palpitante corazón a ir más despacio. No sucumbiría a sus tácticas intimidatorias. Ella podía pensar en un modo de salir de esta.

¿Pensaba Nathan de verdad que ella estaba aquí como parte del divorcio de Zachary y Victoria? No. El juicio ya había terminado, así que tenía que ser un farol. Landers le habría contado lo de su investigación.

–¿Colaborar cómo?– Al menos ella no le había dicho el nombre del miembro del World Institute al que estaba investigando. Jace no traicionaría su confianza, pero Landers podría haber descubierto otras pistas en los mismos documentos mientras estaban desatendidos sobre la mesa de la habitación de Jace y Kat.

—Roger me lo ha contado todo—. Nathan aflojó su sujeción pero no la soltó aún. —No te irás de rositas con esto.

Nathan Barron era un empresario, no un sicario. Kat estaba segura de que no se ensuciaría las manos con detalles cruentos. Pero un vistazo a sus manos enguantadas y dudó de su conclusión. ¿Asesinaba a sus víctimas en el bosque, o hacía que otra persona hiciera su trabajo sucio? Se sentía como una presa atrapada.

—¿Irme de rositas con qué?— Así que sabía lo de su investigación. ¿Y qué? No podía intimidarla. Volvió a examinar la habitación buscando pistas sobre el paradero de Jace y vio su ordenador portátil con el salvapantallas.

Maldijo por lo bajo. ¿Cuánto había compartido Jace con Landers? La presencia de su ordenador aquí también significaba que Nathan, Victoria, y Landers había accedido potencialmente a sus archivos de Edgewater almacenados en el ordenador.

—Tu investigación, o como quiera que llames esta idiota excursión tuya. Estás perdiendo tu tiempo y el nuestro. Pero me gustas. Te ayudaré a salir del lío que has creado tú misma.

—¿Cómo? —Kat mantuvo la voz calmada. ¿Le había preguntado Nathan Barron lo mismo a Jace? ¿A Svensson?

Nathan soltó a Kat, y ella sacudió los brazos.

—Cesa en tu empeño. Lo que sea que te esté pagando Zachary, lo doblaré. Vete ahora y abandona el caso. Luego trabajarás para mí.

¿Cambiar de bando por el doble de sus honorarios? El salario de Zachary ya era generoso. El doble equivalía a todo un año de facturas. Por supuesto era casi irrisorio ahora que sabía que no tenía dinero. No era extraño que Nathan y el World Institute operaran con impunidad. Y que se fueran de rositas con un asesinato.

—¿Qué tenías exactamente en mente?— La muerte de Svensson estaba conectada de algún modo. Y fue un asesinato. Ella dudaba que se traicionara. Pero Landers lo haría.

–Investiga a Zachary por fraude. Ha estado operando una estafa piramidal, y tengo las pruebas para demostrarlo.

–¿Acusarías a tu propio hijo por tus delitos?

Los ojos de Nathan se entrecerraron. –Él es culpable, y tengo pruebas. Las descuidadas y agresivas transacciones de Zachary casi han arruinado Edgewater. Estaríamos en bancarrota si yo no hubiera restringido su acceso al dinero.

–¿Te refieres a los cientos de millones de dólares que has malversado y desviado a Research Analytics y el World Institute?– No tenía sentido guardar secretos. Era obvio que Nathan sabía que él era el objeto de su investigación. Kat se giró hacia Landers. –¿Dónde está Jace?

Landers se apoyó contra la puerta. Permaneció en silencio, sus ojos concentrados en el suelo.

Kat se lanzó hacia Landers, pero Nathan la sujetó por los brazos y la retuvo.

–Tu amigo Jace ha tenido un pequeño accidente –Nathan la sujetó más fuerte. –¿Es eso lo que quieres?

–No te saldrás con la tuya. La policía sabe lo que estás haciendo.

–¿La policía? –Nathan se rio. –No he hecho nada ilegal.

–No estoy de acuerdo–. Kat intentó no mostrar ninguna emoción. Se negaba a darle esa satisfacción.

Victoria le sonrió. Solo que el Botox convirtió su boca en algo más parecido a una sonrisa torcida.

–¿Crees que yo soy el criminal? –Nathan la empujó sobre la cama. –Edgewater es mi compañía y me gastaré el dinero como me plazca.

–Es el dinero de los inversores, no el tuyo. Pero a ti no te importa, ¿verdad? No solo estás jodiendo al público general, sino que también estás pagándolo con el dinero de otras personas.

–¡Eso es ridículo!

Kat se incorporó. –¿Lo es? ¿Una moneda global, controlada por una institución más allá del gobierno? Es simplemente demasiado peligroso para permitir que suceda. Es la caída de la democracia. Svensson lo pensaba, y tú le hiciste callar para poder continuar con tu plan.

Las palabras escocían mientras las pronunciaba. Eso era lo que Jace estaba intentando decirle, pero ella había estado más interesada en su investigación.

—Lo que sea... ya ni siquiera importa. Las ruedas están en movimiento y no hay nada que puedas hacer para detenerlo.

Ella se enfrentó a Nathan mientras el pánico crecía en su interior. —Soltadme.

Nathan la sujetó con más fuerza y unió sus muñecas. Volvió a empujarla hacia abajo con facilidad. —¿Quieres el mismo tratamiento? Sigue así y lo conseguirás.

Nathan había admitido prácticamente su implicación en la muerte de Svensson. Sujetó sus muñecas firmemente mientras buscaba algo en su bolsillo. Cuerda. Las hebras de nailon quemaron su piel mientras rodeaba sus muñecas y las apretaba. Hizo un nudo y lo apretó hasta que ella gritó en protesta. El pecho de Kat se oprimió mientras sentía que la habitación se cerraba en torno a ella.

—¿Tienes la aguja? —Nathan sacudió su mano hacia Victoria mientras se sentaba sobre las piernas de Kat, sosteniéndola abajo.

Victoria se puso de pie. —Sí, cariño —dijo ella en una voz repugnantemente dulce. Ella buscó en su bolso extra grande de diseño y sacó una jeringa.

Kat intentó liberarse a patadas, pero fue inútil. Sus pensamientos recorrían todas las cosas que Roger Landers había dicho la noche pasada. ¿Fue una actuación desde el principio, o había capitulado ante un tiburón, acechando en un tanque mucho más pequeño?

—¿Cuánto dinero te ha dado, Roger? ¿Cuál es tu precio?— Ella se retorció sobre la cama para encararse a Landers. Nadie parecía estar reteniéndole contra su voluntad.

Silencio.

–Cállate, zorra–. Victoria le dio golpecitos a la jeringa con una uña con manicura. –Hora de tu medicina.

Kat se encogió cuando la aguja pinchó su piel. Luego un calor helado bombeó dentro de su bíceps y recorrió sus venas. Le quemaba el pecho, luego subió hacia su cuello y su cabeza. Todo se volvió caliente, caliente, caliente, y luego las voces se desvanecieron. Ningún sonido, ningún color, y ya nada importaba.

CAPÍTULO 34

*K*at gritó cuando algo afilado pinchó sus costillas. Rodó hasta ponerse de lado para darle la espalda a su asaltante.

—Levante —dijo el hombre con acento muy cerrado.

Kat levantó los codos delante de su rostro para protegerse. Luego se dio cuenta: sus muñecas ya no estaban atadas. Nathan y Victoria se habían ido. Tampoco estaba Roger Landers. En vez de eso, se enfrentaba a un guardia de seguridad con turbante y con una chaqueta polar amarillo brillante. Se quedó sobre ella, con aspecto incómodo.

Kat miró con los ojos entrecerrados el haz de luz de la linterna del guardia de seguridad.

—He dicho que se mueva, señorita. Ahora.

La boca de Kat se abrió mucho mientras examinaba su entorno. Resonaban voces mientras la gente se escurría sobre el suelo de baldosas hacia sus destinos. Estaba tumbada sobre un desgastado banco de roble, uno de los varios que bordeaban la zona abierta. Molduras en relieve se arqueaban por encima de unos cuadros de paisajes canadienses de montañas y bosques. Tardó un momento antes de que se diera cuenta de que estaba en la estación de trenes Waterfront, en el centro de Vancouver. A juzgar por las hordas de viajeros, era hora punta, quizás las siete y media o las ocho de la mañana. Lunes por la mañana. Solo quedaban unas horas para que terminara el plazo de mediodía de Zachary.

–Lo siento, señor. Ya me voy–. Kat se puso de pie e inhaló el aroma a café fresco y magdalenas que salía del Starbucks al otro lado del vestíbulo. Metió la mano en el bolsillo de sus pantalones, buscando dinero para comprar un café. Nada. Miró su ropa. Los mismos pantalones y camiseta que había llevado la noche anterior. Gracias a Dios que se había puesto zapatos antes de ir a la adyacente habitación del hotel.

Ella metió la mano dentro de su otro bolsillo en busca de su teléfono móvil, pero estaba vacío. Por supuesto, aún seguía en el Tides Resort, junto con su bolso, dinero, ordenador, y documentos del World Institute. ¿Habían encontrado su informe sobre Edgewater Nathan, Victoria, o incluso Landers? Se estremeció al pensarlo.

¿La habrían capturado si no hubiera entrado en la suite de al lado la noche pasada? Probablemente. Landers sabía donde estaba y obviamente estaba cooperando con Nathan y Victoria. Luego estaba Jace. Desaparecido, quizás sufriendo un destino peor que el suyo.

Jace nunca se habría marchado sin ella, a pesar de su discusión. Las únicas personas que conocían su paradero eran las que estaban en la habitación la pasada noche: Nathan y Victoria Barron, y Roger Landers. ¿Habían tirado a Jace en alguna otra parte también? Su humor mejoró al darse cuenta de que significaba que ella sería capaz de encontrarle. La única pregunta era donde.

La cabaña de Kurt era una clara posibilidad, ya que estaba a buena distancia a pie de Hideaway Bay. Improbable, ya que las temperaturas alpinas bajo cero requerían ropa de invierno y él no se había llevado su chaqueta. ¿Le habían abandonado en la estación de tren también? Entonces él podría encontrar su camino a casa. Y la llamaría, pero por supuesto su teléfono seguía en el hotel. Encontrar a Jace en casa era improbable, pero no imposible.

Su humor volvió a mejorar cuando se dio cuenta de lo cerca que estaba de casa. Solo necesitaba dinero para el autobús o un taxi para llegar allí. Ella podría rebañar algo de cambio en su despacho a ocho manzanas de distancia.

Kat salió de la estación de trenes, solo para que la recibiera una ráfaga de aire frío cuando abrió las pesadas puertas. La lluvia caía de lado, empujada por el viento. Aguanieve golpeó su rostro mientras su cabello la azotaba. Los viajeros caminaban fatigosamente, sus caras metidas dentro de los abrigos por protección. Ella se estremeció cuando el aire helado penetró su delgada camiseta.

Un mendigo acosaba a una pareja cuando pasaron por su lado. El hombre llevaba una gorra de béisbol, esperando que le dieran unas monedas. La pareja aceleró el paso y le ignoró. Kat atravesó el aparcamiento hacia la calle donde estaba el pordiosero. Su mano estirada le recordó que ella necesitaba al menos un par de dólares para el autobús de vuelta a casa. Tenía que olvidarse del taxi.

El mendigo pilló su mirada y se caló más la gorra protectoramente, como si ella pudiera cogerla. –Mi esquina. Encuentra la tuya–. Él frunció el ceño, revelando que le faltaban dientes.

–¿Qué?– De repente comprendió que él pensaba que ella también era una mendiga. Competencia. ¿De verdad se veía tan mal? Eran solo las ocho de la mañana, pero por segunda vez hoy se sintió completamente inútil.

Kat caminó por Water Street hasta su edificio de oficinas en Gastown, los brazos cruzados contra el frío. La acera de adoquines estaba resbaladiza debajo de sus zapatillas cuando la nieve se convirtió en escarcha. Se colaba en sus zapatos, recordándole que sus cálidas botas seguían en Hideaway Bay, abandonadas con el resto de sus pertenencias.

A pesar de la temperatura bajo cero, el mordisco del viento y la lluvia la dejaron helada hasta la médula. Sus dientes castañeteaban y ella se estremeció mientras se abría camino por la calle desierta.

La mayoría de las personas sin hogar habían entrado en algún sitio, buscando refugio del húmedo frío. Pasó por el Café Marseilles cuando un grupo de vagabundos estaba contra los edificios, manos rodeando tazas de papel de café.

Para cuando llegó a su edificio, ella estaba completamente congelada. Sus manos estaban tan entumecidas que no podía sentir sus nudillos llamando a las puertas de cristal. El edificio estaba normalmente cerrado con llave por las mañanas, particularmente en invierno, cuando los sin techo buscaban refugio del frío.

Después de lo que pareció una eternidad, el conserje del edificio salió finalmente por la puerta lateral para investigar el ruido. Miró rápidamente y la despidió con un gesto.

—Marcus, soy yo... déjame entrar–. Kat sacudió las manos frenéticamente, pero se retiró por la puerta. Carter & Asociados había sido inquilino de Hudson House durante casi tres años. ¿Cómo podía no haberla reconocido? Volvió a llamar a la puerta, lo más fuerte que pudo. –¡Marcus!

Varios transeúntes con gabardinas y paraguas fruncieron el ceño ante Kat y se escabulleron. Ella evitó mirarles a los ojos, avergonzada por su apariencia. Ella no necesitaba un espejo para saber que su ropa rasgada, pelo ralo, y su falta de maquillaje hacía que pareciera una persona sin hogar. ¿Es esto lo que se siente cuando la gente te odia todo el día?

Marcus reapareció finalmente. Se dirigió enfadado hacia la puerta y la abrió de golpe.

—Vete o llamaré a la...

—Marcus, ¿no me reconoces? ¿Kat? ¿De arriba?

El reconocimiento apareció en su rostro y se detuvo de inmediato. Se quedó boquiabierto. –¿Qué demonios te ha pasado?– Él mantuvo la puerta abierta y le hizo gestos para que entrara.

—No puedo hablar ahora mismo–. Kat pasó junto a él y se deslizó hacia el ascensor cuando la sensibilidad volvía despacio a sus piernas. Presionó el botón de subir y esperó, dándole la espalda a Marcus. No estaba de humor para dar explicaciones ahora mismo, y de todos modos no se merecía una.

Él fue tras ella. –Kat… lo siento. No tenía ni idea de que fueras tú.

Ella le ignoró y entró en el ascensor. Esta era una faceta de Marcus que no había visto antes, y no estaba segura de que le gustara. Pulsó el botón para el cuarto piso.

Nathan y Victoria iban a salir indemnes de todo esto.

¿Qué le habían hecho a Jace, y por qué había desaparecido él y no Landers? Ella dudaba que Nathan aceptara la palabra de Landers si él simplemente dijera que los documentos no eran suyos. Nathan querría deshacerse de los dos, ya que ambos habían visto los planes del World Institute. A menos que Landers ya formara parte de la conspiración, cualquiera que fuera. Obviamente Landers había cooperado con ellos. Preocupándose por sí mismo, como siempre.

Nathan Barron había dicho que Jace había tenido una especie de "accidente". Eso sonaba más ominoso que lo que le había pasado a ella. Ella estaba relativamente ilesa excepto por unos cuantos moretones y un dolor de cabeza por lo que fuera que le hubieran inyectado. ¿Podría haber sufrido Jace un destino similar al de Svensson? A pesar de sus diferentes ocupaciones, ambos habían hablado contra el World Institute y la élite del poder. ¿Era razón suficiente para morir? Kat se estremeció ante la posibilidad.

Svensson encontró su muerte poco después de cambiar su postura y estar en desacuerdo con el dogma del World Institute. La desaparición de Jace podía estar relacionada con su exposición del fraude de las hipotecas. Después de todo, habían sido atacados con una bomba incendiaria por ello. Pero la desaparición de Jace había ocurrido en Hideaway Bay. ¿Significaba eso que la supresión de su historia sobre las inmobiliarias estaba conectada con el World Institute? Y si era así, ¿cómo? O quizás el objetivo era algo más sencillo: como silenciar a los disidentes contra ninguno de sus miembros. Con las voces silenciadas, el WI podía continuar con impunidad. Así era como funcionaban las cosas en los pasillos de poder. Eliminar los obstáculos. La avaricia hacía cosas feas a la gente.

Quizás no iban tras los documentos del World Institute. Aunque eran suficientemente dañinos, no era solo la historia de Jace lo que querían suprimir. Era más poderoso que eso. Era su opinión, su voz. Era un periodista respetado al que la gente escuchaba, igual que hacían con Svensson. Sus voces no podían ser descontadas o negadas. Pero podían ser eliminadas.

Aunque ella no había mirado el borrador en el que él había estado trabajando en el hotel, ella sabía que su exposición del World Institute significaba implicar a todos los miembros del World Institute, aunque dedicándole principal atención a Nathan y Gordon Pinslett en particular: a Nathan por desviar fondos de los inversores desde Edgewater para financiar el mandato del WI, y a Gordon Pinslett por suprimir cobertura desfavorable al WI. Era una cosa intentar imponer una teoría políticamente desagradable. Era otra cosa lucrarse exorbitantemente con ello por medio de la manipulación de divisas y transacciones con información privilegiada. Entonces estaba la censura de los medios y el fraude que iba con ello.

Una cosa estaba clara. Aquellos con valor para hablar eran silenciados. Jace había sido despedido y habían eliminado su historia en el *Sentinel*, que casualmente era propiedad de Gordon Pinslett. ¿Había sido Jace silenciado en más de un modo? Ella se estremeció al pensarlo.

Jace tenía razón. Estaba bien no decir nada hasta que te pasaba a ti. Pero entonces nadie te defendería tampoco. Con el silencio venía el riesgo de perder tu libertad, tu bienestar económico, y el derecho a la libre expresión. Si ella no se pronunciaba, ¿quién lo haría?

Merecía la pena luchar por algunas cosas a cualquier precio.

CAPÍTULO 35

Hillary se quedó en la puerta de la cocina y observó a su padre sacar los platos sucios del lavavajillas. Uno a uno entraron en el armario: platos sucios, tazas de café, y vasos. Cargando y descargando, los mismos platos sin lavar. Era como pulsar el botón de rebobinar y acelerar una y otra vez. Vaya si estaba perdiendo la cabeza. ¿Es esto en lo que se ha convertido su vida?

—Necesitas mudarte, papá–. Comprobó su reloj. Ya era la una pasada y todo lo que habían hecho esa mañana fue beber café con sabor a jabón. Ella tenía mejores cosas que hacer un lunes. –A una de esas residencias de ancianos.

—¿Residencia de ancianos? Sobre mi cadáver–. Harry dejó caer cuchillos sucios en el cajón de los cubiertos. –No necesito una residencia de ancianos. Estoy bien aquí.

—Mírate... ¡eres un viejo loco! Ni siquiera puedes hacer funcionar un lavavajillas. ¡Mira este desastre!– Hillary sacudió su brazo hacia la abarrotada encimera de la cocina. –Es demasiado para ti.

—No, no lo es. Es mi desastre y me gusta–. Se limpió la frente con su manga. –Mantendré mi casa del modo que quiero.

No si ella tenía algo que decir. Tan patético… ¿iba él a ponerse a llorar? Hillary pasó el brazo por los montones de libros sobre la mesa de la cocina, tirándolos y enviándolos en cascada al suelo. Ella se sentó, molesta. Ni podía pagar sus facturas ni limpiar la casa. ¿Desde cuándo eso se había convertido en su problema? –Ni siquiera puedo encontrar espacio en la mesa. ¿Cómo puedes comer en esta pocilga?

–Oh, Hillary, ¿por qué has hecho eso? Te dije que los dejaras–. Harry cerró la puerta del lavavajillas y arrastró los pies hacia la mesa, un paño de cocina sobre su hombro. Su mirada cayó sobre sus libros, tirados abiertos sobre el linóleo. Soldados heridos, todo páginas arrugadas y lomos desvencijados.

–Porque estás loco, papá. Estás viviendo en un montón de basura–. Hillary puso los ojos en blanco. ¿Por qué le estaba creando tantos problemas a ella? Ella ciertamente no iba a cocinar y a limpiar para él.

–No es basura, Hillary. Algunos de estos libros son piezas de coleccionista. Vuelve a colocarlos –dijo Harry. –Comeremos en el salón.

–De ninguna manera voy a comer aquí. Esto es asqueroso–. Hillary dejó de un golpe su taza de café sobre la mesa. –¿Cómo puedes vivir así?

–Fácil. Me gustan mis cosas del modo en que están. No estás viviendo debajo de este techo, así que no me digas qué hacer.

–¿Y si yo estuviera viviendo aquí? ¿Entonces podría opinar sobre cómo son las cosas?

Su rostro se iluminó.

Justo el efecto que ella había buscado. –Quizás volveré a mudarme a casa.

–¿De verdad? Eso sería maravilloso. He estado realmente solo por aquí desde que murió tu madre.

–Lo consideraré. Pero necesitaremos algunas reglas básicas–. Hillary se levantó de la mesa y se dirigió al frigorífico. Ella podía soportar como máximo otra semana de esto. Justo lo suficiente para liquidar las cosas y volver a tener los pagos de su Porsche al día.

–Podemos figurarnos algo –dijo él.

–Bien–. Hillary sacó una jarra de zumo de naranja del frigorífico y se sirvió un vaso. Vertió una cucharada del polvo, removiendo hasta que se disolvió. Se metió el vial en el bolsillo antes de volverse a mirar a Harry.

–Toma. Bebe esto–. Le tendió el vaso a su padre. No es que ella tuviera que andar escondiéndose en realidad. Ella podría haber disparado un puto cañón en la cocina y él no se habría dado cuenta. Estúpido.

–Gracias –él tomó un sorbo del zumo y sonrió.

Hillary suspiró. Cinco minutos más y él se desmayaría sobre su fea silla de cuadros. Entonces ella podría empezar a tirar algunas de sus porquerías. Seguro que no iba a esperar a que muriese para hacerlo. El desorden la estaba asfixiando.

Él se preocupaba más por este antro lleno de basura que por ella, aún cuando ella había dejado su vida en suspenso para volver a esta pocilga, a este pequeño vecindario de mierda. ¿Para qué? Nada había cambiado en diez años. Solo que los vecinos eran mayores y más raros, y los tentáculos de Kat se habían clavado más profundamente. Kat fingía que se preocupaba por papá, pero Hillary sabía la verdad. Cómo no. Él no era más que un anciano demente.

Kat se iba a buscar otro problema si pensaba que hacerle la pelota a Harry iba a darle una parte. Por eso los cheques habían parado: Kat se estaba quedando todo ese dinero para ella. Estaba segura de ello. ¿Por qué si no iba a quedarse por aquí a los treinta y cuatro años de edad? ¿No era suficiente que sus padres hubieran adoptado a Kat después de que su padre la abandonara? ¿Quién adoptaba a niñas de catorce años? Lo siguiente sería Kat disputándole el testamento.

Ella pondría fin a todo eso.

CAPÍTULO 36

Hillary **cambió su peso del** pie derecho al izquierdo. Ella no se atrevía a quitarse los zapatos en este vertedero. Sus Manolo Blahnik de ocho centímetros de alto la estaban matando, pero no podía posiblemente quitárselos. ¿Quién sabía qué plagas estaban reptando por esta choza?

–Cómetelo, papá –dijo ella, depositando otro vaso de zumo de naranja junto a su plato.

–Lo hice. No puedo comer más. Estoy lleno–. Harry estaba sentado a la mesa de la cocina, tenedor en mano y servilleta metida en el cuello de su camisa.

–Tienes que hacerlo. Termínatelo–. Hillary sintió su cara ruborizarse. Él necesitaba la misma dosis todos los días. Era acumulativa, y perder un día significaba tener que volver a empezar. Tenía muy claro que no iba a invertir más tiempo ni dinero del que ya había empleado.

–Lo hice, Hillary. Ya no tengo hambre. ¿Quieres el resto? –Harry señaló las patatas con su tenedor.

–Ya he comido–. Hillary se imaginó su vida dentro de unas semanas. Vender este vertedero y estaría repleta de dinero otra

197

vez. Quizás esquiar en Suiza, como hacían los miembros de la realeza. Incluso podría conocer a un príncipe.

–¿Cuándo? No te he visto.

–Por supuesto que sí. Te olvidaste. Tienes Alzheimer, viejo–. Hillary dio vueltas con su dedo alrededor de su oreja. –Estás loco, ¿recuerdas? ¿O también se te ha olvidado eso?

Harry sacudió la cabeza y dejó su tenedor.

Ella lo cogió y llenó el tenedor del plato de Harry. Sostuvo el tenedor a un centímetro de su boca. –Abre. Cómete el resto.

Harry levantó la mano para protestar.

–He dicho… ¡come! –Hillary metió las patatas en la boca de su padre cuando él la abrió para oponerse.

–¡Para! –Harry golpeó su mano con su antebrazo. Escupió las patatas, esparciéndolas por toda la mesa y el suelo.

–¡Mira lo que has hecho! –gritó Hillary mientras dejaba de un golpe el tenedor sobre la mesa. –¿Quién va a limpiar este desastre? No te mereces que nadie cuide de ti.

Su padre bajó el brazo y se encogió en su silla. Esto era una total pérdida de tiempo. La casa estaba asquerosa, con basura, suciedad, y polvo casi tan malo como las casas en ese programa de televisión sobre personas con Síndrome de Diógenes. Solo que los gastados muebles de Sears de papá aún eran visibles entre la anticuada decoración de los setenta. Le daba náuseas solo estar allí.

Cada día en el vertedero Denton era un día más robado a su nueva vida, la vida que ella se merecía y había estado esperando demasiado. Tras meses de esconderse de los vecinos y de Kat, su plan había funcionado perfectamente. Una nueva vida la esperaba. Estaba a su alcance, ahora que había conocido al hombre con quien la iba a compartir.

Ella solo necesitaba quitar a Harry de en medio primero. Y mantenerle alejado de esa zorra entrometida, Kat. No había tiempo que perder.

CAPÍTULO 37

Hillary **se quedó en la puerta** del salón y estudió a su padre. Sus ronquidos reverberaban por toda la casa, compitiendo con la CNN en la televisión. Encorvado en su sillón reclinable, la cabeza caída sobre el pecho. Subía y bajaba con cada ronquido.

El reportero seguía hablando sobre las revueltas de París, entrevistando a la lloriqueante dueña de una tienda en el Barrio Latino mientras matones enmascarados daban patadas a los escaparates detrás de ella. Era de noche y estaba lloviendo. La sirena de un coche de policía aullaba, las luces de la sirena dejando estelas de color cuando el coche corría por el fondo.

Hillary dio un salto ante el sonido. Entró de puntillas en la habitación y cogió el control remoto del brazo del sillón. Bajó el volumen, preocupada por si despertaba a Harry. Se relajó cuando recordó la dosis. Suficiente para tumbar a un elefante.

Ella tenía al menos un par de horas. ¿Dónde mirar primero? ¿La caja fuerte? Ella decidió buscar primero en el dormitorio. De ese modo habría terminado para cuando Harry se despertara. Ella podía convencerle para que subiera a echarse una siesta mientras ella registraba el resto de la casa.

Se puso las zapatillas un pie cada vez, con cuidado de no dejar que sus pies tocaran el sucio suelo. Luego subió las escaleras de dos en dos hasta la habitación de su padre, ansiosa por empezar.

Ella registró primero los cajones de su cómoda, luego su armario. Sus esfuerzos no revelaron nada más que ropa vieja, zapatos, y una caja de fotografías. Tiró el contenido de la caja sobre la cama y buscó entre las cosas. Fotos suyas de bebé, luego fotos de toda la familia, más tarde con Kat. Ella abrió una bolsa de basura y metió las fotografías dentro. Harry no las necesitaría a donde iba. Pronto no reconocería a las personas en ellas de todos modos.

No tardó mucho en darse cuenta que lo que estaba buscando no estaba allí. Se deslizó hacia el pasillo, reafirmada por los sonidos de los ronquidos de su padre subiendo por la escalera. Ella abrió el armario de la ropa blanca del pasillo y pasó la mano por la pared hasta que encontró la caja fuerte. Tiró de la puerta. No estaba cerrada con llave. La abrió y se metió en el bolsillo los documentos y quinientos dólares en crujientes y nuevos billetes de cincuenta. De todos modos serían suyos antes o después.

Ella necesitaba mantener a Kat alejada durante unos días mientras ella ejecutaba su plan. Ella bajó las negras bolsas de plástico de basura por las escaleras a pares y las sacó al callejón de atrás. Dieciséis bolsas, todas solo de una habitación. El viejo ni siquiera se daría cuenta de la basura desaparecida. Ella regresó a la cocina, limpiándose el sudor de la frente.

El calendario de la cocina seguía en junio. Lo cambió a diciembre y arrancó las notas escritas a mano por Kat. El número de teléfono de Kat, el de Jace, una lista de la compra, y recordatorios de comidas en el frigorífico. Esa zorra pelota tenía sus garras clavadas en todas partes, y ya estaba harta de ello. Arrancó las notas e hizo una pelota con ellas.

Luego respiró hondo y se recordó a sí misma que esta vez iba a ser diferente. Ella necesitaba mantener la calma y trabajar en su plan. Deshacerse del viejo, y ella estaría de camino a su nueva vida.

Volvió a mirar el calendario. Diciembre era una acuarela de unas flores de pascua que parecían haber sido pintadas por un niño de dos años. Vaya basura. Mientras lo arrancaba de la pared, vio lo que había estado buscando. Detrás del calendario estaba la llave. La que abriría su futuro.

CAPÍTULO 38

Veinte minutos más tarde Kat le pagó al taxista y subió con cansancio los escalones de la casa de tío Harry. Llamó a la puerta principal y esperó.

No hubo respuesta.

Volvió a intentarlo y miró por la ventana lateral. No había señales de movimiento. Descendió los escalones y se dirigió al patio trasero. Harry podría estar en el garaje, entreteniéndose con el Lincoln. O quizás en el jardín, aún cuando era diciembre. El dominio de la demencia significaba que nada podía sorprenderla ya.

Abrió la puerta del garaje y se quedó paralizada. El Lincoln no estaba. ¿Había averiguado Harry cómo abrir la puerta? Improbable en su actual estado mental. Alguien debía haberlo hecho por él. Su corazón dio un vuelco cuando pensó en Harry conduciendo en la nieve. Era un desastre a punto de suceder sin importar cómo lo considerase.

El Porsche de Hillary tampoco estaba delante. Harry todavía podía estar con ella. Pero a Hillary no la pillarían ni muerta en un Lincoln de finales de los setenta, ni conduciendo ni como pasajera. Kat presionó con el pulgar el interruptor y la puerta se abrió. Justo lo que había temido: alguien lo había vuelto a conectar.

Ella salió por la puerta del garaje abierta al carril, esperando encontrarlo de algún modo. En vez de eso, descubrió docenas de bolsas de basura apiladas contra la valla trasera. Miedo quemaba el estómago de Kat mientras se acercaba para una inspección más cercana. Desgastada tela marrón asomaba por una esquina. Levantó una bolsa y la tiró a un lado. El sillón reclinable de Harry estaba empapado por la lluvia y casi arruinado. ¿Por qué estaba su silla favorita ahí fuera, desechada como si fuera basura?

Kat sintió presión en el pecho. Su tío nunca se separaría de su sillón reclinable. El sillón y sus otros muebles encajaban con él y con la casa como un zapato muy usado. Hillary debe estar tras todo esto y la desaparición del Lincoln. Hillary siempre se pasaba de la raya, y Kat estaba segura de que Harry no tenía ni idea de que sus preciadas posesiones estaban en la basura. Se le rompería el corazón.

El camión de la basura traqueteaba por la calle a una manzana de distancia, y entonces entendió que hoy era día de recogida de basura. Comprobó su reloj. Lo primero era lo primero. Tenía que salvar las cosas de Harry del vertedero.

Cogió bolsa tras bolsa del callejón y las metió dentro del garaje vacío. Dejó de contar al llegar a las cuatro docenas de bolsas de basura. Apenas hizo mella en la pila, solo lo suficiente para deslizar el sillón de Harry. Tenía que haber cientos de bolsas.

Al menos había llegado a tiempo de salvar sus posesiones, ¿pero ahora qué? Ella se preocuparía de eso más tarde. Deslizó el sillón hacia atrás, arañando con las patas el irregular asfalto mientras lo arrastraba centímetro a centímetro para meterlo en el garaje, fuera de la lluvia.

Lanzó la última bolsa dentro del garaje de Harry justo cuando el camión de la basura entraba en el callejón. Ella se detuvo y se limpió el sudor de la frente con el dorso de la mano. La lluvia había convertido su pelo en una masa encrespada, pero no le importó. Al menos había conseguido hacer algo bien hoy.

El basurero le saludó con la mano. Ella levantó la mano con un movimiento lento que más bien parecía una rendición. No eran ni las nueve de la mañana y ya estaba agotada por la batalla. Jace aún estaba desaparecido, junto con los documentos del World Institute, su ordenador portátil, y los archivos del caso Edgewater. Su cliente estaba furioso con ella, aún cuando en realidad debería ser al revés. Ella había supuesto que al menos Harry estaría aún con Hillary, pero ahora estaba empezando a preguntarse. Cualquiera que fuera el caso, ella tenía que llegar a casa.

Entró cansinamente en el garaje y pulsó el interruptor de la puerta del garaje para cerrarla tras ella. Se cerró chirriando mientras pasaba la mano por la estantería encima del banco de trabajo de Harry, buscando la copia de las llaves de su casa. Soltó un suspiro de alivio cuando su mano tocó el metal. Dos llaves. Las copias de su casa y otras de la casa de Harry. Al menos Hillary no les había echado el guante.

Se metió la llave en el bolsillo y salió del garaje, luego subió la escalera trasera hacia la puerta de la cocina. Llamó y esperó un minuto, por si acaso estaba durmiendo. Bastante improbable, con todas sus posesiones materiales tiradas en el callejón. Tenía una mala sensación sobre todo eso.

Había esperado bastante. ¿Y si Harry estuviera dentro, herido o peor? Deslizó la llave en la cerradura y abrió la puerta de la cocina.

Vacía.

No estaban los libros de cocina de tía Elsie en las estanterías junto al frigorífico. Las figuritas de encima del fregadero también habían desaparecido, así como el calendario en el que Harry planeaba su vida.

Incluso la mesa de la cocina faltaba, aunque ella no la había visto en la pila de muebles del callejón. ¿Es que los cartoneros habían registrado ya las pertenencias de Harry? ¿Qué demonios estaba pasando?

Ya conocía la respuesta. Toda una vida de sencillas posesiones no significaba nada para Hillary. Especialmente aquellas posesiones de un frugal anciano que había hecho economías y había ahorrado para darle lo mejor de todo.

Las etiquetas de diseño y los coches caros de Hillary también eran incluidos regularmente, sustituido por los últimos símbolos de estatus a cualquier precio. Todas las cosas y todas las personas eran desechables después de que hubieran servido su propósito. Toda su existencia giraba en torno a reinventar su imagen, a posicionarse como una mujer disponible de una cierta clase socioeconómica. Solo que ella necesitaba a otros para financiar su marca.

El sillón favorito de Harry y sus recuerdos eran solo basura para ella, un recuerdo de donde ella procedía. Así que los desechó, a pesar de saber perfectamente bien lo mucho que él los atesoraba. Kat sentía una lenta quemazón en sus entrañas. Hillary no tenía derecho a decidir qué se quedaba y qué entraba en la casa de Harry. Incluso si estaba abarrotada, era *su* desorden, y él tenía derecho a vivir como eligiera.

Pero la naturaleza egoísta de Hillary solo era parte del problema. La mayor preocupación de Kat era la razón subyacente para sus acciones. ¿Cómo encajaba tirar las cosas de Harry en el más grande plan de Hillary?

¿Era Harry consciente de lo que había hecho? De cualquier modo esto olía a desastre. La familiaridad era muy importante para una persona con demencia. Solo una pequeña interrupción en la rutina de tío Harry podría hacer que perdiera los papeles. Suponiendo que en realidad estuviera allí cuando ella había tirado sus cosas. Kat se estremeció ante la alternativa.

Sus pensamientos volvieron al Lincoln. Corrió al salón y miró hacia la calle. Quizás no se había dado cuenta del Porsche de Hillary. No. El único vehículo fuera era una furgoneta F-150 del vecino.

El salón también había sido vaciado. No solo faltaba el sillón reclinable, sino todo lo demás. La casa había sido limpiada por completo, despojada hasta los suelos de roble y las paredes desnudas. Un cubo vacío y una fregona estaban junto a la chimenea.

Su mente daba vueltas. Si de verdad era obra de Hillary, ¿dónde estaba Harry? Sería terrible que él viera su casa vacía, pero aún peor si ella le hubiera dejado solo en alguna parte. La repentina reaparición de su prima después de diez años fue un shock. Hillary siempre había sentido que esta ciudad, y la familia Denton, estaban por debajo de ella. Ahora había vuelto como una maldición.

–¿Hola?– Su voz resonó por la casa vacía.

Subió al piso de arriba. ¿Y si Hillary había vuelto a desaparecer y se había llevado a Harry con ella? Desechó esa idea. Él limitaría su estilo de vida.

Kat se dio cuenta de que todo esto había sido culpa suya. Al cancelar las tarjetas de crédito de Harry, ella había atraído a Hillary de vuelta al dinero fácil. Una vez que tuviera algo de dinero, volvería a desaparecer y dejaría a Harry con el corazón roto. Lo cual sería pronto, ya que el dinero de Harry se había acabado.

Hillary no era capaz de querer a nadie que no fuera ella misma. En cierta medida Harry lo sabía, y aún así le seguía dando dinero. Su modo de mantener la verdad a raya, una forma de negación.

Kat dio un salto cuando oyó un chasquido en la cerradura. Habían vuelto. Soltó un suspiro de alivio y bajó corriendo.

Pero ni Hillary ni Harry estaban en el vestíbulo. En su lugar la miraba un extraño.

CAPÍTULO 39

Kat se frotó las manos cuando salió del ascensor en la cuarta planta. Arrastró los pies hasta su oficina, agradecida por estar lejos del frío. Ella se detuvo cuando vio la puerta de su despacho. Estaba parcialmente abierta, y era obvio por el marco dañado que había sido abierta a la fuerza. Alguien había estado allí.

Consideró llamar a Marcus antes de entrar. Pero eso solo sería una invitación a más preguntas y retrasos. No tenía tiempo para eso ahora mismo. Primero necesitaba cambiarse, sacar su informe Edgewater de su almacenaje de datos remoto, y cambiar las contraseñas para minimizar el acceso de Nathan y Victoria a sus archivos.

Empujó la puerta despacio y escuchó. No oyendo a nadie, entró y miró alrededor, empezando por la zona de recepción y luego la cocina y los dos despachos. Se relajó un poco cuando se dio cuenta de que, quien quiera que hubiese estado allí, ya se había ido.

El despacho estaba exactamente como estaba antes, solo que Harry y Jace estaban notablemente ausentes. Pensar en Harry le provocó una punzada. Al menos estaba con Hillary.

Kat marcó el número de móvil de Jace. Su ansiedad creció cuando se dio cuenta de que no tenía mensajes suyos en el teléfono de la oficina. Sin embargo, había una docena de mensajes de Zachary. Mensajes furiosos, preguntando por qué demonios no le había llamado.

Ella sabía que debería llamar a Zachary. Las llamadas a su teléfono móvil también habrían acabado sin responder, y teniendo en cuenta sus tenues problemas financieros, tenía todo el derecho a estar informado. Pero él tendría que esperar hasta su reunión dentro de unas horas. Ahora mismo tenía cosas más urgentes por las que preocuparse. Como encontrar a Jace.

Jace habría dejado un mensaje de voz aquí y en casa después de ser incapaz de encontrarla en el móvil. Estaba segura de ello. El temor la envolvió.

Colgó después de una docena de tonos y miró el cuaderno de mensajes junto al teléfono. Furiosos garabatos indescifrables recorrían la página. Las pocas palabras que pudo distinguir estaban mal escritas y repetidas. Harry siempre había sido muy tiquismiquis con la caligrafía, pero las redes de la demencia le habían dominado en solo unos pocos meses. Le rompía el corazón verle deteriorarse.

Fue entonces cuando notó un espacio cuadrado vacío sobre la mesa. El ordenador de Harry había desaparecido. Kat soltó una maldición por lo bajo. Sin su portátil o el ordenador de Harry, ella no podía recuperar su informe sobre Edgewater o los documentos de apoyo del servidor remoto. Tenía que irse a casa.

Kat llamó a su casa, solo para escuchar la grabación de la voz de Jace. Se le llenaron los ojos de lágrimas mientras escuchaba. ¿Y si nunca volvía a verle? Donde quiera que estuviera, estaría contando con que ella le encontrara.

Buscó el número de la comisaría de Hideaway Bay y esperó inquieta. Después de seis tonos, su llamada fue al buzón de voz. Se derrumbó en la silla de Harry. ¿Qué clase de comisaría no contestaba al teléfono? Dejó un mensaje y luego colgó de golpe, furiosa.

Jace estaba desaparecido, y ella estaba completamente perdida sobre qué hacer a continuación.

La casa de Harry y los móviles tampoco respondieron. Se dio cuenta de que ni siquiera tenía el número de teléfono de Hillary. Harry ya no recordaba los números de teléfono, así que era improbable que él llamara al despacho, aún cuando los números de su casa y de su oficina estaban programados en el teléfono de Harry. Él había tenido dificultad para usar su nuevo teléfono, un sustituto para el que había perdido hacía unos meses. Quizás Hillary llamaría. En algún momento su paciencia se agotaría y ella querría abandonarle para poder concentrarse en su vida social.

Reconsideró lo de Zachary y le llamó para posponer la reunión. Se sintió aliviada cuando le saltó el buzón de voz. Para ser un hombre pegado a su teléfono móvil, Zachary era sorprendentemente imposible de alcanzar. Decidió no dejarle un mensaje. Tenía el tiempo justo para ir a casa y volver. Además, necesitaba hablar con Zachary en persona sobre Nathan y Victoria, y lo sucedido la noche anterior. Ella también necesitaba tiempo para decidir su enfoque. ¿Y si las acusaciones de Nathan sobre Zachary fueran ciertas?

¿Cómo si no podía Zachary comerciar con cantidades ficticias y no saberlo? ¿Cómo podía ser ignorante de una enorme estafa piramidal? Tendrías que ser un idiota para no saber que las transacciones no estaban siendo ejecutadas.

Miró su reloj y se dio cuenta de que necesitaba ponerse en marcha si quería volver a tiempo. Pero primero hizo una rápida inspección de la oficina. Nada más parecía haber desaparecido.

Ella se detuvo ante el espejo del cuarto de baño. Su enredado cabello enmarcaba un rostro mugriento cubierto de arañazos por su pelea con Victoria. No tenía ni idea de donde procedía la suciedad de su rostro. No era raro que Marcus hubiera reculado.

Rebuscó en la cesta de mimbre donde guardaba su ropa de correr y consiguió encontrar un chándal, calcetines, y una chaqueta vieja. Suficiente para llegar a casa sin volver a helarse de muerte.

Todavía necesitaba dinero para el autobús o un taxi. Después de no encontrar nada en su despacho, bajó el pasillo hasta el escritorio de Harry. Miró dentro del cajón de su mesa, esperando encontrar algunas monedas sueltas para el autobús.

El primer cajón de Harry era un desastre. Elásticos y clips enredados en montones. Lo sacó todo uno a uno y lo fue depositando sobre el escritorio. Dos grapadoras, cinta adhesiva con porquería pegada, tres pares de gafas de leer, y un bote de ibuprofeno caducado. Abrió el bote y se tomó dos de las píldoras, esperando amortiguar su dolor de cabeza.

Kat cogió una pequeña caja de metal de pastillas para la garganta y la sacudió. Estaba oxidada por los años, pero el sonido tintineante era prometedor. Una cinta etiquetada como *cambio* estaba pegada encima. La abrió y encontró monedas y dos billetes de veinte dólares. Lo contó, se metió el dinero en el bolsillo, y metió un pagaré dentro de la caja.

Luego vio las dos llaves. La primera era una copia de las llaves de la oficina. La otra parecía idéntica a la llave de la casa de Harry: igual que la de su llavero. De repente se le ocurrió que la llave de su propia casa estaba en su bolso, que aún estaba en el hotel. Cogió las llaves de Harry. Al menos le permitiría recoger su propia copia de sus llaves en la casa de Harry si él no estuviera en casa.

Cerró el cajón y abrió el segundo. Estaba casi vacío, un notable contraste con la acumulación habitual de Harry. De hecho, era espartano. Completamente diferente a sus otros cajones. Extraño. Ella recordaba que Harry guardaba algo allí para custodiarlo, pero no podía recordar exactamente qué era. Tenía que ser algo importante, sin embargo, ya que Harry nunca dejaba espacios vacíos. Al igual que llenaba una habitación con su presencia, hacía lo mismo con sus cosas. Ella nunca había sido más consciente de ese vacío de lo que era ahora mismo.

CAPÍTULO 40

El hombre tenía unos treinta y tantos años y estaba bien afeitado. La chaqueta de su traje tironeaba de los ojales para contener un cuerpo que contenía demasiadas comidas de negocios. Volvió a meter su teléfono móvil en el bolsillo de su traje y le devolvió la mirada a Kat.

–¿Quién cojones eres? ¿Cómo has conseguido entrar aquí?– Él le sonrió, pero los fríos ojos le traicionaron. Una pareja en la treintena entró detrás de él, la mujer obviamente embarazada.

Solo porque ella pareciera una vagabunda no le daba derecho a hablarle de ese modo.

–Yo debería preguntarte lo mismo. Soy Katerina Carter, la sobrina de Harry Denton–. Harry no podía haber hecho esto. Él no había estado fuera de su vista hasta que se marchó de Hideaway Bay ayer por la mañana con Hillary.

Hillary.

¿Qué estaba tramando Hillary?

¿Por qué le estaba dando explicaciones a unos extraños?

–¿Denton? Oh, vale. ¿No se supone que tienes que estar en otro lado? Porque estoy enseñando la casa–. Sus pupilas se dilataron como hinchados signos del dólar.

–¿Eres agente inmobiliario? –Kat se cruzó de brazos y bloqueó el pasillo. –La casa de Harry no está a la venta.

–Está a la venta, y Hillary me dijo que estaba vacía. Ahora, si nos disculpas...

La mujer olfateó y abrazó la pared mientras anadeaba al pasar a Kat.

–Hillary no es la dueña de esta casa–. Kat no se movió. –Harry Denton es el dueño. A menos que tengáis permiso de Harry, os sugiero que os marchéis. Solucionaremos esto más tarde.

–¿Katerina?– El agente inmobiliario no esperó la confirmación de Kat. –Hillary, la dueña, puso la casa a la venta, y esta encantadora pareja... –hizo un gesto hacia la pareja, quienes ya estaban discutiendo como destripar la cocina, –...quieren verla–. Volvió a sacar su teléfono móvil. –Sin interrupciones. No quiero problemas, así que si puedes irte tranquilamente...

Cada gramo de energía que le quedaba se evaporó. Ella empezó a protestar, pero no le quedaba nada dentro. ¿Así que ahora Hillary también le había puesto las manos encima a la casa de Harry? Eso explicaría que las posesiones de Harry estuvieran en el callejón. Una cosa estaba clara: el agente inmobiliario no iba a divulgar los detalles. De todos modos, a ella le daba miedo oírlos.

Al final se marchó. Aunque fuera la casa de Harry, este no era ni el lugar ni el momento para pelear. Ella se enfrentaría a Hillary, pero ahora mismo tenía cosas más apremiantes en su plato. Como encontrar a Jace y obtener la verdad de Zachary.

CAPÍTULO 41

*K*at giró la esquina hacia su calle y suspiró de alivio cuando divisó su casa. El viejo edificio victoriano estaba emparedado entre un bungaló de los años cuarenta y una casa de principios de siglo. Incluso a media manzana de distancia era obvio que Jace no estaba en casa. Su furgoneta seguía estando en el mismo lugar donde había estado cuando se marcharon hacia Hideaway Bay. Una delgada capa de nieve medio derretida se deslizó a medio camino por el parabrisas. La ausencia de marcas de neumáticos en el camino significaba que el Subaru tampoco había estado aquí. Nadie había entrado o salido desde su partida.

Subió los escalones delanteros mientras el peso de sus preocupaciones ardía en su estómago. La casa de Harry, Jace desaparecido, y el creciente tono siniestro del caso Edgewater estaban agotándola.

Jace tenía razón sobre el World Institute. ¿Por qué lo había rechazado como una teoría de la conspiración mal concebida? Retener esos documentos del WI para ayudar a demostrar el fraude de Nathan podría haberles guiado por un camino diferente, pero el resultado final era el mismo.

Más que nada, ella lamentaba haber ido a Hideaway Bay. Landers obviamente también interpretaba un papel. Ojalá no hubiera estado tan ansiosa por hablar con él.

Kat giró la llave en la cerradura y abrió la puerta. Se preparó para otro allanamiento. En vez de eso, la puerta principal estaba atascada contra una pila de correo y folletos, y era obvio que nadie había estado allí. Se agachó para recoger el correo del suelo de abeto y se detuvo, de repente consciente del tictac del reloj de la cocina. Nunca había notado el silencio antes.

El silencio solo le recordó a Jace. Él podría estar herido, o peor. ¿Y si nunca volvía a verle? Ese pensamiento la bañó como la lluvia.

Cada palmo de la casa tenía mucho de Jace. Especialmente la madera labrada y los zócalos que había pasado horas restaurando, ahora portando las cicatrices del daño del incendio. Unas cuantas hebras de la arruinada alfombra era todo lo que quedaba, dispersas por los tablones de madera ahora combados por el daño del agua.

Kat tragó el nudo en su garganta. Discutir con Jace sobre su historia del World Institute parecía tan inútil ahora.

Dejó el correo sobre la mesita auxiliar de madera veteada de arce y recorrió el pasillo hacia la cocina. Preocuparse no ayudaría. Necesitaba *hacer* algo. ¿Pero qué? Denunciar la desaparición de Jace no había provocado que la comisaría se pusiera en acción, y no podía permitirse esperar.

La cocina también estaba sin tocar. Nadie había estado allí, incluido Jace. Los mismos platos estaban en el fregadero, y el periódico todavía estaba abierto por donde Jace lo había dejado. *El Sentinel.* Ahora el periódico provocaba sentimientos de rabia más que indiferencia.

Su sentido de la urgencia regresó cuando recordó su ordenador desaparecido. Si Nathan y Victoria no habían diseccionado su contenido todavía, pronto lo harían. Más le valía cambiar sus contraseñas y recuperar los datos del sistema de recuperación de datos remoto antes de que Nathan o Victoria lo descubrieran. Sin duda destruirían todos sus archivos.

Kat subió las escaleras corriendo hacia el estudio y encendió su ordenador. Mientras esperaba, llamó a Marcus, el conserje del edificio, y dejó un mensaje sobre la puerta rota de su oficina.

Finalmente el ordenador se cargó y ella inició sesión. Suspiró de alivio y rápidamente cambió su contraseña. Pulsó en el archivo de Edgewater, notando que la última fecha de acceso fue ayer por la noche, antes de ella irse a la cama. Sus archivos estaban sin tocar y a salvo, al menos por ahora. Ella seleccionó todos los archivos del portátil y los copió en su ordenador personal, así como en su disco duro portátil.

Mientras esperaba a que se copiaran los archivos, se dio cuenta de que necesitaba un ordenador en la oficina, ya que tanto el suyo como el de Harry habían desaparecido. Cogió el portátil de Jace del escritorio junto con el disco duro portátil y los metí en el bolso. Ahora podía terminar de rematar el informe Edgewater para Zachary. Comprobó el reloj. Exactamente cuarenta minutos hasta su reunión con Zachary.

Treinta minutos más tarde Kat estaba de vuelta en su oficina. La puerta seguía rota, así que escribió una nota para Marcus, esperando que simplemente fuera y la arreglara. En realidad no tenía ganas de hablar con él en persona ahora mismo. Devolvió la llave de Harry al cajón de su escritorio.

En un segundo se dio cuenta de que faltaba algo más. Harry había guardado una llave detrás del calendario de la cocina. Era la llave de la caja fuerte metálica en el segundo cajón de Harry. Tanto la llave como la caja habían desaparecido. Harry era demasiado tacaño como para pagar las tasas del banco para una caja de seguridad, prefiriendo mantener los documentos importantes en la caja fuerte metálica. La caja contenía su pasaporte, testamento, y documentos legales. También contenía la escritura de su casa.

El segundo cajón de Harry había estado abierto cuando revisaron su chequera. Ella estaba segura de que la caja había estado dentro.

A Kat se le revolvió el estómago al darse cuenta.

Harry solo podía recoger la caja si alguien le traía a la oficina. Eso significaba que Hillary había estado aquí con él.

Luego estaban los comentarios del agente inmobiliario: que la casa pertenecía a Hillary, no a Harry. Una creciente sensación de miedo la envolvió. Sería mejor hablar con un abogado. Harry necesitaba protección.

Kat encendió el ordenador de Jace y llamó al teléfono móvil de Harry mientras esperaba. Fui directo al buzón de voz. O estaba apagado o se le había acabado la batería. La sensación de inquietud de Kat creció. Habían pasado casi veinticuatro horas desde que Harry y Hillary hubieran salido del hotel. Demasiado tiempo. Hillary se cansaría de Harry en cuestión de horas. ¿Dónde estaban?

Kat copió sus archivos de Edgewater del disco duro portátil al ordenador. Entonces fue cuando lo vio. Enterrado en sus archivos de investigación de Edgewater había un documento que no era suyo.

Su corazón se detuvo por un momento mientras estudiaba el archivo. Había sido actualizado la pasada noche, después de medianoche. Eso fue después de que ella se fuera a dormir, después de que Jace se fuera a la habitación de al lado. Contuvo el aliento y lo abrió.

Era la historia sobre las inmobiliarias de Jace, la que fue eliminada del *Sentinel* justo antes de ser publicada:

GLOBAL FINANCIAL IMPLICADA EN Fraude Inmobiliario
Global Financial, un holding empresarial, usaba valoraciones inmobiliarias fraudulentas que aumentaron el valor de docenas de propiedades comerciales del centro de Vancouver. El holding empresarial compraba propiedades, que entonces eran vendidas varias veces a numerosos

compradores de paja a precios que aumentaban siempre. Como los compradores estaban todos relacionados, estos precios estaban artificialmente inflados.

Una vez que los valores de la propiedad habían sido sustancialmente inflados, los acusados obtenían grandes hipotecas contra las propiedades y luego, consecuentemente, dejaban de pagar los plazos de la hipoteca. La extensión del fraude aún sigue siendo indeterminada, pero se estima que sea más de cuatrocientos millones de dólares. No se ha podido contactar con nadie de Global Financial para que comente. La dirección registrada de la compañía es el 422 de Cedar Street, pero una compleja red de holdings empresariales hace que sea difícil rastrear al dueño definitivo.

KAT casi se cayó de la silla. El 422 de Cedar Street era la dirección del solar vacío que había visitado antes. La misma dirección que Nathan Barron usaba para los auditores de Edgewater, y donde eran enviados los pagos de Fredrick Svensson. Eso conectaba el fraude inmobiliario de Jace con Edgewater y Research Analytics, que estaba directamente conectado con el World Institute. No le extrañaba que la historia de Jace hubiera sido destruida.

¿Había realizado Jace la conexión también? A diferencia de ella, él no había visitado el solar vacío. Ella dudaba que él hubiera prestado atención a la dirección, sabiendo que ella ya la había comprobado.

Se estremeció. Ser miembros del World Institute no era lo único que Gordon Pinslett y Nathan tenían en común.

Podría explicar por qué Jace fue específicamente atacado. Solo había un problema. Las únicas personas que sabían que Jace estaba en el hotel eran Roger Landers, Hillary, y Harry. Hillary era demasiado egoísta como para preocuparse, y Harry no era un problema.

Eso dejaba a Roger Landers. En solo dos días, Jace había emergido como un nuevo competidor en la historia que Landers había estado escribiendo durante años. Al menos eso es lo que probablemente parecía a los ojos de Landers.

Conociendo a Jace, probablemente le pidió a Landers, un compañero periodista, que le diera su opinión sobre su historia del fraude de las hipotecas una vez que descubrió la conexión con Beecham. ¿Había traicionado Landers a Jace? ¿Por qué no había acudido Jace a ella?

Kat se estremeció y se colocó un suéter sobre los hombros. Sonaba rebuscado pero, ¿lo era?

Luego estaba el tema de Fredrick Svensson, anteriormente un miembro del World Institute, también atado a la misma dirección. Alguien había silenciado a Svensson. ¿Sería Jace silenciado también?

CAPÍTULO 42

—¿**Dónde demonios has** estado? –Zachary se paseaba adelante y atrás por el despacho de Kat, su rostro rojo de rabia. –He estado intentando localizarte durante dos días. Primero deja que te diga que estoy económicamente arruinado, y luego no me devuelves las llamadas. ¿Tienes idea de lo que he estado sufriendo?

Zachary se enfrentaba a pérdidas billonarias, pero Kat se enfrentaba a su propio infierno. No saber donde estaba Jace, o cómo encontrarle. Todo era por su culpa. Nada de esto habría ocurrido si ella no le hubiera pedido ayuda a Jace.

–Lo siento, Zachary. Te habría llamado, pero no podía–. Kat le contó todo, empezando por Research Analytics y terminando por Nathan y Victoria.

–¿No podías coger el teléfono?

–Lo intenté, pero…– ¿Es que no le importaba que su padre y su ex mujer estuvieran teniendo una aventura?

–No tengo ni idea de en qué punto estás en tu investigación, lo que está pasando en Edgewater… o si hay suficiente dinero para durar otro día u otra hora. Me has dejado paralizado.

−Bueno, podrían haberme matado, Zachary. Y Jace sigue estando desaparecido. Despídeme si quieres… ya no me importa−. Kat rompió a sudar. ¿Por qué había esperado que él lo entendiera en primer lugar? Edgewater y el World Institute eran mucho más de lo que ella había negociado. De hecho, ella debería estar furiosa con Zachary. Si él no fuera tan ignorante de su entorno, nada de esto habría pasado en primer lugar.

−Bien. Dime qué hacer y lo haré. Pero no me mantengas desinformado.

¿Es que no había escuchado nada de lo que ella acababa de decir? ¿Cómo demonios se suponía que iba a llamarle cuando estaba drogada y tirada en un banco sin dinero ni teléfono para llamar?

−La respuesta corta es… estás arruinado, Zachary. Tienes que detener todos los pagos y las amortizaciones, y congelar las cuentas bancarias si puedes.

−¿Cuánto tiempo tengo?

−No tienes. Necesitas detener las cosas inmediatamente−. Kat subrayó los resultados falseados de Nathan, empezando por los falsificados extractos de clientes y sus inflados ingresos de inversión, luego el desvío de fondos a Research Analytics y sus lazos con el sospechoso World Institute.

−¿Cómo puede Nathan irse de rositas con esto? −Zachary se inclinó hacia delante y golpeó la mesa. −¿Por qué no se dieron cuenta los auditores?

−Lo he mencionado la última vez que hablamos… esos auditores no existen en realidad. Beecham es una compañía que Nathan se inventó, y Research Analytics parece estar al frente del World Institute. Nathan ha estado sacando dinero de las cuentas de los clientes y desviándolo a través de Research Analytics. Oculta las transferencias de clientes falsificando sus extractos de inversiones. ¿Nunca lees los temas administrativos? Deberías.

Zachary suspiró. −Lo sé. Pero no puedo estar en todos lados. Además, el trato era que yo me concentraba en las transacciones mientras que Nathan se encargaba de la parte administrativa. Al menos yo estaba ganando cantidades estelares con mi patentado modelo de comercio.

Kat contuvo el aliento. –En cuanto a ese modelo de comercio tuyo… no funciona tan bien como tú crees–. Ahora él realmente querría despedirla.

–¿De qué estás hablando?

–He recreado todas tus transacciones durante los últimos dos años. No es la media del doce por ciento de ingresos que anuncias para tu fondo de cobertura. Es mucho menor… una pérdida, en realidad.

–Eso es ridículo. No te creo.

Kat le pasó su análisis a Zachary. –Durante los últimos dos años, en realidad has perdido el cinco por ciento. Pero hay más. Ninguna de tus transacciones fueron procesadas–. Hizo una pausa, esperando la reacción de Zachary. –Ninguna. Nathan no las procesó.

Zachary se levantó, enfadado. –Eso es una locura. Tendría que ser idiota para no haberme dado cuenta de eso. ¿Cómo podía pasar todo esto justo debajo de mis narices?

El rendimiento del fondo parecía ser lo que más molestaba a Zachary, incluso más que saber que estaba arruinado o que Nathan y Victoria estaban implicados sentimentalmente. Kat no podía creer que Zachary fuera tan inconsciente del engaño de su padre, pero su sorpresa parecía genuina.

Ella le tendió a Zachary una gruesa carpeta de extractos bancarios. –Míralo tú mismo. Las únicas transacciones que encontrarás son las inversiones entrando y saliendo de los fondos de los clientes. Nada más. No hay registros de compra o venta de dólares, yens, libras, o cualquier otra divisa.

Zachary abrió el archivo y lo hojeó. Sus hombros cayeron y no dijo nada. Parecía derrotado. –Esto no puede estar pasando.

–Es una estafa piramidal, Zachary. No hay transacciones. De hecho, no está pasando mucho de nada, excepto que Nathan está desviando todo el dinero. No me extraña que todo fuera como la seda cuando él estaba fuera en sus frecuentes viajes. Es porque ninguna transacción real estaba teniendo lugar.

La cara de Zachary Barron se ruborizó. –¿Una estafa piramidal? Eso es imposible.

–Me temo que es cierto–. Lo que parecía imposible era la ignorancia de Zachary sobre el enorme fraude operando debajo de sus ojos. –Nathan ha estado retirando dinero de las cuentas de los clientes y pasándolo a Research Analytics. De hecho, lo ha estado haciendo durante años.

Ella observó a Zachary buscando una reacción. –Siempre y cuando haya montones de nuevos inversores, el fraude funciona. Nathan simplemente paga a los inversores que ganan con el dinero de los nuevos inversores. La estafa funciona bien si entra más dinero del que sale. Y funcionó hasta que entramos en recesión. De repente los inversores perdieron sus trabajos, tenían que cubrir los préstamos o las pérdidas en otras inversiones. Necesitaban dinero y se vieron obligados a amortizar incluso sus inversiones más exitosas. Como el fondo de cobertura Edgewater.

–¿Cómo ha podido pasarme esto a mí? –Zachary se colocó delante de la ventana, dándole la espalda a Kat.

–No tenías motivos para cuestionar nada. Nadie lo hace cuando las cosas van bien. Las inversiones falsificadas de Nathan dieron a sus clientes unos ingresos del doce por ciento, así que nadie amortizaba nunca sus inversiones. ¿Por qué lo harían? Los ingresos eran mejores que cualquier otra cosa. Es decir, hasta la crisis económica. Entonces un montón de tus inversores se enfrentaron a un desastre económico propio. Eso provocó que amortizaran incluso sus inversiones más prolíficas. Como Edgewater. Entonces fue cuando el saldo en el banco cayó.

–Todo no puede ser falso. Debes haberte pasado algo por alto: una cuenta bancaria, algunos registros de contabilidad. Demuéstramelo.

Kat sacó las declaraciones de clientes cortadas y pegadas. –Aquí están las declaraciones de los clientes. Nathan ha estado operando esta estafa durante al menos diez años, probablemente desde antes de que te unieras a la compañía. Siempre y cuando el dinero de un nuevo inversor fuera mayor que las cantidades amortizadas, todo funcionaba–. Kat tragó saliva. Le estaba diciendo al gerente de un fondo de cobertura número uno en el mundo que todo su éxito era una mentira.

–No lo entiendo. ¿Qué hay de todas mis transacciones con divisas? Las estoy introduciendo yo mismo… directamente en las terminales de inversión.

–Todo es una farsa, Zachary. Una estafa cara y elaborada. ¿Esas terminales? No están conectadas a ningún intercambio. Es un sofisticado programa de software funcionando en la red local de Edgewater. El dinero no es objeto cuando estás tapando una estafa de un billón de dólares.

Kat había encontrado el software en las terminales de inversión después de una búsqueda en los ordenadores de Edgewater. Sus sospechas se vieron confirmadas cuando no encontró vendedor para el programa de software diseñado a petición.

–¿Me estás diciendo que todo es un timo? –Zachary dejó de golpe el informe sobre el escritorio de Kat y dio zancadas hacia la puerta. Se giró para mirar a Kat. –Simplemente no sé qué creer. O bien eres una completa incompetente o yo soy el mayor idiota del mundo.

–Lo siento, Zachary. Lo he comprobado y lo he vuelto a comprobar. Ojalá estuviera equivocada–. Kat hizo una mueca mientras le tendía a Zachary el archivo sobre Research Analytics. –El dinero va primero a Research Analytics. Luego, es transferido casi inmediatamente al World Institute.

–¿Me estás diciendo que Edgewater es parte de una conspiración global? –Zachary frunció los labios como si fuera a explotar. Pero no lo hizo.

–Eso parece. También creo que cualquiera se lo creería. Ingresos estelares significan inversores felices. Felices inversores no hacen preguntas ni amortizan sus inversiones. Siempre y cuando nuevo dinero siga entrando, Nathan perpetúa su fraude.

Zachary se dejó caer en el asiento enfrente de Kat. No dijo nada, solo miraba al vacío. Gotas de sudor se formaron en su frente.

—Hay un lado positivo —dijo Kat. —Tu acuerdo de divorcio estaba basado en representación fraudulenta. Podríamos ser capaces de darle la vuelta.

Zachary sacó un pañuelo del bolsillo y se limpió la frente. —Nos preocuparemos por eso más tarde. ¿Dónde está el dinero de Edgewater ahora mismo?

—El dinero está en las Caimán, al menos si todavía está en las arcas del World Institute. Si es recuperable es otra historia. Las leyes de privacidad del banco en las Caimán hace que sea difícil rastrearlo.

—¿Por qué querría siquiera el World Institute a Nathan como miembro? —Zachary se levantó y caminó hacia la ventana. —No tiene sentido.

—Mira el dinero que aporta —dijo Kat. —Consigue codearse con la gente más poderosa del mundo.

Zachary se burló. —Nathan no está a su altura. Solo es rico por mí. ¿Dónde están las pruebas de todo esto?

Zachary seguía sin entenderlo. Kat cogió un montón de papeles de la impresora y se lo tendió a Zachary. Contenía un resumen de sus hallazgos, pero desafortunadamente no los documentos retirados de la habitación de hotel de Nathan. —Había más, pero siguen en Hideaway Bay—. Ella describió lo que había leído en la agenda del World Institute y los informes de la reunión del año pasado. —Jace también está desaparecido —le recordó.

Zachary no dijo nada mientras pasaba página tras página del informe. Su sorpresa parecía genuina. Diez minutos más tarde, habló finalmente.

—¿De verdad seguiste a Nathan? —los ojos de Zachary se abrieron como platos.

−No exactamente. Seguí el dinero… literalmente. Me llevó a él y al World Institute. Como la conferencia era aquí cerca, solo era natural que yo asistiera.

−Solo natural −Zachary levantó las cejas. −Está claro que no te andas con chiquitas. ¿Qué sucede ahora?

−Necesitamos los documentos de Nathan: la agenda del World Institute, minutas, e informe anual. Es el rastro auditor que necesitamos para demostrar el fraude de Nathan. No solo eso; necesitamos demostrar que tú no estabas implicado. Sin esos documentos, la gente asumirá que tú fuiste parte del fraude−. Kat no le dijo a Zachary como había conseguido los documentos. Colarse en la habitación de hotel de Nathan no era exactamente algo de lo que estaba orgullosa.

−Ni siquiera sé por donde empezar−. Apoyó los codos sobre el escritorio y apoyó la cabeza en las manos.

−No te preocupes por esa parte, yo lo averiguaré−. Quizás Jace había escapado de algún modo con los documentos. Se sentía mal por Zachary. Todo su mundo y su estima estaban destrozados. Ella vio la derrota en sus ojos. −Pero hay algo con lo que me puedes ayudar. Jace está desaparecido y creo que Nathan está implicado de algún modo−. Ella vaciló. ¿Podía confiar en Zachary? No tenía otra opción. −También sospecho que Nathan podría estar relacionado con el asesinato de Fredrick Svensson.

Zachary asintió. −Si lo que dices es cierto, él haría callar a cualquiera a punto de desenmascararlo.

El mundo de Nathan era tan cruel que meras diferencias de opinión podían llevar al asesinato. La muerte de Svensson parecía darle credibilidad a esa teoría.

Kat pinchó con el ratón en un podcast y le dio la vuelta a la pantalla del ordenador para que Zachary lo viera. En la grabación, Svensson discutía la reforma de la moneda. Estaba hablando en una cumbre económica europea, justo días antes de que dejara Suecia por Canadá. Fue su último discurso público, diez días antes de encontrar la muerte en Hideaway Bay.

Zachary alejó la pantalla con una sacudida de la mano. —Estoy familiarizado con Svensson. ¿Viste la noticia en el *Herald*? Su nota decía que él había cambiado de idea sobre su teoría de una moneda mundial. Finalmente recuperó la cordura.

Kat se encogió de hombros. —Es raro, ya que fue el trabajo de su vida—. Volvió a girar la pantalla hacia ella. Se quedó helada cuando divisó la pequeña figura de pie detrás de Svensson. Kat había visto el grupo de personas de pie a su alrededor durante la media docena de veces que había visto el vídeo, pero no les había dedicado más que un vistazo de pasada. Pero la mujer parecía familiar. Kat amplió la imagen hasta que la mujer y Svensson llenaron la pantalla.

Kat congeló la imagen. Svensson parecía inseguro y se giraba hacia la mujer buscando seguridad. Ella le asentía. Era una expresión tan íntima que Kat supo de inmediato que eran amantes. Eso no dejaba lugar a dudas… al igual que la identidad de la mujer. Sin el vídeo, Kat nunca les habría conectado ni en un millón de años.

CAPÍTULO 43

Kat nunca había esperado enfrentarse a Connor Whitehall otra vez tan pronto. Y aún así allí estaba en su despacho el lunes por la tarde, tan pronto como pudo apresurarse a ir después de que Zachary se marchara. Al menos Connor Whitehall y ella no se estaban enfrentando en un tribunal otra vez.

Ella se había quedado sin opciones y sin tiempo. Aparte de ser el único abogado deseoso de verla sin cita previa, Connor Whitehall se especializaba en leyes de ancianos. Kat se sentó enfrente de él, estudiando su entorno mientras esperaba a que él terminara su llamada. Las paredes de su despacho eran de un relajante verde pálido, con fotografías enmarcadas de paisajes. Varios libros de fotografías estaban en la esquina de su escritorio. Ella nunca había considerado que su adversario en los tribunales podría tener intereses externos, y mucho menos que tuviera una vena artística.

—Lo siento—. Connor colgó el teléfono y le sonrió. —Me acuerdo de tu tío en el tribunal. Él es un poco… eh… ¿olvidadizo?

Kat asintió. El abogado era completamente diferente a lo que había sido en el juzgado. En el buen sentido. Ella se inclinó y sacó los informes financieros de Harry de su maletín. –Su demencia ha empeorado en los últimos meses. Le he estado ayudando más últimamente: controlando su chequera, asegurándome de que come, ese tipo de cosas. Fue entonces cuando me di cuenta de que no estaba pagando sus facturas. No solo está casi en la ruina, sino que está a punto de perder su casa.

Kat volvió a contar su encuentro con el agente de la inmobiliaria en casa de Harry, su préstamo bancario, y los inusuales cargos en la tarjeta de crédito. Y sus sospechas sobre Hillary.

–¿Puedes demostrar que Hillary está recibiendo el dinero? – Connor la miró por encima de las gafas, levantando las cejas.

–Sí–. Kat era muy consciente de las tendencias parásitas de Hillary, pero no había sospechado un fraude hasta que le golpeó entre los ojos gracias a Jace. Ella le tendió a Connor las fotocopias de los extractos bancarios de Harry, subrayando las numerosas transferencias, todas las cuales parecían ser hechas a la cuenta de Hillary.

–Llamé al banco al cual el dinero estaba siendo transferido, fingiendo ser ella. Eso solo lo confirmó, ya que accedieron a investigar la transferencia perdida. El banco de Harry había rechazado la transferencia debido a fondos insuficientes en la cuenta de Harry. Hillary también reapareció hace una semana, al mismo tiempo que la transferencia fallida.

Las cejas de Whitehall se fruncieron mientras examinaba los extractos bancarios de Harry. –Harry puede hacer lo que quiera con su dinero. Incluyendo darlo, aunque nos parezca autodestructivo a ti o a mí. ¿Siguen ocurriendo estas transferencias?

–Seguirían… excepto que no queda dinero en su cuenta–. Ella le explicó lo de los números rojos y el gran préstamo de Harry. –A menos que el banco decide prestarle aún más–. Ella se estremeció al pensarlo. Probablemente lo harían en un segundo y lo repetirían hasta que le hubieran exprimido hasta la última gota de acciones de su casa.

–No hay nada ilegal en ello.

–Tengo que parar la carnicería, Connor–. Kat explicó las tarjetas de crédito al límite de Harry, todas expedidas durante los últimos seis meses. Ella describió eso y los miles de dólares en ropa, entretenimiento, y viajes de lujo por los que había estado pagando. Ella temblaba al pensar en los cargos que Hillary estaba realizando probablemente ahora mismo, sin supervisión. –¿No pueden los tribunales ayudarle? ¿No puedes hacer algo?

–Eso depende de Harry. A menos que él diga que no lo autorizó, tenemos que asumir que lo hizo.

–Pero él no está en sus cabales. Si lo estuviera, nunca habría permitido que esto sucediera. De hecho, el dinero es lo que hizo que Hillary se marchara en primer lugar. Cuando le cortó el grifo. Él nunca se endeudaría ni hipotecaría su casa–. Kat lanzó los brazos al aire. –Cincuenta años de ahorros, completamente borrados en meses. Necesita ayuda desesperadamente.

–No tener buen juicio solo no es suficiente para hacerse cargo de los asuntos de alguien. Es un paso grave, Kat. Hay diferentes grados de Alzheimer. Se le considera competente a menos que se demuestre lo contrario.

–Es más que eso. No puede recordar las cosas de un minuto al otro, y ni siquiera es seguro ya–. Describió su reciente incendio en la cocina, los delirios, y la completa falta de conciencia sobre su entorno. –Alguien tiene que intervenir y ayudarle. Él ya no puede hacerse cargo de las cosas más sencillas. Y él tampoco ha pedido un poder notarial.

–No es tan fácil. No hay recurso legal a menos que se incapacite a Harry por no poder manejar sus propios asuntos. Suena a que podría estar cercano a ese punto. ¿Has hablado con él sobre su situación?

–Lo he intentado, pero es difícil. Para empezar, está en negación, pero cuando le enseño los extractos él se da cuenta de lo que ella ha hecho. Le entristece, pero la demencia complica las cosas. Se olvida de nuestra conversación en cuestión de minutos, y luego vuelve a la primera casilla. Mientras tanto, lo está perdiendo todo. Su cuenta bancaria ha sido vaciada, e incluso su línea de crédito está al límite.

–El banco debería congelar su cuenta.

–Les he pedido hacerlo, pero no me escuchan. Dicen que la orden tiene que venir de Harry, pero él no entiende lo que está pasando. Es un círculo vicioso.

Solo pensar en todas las deudas que se estaban acumulando a nombre de Harry envió escalofríos por Kat. –¿Cómo puede robarle su propia hija?

Connor suspiró. –Pasa en las mejores familias. Lo veo todo el tiempo.

Kat señaló el extracto de la Visa de Harry. –Toda su vida ha ahorrado y hecho economías. ¿Para qué? ¿Para que todo por lo que ha trabajado sea despilfarrado en joyas de Tiffany's, viajes a Las Vegas, y reparaciones de coches en el concesionario Porsche? Harry no tiene un Porsche. Pero Hillary sí. Ahora él está a punto de perder su casa–. Ella miró el reloj. –Si es que no la ha perdido ya. Es abuso económico.

–Bastante posiblemente. Es triste lo común que es–. Whitehall la miró por encima de sus gafas. –Deberías hablar con él sobre su estado mental antes de que emprendamos pasos legales.

–¿Y decirle qué? ¿Que podría ser declarado incompetente? Le matará–. Kat se levantó y miró por la ventana panorámica. Enmarcaba una vista espectacular del puente Lions Gate, con las montañas North Shore cubiertas de nieve al fondo.

–Él merece saber tanto como sea posible. Además, tú le estás ayudando.

–Pero Harry está tan orgulloso de su independencia. Se sentirá humillado.

–Quizás. Pero la alternativa es mucho peor.

Kat sabía que Whitehall tenía razón. Pero la primera reacción de Harry ante la más reciente confirmación del médico de su diagnóstico de Alzheimer había sido huir de la consulta del médico, perderse, y casi helarse hasta morir en un aparcamiento subterráneo. No podía arriesgarse de nuevo a que eso ocurriera.

–Necesita ser evaluado por médicos familiarizados con pacientes geriátricos. Ellos le entrevistarán y harán una serie de pruebas. Si no creen que es competente, puede ser declarado como no responsable de sus actos. Eso le protegerá más adelante. El banco no puede prestarle más dinero, y Hillary no puede quitárselo. Por supuesto, eso significa que tampoco podrá tomar ninguna decisión económica por él mismo.

Kat se frotó la frente. Ya tenía un dolor de cabeza descomunal. –¿Con qué prontitud podemos hacer esto? Creo que hay una oferta para comprar su casa–. Kat había encontrado la actitud calmada de Whitehall relajante hacía un momento, pero ahora su falta de urgencia le atacaba a los nervios. –¿Qué podemos hacer? ¿No podemos llamar a la policía?

–No es tan sencillo.

–A mí me parece sencillo. Hillary se está aprovechando de él.

–Estamos tratando con el estado mental de una persona, Kat. La ley dice que Harry tiene derecho a manejar sus propios asuntos siempre y cuando sea mentalmente competente. Quitarle ese derecho es un paso muy grave.

–Es obvio que no es competente. Una persona racional nunca haría esto.

–Quizás, pero una evaluación legal de la competencia mental de Harry depende de las opiniones médicas de dos doctores. Su médico de cabecera puede ser uno.

–Su médico de cabecera acaba de abandonarlo como paciente. ¿Dónde encontraremos dos médicos que quieran examinarle con poco tiempo? Ni siquiera sé por donde empezar.

–Conozco a algunos –Whitehall le dio una palmada en la mano. –Haré algunas llamadas.

Kat se sintió físicamente enferma. –¿Qué pasa con los daños hasta ahora? ¿No será Hillary procesada? ¿No tiene que devolver el dinero?

–Probablemente no porque no hay pruebas de su incompetencia mental en el momento de las transacciones.

–¿Entonces ella sale indemne, así tal cual? –bufó Kat. –Es más fácil que robar un banco.

Whitehall suspiró. –Puede que la ley no parezca justa, pero la competencia de Harry tiene que ser objetiva y verificable. No hay vuelta atrás para arreglar las injusticias pasadas. Me temo que el abuso económico es muy común en las familias.

–Yo pensaba que las leyes estaban para proteger a personas vulnerables como Harry.

–Si las evaluaciones médicas demuestran que es mentalmente incompetente, aplicaremos en los tribunales para hacer que le declaren legalmente incompetente. Le protegerá de aquí en adelante. No podemos hacer nada sobre el pasado. Podría estar cursado en alrededor de unas tres semanas.

–¿Tres semanas? Para entonces no le quedará nada.

Whitehall la estudió con lástima. –Trabajaré lo más rápido que pueda. Ahora bien, ¿cuándo está disponible Harry?

–Ese es el problema. No sé dónde está.

<h1 style="text-align:center">CAPÍTULO 44</h1>

Fuera, la lluvia cambió a granizo. Repiqueteaba contra la ventana de la cocina, subiendo en intensidad mientras Kat removía la hirviente pasta. El constante golpeteo en la ventana subió de volumen, finalmente explotando en una cacofonía de ruido, ahogándolo todo excepto sus pensamientos. Se sentía agradecida por haber llegado a casa antes de que la tormenta empezara.

Nubes bajas se cernían en el cielo vespertino. Kat se estremeció, preguntándose si Jace estaría solo en algún lugar ahí fuera. Él nunca se marcharía sin contactar con ella. ¿Y por qué no la había llamado la policía todavía? El nudo en su estómago creció. ¿Estaba herido? O peor, ¿había encontrado un destino similar al de Svensson? Ella no se atrevía a pensar en ello, pero no podía pensar en otra cosa.

Kat dio un salto cuando un fuerte golpe se coló en sus pensamientos. Probablemente ramas por el fuerte viento fuera. Apagó el fogón y vertió la pasta en el colador para escurrirla en el fregadero.

Los golpes empezaron de nuevo. Esta vez se dio cuenta de que era la puerta principal. Su corazón se paró por un segundo cuando se giró y corrió hacia la puerta. Podría ser Jace o, con más probabilidad, Hillary. Preparada para descargar a Harry. Pero no era ninguno de ellos.

Connor Whitehall estaba en el umbral, gotas de lluvia cubriendo su gabardina London Fog. Su pelo estaba húmedo, aunque el porche delantero estaba a solo unos pasos de la acera donde su Volvo estaba aparcado.

Kat le invitó a entrar y colgó su gabardina en el armario del vestíbulo, que afortunadamente había escapado al incendio. Le hizo un gesto para que la siguiera a la cocina. −Estaba haciéndome la cena. ¿Puedes quedarte?

Connor miró el carbonizado zócalo y la barandilla de la escalera.

−Me temo que no. Pero hay algo que pensé deberías saber lo antes posible−. Connor se miró fijamente los zapatos. −Hice una búsqueda de las escrituras de la casa de Harry.

−¿Y? −Kat sintió que su rostro se quedaba sin sangre. Ya estaba pesadamente hipotecada, y era todo lo que le quedaba a Harry. −¿Está vendida? ¿Hillary la vendió?

−No exactamente. Hillary está en la escritura. Harry le transfirió el título de propiedad a ella−. Él estudió a Kat. −En esencia, ya está vendida. A Hillary. Harry ya no es el dueño.

−¡Eso es imposible! Él nunca haría eso−. Ella no había esperado semejante flagrante fraude, incluso viniendo de Hillary. Por otro lado, explicaba muchas cosas. Las recientes apariciones de Hillary en la oficina de Kat, la caja fuerte desaparecida de Harry con la escritura de su casa y otros documentos, y la llave perdida de detrás del calendario de Harry. Hillary era manipuladora, claro, pero Kat nunca soñó que llegaría tan lejos.

Connor dejó su maletín sobre la mesa de la cocina y sacó un sobre. Sacó un montón de documentos y se los tendió a ella. −Échale un vistazo.

Kat estudió la firma de Harry, con su gran Y curvada y el trazo cruzando la T. Era su letra, sí. Y tenía fecha de hacía dos días.

Realmente era demasiado tarde.

–Él no está en sus cabales. No entendería lo que estaba firmando. Esto no puede ser legal.

–Oh, me temo que lo es. Sin pruebas de su incompetencia o de cualquier tipo de coacción, es perfectamente legal.

–Espera un momento–. Kat levantó la firma a la luz. Aunque era el autógrafo de Harry, estaba más en línea con como firmaba su nombre hacía un año o dos. La caligrafía concordaba con sus documentos e identificación, pero no se parecía a su escritura temblorosa de últimamente. Ella apenas había sido capaz de descifrar su escritura en el trabajo durante meses. Lo mismo con los garabatos arañiles de su chequera, que habían sido casi ilegibles durante la mayor parte de un año. Incluso su préstamo para la renovación mostraba el mismo garabato tembloroso. –Esto es demasiado perfecto. Tiene que ser una falsificación.

–¿Falsificada? ¿Cómo puedes estar tan segura?

–La mano de Harry tiembla cuando escribe. Esta firma es firme y fluida, como escribía hace un par de años–. Hillary había caído aún más bajo.

–¿Estás segura de que Harry no firmaría esto? A veces los padres añaden a sus hijos a la casa para evitar el impuesto de sucesiones y esas cosas. ¿Mencionó alguna vez haber hecho eso?

–No, y él nunca lo haría–. Especialmente no con Hillary. A pesar de su amor por su hija, incluso Harry conocía el oscuro lado egoísta de Hillary.

–Bueno, siento muchísimo ser el portador de unas noticias tan malas–. Connor Whitehall miró su reloj. –Más vale que me vaya.

Kat le siguió al vestíbulo y le tendió su gabardina. –Tienes que detenerla.

–Primero tienes que averiguar donde está Harry, Kat. No puedo ayudar hasta que le evaluemos–. Se giró y bajó los peldaños hasta su coche.

Estaba oscuro ahora. El Volvo se alejó de la acera, las luces de freno reflejándose en el húmedo asfalto. El viento racheado sacudía las desnudas ramas del árbol hacia delante y hacia atrás delante de la farola. Cambiaba la luz a destellos intermitentes, como una señal en código Morse. Kat se estremeció y cerró la puerta principal. Ya era demasiado tarde para salvar a Harry económicamente. Lo único bueno sobre la demencia era el olvido. Nunca tenías que saber el lío enorme en el que estabas metido. Al final, tampoco le importaría.

CAPÍTULO 45

Kat llegó a la oficina justo antes de las seis de la mañana el martes por la mañana, el edificio oscuro y fantasmagóricamente silencioso. Subió las escaleras hasta su despacho y se esforzó para abrir la puerta bajo la tenue luz. Marcus había reparado la puerta, aunque necesitó varios intentos con la llave para girar la cerradura.

Ella no era madrugadora, pero después de un sueño irregular y de despertarse sola una segunda mañana, ella no podía soportar quedarse más tiempo en la casa. Solo le recordaba a Jace.

También se sentía torturada por el vídeo de Svensson de la conferencia sueca. La mujer con él se parecía increíblemente a Angelika, la limpiadora de Hideaway Bay. De hecho, estaba segura de que era ella. Pero, ¿por qué estaba en Suecia? ¿Estaba de algún modo conectada con la muerte de Svensson?

Kat cerró la puerta y se apoyó contra ella. Al otro lado de la habitación, las ventanas panorámicas enmarcaban la silueta de las montañas North Shore. Unas cuantas luces parpadeaban al otro lado del agua mientras el sol se elevaba sobre el horizonte y el puerto despertaba despacio. Tenía una reunión con Zachary por segundo día consecutivo. Esta vez era para decidir una estrategia para anunciarles el fraude a los inversores y al banco. Tan pronto como terminara su temprana reunión con Zachary, ella se dirigiría a Hideaway Bay.

Sus numerosas llamadas a la comisaría permanecieron sin contestar y no podía entender por qué. ¿Qué tipo de comisaría de policía filtraba las llamadas con el buzón de voz? Jace estaba desaparecido y ella se merecía una respuesta, incluso si era solo para afirmar que no había avances. Simplemente era inaceptable. Si la policía no podía tomarse esto en serio, ella los consideraría inútiles. Y empezaría a buscar a Jace ella misma.

Pero antes de marcharse, ella necesitaba definir mejor su área de búsqueda.

Kat estudió el mapa pegado a la pared. ¿Qué estaba pasando por alto? El mapa de Hideaway Bay era sencillo. El único acceso terrestre era una sola carretera. Se originaba en el ferry, cortaba a través del pueblo, y luego continuaba hacia el desvío del Tides Resort. Los accesos por agua y por aire eran posibilidades, pero menos probables. Ella había oído un helicóptero aterrizar durante su estancia. Ciertamente el aterrizaje de un segundo helicóptero la habría despertado. Eso significaba que Jace debía haberse marchado a pie o en barco. La alta orilla del litoral significaba que no había muelle ni embarcadero, especialmente no de noche. Un número de senderos conectaban con el hotel, incluyendo la Senda de la Cima, donde Svensson había encontrado la muerte. No un sendero fácil en invierno, pero posible con el equipo adecuado, incluyendo una lámpara de cabeza por la noche. ¿Había encontrado Jace un destino similar al de Svensson?

Había otro escenario, uno que pensó que era improbable que la policía comprobara. Jace podría haber ido a la cercana cabaña de Kurt. Kat dudaba que Jace se marchara sin equipamiento adecuado para una ruta de senderismo en una noche invernal. Tampoco se marcharía del hotel sin decírselo a ella. A menos que no hubiera tenido opción.

Ella no podía descartarlo sin visitar la cabaña de Kurt ella misma, ya que estaba fuera de cobertura móvil y no tenía conexión telefónica.

¿Había sido el entusiasmo de Landers una treta? ¿Había intentado todo el tiempo atrapar y exponer a Kat y Jace?

Kat clavó chinchetas en el mapa para cada sendero que salía de la carretera del hotel. Ella conduciría hasta arriba y comprobaría las más probables más tarde hoy. Su corazón se hundió mientras clavaba la última chincheta. ¿Estaba Jace siquiera vivo?

La luz del día llenaba gradualmente el despacho. Fuera reflejaba la blanca escarcha que se pegaba a todo excepto a las aguas del muelle. Ruidos del tráfico, maquinaria, y voces subían mientras la ciudad se despertaba. Kat se estremeció. El calor estaba finalmente entrando en la oficina, pero no podía compensar la corriente que se colaba por las antiguas ventanas sencillas.

Una grúa en el muelle de abajo levantó un contenedor Maersk de un carguero chino y lo bajó al muelle de carga. Los contenedores estaban apilados a tres alturas, llenos de productos electrónicos, muebles, y quien sabía qué más. El tráfico portuario nunca parecía ralentizarse, alimentado por importaciones baratas y una insaciable demanda consumista.

Kat se sobresaltó cuando la puerta de la oficina se abrió con un chirrido.

–Zachary… aquí.

Pero no era Zachary. Era Hillary. Sus tacones de aguja resonaban cuando apareció en la puerta de la oficina de Kat. Por mucho que Kat no quisiera ver a Hillary, su reaparición al menos significaba que Harry podría ser encontrado. Ahora podía poner las ruedas en movimiento para detener el abuso económico de Hillary.

–Oye, primita –Hillary señaló el mapa y se rio. –¿Estás en la guardería? ¿Es esto realmente lo que haces todo el día?

–Hillary, ¿qué estás haciendo aquí? ¿Dónde está Harry? –Kat se puso de pie y alejó a Hillary del mapa. Se colocó delante de él, levantando la mano para evitar que Hillary quitara una chincheta del mapa.

–¿No puedo dejarme caer para una visita sin tus estúpidas preguntas? –Hillary levantó su pie derecho y luego el izquierdo, sacudiéndose las suelas de sus zapatos de tacón Gucci con la palma de la mano. Hizo una mueca mientras se limpiaba una palma contra la otra. –¿No limpias nunca aquí?

–El conserje limpia todas las noches–. Tenía que deshacerse de Hillary antes de que Zachary llegara. La idea de Hillary cruzándose con alguno de sus clientes le daba escalofríos. Era demasiado manipuladora e impredecible.

–¿Dónde está tu padre, Hillary?– Ella no mencionaría la casa de Harry todavía. No podía arriesgarse a ahuyentar a Hillary sin que desvelara el paradero de Harry.

Hillary la ignoró. –Esta oficina está asquerosa. Y tus muebles parecen desechos de tiendas de segunda mano. Cuanta porquería–. Cogió la media docena de revistas en la mesita auxiliar y las tiró a la papelera. –No me extraña que nadie te tome en serio.

–Mi despacho está bien. ¿Dónde está Harry? –Hillary había llegado hacía menos de un minuto y Kat ya tenía un nudo en el estómago. Se recordó que solo una de ellas recibía anticipos de seis cifras, y ciertamente no era Hillary. Al menos ella se ganaba su propio sustento. –Le llamé y no estaba en casa. Tampoco responde su teléfono móvil.

Ella tenía un millón de otras preguntas, como dónde demonios había estado Hillary durante los últimos diez años. Pero ahora no era el momento.

–¿Cómo voy a saber donde está papá? No soy su guardiana. Probablemente se ha ido de compras o algo así.

–Hillary, sabes tan bien como yo que ni está de compras ni en casa. Tú estabas con él–. ¿Era Hillary de verdad tan irresponsable o había algo más en juego? Cada vez que Kat le concedía a Hillary el beneficio de la duda, le salía el tiro por la culata. En cualquier caso, estaba segura de que la reaparición de Hillary no era por su preocupación por Harry.

—¿Qué te hace pensar que no está en casa? —Hillary frunció el ceño y su rostro se ensombreció.

Kat hizo un gesto hacia el sillón de cuero. Enfrentarse a Hillary era fútil, así que ella cambió el tono. —Siéntate. Debes estar cansada.

—¿Esperas que me siente en esa mierda infestada de pulgas? —Hillary se alisó el cabello con una mano bien cuidada. —Creo que no.

—Está perfectamente bien. Pero si quieres quedarte de pie, tú misma.

Hillary inspeccionó a Kat, mirando su ropa, pelo, y maquillaje. —Deberías pensar realmente en un cambio de imagen—. Hizo una mueca. —De pies a cabeza. Tu guardarropa se quedó anticuado hace cinco años. ¿Cómo puedes salir de casa con ese modelito? Necesitas una renovación en serio.

Kat no dijo nada y se giró hacia el tablero. Hillary no podía soportar que la ignorasen.

—¿Qué estás haciendo con esas chinchetas?

—Solo experimento—. Kat miró por la ventana. En meros minutos el sol se había desvanecido, sustituido por nubes bajas. Copos de nieve caracoleaban delante de la ventana y apenas podía distinguir la North Shore al otro lado del agua. ¿Dónde demonios estaba Zachary?

—Vaya experimento—. Hillary sacó limpiador de manos de su bolso y vertió un poco en su mano. Se frotó las palmas y miró fijamente el mapa. —Oye, ese es el lugar donde tenías escondido a mi padre.

—Hillary, basta. No le estaba escondiendo y lo sabes.

—Claro que sí le escondías. ¿No está cerca del lugar donde ese tío economista del Nobel desapareció?

—¿Fredrick Svensson? —Kat estaba sorprendida de que Hillary hubiera siquiera oído hablar de él.

—Sí, ese tío. Bastante sexi para ser un viejo.

La escala para ser sexi de Hillary estaba medida por su valor neto, no por su aspecto. —Da igual. Ahora está muerto—. Svensson tenía que tener unos setenta.

—Vaya que sí. Ni siquiera supo lo que le estaba golpeando—. Hillary se rio de su propio chiste.

Basta. Kat estaba preparada para explotar. —¿Dónde está?

—¿El tío del Nobel? ¿Cómo demonios voy a saberlo?

—¡Harry, por amor de Dios! —Kat se masajeó las sienes, sintiendo el comienzo de un dolor de cabeza.

Al otro lado de la ensenada, un segundo frente tormentoso se estaba formando en dirección a Hideaway Bay. Kat se estremeció a pesar de su grueso suéter de lana y leotardos. Tenía que marcharse pronto o arriesgarse a que cerraran la carretera. La furgoneta de Jace estaba aparcada fuera, cargada con ropa cálida, equipos de exterior, y todo lo que pensó que podría necesitar posiblemente.

—No seas sarcástica, Kat—. Hillary sacó una lima de su bolso y empezó a limarse las uñas. Apuntó a Kat con la lima y entrecerró los ojos. —Ni sufras un ataque de nervios. ¿Cómo iba a saber dónde está?

—La última vez que le vi estaba contigo. Si Harry no está contigo, ¿entonces dónde está?

Las cejas de Hillary se arquearon y las comisuras de su boca formaron una sonrisa. —Cálmate. ¿Qué te importa? Es mi padre, no el tuyo.

Las palabras siempre dolían, no importaba cuantas veces las pronunciara Hillary. Los Denton habían adoptado legalmente a Kat cuando su madre murió y su padre se marchó. Una vez que Hillary se dio cuenta de que los planes eran permanentes, hizo todo lo que pudo para hacer que Kat no se sintiera bienvenida.

—Kat… no es asunto tuyo lo que papá y yo hagamos —Hillary frunció los labios. —Supéralo.

—Oh, es completamente asunto mío —Kat se cruzó de brazos. —No está en casa. No está contigo y no está aquí conmigo. Donde quiera que esté, está confundido y perdido. Tengo derecho a saberlo.

—Tú no tienes derecho a nada. Búscate tu propia familia para cuidarla —Hillary se llevó la mano a la boca. —Oh, se me olvidaba. No tienes familia.

—Hillary, Harry también es mi familia. Yo soy la que ha estado cuidando de él mientras tú no estabas. Has estado fuera de su vida durante años.

—Eso está a punto de cambiar—. Hillary miró con el ceño fruncido a Kat.

La puerta externa de la oficina se abrió, y unos segundos más tarde Zachary recorrió el pasillo y entró en el despacho de Kat, hablando por el móvil. Una ligera capa de nieve todavía cubría los hombros de su abrigo de lana.

Hillary abrió la boca y una sonrisa transformó despacio su cara.

—Hola —Hillary se giró hacia él y sonrió, metiendo las mejillas. Examinó a Zachary de pies a cabeza, notando su ropa a medida, zapatos con suela de cuero, y su dedo libre de anillo.

Kat vio signos de dólar bailando por delante del campo de visión de Hillary.

Zachary no pareció oír a Hillary. Se quedó paralizado delante del televisor de Kat. Protestantes en Nueva York habían bloqueado la estación Grand Central, exigiendo la intervención del gobierno y la bajada en los precios de los alimentos. La pantalla dio paso a un anuncio y Zachary miró alrededor, notando a Hillary por primera vez. Terminó su llamada. —Siento interrumpir. No te he visto.

—No necesita disculparse—. Hillary dio un paso adelante y alargó la mano, con la palma hacia abajo, como si esperase que un príncipe la besara. —Solo he venido para ver si podía llevar a mi prima a desayunar.

Sí, claro, pensó Kat. La actuación de Hillary estaba reservada para hombres con beneficios, tanto si eran ordinarias reparaciones de automóviles o un potencial marido con montones de ingresos.

Al final los hombres le adivinaban las intenciones... pero solo después de que Hillary les engañara como a tontos.

–Por supuesto, si vosotras ya tenéis planes, volveré en otro momento–. Zachary le sonrió a Hillary, quien ahora estaba sentada en el sillón de cuero. Al parecer había superado sus anteriores objeciones a las cosas de segunda mano.

–No–. Kat sacudió la mano. Tenía que hablar con Zachary pronto. –Hillary ya se iba.

Hillary cruzó una pierna sobre la otra, permitiendo que su falda subiera y mostrara algo de pierna. Ella no parecía estar marchándose a ninguna parte.

–¿Por qué no vamos todos a desayunar? –dijo Zachary. –Podemos discutir el caso y comer al mismo tiempo.

Kat se puso de pie. Esto estaba convirtiéndose rápidamente en una pesadilla. Ella necesitaba una hora con Zachary antes de partir hacia Hideaway Bay, y la nieve empeoraba y reducía sus oportunidades de llegar allí en algún momento. Más retrasos y no conseguiría llegar. –Hillary... ¿puedo llamarte más tarde?

–Tonterías. Ella puede unirse a nosotros–. Zachary hizo un gesto hacia el pasillo con su pulgar.

Kat tenía que deshacerse de Hillary. No podía discutir el caso o el destino de Jace delante de Hillary. Ella no estaba segura de cómo exactamente, pero Hillary estaba segura de que usaría la desaparición de Jace en contra suya. ¿Por qué siquiera consideraría Zachary discutir su situación económica personal delante de Hillary, una extraña?

Ella se detuvo en la puerta y miró a Hillary. –Yo creía que ibas a recoger a tu padre. ¿Dónde está Harry, de todos modos?

–¿El anciano del Lincoln? –preguntó Zachary. –Está un poco confundido, ¿verdad? No debería estar solo.

Los ojos de Hillary se entrecerraron.

–Justo estaba diciéndole eso a Kat. Kat, ¿dónde está? –Hillary retorció un mechón de pelo alrededor de su dedo y le levantó las cejas a Kat, una expresión de preocupación burlona en su rostro.

Kat frunció los labios y dejó de apretar los labios. ¿Cómo podía ser que nadie la calara? –Pensaba que tú ibas a recogerle. ¿Dónde has dicho que le dejaste?

Hillary miró a Kat con furia. –En el hogar del jubilado. Estaba a punto de dirigirme hacia allí.

–Eso es lo que pensaba–. Al menos Hillary se vio obligada a comportarse delante de Zachary.

–Volveré justo después de almorzar–. Hillary le sonrió a Zachary.

Tiempo suficiente para que Kat informara a Zachary y se pusiera en camino hacia Hideaway Bay.

CAPÍTULO 46

Kat miró por la ventana de su despacho, impaciente y frustrada por su falta de progreso. La nieve volvía a cubrir la ciudad una vez más, y Zachary seguía sin moverse.

–Retrasemos lo de denunciar nada, Kat. Sé que puedo recuperar la mayor parte del dinero.

Zachary seguía estando convencido de que su modelo de comercio era infalible. –¿Con qué vas a comerciar, Zachary? No hay dinero.

–Tengo contactos… gente que me prestará fondos. Suficiente para realizar algunas transacciones y recuperar algunas de las pérdidas–. Zachary abrió su informe encima del montón de carpetas sobre su escritorio. Cuando lo hizo la pila se deslizó, enviando varias carpetas al suelo.

Zachary se agachó para recogerlas.

Kat hizo un gesto para que lo dejara. –Las cogeré más tarde–. Se puso de pie. –¿Qué pasa con los inversores, Zachary? Es su dinero. ¿No merecen saber lo del fraude?

Se puso de pie. –Claro que sí… pero recuperaré sus pérdidas antes de que se den cuenta. Es por su propio bien, aún cuando no

246

se den cuenta todavía. Recuperaré dinero y nunca sabrán que había un problema. Solo unas cuantas buenas transacciones y las cosas volverán a la normalidad.

Lo que quiera que fuera normal. Increíble lo que la gente hará en un barco que se hunde. –No, Zachary. Tienes que cancelarlo.

–Kat, tú misma has dicho que nos faltan parte de las pruebas. Si alertamos a Nathan sin pruebas, ¿no pondrá en peligro el caso? Podría huir antes de que las autoridades tuvieran suficientes pruebas para arrestarle.

Zachary tenía razón. Esperar solo significaba que ella podría ser capaz de recuperar la agenda perdida del World Institute de Nathan y sus documentos de emergencia. Si encontraba a Jace y resultaba que él aún los tenía. Era muy improbable. Y simplemente le parecía mal no denunciar inmediatamente la estafa.

Por otro lado, todavía era una investigación activa, y si Nathan y no se sabía quien más fueran procesados, más le valía tener todos los datos. Ahora mismo ese no era el caso. Y asediarles ahora podía de algún modo empeorar la situación de Jace, cualquiera que fuera. También le daba más tiempo para buscar a Jace. Si podía encontrarle.

Ella suspiró y se agachó para recoger los archivos. ¿Por qué Zachary tenía que sobrepasar los límites? Se suponía que era por eso por lo que era tan rico. E implacable.

Su mano palpó algo rígido en el lomo de una de las carpetas de Edgewater. Ella abrió la carpeta para encontrar un puñado de tarjetas de crédito, sujetas con una goma elástica. Con las prisas no las había visto antes. Quitó el elástico que las unía y examinó la tarjeta de arriba. Sin nombre. Examinó el resto. Eran exactamente las mismas: tarjetas de crédito de prepago. Igual que la que había encontrado en el uniforme de limpiadora en Hideaway Bay. ¿Había conexión?

～

Dos horas más tarde, Kat estaba finalmente en la carretera. Condujo hacia el norte, hacia Hideaway Bay, agradecida por la tracción a las cuatro ruedas de la furgoneta. Profundos surcos se habían formado en la capa de nieve sobre la autopista, y la nieve caía más pesadamente ahora, reduciendo la visibilidad a unos pocos metros delante de ella.

Entonces el tráfico empezó a ir a paso de tortuga en la ruta hacia el ferry, y se perdió su partida. Tuvo suerte de subir al siguiente. Una vez al otro lado, ella siguió a la multitud que salía del ferry hasta el desvío hacia Hideaway Bay.

Aquí el tráfico era inexistente. A pesar de las carreteras sin limpiar y la baja visibilidad, ella se sintió mucho más segura conduciendo que ningún otro coche en la carretera. Ella relajó las manos sobre el volante y le dio un bocado a una manzana. Ella miró por el espejo retrovisor y vio un quitanieves al girar la esquina a unos doscientos metros más atrás. Era el único otro vehículo que había visto desde el desvío.

Su mayor preocupación era el limitado tiempo hasta la caída de la noche. La luz del día desaparecía alrededor de las cuatro de la tarde en esta época del año. Eso le daba solo unas horas para buscar a Jace por los caminos. Él podría haberse lastimado y haberse caído del sendero. Ella se estremeció. Si lo hubiera hecho, las posibilidades de supervivencia en las frígidas temperaturas serían casi nulas después de un par de horas.

Los pensamientos de Kat volvieron a Svensson y a su discurso en Estocolmo. El quitanieves estaba a unos setenta y cinco metros ahora, haciéndose más grande en el espejo retrovisor.

Svensson había cambiado sus opiniones de una moneda global al status quo de muchas divisas soberanas. ¿Por qué tendría Nathan Barron un problema con eso? Explotar las diferencias entre las varias monedas era como Nathan Barron, y Edgewater, ganaban dinero. El objetivo del World Institute de una moneda global en realidad mataba su negocio en vez de ayudarlo. Lo cual hacía que surgiera la pregunta: ¿por qué Nathan se uniría siquiera a una organización que desbarataba sus ambiciones económicas?

Ella estaba segura de que tanto el asesinato de Svensson como la desaparición de Jace estaban conectados con el World Institute y Nathan Barron.

¿Era la mujer de pie con Svensson realmente Angelika, la limpiadora? Una explicación más lógica era que la mujer fuera una doble. Después de todo, había estado de pie detrás de Svensson y ligeramente en las sombras. De todos los billones de personas en el planeta, probablemente habría varios dobles. ¿O era demasiada coincidencia?

Kat miró por el espejo retrovisor. El quitanieves estaba justo en su parachoques, el conductor probablemente ansioso por terminar el trabajo y volver a casa. Kat sujetó el volante, no queriendo ir más rápido pero sintiendo la presión. No había ningún lugar donde aparcar. Una pared rocosa a su derecha y, al otro lado del carril contrario, una empinada caída hacia el agua debajo. ¿No podía simplemente adelantarla? No había tráfico viniendo del carril contrario.

De repente el quitanieves golpeó su guardabarros.

Ella dio una sacudida hacia delante. La manzana se escapó de su mano y rebotó en el asiento del pasajero hasta el suelo. Ella sujetó con fuerza el volante, el corazón latiendo como loco. El cinturón de seguridad le apretó el pecho mientras luchaba por evitar que la furgoneta derrapara. La nevada autopista era un lugar demasiado peligroso para juegos temerarios. Las acciones del conductor eran poco menos que suicidas en este serpenteante tramo de la carretera en una tormenta de nieve. ¿Qué demonios estaba haciendo? ¿Se había quedado dormido al volante? Echó un vistazo por el espejo, pero la cabina del camión estaba demasiado alta como para ver al conductor.

Ella conseguiría su número de matrícula y le denunciaría. El hotel estaba a unos diez minutos de distancia: la primera oportunidad de salir de la carretera. Separó el cinturón de seguridad de su pecho y exhaló. El quitanieves se retiró ligeramente, dándole una visión de la cabina. Esta vez pudo ver al conductor, pero solo apenas. Un hombre menudo, ¿o quizás un adolescente? Una gorra de béisbol cubría sus ojos.

Cubrió la distancia. El quitanieves golpeó el guardabarros de la furgoneta otra vez, esta vez más fuerte.

Su furgoneta derrapó. Se dirigía hacia el carril opuesto. Se despertó su instinto y pisó los frenos. Sabía que era un error incluso antes de que su pie pisara a fondo el pedal.

CAPÍTULO 47

El quitanieves golpeó de refilón la cabina de la furgoneta, enviándola de lado a través de la autopista. Kat sujetó con fuerza el volante cuando la furgoneta de Jace se ladeó y se escoró sobre dos ruedas. Se balanceó momentáneamente antes de volver a caer de golpe sobre las cuatro ruedas. El cuello de Kat rebotó hacia atrás por la fuerza. De nuevo su pie buscó el pedal del freno. Pero fue inútil.

La furgoneta dio un giro de ciento ochenta grados, metiendo a Kat en una vorágine mientras sombras blancas giraban junto al parabrisas. Ella salió disparada hacia delante, golpeando su frente en el espejo retrovisor. Un segundo más tarde, el cinturón de seguridad se apretó y volvió a lanzarla de vuelta contra el asiento.

El quitanieves dio marcha atrás y volvió a acelerar. Chocó contra la furgoneta, rompiendo el parabrisas. Kat rebotó adelante y atrás antes de detenerse, ladeado hacia abajo en el lado del conductor. Kat miró por la ventanilla lateral. Estaba encaramada precariamente contra el quitamiedos. Un golpe más y ella caería por el borde a una caída libre de trescientos metros hasta el fondo del cañón.

Ella se preparó para otro golpe mientras se le revolvía el estómago.

Nada.

Kat se aflojó el cinturón de seguridad y escuchó. Se deslizó hacia el asiento del copiloto. La furgoneta crujió y la manzana rodó hasta la esquina más alejada del suelo.

Silencio.

La furgoneta se había parado por el impacto.

Buscó el quitanieves por el parabrisas roto.

No vio nada.

Nada de nada. Solo nieve blanca, cayendo.

Silencio amortiguado.

Se giró en redondo en su asiento y buscó el quitanieves por la ventanilla trasera.

Desaparecido.

Nada más que ella, la furgoneta, y un quitamiedos doblado reteniéndola para que no cayera por el rocoso acantilado.

Movió su cuerpo despacio de nuevo a una posición adelantada, sintiendo como se asentaba la furgoneta contra el quitamiedos de metal.

Sólido. A pesar de sus primeros miedos, las cuatro ruedas de la furgoneta seguían apoyadas sobre la autopista.

Se sintió aliviada y asustada al mismo tiempo. ¿Se había marchado el quitanieves o se había caído por el borde? Volvió a mirar por la ventana. El quitamiedos estaba aún intacto, al menos en la sección dentro de su campo de visión. Ella no iba a salir a inspeccionar más. Por si acaso cambiaba el equilibrio del peso. Por si acaso el tipo seguía por allí.

Encendió el motor y volvió a arrancar la furgoneta. Maniobró la furgoneta despacio, yendo hacia delante y hacia atrás hasta que se separó del quitamiedos. Alejó la furgoneta del borde y la giró en redondo para encarar ahora el lado correcto de la carretera.

Kat condujo unos kilómetros por la carretera y se desvió hacia un camino forestal, vacío y sin usar en invierno. Sus manos aún temblaban cuando soltó el volante. Respiró hondo e instintivamente cogió el teléfono móvil y marcó. Sin pensar, se dio cuenta de que había llamado a Jace. Estaba a punto de colgar cuando una mujer contestó.

–¿Sí?

Kat intentó localizar el ruido de fondo. Fuerte, como máquinas en funcionamiento. Podía estar en cualquier parte: una planta de fabricación, un edificio en construcción. No podía decir donde exactamente.

–¿Quién es?– Pero la mujer colgó tan pronto como Kat habló. La voz sonaba familiar, y aún así no estaba segura de por qué. Era difícil adivinar con todo el ruido. Un lugar ajetreado en algún lugar, como un aeropuerto o un centro comercial.

Todas sus otras llamadas a Jace habían ido directamente a su buzón de voz. ¿Había marcado mal? Imposible, ya que su número estaba programado en su teléfono. ¿Quién estaba usando su teléfono y por qué? ¿Era alguien implicado en su desaparición, o solo alguien que había encontrado su teléfono?

En cualquier caso, ella no podía quedarse allí en mitad de la carretera. Ella debatió volver a la ciudad. Debería denunciar al conductor del quitanieves a la comisaría. Por otro lado, la policía no había hecho absolutamente nada sobre Jace, así que era otra pérdida de tiempo. También retrasaba su búsqueda de Jace.

¿Y si el quitanieves esperaba delante en la carretera, buscando más problemas? Improbable, pensó. Cualquiera tan impaciente no se quedaría. Probablemente estaba infligiendo su furia en la carretera sobre el siguiente vehículo, si es que había uno.

Al final se decidió a continuar conduciendo. El hotel estaba ahora a solo unos minutos de distancia, y una vez allí estaría a salvo del conductor loco. Le denunciaría a la policía mañana. Después de que registrara el Pinnacle Trail y la cabaña de Kurt. Para entonces podría haber encontrado a Jace.

Kat se alejó del desvío despacio, buscando señales del quitanieves. Pero la nieve ya había borrado las marcas de los neumáticos.

La carretera por delante ya parecía como si no la hubieran limpiado durante horas. ¿Pero no había tenido el conductor el quitanieves hacia abajo? No podía recordarlo.

Una cosa era cierta: se sentiría más segura una vez que estuviera fuera de la carretera. La luz del día ya se estaba desvaneciendo, dejándole poco tiempo para llegar al Sendero de la Cima y poder llegar a la cabaña de Kurt. Al menos en la naturaleza sabías quienes eran tus enemigos.

CAPÍTULO 48

Kat recuperó el aliento cuando recorrió las últimos metros de la Senda de la Cima, las raquetas de nieve pesadas en sus pies. Solo había una desviación de treinta minutos desde el camino principal hasta el lugar donde Svensson se había desplomado hasta su muerte, pero su desvío no resultó en nada. Ni rastro del economista o de su misteriosa compañera femenina. Ninguna señal dejada por la policía, ni tampoco por el equipo de rescate.

¿Había seguido Jace esta misma senda antes que ella? No había forma de saberlo con seguridad, no con la nueva nieve. Aparte de algunos rastros de ciervos cruzando a cada lado del camino, la montaña guardaba sus secretos.

Ella se detuvo por un momento mientras admiraba la impresionante vista de la ensenada. No era un lugar que inspirase al suicidio, si es que algún lugar lo hacía en realidad. También estaba apartado; llegar aquí requería mucho esfuerzo para alguien con la intención de quitarse la vida. Estaba cansada después de dos horas de ir casi constantemente cuesta arriba. Pero no era el ejercicio físico lo que la cansaba. Era la angustia mental, el no saber donde encontrar a Harry o a Jace. Ella siempre había contado con Jace, pero esta vez no estaba aquí para ayudarla.

Después de llegar a Hideaway Bay, ella cambió de idea y decidió denunciar al quitanieves antes de emprender camino por el sendero. Pero la comisaría de Hideaway Bay había estado cerrada, con un letrero de "Volvemos pronto" pegado a la puerta.

¿Qué tipo de comisaría de policía cierra sus puertas? El mismo tipo que no devuelve las llamadas sobre personas desaparecidas, pensó ella. No tenía sentido. Pero claro, Hideaway Bay era un poco ciudad dormitorio. Aparte del hotel, no mucho más pasaba aquí. Ella volvería mañana, pero primero ella quería comprobar el único lugar donde encontraría a Jace.

Kat todavía sentía un delgado rayo de esperanza de que Jace hubiera ido a la cabaña de Kurt Ritter. Kurt y Jace se habían hecho muy amigos por el equipo de rescate, aún cuando cubrían diferentes territorios. Asumiendo que hubiera escapado de Nathan, la cabaña de Kurt era el único refugio que estaba a buena distancia a pie.

Jace había estado ansioso por volver a recorrer los últimos pasos de Svensson. Incluso habían discutido por ello, con Kat pensando que era una pérdida de tiempo. Jace siempre guardaba su equipo de salvamento en el coche, así que era plausible que lo hubiera recuperado del aparcamiento del hotel. ¿Quizás estaba escondido en la cabaña? Sintió una explosión de esperanza.

Kurt lideraba el equipo de rescate de Sunshine Coast, y estuvo probablemente en el lugar cuando el cuerpo de Svensson fue recuperado. Como poco, Jace estaría muriéndose por hablar con él. La gran cabaña alemana estaba a unos cuarenta y cinco minutos de distancia una vez que volviera al sendero principal, y Kat y Jace habían pasado la noche allí en los caminos del campo muchas veces. Ella tendría que pasar la noche esta vez también, ya que el sol casi había caído hacia el horizonte. Incluso en el paralelo cuarenta y nueve, el crepúsculo llegaba rápidamente en esta época del año.

Que no hubiera cobertura móvil significaba que quien quiera que hubiera contestado el teléfono de Jace antes no estaba aquí. También era posible que Jace estuviera aquí y no tuviera forma de contactar con quien fuera ella. Sintió un destello de esperanza mientras se agachaba para volver a atarse las raquetas de nieve. Ella se giró en redondo y volvió colina abajo.

El descenso fue mucho más rápido que la subida. Sin esfuerzo, su ropa ahora mojada la estaba helando. Sus pensamientos vagaron hacia Jace. Si no hubiera sido tan insistente sobre cubrir el World Institute, ella habría cerrado el caso de fraude de Edgewater ya. Ella tenía todo lo que necesitaba con esos documentos en la mano, pero Jace había insistido en colaborar con Roger Landers. Ella nunca debería haberle traído, sabiendo que para él una exclusiva se anteponía a todo lo demás. Especialmente después de haber sido despedido por el *Sentinel*. Pero ella había subestimado al World Institute, su poder, y lo que le hacía a la gente.

Finalmente la cabaña apareció ante mi vista y no podía haber sido una visión más agradable. Kurt había construido la cabaña de troncos él mismo con madera local. Era rústica pero funcional, cómoda y reconfortante. Kat no la habría intercambiado por una suite de lujo. El agotamiento se apoderó de ella cuando llegó a la puerta principal. No podía dar ni un paso más. Se quitó las raquetas de nieve y palpó debajo de la maceta de arcilla buscando la llave escondida. Kat siempre se burlaba de Kurt por tener una maceta en una cabaña rodeada de prados alpinos. Ambos eran ahora invisibles debajo de la pesada manta de nieve.

Ella abrió la puerta y entró fatigosamente. Estaba agotada hasta la médula, aunque todavía era el final de la tarde.

La pequeña cabaña estaba amueblada de un modo masculino y funcional. La estructura a dos aguas tenía escaleras hacia un ático con dos habitaciones. Se había quedado en uno de ellos con Jace el último verano. Ella examinó la habitación, sintiendo el peso de todos sus problemas. Jace estaba desaparecido, Harry no daba señales de vida, y Hillary estaba planeando algo que solo podría causar problemas. Ella nunca se había sentido más sola.

Kat suspiró y dejó su mochila sobre la gran mesa de pino. Se agachó para recoger un puñado de madera del ordenado montón apilado junto a la estufa de leña. La estufa estaba fría. Nadie había estado aquí recientemente. Encendió la estufa y alimentó el fuego hasta que ardió constantemente. Luego salió para reponer ramitas antes de que cayera la oscuridad. El aire frío entró a rachas cuando abrió la puerta. El calor de la estufa todavía no se había extendido por la cabaña, pero la construcción de troncos del edificio seguía proporcionando un excelente aislamiento del frío.

Ella rodeó el edificio, caminando con esfuerzo a través de la nieve, esperando contra todo pronóstico encontrar alguna señal de Jace, Kurt, o cualquier otro visitante. No había rastros humanos o animales a la vista. Incluso la pila de madera apilada contra el lateral de la cabaña parecía que estaba sin tocar desde cuando ella y Jace visitaron la cabaña en septiembre.

Sin tocar.

Una ramita crujió. Dio un salto cuando pilló un destello de movimiento en su visión periférica. Solo era un conejo corriendo para ponerse a cubierto en un arbusto a unos metros de distancia. Se quedó quieta durante un momento mientras se acostumbraba al silencio. La nieve se deslizó de las ramas de los altos pinos, aterrizando con un suave golpe. Los árboles que rodeaban la cabaña normalmente le daban una sensación acogedora. Pero en la tarde de hoy parecían fantasmagóricos, lanzando largas sombras a través del paisaje blanco.

Cargó la madera en sus brazos y volvió hacia la puerta principal, encogiéndose de dolor cuando su brazo golpeó el marco de la puerta. Su bíceps todavía dolía por el pinchazo de Victoria. Suficiente combustible para pasar la noche. Dejó la leña junto a la estufa. Mañana regresaría por una ruta diferente, esperando encontrar alguna señal de Jace. Quizás estaba herido, incapaz de llegar a la cabaña. Poco probable, pero no tenía nada más para continuar.

Se quitó sus botas Sorel y dejó la ropa mojada delante de la estufa antes de derrumbarse en el sillón de gran tamaño delante de la estufa. Sabía que debería comer, pero ni siquiera podía reunir suficiente energía para abrir su mochila, sobre la mesa a unos metros de distancia. En vez de eso, cerró los ojos y sintió que el calor calentaba despacio sus huesos. Hacer senderismo por la naturaleza siempre le recordaba lo ciertamente inmenso que era el mundo. ¿Por qué estaba controlado por tan pocos?

CAPÍTULO 49

Kat se despertó con una sacudida por los golpes en la puerta de la cabaña abajo. Alguien se lanzaba contra la pesada puerta de madera, intentando abrirla a la fuerza. Se levantó de la cama de un salto solo para golpearse la cabeza en el bajo techo del ático. Maldijo por lo bajo cuando recordó donde estaba: en la cabaña de Kurt, en la segunda habitación de arriba. Su corazón latía como loco en su pecho. Quien quiera que estuviera fuera quería entrar a toda costa.

Se acercó poco a poco a la escalera que llevaba abajo y miró por el borde. Incluso en la oscuridad, la vista de pájaro desde el ático le daba ventaja sobre el intruso. La puerta de la cabaña ya se había abierto una rendija, la luz de la luna delineando el marco. Estaba atrapada. No había ruta de escape.

La puerta cedió con un crujido final. Un hombre entró, su oscura forma silueteada en la puerta contra el cielo iluminado por la luna. Kat contuvo el aliento cuando él se giró para cerrar la puerta.

Kurt había mencionado un allanamiento de la cabaña una vez

antes. Los vagabundos algunas veces buscaban cabañas en las que colarse. Este tipo podría solo coger comida y marcharse. Pero era improbable en mitad de la noche, ya que estaba demasiado oscuro para viajar y no había otras cabañas cerca. Se quedaría hasta la mañana, lo cual quería decir que registraría toda la cabaña, incluyendo el ático. Cuando lo hiciera, más valía que ella estuviera preparada. Palpó por el suelo en busca de un arma, pero no encontró nada. Maldijo su estupidez por dejar su mochila con su navaja abajo.

La estufa. Aún cuando ya no estuviera ardiendo, estaría caliente al tacto, un claro signo de que la cabaña estaba ocupada. Y su mochila estaba a la vista sobre la mesa de la cocina. Con la puerta cerrada volvía a estar oscuro, pero Kat podía seguir la sombra del intruso mientras inspeccionaba la cabaña. Cruzó la habitación y se dirigió directamente hacia la escalera del ático. Subió el escalón de abajo y vaciló mientras miraba alrededor.

Kat corrió hacia el dormitorio y cogió un bastón de esquí del par que colgaba de la pared. Volvió de puntillas a la escalera y se quedó a un lado. Esperó a que las manos llegaran al peldaño de arriba. Él sería más fuerte que ella; el elemento de sorpresa era su única ventaja. Su pulso se aceleró mientras esperaba, sabiendo que ella solo tendría una oportunidad.

Apuñaló los nudillos del intruso, luego clavó el bastón en la carne y retorció. Para horror suyo, el gigantón siguió avanzando, alcanzando la cima con su mano libre.

–Oye, ¿qué cojo…?– Se detuvo bruscamente.

–¡Vete!

Pero el hombre ya había liberado su mano. Apuñaló su otra mano cuando él bajó un peldaño de la escalera. Le reconoció en el momento exacto en que él la vio a ella.

–¡Tú! –Landers la miró fijamente, los ojos como platos por el shock. –¿Cómo has llegado aquí?– Hizo una pausa y sacudió su mano derecha.

–Debería preguntarte lo mismo–. Kat pinchó su mano restante

con el bastón. Esta vez lo mantuvo allí, empalando la blanda parte carnosa con la punta del bastón. –¡Vete!

–Kat, ¿qué cojones? Me estás haciendo daño. Quita esa cosa de mi mano.

–De ninguna manera. Da la vuelta y márchate. Ahora.

–Cálmate… puedo explicarlo todo.

Ella pinchó con más fuerza. –¿Explicar qué? ¿Que nos traicionaste? Vete.

–No puedo irme a ningún sitio hasta que liberes mi mano.

Kat levantó el bastón de esquí y lo sostuvo en alto mientras Roger Landers bajaba por la escalera. Pero solo bajó dos peldaños, lo suficiente para estar fuera de su alcance. –Sigue moviéndote.

–Necesitamos hablar primero–. Él la estudió.

–No hay nada de lo que hablar–. Ella le apuntó con el bastón de esquí, pero lo mantuvo fuera de su alcance.

Landers no se movió. –No lo entiendes. Simplemente baja aquí y hablaremos.

–De eso nada–. Él no iba a conseguir nada más de parte de ella.

–Sé donde está Jace. Solo baja aquí, ¿vale? Prometo no hacer nada.

Kat bajó el bastón de esquí. ¿Era un truco para hacer que bajara las escaleras? ¿Pero y si podía encontrar a Jace? Landers había estado en la habitación con Jace en algún momento. Con seguridad Nathan y Victoria estaban implicados en la desaparición de Jace. –¿Dónde?

–Encerrado. En la prisión de Hideaway Bay. Me dijo que viniera aquí si las cosas salían mal. Para esconderme de Nathan.

¿Había estado Jace prisionero en la comisaría cuando ella la visitó, a meros metros de distancia?

Landers no podía saber nada sobre la cabaña de Kurt a menos que Jace se lo hubiera contado. Al menos esa parte debía ser cierta. Kat bajó el bastón de esquí y descendió por las escaleras despacio, con cuidado de no quitarle los ojos de encima a Landers. Ella le siguió hasta la mesa y le vio sentarse. Ella permaneció de pie, inquieta.

–Te daré cinco minutos para convencerme. Luego te vas–. Ella sabía que ella no era una amenaza para Roger Landers sin un arma. El bastón de esquí funcionaba solo mientras estaba en el ático, donde ella tenía la ventaja de la altura. Aún así no iba a rendirse.

¿Tendría Kurt una pistola en la cabaña? Si era así, más le valía encontrarla antes de que Landers lo hiciera. Incluso si ella no sabía como usarla.

–¿Por qué está Jace en prisión?

–Nathan hizo que le llevaran a Hideaway Bay para que le interrogaran–. Landers bajó la cremallera de su chaqueta y la colocó sobre la silla más cercana a la puerta, como si estuviera planeando quedarse un rato.

–¿Para qué? Jace no hizo nada malo–. Nathan Barron podría ser poderoso, pero a menos que la policía de Hideaway Bay estuviera corrupta, no arrestarían a Jace sin pruebas de un delito.

–Nathan quiere que le acusen por robo. Por robar esos documentos de su habitación de hotel–. Roger Landers se sentó a la mesa, sosteniéndose la mano. –Creo que me has roto la mano. Y está sangrando.

Kat sintió una momentánea punzada de culpabilidad. Entonces recordó la inacción de Landers cuando Victoria le inyectó. No detuvo a Victoria, dejando que abadonaran a Kat inconsciente en la estación de tren. Ella no le debía nada a Roger Landers, especialmente no le debía lástima.

De hecho, él le debía a ella. Se cruzó de brazos y le ignoró.

–¿No me has oído? Estoy sangrando. ¿Dónde está tu botiquín?

Kat miró a Landers con rabia. –¿Por qué no te arrestaron a ti? Tú también estabas en la habitación–. ¿Estaba trabajando con ellos? Jace había desaparecido y ella recibió una inyección. Solo Landers había escapado indemne. Demasiadas partes de su historia no tenían sentido.

—Jace dijo que él actuaba solo. No tengo ni idea de por qué me dejaron al margen de todo, pero necesitamos trabajar juntos. Concentrémonos en sacar a Jace de la cárcel, y en poner a los criminales de verdad entre rejas.

—¿Los criminales de verdad?— Él no había contestado a su pregunta.

—Nathan y el World Institute, por supuesto—. Hizo una mueca y sacudió los dedos. —El World Institute está cometiendo el mayor delito de todos.

—No han infringido ningunas leyes —dijo Kat. Nathan, Victoria, y el World Institute podrían ser despreciables, pero el World Institute no había hecho nada ilegal. Solo Nathan, con el fraude de Research Analytics. Por no mencionar su asalto contra ella y probablemente Jace. Quizás el World Institute era censurable, pero discutir la dominación mundial no era un delito. Estaba harta de Landers y sus teorías de la conspiración. Era por su culpa por lo que estaban en este lío.

—Lo harán. O si no cambiarán las leyes para ajustarse a sus necesidades. Ahora están poniendo su plan en acción. La crisis de las deudas fue solo el comienzo, orquestada por miembros del World Institute. Sus bancos aceptaron grandes intereses de arriesgados préstamos, sin importarles si fracasaban o no. Suficientes malos préstamos y el gobierno no tenía más opción que rescatarlos. ¿Por qué? Porque dejar que fracasaran tiene un efecto dominó. Las mismas personas dirigiendo los gobiernos están o estaban dirigiendo los bancos. Todos esos secretarios del tesoro y los consejeros de los bancos vienen de los bancos. Es incestuoso.

—¿Estás implicando que los fracasos de los bancos ocurrieron a propósito? —Kat se acercó a la mesa de la cocina y encendió una cerilla. Encendió la linterna de queroseno y se sentó en el lado opuesto de la mesa al que ocupaba Landers, deseando no haberle conocido nunca.

—Claro. Unos cuantos se benefician, pero la mayoría paga. No solo hacer malos préstamos enriquece a los banqueros; también continúan con los objetivos del World Institute. Cuando los gobiernos rescatan a los bancos, ellos suben las tasas para permanecer solventes. Cuando ya no pueden subir más los impuestos, simplemente imprimen más dinero. Como mucho, la moneda se devalúa. En el peor de los casos, pierde su valor. No importa lo que hagan, nosotros, los contribuyentes, al final pagamos la cuenta. Al final la moneda fracasa, y el World Institute interviene como el salvador.

–¿Por qué no le dijiste todo esto a Nathan Barron cuando tuviste oportunidad?– Aquí estaba, atrapada en una cabaña sin energía ni cobertura móvil. ¿Lo estaba con un amigo o un enemigo? Roger Landers decía las cosas adecuadas, pero sus acciones dicen lo contrario. –¿Por qué debería siquiera escucharte? No me ayudaste en el hotel.

–Es complicado–. Landers se reclinó hacia atrás en su silla, acunando su dolorida mano.

–¿Qué tan complicado puede ser?– Exactamente el tipo de cosa que la gente decía cuando había una tapadera.

–Si digo algo demasiado pronto, lo suprimirán. Una vez que salga mi libro, no serán capaces de pararlo. Les expondrá, y pueden ser acusados.

–¿Acusados de qué, exactamente? Todo esto trata de ti: tu libro, tu investigación. Hacerte famoso, y recibir todo el crédito–. Cualquier otra persona era un daño colateral. Como Jace.

–No lo sé… los abogados lo averiguarán.

–Acabas de decirme que están arruinando las vidas de las personas. ¿Aún así quieres dejar que continúen para que tú puedas publicar tu segundo libro? –Kat se levantó. Ya había oído suficientes mentiras esta noche.

–No voy a renunciar a años de investigación por nada. El libro es mi venganza. Si otras personas resultan heridas por él, no hay mucho que yo pueda hacer.

–Claro que sí. Si escribir una historia es la respuesta, ¿por qué no hacerlo ahora mismo y exponerlos? Cuanto antes mejor–. De repente se le ocurrió: eso era exactamente lo que Jace quería hacer. Jace era una amenaza para Landers. Publicar ahora significaba que Jace le arrebataría la exclusiva a Landers.

–Unas semanas o meses más no supondrán mucha diferencia. Ellos no van a desmantelar las divisas y los gobiernos de la noche a la mañana. ¿Dónde está ese botiquín? Realmente debería vendarme la mano.

Kat sacudió la cabeza. De repente supo lo que le estaba molestando. Si de verdad le había dicho Jace a Roger Landers que se encontraran en la cabaña, ¿por qué no sabía Landers lo de la llave debajo de la maceta?

CAPÍTULO 50

Kat **sintió la luz de la mañana** antes de siquiera abrir los ojos. Parpadeó cuando un suave y difuso fulgor se filtró a través de las cortinas de la ventana del ático. Se estremeció y se arrebujó bajo la colcha. No había calefacción arriba, y la estufa había quemado todo el combustible de madera en algún momento durante la noche. El firme colchón se clavaba en su espalda. Hizo una mueca y rodó de lado. Su aliento se evaporó en el frío y húmedo ático mientras se acercaba a la ventana. Limpió un pequeño círculo en la fina capa de hielo que se había formado en el interior de la ventana y miró fuera. Exactamente la misma vista que ayer. Silencioso, desolado, y engañosamente sereno. Demasiado silencioso para el drama que se desarrollaba en su vida.

Había dormido de manera irregular, preocupada por Jace. ¿Estaba Landers diciendo la verdad sobre el paradero de Jace, o era simplemente otra mentira? Ya la había engañado sobre lo de reunirse con Jace en la cabaña. ¿Estaba también mintiendo con lo de que Jace estaba en la comisaría de Hideaway Bay? Solo porque la comisaría había estado cerrada cuando la comprobó no significaba que no hubiera nadie encerrado dentro. Ella quería creerlo, pero quizás era naif.

Pero, ¿y si Landers estaba diciendo la verdad? Entonces ella convencería a Jace para que se olvidara de la historia, le diera a Zachary su informe, y acabara con todo. Que dejara que Landers tuviera la exclusiva. Nada merecía la pena por esto.

Se estremeció cuando se despojó de las sábanas. Cuanto antes se pusiera en movimiento, antes podría ver a Jace. Se levantó y se vistió rápidamente, poniéndose la ropa de ayer. Ella se habría marchado anoche si hubiera podido, pero el clima de invierno y el terreno hacían que fuera imposible hacer senderismo en la oscuridad.

Sonaron platos abajo, recordándole que no estaba sola. Un nudo se apoderó de su estómago ante la idea de pasar más tiempo con Roger Landers.

Miró por encima de la barandilla del ático y sintió el calor subiendo desde la estufa de leña. El olor a café y tostadas subía hacia ella, recordándole a su tío Harry. ¿Estaba con Hillary? La idea de Hillary haciéndole el desayuno, mucho menos de quedarse con él más de unas cuantas horas, parecía extremadamente impro-bable. Ella alejó la idea de su mente y metió su todavía húmeda ropa en la mochila.

Kat descendió por la escalera, llevando su mochila.

Landers levantó la vista de la mesa y sonrió. –¿Café?

–Claro–. Kat dejó su mochila junto a la puerta. Si tenía que pasar algunas horas más con él caminando hacia Hideaway Bay, al menos sería educada. Y decidiría de una vez por todas si él era un amigo o un enemigo.

TREINTA MINUTOS MÁS TARDE, Kat esperaba fuera de la cabaña. Landers clavaba unos clavos en la puerta rota de la cabaña con la hoja de un hacha. Kurt no estaría feliz por la carnicería que había hecho Landers con su puerta labrada a mano, incluso si estaba asegurada. Ella haría que la reparasen antes de que Kurt regresara de donde quiera que estuviera, ya que era improbable que Landers contribuyera con nada más que el primitivo trabajo que estaba haciendo ahora mismo. Él no era el tipo de persona que se siente obligada o suficientemente arrepentido como para arreglarlo correctamente. Sería una buena pareja para Hillary. Ambos tenían esa sensación de que se les debía algo, nunca deseosos de tenderle una mano a nadie más. Pensándolo mejor, quizás incluso él era demasiado bueno para ella.

–Espera un minuto… se me olvidaba algo–. Kat fue al lateral de la cabaña y buscó dentro de sus bolsillos papel y lápiz. Garabateó una nota y la metió en la pila de leña, asegurándose de que estuviera sobresaliendo como para que se viera sin que el viento se la llevara. Sin importar qué sucediera, al menos Jace o Kurt sabrían que ella había estado aquí.

DIEZ MINUTOS más tarde estaban en el camino. Era un día claro y frío, y el sendero se allanaba después de la primera colina fuera del valle. Kat pisaba sobre el rastro de sus raquetas de nieve de ayer, sin molestar hasta ahora. Rastros de animales pequeños junto al sendero trazaban tangentes desde un grupo de abetos hasta el siguiente, a cubierto y fuera de la vista de coyotes o pumas.

La caminata de regreso a Hideaway Bay era principalmente cuesta abajo, fácil excepto por unos cuantos descensos técnicos. Landers había cogido las raquetas de nieve de Kurt, y Kat se preguntaba cómo habría conseguido realizar el ascenso principalmente empinado hacia la cabaña de Kurt sin raquetas de nieve o esquís. Tendría que recordar devolver las raquetas de nieve de Kurt cuando regresara para hacer que reparasen la puerta.

Landers ya estaba sin aliento. Ella le abandonaría sin pensárselo dos veces, solo que él era la única oportunidad que le quedaba para encontrar a Jace. Solo él sabía la verdad sobre lo que había pasado esa noche con Nathan y Victoria. Pero él evitaba diestramente el tema cada vez que ella lo mencionaba. Él insistía en que él era igualmente una víctima de Nathan y Victoria, aunque él fue muy parco con los detalles.

–¿No te importa la democracia, Kat? –Landers se detuvo en un desvío del sendero y se giró para enfrentarse a Kat. El sudor perlaba su frente, y ya se había bajado la cremallera de su chaqueta.

–Por supuesto que me importa. Pero el World Institute no está en la cima de mi lista de preocupaciones ahora mismo–. Como si Landers en realidad se creyera todo el concepto de la democracia. Probablemente solo usaría sus opiniones como alimento para su libro. Había estado acosándola todo el viaje, intentando evaluar o persuadir su opinión sobre el World Institute. No hacía falta ser un genio para ver que sus acciones estaban diseñadas para conseguir lo que era mejor para Roger Landers, y punto.

–¿Cómo puedes decir eso? Dales luz verde y controlarán la moneda mundial. El euro fue solo el principio. Están trabajando en una moneda asiática común. Después va Norteamérica. Los gobiernos no podrán tener mucho control.

–¿Qué tiene de malo una moneda común? –Kat pinchó la nieve con su bastón de esquí. –Hay menos fluctuaciones de divisas extranjeras, menos costes de conversión de moneda. Beneficia al consumidor.

–Eso suena bien en teoría. Pero también significa que menos personas controlan la moneda. En vez de docenas de países y sus bancos centrales, miles de comerciantes y especuladores, se reduce a unos pocos.

–¿Y eso es malo?

–Lo es cuando es el World Institute. Son los mismos hombres que controlan el comercio mundial, la prensa global, y...

Kat le interrumpió. –No me importa. ¿Por qué no me defendiste contra Nathan y Victoria? Estás trabajando con ellos, ¿verdad?

—Absolutamente no. Tuve que cooperar, o se asegurarían de que yo no trabajara nunca. Y prometieron que no te harían daño.

Kat no podía imaginarse a Nathan o Victoria pronunciando semejante frase. ¿De verdad esperaba Landers que se creyera eso? Ella clavó su bastón en un banco de nieve. —¿Y qué hay de Jace?

—Ya te lo he dicho. La policía se lo llevó.

—¿Por qué a Jace y no a ti?

—Todo era parte de nuestro plan. Una vez que supimos que habíamos sido descubiertos, Jace sería el cabeza de turco, dejándome a mí para exponer la conspiración.

Kat intentó recordar la cama en la habitación adyacente. Cuando Nathan la había tirado sobre la cama, esta había estado hecha y sin arrugas. Landers tenía que estar mintiendo. Ella quería que estuviera mintiendo. La alternativa——Jace abandonándola por una historia——era impensable. Él nunca haría eso. Ni siquiera por una exclusiva de éxito. ¿Verdad?

—No te creo. Deja de soltarme toda esta mierda del World Institute y dime lo que le ha pasado realmente a Jace. Tú estabas en la habitación. ¿Cómo supo Nathan que estabais los dos allí? ¿Qué le dijiste? —Kat sacó su bastón de la nieve endurecida y se giró para irse.

Landers la siguió. —Nada… lo juro.

—No te creo—. Landers, como la mayoría de las personas, tenía un precio. Ella simplemente no sabía cual era todavía. ¿Por qué se ofrecería voluntario Jace para hacer algo así? Kat le hizo moverse hacia delante. Si tenía que hacer senderismo con él, se aseguraría de que no fuera fácil. —Dime qué pasó en esa habitación.

—Nunca dije ni una palabra. Nathan simplemente se coló dentro—. Landers fue más lento y jugueteó con sus guantes, quitándoselos. —Hace más calor de lo que pensaba.

Kat miró sus manos desnudas pero decidió no decir nada. La congelación le enseñaría una lección.

—Nathan tenía una llave maestra. Dos oficiales de la comisaría estaban con él.

–¿Policía? ¿Por qué?

–Supongo que por el allanamiento de su habitación. No lo sé seguro… no lo dijeron.

Kat detectó vacilación en su voz. –La policía no aparece al azar. Alguien les llamó–. ¿Por qué se llevaron a Jace pero dejaron a Landers?

–Bueno, pues no fui yo. No sé cómo… pero sabían el nombre de Jace–. Landers apretaba y aflojaba las manos, luego volvió a ponerse los guantes.

Una mentira, pensó Kat. A Jace no le habían pedido la identificación. Aparte de los empleados de recepción y Angelika, la limpiadora, nadie más en el hotel había visto a Jace. Y aparte de Kat, solo Roger Landers sabía su nombre auténtico. El hotel solo tenía el nombre de la compañía de audiovisuales. –¿Por qué no te pasó nada a ti? Tú también estabas en la habitación.

–Jace le dijo que yo no estaba implicado. Eso dejaba a uno de nosotros libre para exponer la conspiración.

O beneficiarse de ella. Landers no podía dejar que la historia de Jace saliera a la luz antes de que terminara su libro. Jace era su competidor. ¿Hasta qué extremos llegaría Roger Landers para proteger su historia? ¿Mataría por ella?

–Necesitamos volver a ponernos en marcha–. Ella no podía perder más tiempo y decidió que Landers tampoco se merecía un descanso.

Kat señaló el correcto desvío del camino con su bastón de esquí. –No te creo. Nathan no sabría donde encontrar a Jace, para empezar. Ni tiene ningún motivo para ir tras él. A menos que tú se lo dijeras–. Solo los empleados del hotel sabían qué habitaciones estaban ocupadas, y se les prohibía revelar información de los huéspedes.

Landers suspiró y la siguió. –¿Crees que estoy paranoico? Deberías escucharte. ¿Por qué iba a estar trabajando con ellos? Estoy en el mismo bando que tú.

Kat no dijo nada pero aceleró el paso. Ella podría perderle si quisiera. No estaba en forma y no duraría mucho levantando sus pies en esta pesada nieve sin pisar.

–Vale, bien. Era una estratagema para atraer a Nathan. Fingí cooperar para arrinconarle. Me prometió una exclusiva si yo demostraba que alguien se había infiltrado en el World Institute y conocía su agenda. Por supuesto, Jace también estaba en el ajo–. La respiración de Landers se volvió más pesada mientras se esforzaba por seguir el ritmo.

–¿De verdad?– El instinto de Kat sobre Landers era correcto. Estaba mintiendo obviamente. ¿Cuánto había compartido Jace con él?

–He estado siguiendo a Nathan Barron durante años. Es muy vanidoso. Cuando le dije que estaba escribiendo un artículo sobre los hombres más poderosos del mundo, accedió a ser entrevistado.

–¿Qué tiene que ver Jace con todo esto?

Landers tosió. –Para conseguir algo, tenía que darles algo. Le enseñé como se había infiltrado Jace en la conferencia, compré la confianza de Nathan, y conseguí que hablara sobre el World Institute. Cuando Nathan admita que existe, le dará credibilidad a nuestra historia.

–¿Jace accedió a esto? –Kat luchó contra el deseo de empalarle con su bastón. Era difícil seguir hablando con él sabiendo que había traicionado a Jace.

–Por supuesto que sí. Y nuestro plan funcionó. Nathan estaba tan furioso porque Jace se hubiera infiltrado en la conferencia que soltó unos cuantos secretos.

–¿Como qué?– El sendero giró bruscamente hacia la derecha hasta un claro, y la diminuta aldea de Hideaway Bay apareció ante su vista abajo. Estaba a menos de un kilómetro de distancia, pero con los numerosos recovecos en el sendero, pasarían otros veinte minutos antes de que llegaran a la soñolienta aldea.

–Lee el libro. Hasta entonces, mis labios están sellados.

CAPÍTULO 51

Llegaron a la comisaría de policía justo después del mediodía. Kat se quitó las raquetas de nieve y dio zapatazos con sus pies, sacudiéndose la nieve pegada a sus botas y polainas. Tiró de la manija de la puerta y, para su alivio, la puerta se abrió esta vez. Entró en la desierta habitación con Roger Landers justo detrás de ella. Una fila de sillas en una pared miraban a un mostrador sin personal. Un magacín radiofónico sonaba en un radiocasete portátil que estaba en el extremo más alejado del mostrador. Con interferencias.

–¿Hola?– No hubo respuesta.

El locutor de la radio parloteaba algo sobre la economía mundial.

Las orejas de Kat se aguzaron cuando oyó el nombre de Svensson mencionado junto con el premio Nobel en economía. Debido a la muerte de Svensson, otro economista había recibido el galardón. Un economista que casualmente apoyaba una moneda global común.

Le echó un vistazo a Landers, quien hacía muecas mientras se frotaba las manos. No parecía estar escuchando la radio. Menos mal, ya que ella tampoco quería una razón para hablar con él.

Su discusión se había deteriorado hasta el punto en el que no se hablaban. Kat no sabía qué creer, con Landers cambiando su historia cada cinco minutos. ¿Era el arresto de Jace otra mentira más?

Landers soltó un fuerte suspiro mientras se desplomaba sobre una de las sillas de vinilo alineadas contra la pared. Kat le observó por el rabillo del ojo mientras ella estaba en el mostrador. Examinó la superficie buscando un timbre, pero no encontró nada. Excepto por las luces encendidas y la calefacción, el lugar parecía desierto. Ella no había esperado un comité de bienvenida, pero después de una ruta de senderismo de tres horas con un frío de veinte grados bajo cero, ella no planeaba esperar pacientemente.

Una simple puerta de madera detrás del mostrador llevaba hasta lo que Kat supuso que sería la oficina interior y lo que fuera que existiera detrás de las puertas cerradas en las comisarías de policía. ¿Quizás una celda con Jace en ella?

–¿Hola?– Kat se removió sobre sus cansados pies y se apoyó en el mostrador. Nieve se deslizaba por los bajos de sus pantalones de nieve y se derretían formando charcos sobre el gastado suelo de linóleo. Miró hacia atrás, hacia Landers, quien seguía frotándose sus congelados dedos, su rostro contorsionado de dolor. Se formaba condensación en las ventanas por encima de él, el aire húmedo por la ropa mojada y un calefactor a tope.

Estaba furiosa. Furiosa con Landers por engañarla y luego negarlo. Furiosa con Nathan y Victoria. Y quería estar furiosa con Jace por perseguir la historia. Pero no podía. Solo le quería de vuelta.

Se giró de vuelta hacia la puerta. Estaba considerando subirse por el mostrador justo cuando la puerta se abrió. Un oficial con sobrepeso salió.

–¿Puedo ayudarla?– Su esforzada respiración era evidente mientras se bajaba hacia una gastada silla de vinilo. Los últimos dos botones de su uniforme tironeaban sobre un vientre abultado, luchando por escapar.

–Estoy aquí para ver a Jace Burton.

–¿A quién ha dicho?– Su rostro se ruborizó mientras se pasaba una mano por la frente. Se limpió la mano en su camisa antes de meter la mano debajo del mostrador para sacar un manoseado archivo de papel manila. Lo abrió y pasó un cuarto de las páginas antes de volver a acomodarse en su silla.

–Jace Burton. Fue arrestado en el Tides Resort.

–¿Jason Burton? –miró por encima de sus gafas de leer. –No hay nadie aquí con ese nombre. ¿Qué le hace pensar que está aquí?

Kat leyó el nombre en su uniforme. *Oficial Kravitz.*

El mismo oficial de la entrevista de Roger Landers en televisión.

–Jace Burton… usted le arrestó. Hace un par de noches. Me han dicho que ustedes le retienen aquí.

–Eso es nuevo para mí –dijo Kravitz. –Si hubiera arrestado a alguien, lo sabría.

–Quizás otro oficial lo hizo.

Kravitz bufó con sorna. –Improbable. No hay nadie aquí aparte de mí.

–Roger, cuéntale lo que me has dicho–. Kat se giró para mirar a Landers, pero el banco de sillas de vinilo estaba vacío. Todo lo que quedaban eran las raquetas de nieve de Kurt en un charco de nieve derretida en el suelo. –Ese tipo que estaba justo aquí… dijo que él estaba justo allí cuando usted arrestó a Jace.

–No veo a nadie.

–¿Oficial? ¿Cómo ha podido no verle? Estaba sentado justo allí. Hace unos segundos–. Kat señaló el banco de sillas.

–No hay nadie aquí más que usted y yo. ¿Cuál ha dicho que es su nombre?

El oficial Kravitz subió el volumen de la radio. Las noticias habían sido reemplazadas por un locutor de magacines, parloteando sobre la deuda de los consumidores.

Kat se acercó más al oficial Kravitz y subió la voz. –Katerina Carter. Oficial Kravitz, Roger Landers estaba justo aquí. Es un periodista con…– Su voz se interrumpió cuando se dio cuenta de que el oficial no estaba escuchando.

Kravitz dejó la carpeta que había estado llevando debajo del brazo y la colocó sobre el escritorio. Sacó un cuaderno del bolsillo de su camisa y lo abrió. Garabateó algo en él, estudiosamente evitando a Kat.

–Perdone, oficial Kravitz.

–Continúe, estoy escuchando–. Abrió su archivo y se chupó el dedo cada vez que giraba una página.

–No, no me escucha. Está esperando a que yo termine de hablar para que me marche. Solo que no voy a irme a ninguna parte. Jace tiene que estar aquí. Quiero pruebas de que no está–. El reloj encima de la cabeza de Kravitz marcaba la una menos cuarto. Veinticinco minutos hasta que el ferry zarpara.

–¿Es usted la misma señorita Carter que denunció a una persona desaparecida hace unos días? –levantó la vista y subió las cejas. Luego volvió a pasar las hojas del archivo. –Aquí dice que fue Roger Landers. ¿Ahora le ha vuelto a perder y ha perdido a otro tipo?

–Estoy aquí por Jace. ¿Está aquí o no?

Kravitz sonrió. –La comisaría no tiene costumbre de verificar a quien tienen o a quien no tienen en custodia.

Kat se cruzó de brazos y le devolvió la sonrisa, apenas conteniendo su enfado. –Entonces esperaré aquí hasta que lo haga–. ¿Y de todos modos qué hacía la policía de una pequeña localidad? ¿Crucigramas? ¿Qué estaba haciendo Kravitz que le tenía tan ansioso por volver a hacer?

–Bien.

Ella se dirigió hacia la fila de sillas de plástico y dejó sus cosas. Hizo tanto ruido como pudo, esperando molestarle.

Funcionó. Kravitz la miró con furia.

–¿Sigue aquí?– Bajó el volumen de la radio.

–Se lo he dicho, no voy a marcharme sin respuestas.

Él frunció los labios pero no dijo nada.

Kat le miró a los ojos. –Sé que tiene a Jace aquí. Roger Landers le vio arrestar a Jace. Usted le trajo aquí. ¿Dónde si no podía estar?

Su rostro se enrojeció. –Él no está aquí y nunca lo estuvo.

–Demuéstrelo. Esta es la segunda vez que he estado aquí. No voy a marcharme hasta que sepa con seguridad que Jace no está aquí.

El teléfono sonó. El oficial Kravitz respondió al primer timbrazo. Mantuvo la mano en alto mientras levantaba el auricular.

Kat se esforzó por escuchar. Algo sobre un accidente y la clausura de la autopista.

–¿Con qué celeridad pueden sacarle de allí? –larga pausa mientras el oficial Kravitz escuchaba a quien fuera que estuviera hablando al otro lado de la línea. –¿Cuándo? Vale, me reuniré con ellos allí.

Escuchó.

–Entendido. Haré una rueda de prensa a las cinco. Eso debería darte tiempo suficiente.

¿Qué podría requerir posiblemente una rueda de prensa en esta pequeña e insignificante aldea? ¿Robo en la tienda de comestibles? ¿Un beso robado?

La rueda de prensa tenía que estar relacionada con el World Institute. ¿Cuáles eran las posibilidades de otro evento merecedor de ser noticia en este lugar?

El oficial Kravitz la miró con rabia mientras colgaba el teléfono. –¿Sigue aquí?

–Se lo dije, no voy a marcharme–. Todas las carreteras llevaban a este lugar.

Por otro lado, ella estaría mejor en casa. Si hubiera una emergencia que implicara a Jace, alguien la llamaría a casa para contárselo. Especialmente puesto que había dejado su teléfono móvil en el hotel.

–Si se lo enseño, ¿parará? No hay nadie en custodia. De hecho, nadie ha estado aquí durante semanas–. Hizo un gesto hacia la puerta batiente adyacente al mostrador. De algún modo esa llamada telefónica había cambiado las cosas.

Pasó por la puerta y siguió a Kravitz detrás del mostrador. Había una gran sala al otro lado, con otra puerta hacia una solitaria celda. Estaba vacía.

–¿Me cree ahora?– Estaba de pie junto a la puerta abierta, con los brazos cruzados.

Kat miró fijamente la vacía celda, destrozada. Había estado tan segura de que Jace estaba allí que no había considerado ninguna alternativa. –¿Cuándo le liberó?

El oficial Kravitz lanzó las manos al aire. –¿Es que no escucha? No está aquí. Nunca lo estuvo. Ni siquiera conozco a ningún... ¿cuál ha dicho que era su nombre?

–Jace Burton. Y quiero poner una denuncia por una persona desaparecida.

–Bien. ¿Y entonces se marchará?

Kat no respondió mientras le seguía de vuelta a la oficina externa.

Alguien estaba mintiendo, o Landers o la policía. Ella no sabía quien, pero había una cosa de la que estaba segura. Roger Landers estaba de algún modo implicada en la desaparición de Jace. Simplemente tenía mucho en juego.

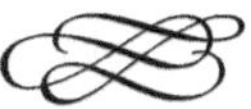

CAPÍTULO 52

Kat se apoyó contra la puerta** principal y la cerró de un empujón. Fuera el viento era racheado y hacía repiquetear las antiguas ventanas de un panel. Se quitó las botas y dejó su equipo en el vestíbulo, exhausta. Apenas llegó a subir al último ferry del miércoles, y su estómago seguía revuelto por la agitada travesía. Los restantes barcos habían sido cancelados para esa noche, y ella se preguntaba qué habría pasado con Landers. Ella no le había visto a bordo.

Dejó caer sus llaves sobre la mesita del vestíbulo y encendió la luz. Miró junto a la puerta, esperando ver los zapatos de Jace o alguna señal de su presencia.

Nada.

La araña del techo iluminaba el espacio vacío sobre el suelo de abeto dañado por el fuego y borró cualquier esperanza de encontrarle en casa. Su corazón se paró durante un segundo cuando divisó la sudadera de Jace colgando de la barandilla de caoba tallada. Entonces se acordó. Estaba exactamente en el mismo lugar donde la habían dejado cuando se marcharon hacia Hideaway Bay. Un cruel recordatorio de que nada había cambiado.

La vieja casa crujía mientras el viento rugía fuera. Se dirigió hacia el dormitorio y cogió las primeras prendas rápidas que pudo encontrar. Miró por la ventana de la habitación mientras se cambiaba y se ponía un pijama y zapatillas. El anochecer ya había descendido, y el viento formaba con las hojas un ciclón con forma de embudo. Se alegraba de estar dentro, finalmente cálida y seca.

Kat bajó las escaleras hacia la cocina y se dio cuenta de que no había comido desde el desayuno. Abrió el frigorífico y miró dentro, pero la visión de la comida solo le dio arcadas. Cerró la puerta sin coger nada.

Volvió arriba, al estudio, y encendió su ordenador. La desaparición de Jace estaba conectada de algún modo con Roger Landers. Ella solo necesitaba averiguar exactamente como.

Una cosa era cierta. Landers quería quitarse a Jace de en medio porque era un competidor. ¿Pero había otra razón? Quizás Roger Landers no era para nada un cazador de exclusivas. Quizás era parte de la exclusiva, o parte de la tapadera.

Kat buscó algo que pudiera encontrar sobre Roger Landers. Aparte de su libro de hacía unos años, no había mucho. Si realmente estuviera escribiendo una exclusiva, ella habría esperado al menos unos artículos más. Pero no había ninguno.

Estaba tan absorta en su búsqueda que no se había dado cuenta de que la casa se había quedado a oscuras. Encendió la lámpara del escritorio, notando que parpadeaba mientras el viento rugía fuera. Se preguntaba por Harry. Las tormentas le ponían nervioso, y él estaría preocupado por su casa. Marcó el número del móvil de Harry, pero no recibió respuesta.

Seguramente Hillary ya se habría cansado de él y querría abandonarle. ¿Le dejaría solo en alguna parte? Ella llamó a su casa. Tampoco hubo respuesta, y ella ni siquiera tenía el número del móvil de Hillary. Colgó el auricular, dividida entre esperar noticias sobre Jace o aventurarse a salir para ir a la casa de Harry. Finalmente decidió quedarse en casa. Podría perderse a cualquiera de los dos si vinieran a la casa mientras ella estuviera fuera.

Las luces volvieron a parpadear, la interrupción de corriente durando varios segundos más esta vez.

El oficial Kravitz finalmente se había rendido y había cursado una denuncia por la desaparición de Jace. Solo una formalidad, en realidad, ya que no estaba convencido de que Jace estuviera desaparecido. Probablemente no haría ningún esfuerzo por buscar a Jace.

¿Estaba Kravitz, como Roger Landers afirmaba, implicado en el arresto de Jace? Kat no sabía qué creer ya, o en quien confiar. Ella necesitaba la historia de Jace para proporcionar pruebas. Eso no sucedería a menos que encontrara a Jace.

Kat trabajó en el informe de Edgewater durante una hora, pero no podía concentrarse. Era una espiral en picado, pensó mientras se esforzaba por mantener los ojos abiertos. El brillo del ordenador, sus ojos secos, y el puro agotamiento le estaban pasando factura. Estaba harta de Hideaway Bay, del World Institute, y de Inversiones Edgewater. Ella tenía sus propios problemas.

Todo lo que quería era que Jace volviera a casa y que Harry estuviera a salvo.

Por supuesto eso era estúpido. El mundo, junto con su necesidad de ganarse la vida, no se detendrían solo porque ella quisiera que lo hicieran. Cuanto antes terminara el informe de Zachary, antes podría dedicar todas sus energías en encontrar a Jace y a Harry. Estaba muy cerca: todo lo que tenía que hacer era actualizar el informe Edgewater para incluir los hallazgos del fin de semana y adjuntar la agenda del World Institute, como prueba de la implicación de Nathan. Eso le daba a Zachary suficientes pruebas para procesar a Nathan por el fraude, aún cuando algunos de los documentos clave estaban desaparecidos. Finalmente era su decisión denunciarlo inmediatamente o esperar.

Pero algo seguía royéndole las entrañas.

Zachary. Por un lado, él llamó a Nathan poco ético, pero él hacía lo mismo: capitalizar a los demás para su propia ganancia personal. Como todo el mundo, estaba cogiendo su trozo del pastel. A cualquier precio.

Sus párpados se volvieron pesados y luchó por mantenerlos abiertos. Tenía que terminar el informe esta noche si quería enviárselo a Zachary por la mañana.

El viento rugía contra las ventanas del estudio y las luces parpadearon antes de apagarse completamente. El ordenador también murió. Kat maldijo por lo bajo cuando se dio cuenta de que no había guardado la última versión del informe. Sería al menos por la mañana antes de que la electricidad volviera. Bien podría pillar unas horas de sueño.

Kat palpó su camino pasillo abajo hasta su habitación y se derrumbó sobre la cama sin desnudarse. Cayó en un duermevela, soñando con Jace. Esta vez le encontraba en la cabaña de Kurt, pero cada vez que se acercaba más, alguien se interponía entre ellos.

CAPÍTULO 53

Kat se despertó con una sacudida. Alguien golpeaba la puerta principal abajo. Un coche petardeó su motor y neumáticos chirriaron en la distancia. Luego cristal rompiéndose. ¿Otra bomba incendiaria? O incluso peor, ¿alguien intentando colarse dentro?

Tropezó con los escalones para llegar al vestíbulo. Resbaló sobre la alfombra del recibidor al mismo tiempo que el cristal se hacía añicos. El viento entró racheado por el panel de cristal roto de la puerta principal. Vio el cristal roto sobre el suelo de madera en el mismo instante en que algo perforaba su pie.

–¡Ay! –Kat pasó el peso al otro pie, pero eso solo hizo que el cristal se clavara más. Levantó el pie y palpó la planta. Un trozo de cristal sobresalía de la parte carnosa de su pie. Lo sacó. Algo pegajoso rezumó y goteó sobre su otra pierna. Sangre. Puso la mano debajo para evitar que cayera sobre la alfombra del vestíbulo. –¡Ay! ¿Qué cojones...?

Ella cogió lo único que tenía cerca––la sudadera de Jace––para detener el flujo de sangre. Mientras se envolvía el pie con ella, vio el teléfono inalámbrico que estaba sobre la alfombra. El proyectil que rompió el cristal. El alivio la embargó; no era una bomba incendiaria.

Aún estaba oscuro fuera, así que no podía haber dormido por más de unas horas. ¿Todavía no había electricidad? ¿Debería llamar a la policía? Sus instintos intervinieron antes de que lo hiciera su sentido común. Ella giró el picaporte de la puerta y la abrió, esperando pillar a quien quiera que hubiera hecho esto antes de que se marcharan.

No tuvo que mirar muy lejos. Tío Harry estaba delante de ella, solo en el porche en mitad de la tormenta invernal. –¿Tío Harry? ¿Qué estás haciendo aquí?

–Vaya bienvenida, Kat. Joder–. Se frotó las manos y se estremeció.

–Lo siento, tío Harry. Solo… solo estoy sorprendida de verte aquí. ¿Dónde está Hillary?– Los neumáticos chirriantes deben haber sido las del Porsche de Hillary.

Kat se frotó el sueño de sus ojos. ¿Y si ella hubiera perdido el ferry y no hubiera estado aquí para abrir la puerta? Harry no habría sabido qué hacer. No podía encontrar el camino a su casa, y estaría encerrado fuera, solo.

–No veo a Hillary aquí, ¿y tú? –Harry movió su mano en torno. –Ahora, ¿puedo entrar?

–Por supuesto–. Kat le hizo entrar. –Estoy muy contenta de verte; simplemente me has sorprendido, eso es todo.

La demencia de Harry había empeorado dramáticamente en solo unos días. ¿Era el estrés de volver a ver a Hillary? El médico les había advertido en contra de cambios significativos. Hillary definitivamente contaba como un cambio significativo.

–Supongo que no me oíste llamar. ¿Qué estabas haciendo? –los dientes de Harry castañeteaban cuando se detuvo en el vestíbulo.

–Trabajando arriba–. Kat cerró la puerta tras él. No tenía sentido decirle a Harry lo tarde que era. –¿Te ha traído alguien en coche?

Tío Harry llevaba una ligera cazadora de algodón, pantalones de algodón, y no llevaba guantes; un atuendo más apropiado para la primavera tardía que para diciembre en Vancouver. A pesar de las temperaturas bajo cero y la lluvia congeladora, su ropa no impermeable estaba casi seca. Algo más que una carrera desde la acera le habría empapado.

–No. He venido andando. ¿Qué vais a hacer tú y Jace para cenar? Pensé que podríamos salir–. Harry se quitó los zapatos y colgó su abrigo en el armario de la entrada.

Kat dejó caer los hombros. Necesitaba café para despertarse. –Eh, eso estaría bien, pero… Jace no está en casa ahora mismo. ¿Qué tal si te preparo algo? –estudió a su tío. El rostro de Harry estaba ceniciento. –¿Te sientes bien? No pareces estar bien.

–Estoy bien. ¿Qué le ha pasado a tu pie?

–No es nada. Solo he pisado ese cristal roto–. Ella señaló el desastre que cubría el centro de la entrada.

–Eso no está bien. Si lo hubieras limpiado no te habrías cortado.

–Lo sé, tío Harry–. Kat suspiró mientras le seguía, cuidadosamente evitando los cristales. ¿Cómo podía no acordarse de que había roto la ventana hacía menos de cinco minutos?

–¿Estás segura de que Hillary no te ha traído en coche aquí? Estabas con ella, ¿te acuerdas?– El verbo *acordarse* se le escapó antes de que pudiera controlarse, pero Harry pareció no darse cuenta.

–No. No la he visto desde hace siglos –Harry se limpió la frente. –¿Quieres salir a comer algo?

–Eh, ¿por qué no te hago un bocadillo mejor? Ven a sentarte mientras me limpio–. Ella le guió hacia la cocina, asegurándose de que pasaba alrededor de los cristales rotos.

–Vale–. Harry arrastró los pies hasta la mesa de la cocina y se sentó.

Kat subió las escaleras cojeando hasta el cuarto de baño, intentando evitar gotear sangre sobre la alfombra. Se sujetó el pie por encima de su rodilla mientras registraba en el botiquín del cuarto de baño. El cristal se había clavado más durante su subida de las escaleras, a pesar de sus mejores esfuerzos por no pisarlo. Estudió el tajo en la planta de su pie. Tenía cerca de seis centímetros de largo. Se encogió de dolor mientras usaba las pinzas para retirar el fragmento.

Era difícil ver con toda la sangre, pero finalmente extrajo una astilla de cristal de dos centímetros.

Quince minutos más tarde, después de limpiar y vendar su pie, bajó la escalera tambaleándose hacia la cocina.

Harry se puso de pie. –Estás cojeando… ¿qué ha pasado?

–No es nada. Tío Harry, ¿por qué no llamaste? –Kat arrastró su pie vendado hasta el frigorífico y sacó queso y un tomate.

–Lo hice, pero no contestabas. Entonces me preocupó que algo fuera mal. Siento lo de la ventana.

–No pasa nada–. El Alzheimer era sorprendente. Algunas veces Harry no recordaba nada de lo que pasaba hacía unos minutos, y aún así al hacerle la misma pregunta unos minutos más tarde lo recordaría todo. Cortó el queso y el tomate y los dispuso sobre dos rebanadas de pan integral.

–¿De verdad has venido andando? ¿Desde tu casa?– El pie le palpitaba ahora, y encontraba difícil concentrarse en nada más. Escarlata manchas de escarlata supuraban por las capas de vendaje blanco.

–Eso es lo que he dicho, Kat. ¿Ya se te ha olvidado? –Harry se puso de pie y se dio paseos por la cocina.

–Lo siento. Estoy cansada y no pienso correctamente. ¿De verdad no sabes dónde está Hillary?– Hillary debe haberle traído aquí porque ella no le devolvería a su casa después de haberla vaciado y haberla puesto a la venta. Independientemente del estado mental de Harry, definitivamente se daría cuenta de que todas sus cosas habían desaparecido.

–¿Hillary? Está en el trabajo –Harry se sujetó a la encimera. –Necesito sentarme. La habitación está dando vueltas y me siento enfermo.

Kat le ayudó a volver a la mesa de la cocina. Lo que había tomado por gotas de lluvia en la frente de Harry eran en realidad gotas de sudor. Le tocó la frente. Estaba caliente, a pesar de sus temblores. —Estás ardiendo. ¿Te sientes bien?

—Estoy bien—. Harry exhaló y se dejó caer en la silla.

—¿Estás seguro?— Ella sirvió un vaso de agua y se lo tendió, notando que su frente también tenía un tinte azulado. —No te ves muy bien. Quizás un sándwich te hará sentir mejor.

—Eso estaría bien... me muero de hambre. ¿Un sándwich de queso y tomate?

—Creo que eso puedo hacerlo. Solo relájate—. Ella necesitaba encontrar un cuidador pronto. Cortó el sándwich de Harry por la mitad y lo llevó a la mesa, dejándolo delante de él. El grueso vendaje en su pie estaba ahora completamente empapado. Todavía sentía cristales clavados en su pie cada vez que apoyaba el peso en él.

Harry le dio un par de bocados al sándwich, luego lo dejó. Empujó el plato. —No puedo comer ahora mismo, Kat. Ni siquiera puedo mirarlo.

—Pero dijiste que tenías hambre.

—No, no lo he dicho. ¿Cómo iba a tener hambre? Acabo de cenar.

Kat suspiró. Así es como era con la demencia. Un minuto estaba hambriento, al siguiente no. No tenía sentido razonar con él. —Vale, vámonos.

—¿A dónde?

—Solo a dar un paseo—. El vendaje improvisado no era suficiente para cortar la hemorragia. Ella necesitaba puntos. No solo eso, sino que tendría que conducir ella misma hasta el hospital. Al menos no era su pie de conducir.

Mientras cogía las llaves de la furgoneta de Jace de la mesa de la entrada, sus ojos se fijaron en el teléfono inalámbrico de Harry. El proyectil usado para romper el cristal todavía estaba en mitad de la entrada. El que el teléfono hubiera escapado a la limpieza de la casa de Hillary era un misterio, a menos que Harry lo hubiera guardado en su bolsillo. En cualquier caso, era inútil sin su estación base. Kat lo recogió y lo depositó sobre la mesita. Repararía la ventana por la mañana. Pensó en asegurarla, pero no tenía energía siquiera para buscar la cinta aislante. No es que importara. No había nada en esta casa que ella no pudiera permitirse perder. Todo lo que atesoraba había desaparecido: Jace, el viejo Harry antes de que la demencia se apoderara de él, y principalmente cualquier asomo de esperanza. Simplemente estaba demasiado exhausta para seguir luchando.

CAPÍTULO 54

Kat giró el cuello para ver la televisión colgada de la pared en la sala de espera de Urgencias. Como las sillas de tela manchada, estaba atornillada. Al parecer sin consideraciones ergonómicas en mente, ya que estaba en un ángulo extraño, casi a la altura del techo. ¿Cuántos pacientes de urgencias se habían llevado televisores o muebles para provocar semejante decisión?

Tío Harry miraba fijamente al vacío, ignorante al ruido de fondo de bebés gritones, borrachos, y el general barullo de la abarrotada sala de espera.

Kat se esforzó por oír el canal de noticias por encima del ruidoso parloteo. Letras pasaban por la parte de debajo de la pantalla de televisión, y la barra de actualizaciones parpadeaba a la derecha. Sobre lo que quedaba de la pantalla, una reportera estaba delante del Tides Resort en Hideaway Bay.

–Tío Harry… ¡acabamos de estar allí! –Kat señaló la cámara, que abría el plano desde la reportera, una rubia menuda que llevaba una chaqueta Gore-Tex con el logotipo de la cadena de televisión. Cuando el ángulo de la cámara se amplió, un hombre apareció en pantalla. Era Roger Landers, con la misma ropa que llevaba ayer. Todavía había luz fuera. Debía haber sido filmado en algún momento después de que desapareciera de la comisaría de policía.

–¿Qué? –Harry sacudió la cabeza.

–La televisión. Mira –Kat señaló al monitor.

–¿Mira qué?

–No importa–. Kat se levantó y cojeó hacia el televisor para poder oír mejor.

–Vi a Svensson salir del hotel sin preparar… ahí fue cuando sospeché lo peor–. Roger Landers hizo un gesto detrás de él con una mano y sostenía una copia de su libro en la otra.

–¿Qué? –soltó Kat.

Un par de mujeres sentadas enfrente de ellos le dedicaron a Kat miradas fulminantes.

Mentiroso. Roger Landers ni siquiera estaba en Hideaway Bay cuando Svensson desapareció. Era imposible que hubiera visto a Svensson marcharse a su funesta excursión, ya que él había llegado en el mismo ferry que Kat. Svensson ya estaba muerto para entonces.

La reportera le animó a continuar. –¿Fue entonces cuando usted dio la voz de alarma? Que no era un suicidio.

–Correcto. Montones de personas querían ver a Svensson muerto. Sus opiniones sobre la reforma de la moneda eran muy controvertidas.

La cámara se concentró en la reportera, quien miraba a la cámara. –Fredrick Svensson era un nominado al Nobel. Su investigación sobre divisas y políticas monetarias era revolucionaria y la base para las actuales discusiones sobre la reforma de la moneda. Él había propuesto una divisa global común a lo largo de sus treinta años de carrera, luego de repente cambió de opinión. En una nota escrita poco antes de su muerte.

La pantalla cambió al discurso de Svensson en Estocolmo. De nuevo vio Kat a la mujer de pie detrás de Svensson. Esta vez estaba absolutamente segura. Era Angelika, la limpiadora del Tides Resort.

Kat todavía estaba asombrada por el disfraz de limpiadora de Angelika. Si eran amantes, como suponía Kat, explicaba la presencia de Angelika en Hideaway Bay. ¿Estaba ella implicada en el asesinato de Svensson? ¿Podía ser ella la mujer que fue vista con él el día que desapareció?

¿Tenía Angelika algún asunto por terminar en Hideaway Bay?

Kat se dio cuenta de algo más. El porqué de que Landers hubiera huido de ella en el ferry de Hideaway Bay. Ser visto en el ferry descreditaría su cadena de sucesos. Landers no podía afirmar haber visto a Svensson si él no estaba allí. Según la policía, Landers era el único testigo aparte de la mujer desconocida que podía señalar la hora de la desaparición de Svensson. Eso hacía que la hora de su desaparición fuera sospechosa. ¿Y si en realidad hubiera desaparecido mucho antes?

Kat cojeó de vuelta a las sillas, de repente consciente de su palpitante pie de nuevo. Lo apoyó en la mesa delante de ella, ignorando las miradas asesinas de un hombre de mediana edad al otro lado de la mesa.

Landers estaba intentando inventarse una exclusiva. ¿Estaba secuenciada para que coincidiera bien con lo que él postulaba en su libro? ¿O era algo más?

La reportera sostenía su micrófono delante de Roger Landers mientras la cámara abría el plano.

—Su brusco cambio de opinión fue un shock para todo el mundo —dijo Landers. —Después de todo, ahora estaba desechando su teoría sobre la reforma monetaria. La base para su nominación al Nobel.

—¿Tiene la policía nuevas pistas sobre el asesinato de Svensson?

A Kat le parecía raro que estas preguntas fueran dirigidas a Landers y no a la policía. Con seguridad la policía de un destacamento tan pequeño querría aparecer en cámara. El asesinato de Svensson era lo más llamativo que había sucedido en Hideaway

Bay durante décadas, quizás desde siempre. ¿Entonces dónde estaba el oficial Kravitz?

–Hay una pista en particular –dijo Landers. –Otro hombre desapareció más o menos al mismo tiempo que Svensson.

Landers no había mencionado eso en su habitación del hotel.

Kat le echó un vistazo a Harry. Se había quedado dormido, su cabeza derrumbada sobre su pecho.

–¿Y quién es esa persona?– La reportera parecía estar alentando a Landers, como si conociera la respuesta.

–Jace Burton. Es un voluntario de los equipos de rescate, familiarizado con la zona. Recientemente perdió su trabajo y podría haber estado desconsolado. Conoce todas las zonas peligrosas, incluyendo la cornisa donde Svensson cayó. O fue empujado–. La pantalla mostró una foto de Jace en pantalla.

Kat se quedó boquiabierta. ¿Landers estaba incriminando a Jace? Landers sabía que Jace no había estado en ese sendero. ¿Llegaría tan lejos por una exclusiva? ¿Qué fue lo que llevó a Landers hasta la cabaña de Kurt? ¿Plantar pruebas?

En cualquier caso, Landers era el delincuente, allanando la cabaña de Kurt. ¿Estaba implicado en la desaparición de Svensson, o simplemente estaba cubriendo a otra persona? ¿Como a Nathan Barron?

Jace tenía razón.

Nada importaba hasta que te pasaba a ti. Entonces siempre merecía la pena luchar. Kat solo esperaba que no fuera demasiado tarde.

CAPÍTULO 55

—¿ *K*at? **La enfermera te** llama–. Harry señaló a la fornida enfermera que esperaba delante de las puertas batientes dobles. Su uniforme con estampado floral acentuaba los rollos de grasa esforzándose por escaparse alrededor de su cintura. Pasaba su peso de un pie al otro, pareciendo cansada.

Kat no podía creer que se hubiera quedado dormida en la sala de espera. La falta de sueño y el estrés de ir corriendo a Hideaway Bay estaban pasándole factura. Se levantó y siguió a la enfermera, haciéndole una seña a Harry para que la siguiera.

Él arrastró los pies rígidamente junto a ella. Incluso con su cojera, ella tuvo que ir más lenta para él.

La enfermera arqueó las cejas y miró a Harry.

–Él viene conmigo –dijo Kat. No iba a dejarle en más salas de espera.

La enfermera la miró a los ojos y asintió después de echarle un rápido vistazo a Harry. Ella les guio hasta una sala con camas alineadas contra cada pared. Cortinas separaban cada cama, pero solo proporcionaban una ilusión de privacidad. Voces subían y bajaban de tono y volumen, y las orejas de Kat pillaron varias conversaciones mientras cojeaba junto a las camas adyacentes.

La enfermera se detuvo a medio camino en la sala e hizo gestos a Kat para que se tumbara. Levantó la pierna herida de Kat con almohadas y deshizo el vendaje. Harry se sentó en la silla de plástico junto a la cama y miró al vacío.

Minutos más tarde el médico apareció. Tenía unos treinta y tantos años, era delgado, con piel pálida y entradas en el cabello. Kat volvió a contar el accidente mientras le retiraba las vendas y examinaba su pie.

El médico sostuvo un trozo de cristal con sus pinzas. –Aquí está el problema. Todavía tenías un trozo de cristal ahí. Necesitarás puntos y la inyección del tétanos–. Sonrió y garabateó algo en un cuaderno. –Lleva zapatos la próxima vez.

Se giró en redondo en su taburete y dejó caer las pinzas en una bandeja junto a él. Volvió a girarse pero esta vez se detuvo delante de Harry. –No tiene muy buen aspecto. ¿Se siente bien?

La cara de Harry estaba ruborizada, y estaba sudando a pesar del frío en la gran sala.

–Sí –Harry se limpió la frente. –Mi estómago está un poco revuelto.

El doctor X cogió un depresor de su bandeja y rodó su taburete hacia Harry. –Abra la boca, por favor.

Harry obedeció.

–¿Cuándo fue la última vez que comió?

–Eh, no durante un buen rato. No he comido en todo el día.

Kat interrumpió. –En realidad, comió hace una hora y media. Un bocado de un sándwich de queso y tomate–. Ella se incorporó en la cama y le sonrió al médico. –A veces se olvida.

Harry miraba directamente al frente, su concentración evidente mientras el médico le examinaba con el depresor metido en su boca.

El médico se giró hacia Kat. Su cara era una máscara, el tono amistoso desaparecido. —Me gustaría ingresarle y hacerle unas pruebas. Podría ser la gripe, o algo más serio. Necesitaremos mantenerle aquí toda la noche.

Harry aguzó el oído. —No voy a quedarme aquí de noche. Necesito irme a casa.

—No está bien, señor Denton. No es aconsejable que se vaya a casa.

—Bueno, en ese caso... —Harry dejó caer los hombros. —No puedo irme a casa si no es seguro.

—Solo necesitamos descartar algo grave, señor Denton.

—Vale, doctor—. Harry se encogió de hombros y miró a Kat.

Ella asintió dando su consentimiento.

El médico le dio una palmada a Harry en el hombro y salió, evitando la mirada de Kat.

—No te preocupes, tío Harry. Comprobaré tu casa, me aseguraré de que todo esté cerrado con llave. Volveré por la mañana para llevarte a casa—. Harry parecía enfermo. Incluso teniendo en cuenta su demencia, había estado actuando de manera extraña. Sería bueno para él que le hicieran un chequeo. También resolvía otro problema: no podía exactamente llevar a Harry a ver su casa vacía. Quizás incluso podría encontrar a Hillary y enfrentarse a ella por lo de la casa.

—¿Estás segura, Kat? ¿No te importa?

—Por supuesto que no me importa. Y el hospital es el mejor lugar en el que estar si no te encuentras bien. Cuidarán bien de ti.

La fornida enfermera reapareció e hizo un gesto a Harry. —Sígame, señor Denton.

Harry se giró hacia Kat, inseguro. —Vale, Kat. Supongo que me quedaré.

—Vale, tío Harry. Te veo pronto—. Kat le dio un abrazo a Harry y la enfermera se lo llevó. Pero no estaba bien. Harry estaba enfermo, todas sus posesiones habían desaparecido, y sus finanzas habían caído en picado, fuera de control. Jace estaba desaparecido y era sospechoso de asesinato… al menos a ojos de Landers. ¿Qué podía hacer? Sus vidas se estaban rompiendo en pedazos, tan rápido que ya no podía recoger los trozos.

CAPÍTULO 56

Kat salió del ascensor en la décima planta el jueves por la mañana, más relajada a pesar de solo unas horas de sueño ininterrumpido. Su pie estaba mucho mejor y había conseguido tapar la ventana rota. Incluso había dejado de llover. Ella había vuelto directamente al hospital, habiendo decidido no revisar la casa de Harry hasta que hubiera hablado con Hillary.

Ella siguió los letreros hasta la sala de Cuidados Geriátricos. Vio a Harry en una silla junto al mostrador de las enfermeras, muy ocupado charlando con dos enfermeras. Ella sonrió mientras se dirigía hacia ellos. Tío Harry ya parecía estar mucho mejor, y su palidez había vuelto a la normalidad.

–¿Tío Harry? He vuelto.

Harry se giró y sonrió ampliamente cuando la vio. –¿Qué estás haciendo aquí, Kat?

–He venido a visitarte. ¿Cómo te sientes?

–Estoy bien –Harry bajó la voz. –¿No ves que estoy trabajando? No puedo hablar ahora mismo.

–Estás en un hospital, tío Harry.

–¿El hospital? No seas tonta–. Harry señaló una hilera de sillas al otro lado del pasillo. –Solo espera allí y hablaré contigo cuando sea mi descanso para el café.

Las dos enfermeras estudiaron a Kat, pero sus expresiones permanecieron inmutables. La más mayor le dijo algo a la segunda enfermera, luego se levantó y se dirigió a interceptar a Kat. –La doctora Konig querría hablar con usted. Espere aquí, por favor.

–Vale–. Kat caminó hacia la silla de Harry justo cuando una delgada pelirroja dobló la esquina a toda velocidad, casi estrellándose contra Kat y la enfermera.

–Eh... doctora Konig, esta es la sobrina de Harry Denton. Ella le trajo anoche–. La enfermera volvió al mostrador de las enfermeras, dejando a Kat cara a cara con la médico.

La médico asintió y estudió a Kat. Ella no dijo nada.

Kat extendió la mano, pero la doctora la ignoró y se cruzó de brazos.

–Tenemos los resultados de los análisis preliminares de su tío–. Los ojos de la doctora se clavaron en los suyos, esperando una reacción.

–Todavía es la gripe, ¿verdad? –Kat quitó su peso del pie dolorido. –Estuvo sufriéndola hace un par de semanas, aunque parecía estar saliendo de ella.

–Pues no. Ha sido envenenado.

Kat casi se cayó de espaldas. –¿Envenenado? Eso es imposible. ¿Está segura?

–Sí, estoy segura–. La médico asintió, su boca formando una delgada y dura línea. –Eso es lo que muestra el análisis. Harry dijo que vive solo... ¿es eso cierto?

–Sí... pero no lo entiendo. Yo hago todas sus comidas. Normalmente desayunamos y almorzamos juntos. Viene a trabajar conmigo todos los días y se queda en nuestra casa para cenar. Normalmente, claro está. He estado fuera unos días.

–¿No le ha visto durante unos días? Pensaba que usted cuidaba de él–. La doctora soltó una risa burlona. –¿Con qué frecuencia le ve?

A Kat no le gustó el tono de voz de la doctora. –Como he dicho, todos los días. Pero he estado fuera por trabajo los últimos días. No pude evitarlo. Pero comemos la misma comida. ¿No debería estar enferma yo también?

La doctora la escudriñó. –En teoría.

Kat se sentía incómoda con la forma en que la doctora Konig la estaba mirando. –No puede pensar que yo… ¡No! –Kat dio un paso atrás. –¿Cree que yo le he envenenado? Es una locura.

–No importa lo que yo crea, señorita Carter. He enviado mi evaluación médica a las autoridades sanitarias. Ellos determinarán las siguientes acciones pertinentes.

–¿A qué se refiere con las acciones pertinentes?

La doctora Konig miró con enfado a Kat y le tendió una tarjeta. –Aquí está el número. Una trabajadora social le llamará en los próximos días. Mientras tanto, espero que entienda que no podemos entregarle a su tío. Además, todas sus visitas serán supervisadas.

Kat miró a Harry. Un guardia de seguridad se había materializado a unos veinte metros de distancia, cerca de la entrada. Sus ojos se encontraron con los de Kat antes de desviar la mirada.

–¿Supervisadas? –la voz de Kat se rompió. –Eso no tiene ningún sentido. No creerá que yo… ¿que yo le envenené?

La doctora Konig apretó los labios pero no dijo nada.

–Nunca le haría daño a mi tío. Debe de haber un error.

–Tengo que tomar precauciones. Ahora, si me disculpa, por favor–. La doctora Konig se giró y se alejó. Los ojos de Kat la siguieron mientras se retiraba por el pasillo.

–Usted no lo entiende. No he hecho nada–. Kat siguió a la doctora Konig. Se detuvo cuando se dio cuenta de que el guardia de seguridad se acercaba. Se tragó el nudo en la garganta. Se sentía como una delincuente. Le gritó a la doctora. –¿No puede volver a comprobar las pruebas del laboratorio? Debe de haber una confusión.

Pero la doctora siguió caminando. Desapareció al volver la esquina al final del pasillo.

Kat se estremeció. Si Harry había sido envenenado de verdad y ella no lo había hecho… eso solo dejaba a otra persona con acceso las veinticuatro horas a Harry. Hillary. Pero incluso ella no llegaría tan lejos. ¿Verdad?

–¿Kat? –la voz de Harry se volvió más aguda, agitada. – Llévame a casa.

El guardia de seguridad se detuvo y estudió sus pies, de nuevo evitando mirarla a los ojos. Se quedó cerca del puesto de las enfermeras, a solo unos metros de Harry. Probablemente esperando a que ella se marchase.

–No puedo, tío Harry–. La cara de Kat se ruborizó mientras luchaba por contener las lágrimas. Así no era como se suponía que debían ser las cosas. Uno a uno, todas las personas por las que se preocupaba le eran arrebatadas. Bajó la mirada hacia la tarjeta que la doctora Konig le había dado. Las palabras se emborronaron a través de las lágrimas: una organización de salud comunitaria con un largo nombre. ¿Por qué iban a creerla? Se giró en redondo para marcharse, sintiéndose avergonzada, aunque ella en realidad no sabía por qué.

–¿Qué quieres decir con que no puedes? –su rostro se enrojeció. –No me dejes aquí, Kat. Tienes que sacarme de aquí.

–Lo siento. Volveré tan pronto como pueda–. Kat se alejó, estrangulada por la emoción. Harry no lo entendería.

Ella se detuvo bruscamente y parpadeó, segura de que estaba alucinando. Solo que no estaba alucinando.

Hillary se contoneaba por el pasillo, pulseras tintineando. Llevaba un largo abrigo negro y botas de diseño con tacones de ocho centímetros. Sin lugar a dudas comprados con el crédito de Harry. Hillary saludó en dirección al puesto de enfermeras, luego le enseñó sus coronas dentales a Kat. Kat la ignoró.

Hillary corrió para alcanzar a la doctora Konig. Le sonrió con sorna a Kat antes de desaparecer con la doctora Konig dentro de un pequeño despacho. Cerró la puerta tras ella.

Fue entonces cuando Kat recordó el amargo sabor en el zumo de naranjas del frigorífico de Harry. Ella lo había probado el mismo día que se había sentido mal. Simplemente había supuesto que el zumo estaba malo.

Harry se bebía un par de vasos de zumo diariamente; mucho más que el pequeño sorbo de Kat. ¿Cuánto tiempo había estado envenenado? Ella tenía que hacerse con ese zumo y hacer que lo analizaran. Simplemente esperaba que no fuera demasiado tarde.

CAPÍTULO 57

Kat se sentó enfrente de Zachary Barron, preocupada por el diagnóstico de Harry y las acusaciones de la doctora Konig. Y, principalmente, el zumo de naranja en casa de Harry.

Zachary se reclinó en su sillón de cuero, las manos unidas detrás de su cabeza. —¿Has encontrado pruebas ya?

—Sí y no—. Kat relató los eventos de la habitación del hotel con Nathan y Victoria, sin dejarse nada. —Ya no tengo los documentos del World Institute, pero todo está documentado en mi informe—. Rápidamente había restaurado la versión perdida después de dejar a Harry en el hospital. Ni loca permitiría que Zachary retrasara por más tiempo denunciar la estafa piramidal de Nathan.

—Cuando consigas esos documentos de Nathan del World Institute, discutiremos los siguientes pasos—. Zachary se puso de pie para despedirla.

Kat no iba a marcharse. Él no podía usar los documentos como excusa para retrasar lo inevitable.

—Zachary, no puedes seguir retrasando esto hasta el futuro. Tienes pruebas suficientes sin los documentos del World Institute;

esos solo añaden otra capa. Ambos sabemos que Edgewater es una estafa piramidal. Les debes a tus inversores denunciarlo ahora.

—No estoy seguro de que *deber* sea la palabra correcta, Kat. Mira esto–. Zachary le dio la vuelta al monitor de su ordenador para que Kat pudiera mirar. —He subido un diez por ciento desde ayer. Un diez por ciento. Estoy comerciando con mi propia cuenta, y usaré todos mis beneficios para rellenar las pérdidas del fondo. Dame otra semana y los inversores tendrán hasta el último penique devuelto, y más. Les compensaré, como si nada de esto hubiera pasado nunca.

—Algo así no puede quedarse sin denunciar–. ¿Cómo podía ser posible que Zachary recuperara billones en menos de una semana? Incluso si fuera posible, ¿por qué no lo había hecho ya con el fondo previamente? Ninguna de sus transacciones anteriores se acercaba a ese tipo de ingresos. O no lo habrían hecho si hubieran sido, de hecho, ejecutados. —No es un juego, Zachary.

—Por supuesto que es un juego. Todo el sistema monetario es un juego. La moneda de cada país es manipulada. No puede ser que seas tan naif. Denunciaré el fraude de Nathan, pero solo una vez que haya recuperado todo el dinero de los inversores.

—Zachary, estas son personas reales. Con pérdidas reales. Merecen saberlo inmediatamente. Ahora, no dentro de dos semanas.

—¿Crees que no sé eso? Mi inversión en el fondo es mayor que la de nadie.

Así que esa era la razón. Ahora el cambio radical de Zachary tenía sentido. Se trataba de egoísmo.

Zachary caminó rodeando la mesa. —Míralo de este modo. Tan pronto como expongamos a Nathan, cancelarán el fondo, congelarán los bienes de Edgewater, y las pérdidas serán permanentes. Edgewater se declara en bancarrota y todo el desastre se convierte en años de litigios y batallas en los tribunales.

Kat sacudió la cabeza. —No puedes decirlo en serio.

—Por supuesto que lo digo en serio. Primero recuperaré el

dinero. Nathan no va a irse a ninguna parte. Aún será acusado, pero al menos los inversores no se verán arruinados económicamente.

–¿Cómo puede ser posible que recuperes tanto dinero en dos semanas?

–No será fácil, pero puede hacerse. Todo el sistema financiero global es artificial. Mis transacciones. El valor de la moneda de cada uno de los países. Incluso la moneda global del World Institute, o lo que quiera que se decidan a apoyar. Está completamente retirado del valor real de las cosas, y lo ha estado durante décadas. Mira esto–. Zachary sacó su cartera de su bolsillo trasero y extrajo un billete de un dólar. Lo dejó sobre la mesa. –¿Qué puedes ver?

Kat le siguió el juego. –Un dólar.

–Eso es lo que dice en su superficie. Pero, ¿qué es un dólar? Es solo una promesa para pagar. Un elegante pagaré del gobierno. Esencialmente no tiene valor.

–Es extraño que algo como tú diga eso. Tú comercias con divisas para ganarte la vida.

–No, lo que es extraño es que intercambiemos nuestro papel moneda por artículos de valor, para empezar. En cierta ocasión ese papel estaba respaldado por oro. Ya no. antes del oro, realizábamos trueques para conseguir cosas. Quizás oro por comida. Algo de valor era dado a cambio de otra cosa. Es diferente ahora. Esta promesa no vale el papel en el que está impreso. El papel moneda impreso hoy excede el valor de los bienes que lo respaldan, en unas mil veces o más.

–¿Qué tiene esto que ver con Edgewater y el fraude de Nathan?

–Tiene todo que ver con ello. Denunciar el fraude de Nathan significa desenmarañarlo todo. Estamos hablando de una enorme suma de dinero, Kat. Tanto que tiene repercusiones más allá de Edgewater y el fondo. El dinero ha sido usado hasta el punto en que nadie siquiera sabe lo que hay tras él, o lo que está pasando. Cualquier choque repentino y todo el sistema financiero se colapsa.

—Estás exagerando. El fondo de Edgewater es solo una fracción del dinero en circulación. No puedes pensar seriamente que desestabilizaría el sistema global financiero. Eso no va a pasar.

—No estoy hablando de Edgewater en sí mismo, Kat. Mira a donde fue el dinero robado. A una organización secreta que quiere sustituir la divisa del mundo. Si la gente se entera de esto, perderán la fe en todos sus gobiernos, en todos sus sistemas monetarios. Cobrarán todas sus inversiones. Una ruina para los bancos. No hay suficiente dinero en el mundo para pararlo.

—No puedes decirlo en serio. Y no uses esto como una excusa para retrasar lo inevitable.

—No lo hago. Solo estoy diciendo… que todo está conectado.

—¿Me estás diciendo que el sistema monetario global ha sido creado de la nada?

—Básicamente. Es un juego de póquer muy grande. Todo el mundo cree que la suya es la mano ganadora. Siempre y cuando sea así el caso, se mantendrán y todo está bien. En el minuto en el que se retiran, estamos en problemas. No podemos hacer que todo el mundo cobre sus fichas al mismo tiempo.

—Pero Nathan robó a Edgewater. Tú mismo dijiste que querías arruinarle.

Él no dijo nada.

En ese momento Kat vio que Zachary quería exactamente lo mismo que Nathan: el poder absoluto. Solo tenían un medio diferente para conseguirlo. Nathan quería controlar el sistema monetario en sí. En contraste, Zachary usaba el comercio como un medio para explotarlo. Ambos tenían el mismo resultado final. Valores manipulados para su propia ganancia personal.

—Voy a derrotarle. Pero no a expensas de los mercados y mi medio de ganarme la vida. Primero voy a recuperar el dinero. Luego lo denunciaré. No la cagues con los inversores de Edgewater, Kat. También lo estarías arruinando para ti misma. Para todo el mundo.

–¿Quién lo está arruinando? Antes o después tendrán que pagar. Esperar solo hace que lo inevitable sea más doloroso.

–Nada es inevitable–. Zachary volvió a girar el monitor. –¿Cuántos fraudes piramidales crees que están ocurriendo en el mundo ahora mismo?

Zachary no esperó su respuesta. –¿Cientos? No... miles. Por todo el mundo, grandes y pequeños. La mayoría nunca serán descubiertos a menos y hasta que haya una escasez de dinero. Siempre y cuando que los ingresos, la provisión de dinero, y los inversores sigan creciendo, nadie lo sabrá.

–Pasa lo mismo con el sistema monetario global. Los bienes respaldándolo son una fracción del papel moneda circulante. Depende de que nadie cobre sus fichas a la vez. Siempre y cuando que nadie entre en pánico, suficiente permanece invertido y todo funciona. El dinero se queda en los bancos y los inversores mantienen su dinero en nuestros fondos. Si eso no es un juego, no sé qué es. Es peligroso ir de farol cuando las cosas no van en tu favor.

–No lo entiendo, Zachary. ¿Qué ha pasado con lo de denunciar a Nathan?

–Recibirá lo que se merece. Después de que yo recupere las pérdidas.

Kat saltó cuando su teléfono móvil sonó. Comprobó la pantalla. Era del hospital. Trataría con Zachary más tarde. –Tengo que coger esta llamada.

La mujer al teléfono sonaba con prisa. –Tengo un paciente aquí... que exige verla. ¿Con cuánta prontitud puede llegar aquí?

Tío Harry debe estar sintiéndose mejor. Esta enfermera sonaba decididamente más educada que las dos de anoche. Ella probablemente no se había dado cuenta de que Kat había sido quien llevó a Harry al hospital. –¿Cómo está él?

–No muy mal. Un poco incoherente, sin embargo. Murmurando algo sobre globalización y dinero.

Qué raro. Harry normalmente desconectaba de sus discusiones

sobre finanzas. En cualquier caso, ella estaba segura de que él no las recordaría.

—Estaba planeando visitarle en un par de horas —dijo ella. La actitud de esta enfermera era una buena desviación de las visitas supervisadas y las miradas sospechosas. ¿Qué había hecho que cambiaran de opinión?

—Estaba esperando que pudiera venir aquí antes, para quizás calmarle. Amenaza con marcharse y no puedo detenerle. Realmente necesita cuidados médicos.

—Es la demencia —dijo Kat. —Se vuelve fácilmente agitado en lugares desconocidos—. Kat estaba sorprendida de que Harry recordara siquiera el World Institute y Nathan Barron, cuanto menos que hablara de ellos.

—¿Demencia? No lo creo. A mí me parece normal.

—Parece estar bien al principio, pero al cabo de unos minutos se repetirá—. ¿Cómo podía una profesional de la medicina no ver las señales? Harry parecería confuso al cabo de unos minutos de empezar una conversación.

—Hasta ahora no lo ha hecho. Le garantizo que este hombre no tiene demencia. En cualquier caso, es demasiado joven para eso.

—¿Demasiado joven?— Tío Harry podía pasar por unos años más joven de lo que era, pero seguía siendo un anciano. —Tiene ochenta años.

La enfermera se rio. —¿Ochenta? No lo creo. ¿Estamos hablando de la misma persona?— Ella no esperó a que Kat respondiera. —No lleva ninguna identificación. Solo un teléfono móvil. Así es como conseguí su número. Está programado en su teléfono como contacto de emergencia.

A Kat se le paró el corazón por un instante. —¿Pelo castaño, ojos azules? ¿Metro noventa o algo así?

—Suena correcto.

Está vivo. —Su nombre es Jace. Jace Burton.

CAPÍTULO 58

at corrió hacia el hospital en tiempo récord, a pesar del tráfico lento, un accidente con cuatro coches, y la imposibilidad de encontrar aparcamiento. Aparcó en una zona prohibida, aunque dudaba que la furgoneta estuviera allí cuando ella volviera. ¿A quién le importaba? Merecía la pena solo por estar aquí.

Jace levantó la vista desde su cama de hospital. El lado derecho de su rostro estaba cubierto de moretones, y su ojo estaba cerrado por la hinchazón. –Llévame a casa.

–¿Quién te ha hecho esto?– Kat se encaramó a un lado de la cama de hospital de Jace y le acarició la frente. –¿Nathan Barron?

Jace se encogió de dolor. –¿Qué tiene que ver Nathan Barron con nada de esto?

–¿Hideaway Bay? ¿La habitación del hotel? ¿No te acuerdas? Fuiste a la habitación de al lado con Roger Landers.

Se rascó la cabeza. –Todo lo que recuerdo es estar en la habitación contigo y con Roger Landers. Tú estabas enfadada porque él se comió todo lo de nuestro mini-bar. No vi a Nathan Barron. Al menos no creo haberlo hecho–. Jace frunció el ceño. –¿Cómo he llegado aquí?

–No lo sé–. Kat se tragó el nudo en su garganta. –Pero has estado desaparecido durante días. Pensé que nunca volvería a verte.

–¿Días?– Él alargó su mano y la apretó.

–¿No recuerdas que fuiste a la habitación contigua?

–No –Jace sacudió la cabeza. –Todo es un gran vacío.

Kat le informó sobre el altercado con Nathan y Victoria. –Probablemente te pasó lo mismo a ti. ¿No recuerdas haberle visto? ¿O a Victoria Barron?

–Yo… no lo sé. Algo más pasó… solo que no puedo encontrarlo en mi memoria–. Jace frunció el ceño. –Alguien llamó a la puerta, creo…

–Intenta recordar, Jace. Fuiste a la habitación de al lado con Roger, llevándote los documentos del World Institute y mi ordenador contigo. El ordenador todavía seguía allí cuando yo estuve en la habitación. ¿Sabes qué pasó con los documentos? ¿Se los llevó Roger? ¿O Nathan Barron?

Jace examinó la habitación. –Lo estoy intentando… pero no me viene. ¿Dónde está mi ropa?

Kat se puso de pie, sintiendo un destello de esperanza. ¿Podían estar los documentos justo aquí en la habitación? Eran la clave para vincular a Nathan Barron tanto con Research Analytics y el World Institute. La agenda y las minutas de las reuniones eran particularmente incriminatorias, y una pieza crítica para la investigación de Zachary.

Miró en torno pero no vio ninguna de las pertenencias personales de Jace en la diminuta habitación de hospital.

–Estabas escribiendo un artículo sobre el World Institute. Tú y Landers discutíais el sistema monetario global y los planes del World Institute para una sola moneda global. Tú tenías mi ordenador y los documentos.

Y discutimos. Ella esperaba que Jace no recordase esa parte.

–¿La agenda? Tú no querías que Landers la tuviera–. Jace intentó incorporarse hasta una posición sentada. Maldijo y volvió a dejar caer la cabeza en la almohada.

Kat levantó la mano para detenerle. Ella pulsó el botón al lado de la cama hasta que la cama elevó despacio a Jace hasta una posición de semi-sentado.

–¡Te acuerdas! ¿Qué le pasó a la agenda? –Kat examinó la habitación y vio varios cajones construidos en la pared más lejana. Ella se movió alrededor de la cama y los abrió de uno en uno.

–No lo sé –Jace bostezó y estiró los brazos. –Recuerdo un poco la habitación, pero todo está borroso.

Jace tampoco había mencionado su artículo a medio escribir. ¿También se había olvidado de eso? –He averiguado por qué el *Sentinel* eliminó tu artículo sobre el fraude de las hipotecas. ¿Ves esto? –Kat le enseñó el artículo. –Mira la dirección: 422 Cedar Street.

Jace le dedicó una mirada en blanco.

–La dirección de Global Financial es el 422 de Cedar Street.

–No te sigo–. Jace cogió un vaso de plástico de su bandeja auxiliar y le dio un sorbo con una cañita.

–Global Financial, la compañía que expusiste en tu historia sobre el fraude hipotecario, tiene la misma dirección que Beecham, los auditores ficticios de Edgewater–. Aunque Jace había investigado Beecham, solo Kat había visitado en realidad el 422 de Cedar Street.

–¿Están relacionados? –Jace se incorporó rápidamente en la cama, derramando agua por toda su bata de hospital. –Eso es un buen montón de actividad para un solar vacío.

–Tenías razón sobre Pinslett, Jace. Aún estoy trabajando en los detalles, pero parece que el fraude hipotecario de Global Financial fue la contribución de Pinslett al World Institute. Igual que Nathan Barron desviaba dinero desde Edgewater, también lo hacía Pinslett. Solo que los fondos de Pinslett vienen a través de Global Financial.

–Seguiste el dinero y te llevó al delito–. Jace se limpió el agua con su palma.

Kat asintió. Encontrar la misma dirección había sido un golpe de suerte. Pero entonces, la contabilidad forense a menudo implicaba crear tu propia suerte. Buscar patrones en los datos a menudo proporcionaban pistas, en este caso una dirección compartida. Fue el catalizador que reveló todo el caso. –Demuestra que, quien quiera que esté detrás de ese fraude hipotecario también está conectado con el World Institute. ¿Quién tiene la habilidad y el deseo de retirar una historia del *Sentinel*... y que también esté conectado con el World Institute?

–Gordon Pinslett–. Jace retiró las sábanas y sacó las piernas de la cama. –Mi historia. Tengo que salir de aquí.

–No vas a ir a ninguna parte, querido mío.

Kat se detuvo en su búsqueda de los cajones y se giró hacia la puerta.

Una enfermera regordeta entró en tromba. Sus suelas de goma chirriaban sobre el suelo de linóleo mientras se dirigía hacia la cama. –Ahora túmbate. Cuanto más te relajes, antes estarás fuera de aquí.

La enfermera levantó el brazo de Jace. El mismo antebrazo ampollado por el fuego ahora mostraba un moretón púrpura de doce centímetros en el interior de su codo. Exactamente en el mismo lugar que él que ella tenía en su brazo. Una pequeña postilla también decoraba la parte de arriba de su antebrazo. O bien un chapucero pinchazo o resistencia del paciente. Probablemente un poco de ambos.

–Veo que tienes visita–. La enfermera señaló a Kat con la cabeza mientras rodeaba la cama y levantaba el brazo no dañado de Jace. Le puso un brazalete para medirle la presión arterial y lo infló.

–Era incoherente cuando le recogimos. Ni siquiera sabía su propio nombre–. La enfermera miró el monitor y le quitó el brazalete de velcro. –Todo está bien, excepto que todavía no está al cien por cien por el traumatismo craneal. Su memoria volverá probablemente durante los próximos días. Es difícil saberlo con seguridad.

Jace protestó. –Mi memoria ha vuelto. Estoy bien ahora.

La enfermera le ignoró.

Y Kat también. –¿Cómo llegó Jace aquí? Al hospital, quiero decir.

–Del mismo modo que llegan todos, cariño. En ambulancia.

–¿Sabe eso de verdad? Quiero decir, ¿está en su cuadro clínico, o le vio usted llegar?

–Yo no estaba aquí, pero lo he oído todo sobre el caso. ¿Tú no?– La enfermera parecía molesta por la pregunta de Kat. –Está en todas las noticias.

La enfermera notó la pausa de Kat y le dedicó una mirada desaprobadora.

Kat sacudió la cabeza. Ella había estado ocupada siendo abandonada por ahí, solo que ella tuvo suficiente suerte como para despertar en un banco en la estación de trenes Waterfront. Pero explicarle eso a la enfermera solo haría que sonara como si estuviera loca.

La cronología de la enfermera también entraba en conflicto con la versión de los hechos de Landers. Toda la historia de la prisión era obviamente falsa, y ella se sintió estúpida por creerse las mentiras de Landers. El tipo era un mentiroso patológico. Ella continuó buscando en los cajones.

–Ni siquiera sé que pasó –dijo Jace. –No puedo recordar nada antes de despertarme aquí.

La enfermera dejó el cuadro clínico en su lugar y se giró. –Estabas tirado a un lado de la autopista, inconsciente. La policía dijo que alguien te había tirado allí. Tienes suerte de que no te congelaras hasta morir. O que te atropellaran–. Se giró hacia Kat. –Se acaba de despertar hace una hora.

–Te aseguro que no me siento afortunado –Jace hizo una mueca de dolor y se removió en la cama.

Kat sonrió mientras abría el cajón de abajo. Tenía la ropa de Jace. Kat sacó una chaqueta y palpó los bolsillos. Nada. Volvió a doblarla y la dejó en el suelo.

—Créeme, tienes suerte —dijo la enfermera. —Hipotermia leve, congelación en tres dedos, y un traumatismo craneal. Podría haber sido mucho peor. Casi te atropellaron.

La enfermera se giró y abandonó la habitación, pisadas chirriando a través del suelo de linóleo.

Kat sacó la camisa de Jace y buscó en los bolsillos. También nada. Solo quedaban sus vaqueros. Los sacó del cajón y metió la mano en su bolsillo trasero. Metidas en el bolsillo y dobladas en cuatro estaban unas copias de las minutas del World Institute. Los otros documentos estaban desaparecidos. Landers o Barron probablemente los tenían. No importaba cual de los dos, ya que probablemente eran co-conspiradores.

—Yo también tuve un desencuentro con Victoria y Nathan—. Kat volvió a contar los sucesos. —Landers solo se quedó allí y no hizo nada.

—¿La ex mujer de tu cliente?

Kat asintió y se dio cuenta de que Jace nunca había visto a Victoria. Ella explicó la relación de Victoria y Nathan.

—Ahora me acuerdo —dijo él. —Ella estaba con Nathan. No sabía que fuera rusa.

—¿Rusa?

—Sí. ¿No es ruso el acento de Angelika?

—¿Angelika? ¿Te refieres a la limpiadora del Tides Resort?

—Ella fue la que me inyectó algo —se frotó el brazo. —Estaba en la habitación con Nathan. Y Roger—. Los ojos de Jace se entrecerraron. —Ese traidor.

—¿Angelika?— ¿Era por eso por lo que la limpiadora había entrado en su habitación tan temprano por la mañana? Había estado buscando algo, o a alguien.

Jace asintió. —Eso es lo que he dicho.

Svensson y Angelika. Angelika y Nathan. ¿Estaba Nathan implicado de algún modo en el asesinato de Svensson?

La enfermera volvió con un vaso de papel y algunas pastillas.

Jace sonrió mientras se tragaba las pastillas. Lo que fuera que contuvieran las pastillas le hacían olvidar el World Institute, el *Sentinel*, y su historia.

El pulso de Kat se aceleró. Las tarjetas de crédito de prepago. Nathan tenía un puñado de ellas, y uno del mismo tipo estaba en el uniforme de la limpiadora. Un uniforme aproximadamente de la talla de Angelika. ¿Era una forma de pago? Y si era así, ¿había prestado otros servicios?

La enfermera interrumpió sus pensamientos. –Él no va a irse a ningún sitio durante un rato.

Eran las mejores noticias que Kat había oído en mucho tiempo.

CAPÍTULO 59

Kat llegó a la casa de Harry justo después del mediodía. El camino delantero permanecía sin limpiar de nieve, en claro contraste con las ordenadas y limpias aceras del resto de la manzana. Ella subió las escaleras frontales y llamó. Si había alguna oportunidad de que Hillary no hubiera vaciado el frigorífico, necesitaba apoderarse de ese zumo de naranja… tenía que ser la fuente del veneno. Pero tenía que haber otra explicación. ¿Intoxicación alimentaria, quizás? Ella quería que analizaran el zumo para ver si se relacionaba con la teoría de la doctora Konig. Si el zumo estaba envenenado, significaba que ella también había sido envenenada.

No hubo respuesta. Kat soltó un suspiro de alivio. Con suerte Hillary no le había vendido la casa a la pareja, o a cualquiera todavía. Era altamente improbable que la venta se cerrara tan rápidamente, pero todo era posible con Hillary. Especialmente si se veía presionada por dinero.

Cortarle el flujo de dinero a Hillary había sido poco más que un desastre. Trajo a Hillary de vuelta a la ciudad, arruinó a Harry económicamente, y casi le cuesta la vida. Si Kat no le hubiera cortado el acceso a la cuenta bancaria de Harry y a las tarjetas de crédito, nada de esto habría pasado. Todo era culpa suya. Pero, ¿qué elección tenía ella?

Estaba ansiosa por entrar. En vez de eso volvió a llamar, y se obligó a esperar otro minuto. Todavía sin respuesta. Ella se apoyó contra la puerta y escuchó algún signo de actividad.

El diagnóstico de Harry de envenenamiento agudo todavía parecía irreal. Como ella y Jace habían estado juntos en Hideaway Bay durante el tiempo del envenenamiento, eso dejaba a Hillary como única sospechosa. ¿Por qué, entonces, no era ella una sospechosa en potencia? ¿Cómo podía visitar a Harry sin supervisión? A menos que ella hubiera inventado una historia para implicar a Kat.

Kat se estremeció. Harry estaba en peligro inminente, ya que Hillary todavía tenía acceso no restringido a él en el hospital. Simplemente no había más explicación que Hillary para el veneno en su sistema.

Kat miró por la ventana lateral mientras esperaba en el porche delantero de Harry. Aún no había respuesta, y ningún signo de actividad a través de las finas cortinas. Eso era bueno.

Kat descendió las escaleras y siguió el camino alrededor hasta la parte trasera de la casa. La nieve estaba sin pisar. Nadie había entrado o salido desde la noche pasada.

Ella miró por la ventana de la cocina. Desierta. Aún desprovista de muebles como lo había estado en su última visita. Incluso los platos amontonados dentro del fregadero estaban sin tocar. Giró la llave en la cerradura y entró.

Se dirigió directamente al frigorífico e hizo una mueca cuando se acordó del acre regusto del zumo de naranja. No se le había ocurrido que el zumo tuviera más problema que el de estar pasado hasta el diagnóstico de la doctora. Tanto ella como Harry se pusieron enfermos poco después de desayunar con zumo de naranja. Ella solo tomó un sorbo, lo cual podía explicar sus síntomas menores. Pero las náuseas después de ese sorbo habían sido inconfundibles. Junto con el sabor amargo. Kat se dio cuenta de que ella no había mezclado el zumo de naranja de Harry durante varias semanas. Ya había estado preparado, una jarra llena dentro del frigorífico. Esto a pesar de que Harry no había estado comiendo, lavando los platos, o incluso tirando comida.

Y durante ese tiempo, Harry se había quejado de dolor de estómago, pero su médico lo había ignorado, concentrándose en su diagnóstico de Alzheimer. El envenenamiento explicaba muchas cosas: sus palidez, el sudor, y el malestar general. Sus síntomas fluctuaban, inconsistentes con síntomas de gripe. Pero, ¿llegaría Hillary tan lejos como para envenenar a Harry? ¿Qué otra explicación había?

Kat abrió el frigorífico. Los estantes estaban vacíos. ¿Dónde más podía buscar?

Kat maldijo por lo bajo.

Sin duda Hillary había destruido cualquier prueba después del diagnóstico de Harry. Pero los resultados solo habían salido esta mañana. La ausencia de huellas en la nieve significaban que la botella debía haber sido tirada antes de la nevada de la noche anterior.

Kat sacó su teléfono móvil y llamó a Connor Whitehall. Más que nada, ella solo necesitaba a alguien con quien hablar. Alguien que la entendiera. Ella encontró el buzón de voz de Connor. Ella no dejó mensaje. En vez de eso, se dejó caer por la pared de la cocina hasta el suelo, y enterró la cabeza entre sus manos.

Se le acababan las ideas, pero tenía que hacer algo. El envenenamiento parecía improbable, y aún así, según el hospital, era cierto. Se sentía como si fuera parte de un raro reality show en el que nunca hubiera pedido estar.

Podía pedirle a otro médico que examinara a Harry. Pero incluso ella creía el diagnóstico de la doctora del hospital. El veneno tenía sentido. El problema era que sospechar de ella significaba que no estaban investigando a nadie más.

¿Quizás la jarra del zumo estaba en la basura? Kat se levantó tan rápido que se mareó.

Después de estabilizarse, comprobó la basura de la cocina.

Vacío.

Abrió la puerta de la cocina y bajó corriendo las escaleras. Una vez estuvo en el callejón, levantó la tapa del cubo de la basura. Incluso en el frío, el acre olor de la basura salió y la asaltó. Ella abrió la puerta del garaje y cogió los guantes de jardinería de Harry del banco de trabajo.

Volviendo al cubo de la basura, ella comenzó con la desagradable tarea de registrar el cubo lleno de basura. Metió la mano entre las capas, a través de saturadas bolsas de papel y empapadas bolsas de plástico. No pasó mucho antes de que un fragmento de cristal se clavara en su guante de lona.

Levantó las capas de arriba del montón y las tiró sobre la tapa del cubo de basura en el suelo. A un cuarto de camino hacia abajo había un montón de cristales rotos. Era la jarra de zumo de naranja, rota.

¿Ahora qué? Incluso si hiciera que analizaran el contenedor, ¿qué significaría? Aunque pudiera corroborar las sospechas del médico, ciertamente no demostraba su inocencia. Peor, probablemente la incriminaría más, ya que el hospital ya había llegado a la conclusión de que ella era la culpable. En cualquier caso, ella se imaginó que era mejor guardarla que perderla en el vertedero. Ella recuperó los trozos y los dejó caer en un recipiente.

Ella podía preguntarle a Connor Whitehall qué hacer a continuación.

Kat sintió ojos sobre ella y miró al otro lado del callejón para ver a la señora Brantford. La vecina de Harry estaba junto a su puerta abierta, mirando a Kat con una mezcla de sospecha y curiosidad.

Kat la saludó con la mano.

La señora Brantford levantó su brazo despacio, pareciendo confusa. Saludó despacio, luego se giró, cerrando la puerta tras ella.

Qué raro. La señora Brantford normalmente la arrinconaba,

deseosa de hablar. Pero no tenía tiempo que perder de todos modos. Volvió al garaje y buscó un recipiente para meter los cristales rotos. Espió una pequeña caja de cartón y alargó la mano para cogerla cuando vio tres bolsas de la compra de Garden Heaven encima del banco de trabajo. Ella estaba segura de que no habían estado allí el otro día.

Ella miró dentro de una de las bolsas. Bolsas de un kilo de pesticida No-Gro. Sacó uno de los paquetes y se detuvo cuando vio el símbolo de veneno de la calavera y los huesos cruzados. ¿Usaba Harry siquiera productos químicos en su jardín? Ella no podía acordarse. En cualquier caso, seis paquetes eran suficientes como para matarlo todo en una pequeña granja, mucho menos un jardín en una ciudad.

Ella estudió la factura. Los pesticidas habían sido comprados hacía dos semanas, poco antes de la hora del cierre. ¿Dónde estaba Harry en ese momento? ¿Compró él los pesticidas? Ella lo dudaba. Garden Heaven estaba a media hora en coche, y la puerta de su garaje ya había sido desconectada según la fecha de la factura. Eso significaba que también había tenido lugar alrededor de la hora de la cena, así que él habría estado con ella y con Jace en el momento en que fue comprado.

Ella examinó la etiqueta. Justo debajo del símbolo de veneno estaba la lista de ingredientes, todos desconocidos e impronunciables nombres químicos. Ella no había oído ninguno de ellos.

Ella se metió la factura del Garden Heaven en el bolsillo. ¿Quién demonios compraba pesticidas en diciembre?

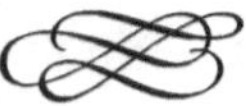

CAPÍTULO 60

Kat llegó finalmente a la oficina de Connor Whitehall justo antes de las cinco. Ella pasó por delante de la recepcionista y entró directamente en el despacho de Connor.

–Tienes que ayudarme. Estoy segura de que Hillary está intentando envenenar a Harry–. Se dejó caer en la silla enfrente de su escritorio y volvió a levantarse igual de rápido.

Connor miraba la pantalla de su ordenador. Él se giró en redondo y la miró. –Vaya, hola a ti también. Es una acusación bastante fuerte. ¿Estás segura?

Kat volvió a contar sus sospechas sobre el zumo de naranja y Hillary. –El único problema es que... ha desaparecido. La única prueba que tengo son estos fragmentos de cristal–. Ella no mencionó el pesticida porque quería asegurarse antes de lanzar una acusación. Ella lo comprobaría primero con Garden Heaven. Quizás podría descubrir quien lo compró.

Ella le tendió la caja de cartón con la jarra rota de zumo de naranja. Contenía varios tozos de un centímetro de tamaño del cristal, junto con una parte del asa de plástico. –Creo que está intentando matarle.

–Necesitas más pruebas que esto.

–La prueba está en el motivo, Connor. Ella está desesperada por conseguir dinero y está cansada de Harry. Ella le quiere fuera de su camino. Para poder quedarse lo que quiera que quede de sus posesiones.

Connor sacudió la cabeza. –No es suficiente. Si estos trozos de cristal fueran analizados en busca de huellas dactilares, ¿qué mostrarían? Probablemente las tuyas, las de Harry, y las de Hillary. Exactamente de quienes esperarías que se sirvieran un vaso de zumo. Necesitas algo más sustancial para demostrar que Hillary tuvo algo que ver con eso.

–¿Pero cómo? Estoy desesperada.

–No lo sé exactamente. Pero confío en que tú encontrarás un modo. Tendrás que hacerlo. El hospital probablemente recomendará que la policía presente cargos contra ti.

–Las sospechas no son hechos. Tampoco hay nada que me apunte a mí.

Connor sacudió una mano. –Harry está contigo todo el tiempo. Tú preparas sus comidas, y según lo que tú cuentas, Hillary nunca está. La proximidad es suficiente para convertirte en sospechosa. Lo cual me lleva al siguiente tema. No soy abogado criminalista. Si fueran adelante, necesitarás uno bueno para que te represente.

–No puedo creerme esto. Soy la única que cuida de Harry... que le vigila. ¡Y por eso se me acusa de envenenarle! –Kat se levantó de un salto de su silla. –¡No es justo!

Connor hizo un gesto hacia su silla. –Cálmate. Todavía no has sido acusada. Sí, los médicos están persiguiendo eso, pero hace falta más que sus sospechas para llevar realmente a unos cargos. Solo te estoy preparando para lo que podría suceder a continuación.

Kat se sentó. –Pero están ignorando completamente a Hillary.

¿Por qué no están supervisando sus visitas? ¿No deberían supervisar todas las visitas como precaución?

–Probablemente, pero nadie les ha dado motivos para hacerlo. Y de algún modo la doctora ya sospecha de ti. ¿Le envenenaste?– La miró por encima de las gafas.

–¡Por supuesto que no! –saltó Kat, derramando un vaso de agua en el borde de la mesa. –¿Cómo puedes decir algo así?

–Mis disculpas, pero tengo que preguntarlo–. Connor se puso de pie y cogió una camisa de golf de su perchero. Secó el agua con la camisa y la tiró al suelo. –De verdad que necesitas calmarte, Kat. Esto no ayuda a la situación.

–Lo siento–. Connor tenía razón. –Y siento lo del agua.

Él no le dio importancia. –Traje a uno de los médicos para ver a Harry hoy. Ciertamente parece estar mejorando en el hospital.

–Eso es porque Hillary no puede envenenarle mientras esté allí–. Kat se inclinó hacia delante y apoyó los codos en el escritorio. –Sé que suena como una locura. Incluso yo no puedo creer que Harry haya sido envenenado. Pero yo no lo hice, y quien quiera que lo hiciera necesita ser detenida. ¿Por qué supone la doctora que soy yo?

–Tú eres la sospechosa más obvia. Tú le llevaste al hospital. Tú misma dijiste que estabas cuidándole. Harry está contigo en la oficina todo el día, y también después del trabajo. Casi todo el tiempo.

–Tiene que ser así. A Harry no se le puede dejar solo, Connor. Has visto su condición.

–Lo sé. Pero debes entender las sospechas de la doctora. Ella tiene que tirar hacia el lado de la seguridad en cuanto a lo que concierne a sus pacientes. De todos modos… tuve oportunidad de hablar con Harry sobre su capacidad mental. Él insiste en que está perfectamente bien.

–Por supuesto que él va a decir eso. Él no puede ver lo que va mal–. Kat sintió un nudo en la garganta. Era todo un círculo vicioso.

–Pero accedió a que le hicieran una evaluación médica. Para "demostrar que esos médicos se equivocan", como dijo él. Intentaré que esté realizada para el final de la semana.

–Él no puede esperar tanto. Ahora está en la indigencia, Connor. Consecuencias bastante serias para una riña de familia. Nadie se toma el abuso financiero en serio. ¿Por qué?– Puede que Hillary no hubiera apuntado con un arma a Harry, pero ella le había robado igualmente.

–No es que no se lo tomen en serio, Kat. Es solo que el peso de las pruebas recae en la víctima.

–¿Una víctima que ya no puede cuidarse por sí mismo? Eso es muy injusto–. Kat se sentía inútil. No podía hacer nada por la casa, ya que Harry no había sido nombrado incompetente en el momento de la transferencia del título de propiedad. La firma falsificada era una posibilidad, pero cargos y una fecha en un tribunal estaban en un futuro distante. Para entonces Hillary ya se habría largado.

–Estoy segura de que la policía puede hacer algo sobre esto.

–Kat, tú misma dijiste que no hay pruebas concretas.

Kat lanzó los brazos al aire. –Perdió su casa, Connor. Su cuenta bancaria ha sido vaciada y tiene préstamos que nunca será capaz de pagar. Hillary está ahora en la escritura de su casa. Ella conduce un Porsche y lleva las joyas por las que él ha pagado. Mira quien se está beneficiando. ¿Tiene que ser más obvio el motivo?

–Lo sé. Pero los tribunales son blancos y negros. Ya lo sabes. Necesitas construir un caso, con pruebas de que ella se llevó el dinero sin su conocimiento o consentimiento. O demostrar que fue incapaz de dar su consentimiento por su incompetencia mental. No dejes que las emociones te nublen el juicio.

–Pero él no tiene la capacidad de entender lo que está haciendo. Ella le ha arruinado.

–Puede ser. Pero solo podemos seguir adelante… después de que haya sido evaluado como mentalmente incompetente.

–¿Entonces todo está perdido hasta la fecha? ¿Su dinero, su casa, todo? No puedo creerlo. ¿Cómo puede ser tan injusta la ley?

–Podría parecer injusto. Pero no podemos volver atrás y cuestionar su incompetencia mental en algún momento del pasado. No había evaluación objetiva de su condición en ese momento. No importa como recuerdes su estado mental. Sin la opinión de un médico cualificado, es solo una cuestión de opinión–. Le dio unas palmaditas en la mano. –Lo siento. De verdad que lo siento.

El dinero de Harry había desaparecido, y ahora su salud estaba en peligro. ¿Qué hacía falta para detener a Hillary? Si nadie iba a ayudarla, ella lo haría por las malas. El único modo de demostrar su inocencia era demostrar que Hillary era culpable.

CAPÍTULO 61

*D*iez **minutos más tarde Kat llegó** al aparcamiento de gravilla de Garden House. Solo había otros dos coches en el aparcamiento. ¿Quién compraba plantas y material de jardinería en mitad del invierno?

La gravilla crujía bajo sus pies mientras se dirigía hacia la puerta principal. Se levantó viento y sacudió una pancarta rasgada delante de la fachada de la puerta. Ella se desabrochó la chaqueta y entró.

–¿Puedo ayudarla?

El negocio debe ir lento. La cincuentona mujer prácticamente la asaltó incluso antes de que estuviera dentro. Llevaba una camisa verde golf de Garden Heaven con la etiqueta *Rosemary*. Ella se limpió las manos en los muslos de sus vaqueros anchos mientras le sonreía a Kat.

Kat le devolvió la sonrisa y sacó la factura de su bolsillo. –En realidad, sí. Estoy buscando información.

Rosemary frunció el ceño. –Me temo que no es retornable. Han pasado los catorce días para las devoluciones–. Sus ojos se clavaron en Kat, esperando una reacción.

–No quiero devolverlo. Solo me estoy preguntando si es usted quien vendió esto–. Kat le tendió la factura.

–¿Qué diferencia supondría?– Sin embargo, Rosemary cogió la factura. Bajó las gafas que tenía sobre su cabeza y la estudió. –Sí, yo cobré esta factura. Recuerdo ese día.

Las esperanzas de Kat aumentaron. –¿Recuerda a la persona que compró esto?

–Normalmente no. Pero de esta me acuerdo… era el día de mi aniversario ese día. Yo había cerrado un poco temprano. Una mujer entró con prisas… todavía no había echado el cierre. Le dije que habíamos cerrado, pero ella me ignoró. Ella no se marchaba, así que finalmente dejé de pedírselo. Terminó en cinco minutos y yo no había cerrado la caja todavía. Así que solo le cobré. Era la forma más fácil de librarse de ella.

Kat sacó una fotografía de Hillary. –¿Es esta la mujer que vio?

–Eh… podría ser. Pero bueno, quizás no. No se me dan bien las caras. No puedo decirlo con seguridad.

–Vale–. Los hombros de Kat se derrumbaron mientras sus esperanzas se desvanecían. Le dio las gracias a Rosemary y se dirigió hacia la puerta. Entonces fue cuando lo vio.

Garden House tenía una cámara de vigilancia, justo encima de la puerta. Se giró en redondo y señaló la cámara. –Rosemary, ¿esa cámara está encendida todo el rato?

–Debería. ¿Por qué?

–Estoy investigando un fraude. Por favor, guarde la grabación, no borre nada. Podría ser importante para el caso.

Los ojos de Rosemary se abrieron mucho. –¿Qué tipo de caso? ¿Un caso criminal?

–Sí–. No era exactamente una mentira. Por lo que a Kat concernía, Hillary era una criminal. Y Rosemary no había preguntado específicamente si era de la policía. Ella no iba a explicar más tampoco. –Alguien puede estar en peligro. No supongo que… No.

–¿Supone qué? –los ojos de Rosemary se iluminaron.

Exactamente la chispa de interés que Kat había esperado.

Kat dio golpecitos sobre su reloj. —Bueno, voy un poco a contrarreloj y tengo varias pistas. Si pudiera echarle un vistazo rápido a sus vídeos, podría descartar o no a esta mujer. Pero no importa, no quiero que se meta en problemas o algo así.

Kat soltó un pesado suspiro, esperando provocar la lástima de Rosemary.

Funcionó.

—No es problema. Soy la propietaria, así que puedo hacer lo que quiera. Hoy es horriblemente lento. Podemos acceder a la grabación en mi ordenador—. Ella hizo un gesto para que Kat la siguiera hasta un escritorio junto al departamento de floristería.

Menos de un minuto más tarde se sentaron delante del ordenador de Rosemary. Rosemary abrió un programa, y al cabo de unos cuantos clics con el ratón ya estaban viendo la película de ese día. Otro día lento, por lo que podía ver Kat. Rosemary la reprodujo en modo rápido. La puerta se abría y se cerraba, y la gente entraba y salía a cámara rápida. Menos de una docena de clientes hasta ahora. Exactamente lo que esperarías en diciembre.

—Espere. Retroceda un minuto—. La última mujer estaba borrosa, pero había algo familiar en ella. El pulso de Kat se aceleró.

Rosemary ralentizó el vídeo a modo normal.

El sonido en la cinta estaba embrollado, pero la imagen era clara. Una mujer vestida de negro entró en la tienda y se encaminó hacia la parte de atrás. Rosemary la siguió, haciendo gestos hacia la puerta y diciendo algo que Kat no pudo distinguir. Probablemente explicando que la tienda estaba cerrada, sin duda. La mujer le daba la espalda a la cámara y llevaba un abrigo largo. Hillary siempre iba de negro.

Nadie entró o salió de la tienda durante los siguientes minutos. Rosemary adelantó la cinta hasta que la figura se encaminó a la caja. Empujaba un carrito lleno de bolsas del mismo tamaño y color que las bolsas de pesticida en el garaje de Harry.

—Ahora la recuerdo —dijo Rosemary. —Iba vestida diferente, ¿sabe? La mayoría de jardineros no llevan zapatos de tacón. Quizás alguien ocasionalmente, dejándose caer durante su descanso para almorzar o de camino a casa después de trabajar. Pero esto fue justo antes de cerrar. Y otra cosa: absolutamente nadie compra pesticidas en diciembre.

–¿Para qué se usan los pesticidas?

–Cubre un amplio espectro, significando que mata cualquier cosa. Pero necesitarías una plaga grave para usar algo tan fuerte. Mata absolutamente todo lo que entre en contacto con él.

Kat se estremeció. –¿Incluso personas?

Rosemary se quedó boquiabierta. –Bueno, es veneno. ¿Ha muerto alguien?

–Casi. ¿Hay alguna posibilidad de que pueda tener una copia de esa cinta?

Después de una eternidad luchando por volver a casa durante el tráfico de hora punta, Kat se sentó en su estudio de arriba, preguntándose cómo vincular el pesticida con el informe toxicológico de Harry. Un informe que ella no tenía en realidad. Un CD con la copia de la grabación del Garden House estaba a un lado de su escritorio.

Encontrar a Hillary en la cinta haciendo la compra había sido un enorme paso hacia delante. Todavía no era suficiente para acusar a Hillary, pero era suficiente para hacerla correr. Kat quería asegurarse de que ella se enfrentara a la justicia por sus acciones.

Ella visitaría la oficina de Connor Whitehall por la mañana con la grabación y para pedirle consejo sobre los pasos siguientes. ¿Era la factura prueba suficiente? De ninguna manera iba simplemente a dársela a la policía. Después de todo lo que había pasado en Hideaway Bay, ella no podía confiar ciegamente en ellos sin un plan de emergencia.

Ahora devolvió su atención al pesticida en sí. Uno a uno, tecleó cada ingrediente enumerado en la etiqueta en el ordenador. Ella quería correr al hospital--y a la policía--con sus sospechas, pero sabía que primero tenía que construir un caso. De otro modo nunca la creerían.

Aún cuando lo había esperado, las palabras todavía la dejaron atónita:

Contacte con su centro de control de toxicología y busque atención médica inmediata si el producto es ingerido, inhalado, o entra en contacto con la piel, los ojos, o las membranas mucosas. Puede causar ceguera.

Su ingesta puede provocar problemas gastrointestinales, incluyendo calambres estomacales, náuseas, vómitos, palidez, desmayos, convulsiones, confusión mental, delirio, o muerte.

Kat se concentró en la última palabra. Se estaba quedando sin tiempo. Y Harry también.

CAPÍTULO 62

Kat corrió las dos manzanas hasta la casa de Harry bajo la lluvia. Después del incidente con el quitanieves, ella había evitado conducir la furgoneta de Jace tanto como fuera posible. Le daba escalofríos después de haber sido objeto de un ataque. Giró la esquina a todo correr, aliviada de ver que el Porsche negro de Hillary no estaba aparcado delante. Tampoco estaba el Lincoln de Harry, ni ningún otro coche, si vamos al caso.

Ella esperaba no llegar demasiado tarde. Se maldijo por dejar el pesticida en casa de Harry. Un error garrafal, ya que era una prueba potencial adicional de lo que había envenenado a Harry. ¿Y si había desaparecido? La factura sola no era prueba suficiente de que alguien estuviera intentando dañarle. Dejar el pesticida en casa de Harry también significaba un amplio surtido para futuras dosis de veneno. ¿En qué había estado pensando?

Hillary haría mucho que se había marchado para entonces, habiendo recolectado ya el dinero de Harry, su línea de crédito, y todo lo demás. Incluyendo su casa, su último objeto de valor. Y pronto, posiblemente su vida.

Kat se preguntaba por qué Hillary llegaría a dar un paso tan extremo. Ella ya se había quedado con todo su dinero y su casa. ¿Qué más había ahí?

Una milésima de segundo más tarde se dio cuenta de que había algo más. Harry tenía una póliza de seguro de vida. Ella corrió por el camino hacia el garaje. Hillary no iba a irse de rositas con esto. No si ella podía evitarlo.

La helada lluvia caía ruidosa y con fuerza, salpicando barro sobre sus zapatillas deportivas. Kat se estremeció, deseando haberse puesto algo impermeable.

Aterrizó en un charco y se encogió cuando el agua fría se filtró dentro de sus zapatos. Chirriaban mientras corría los últimos pasos camino abajo hasta la puerta del garaje cerrada con un candado. Metió sus dedos congelados en el bolsillo y sacó la llave. Se esforzó con dedos insensibles, intentando abrir la oxidada cerradura. Finalmente la pegajosa llave giró.

Abrió el garaje y colocó el candado sobre el picaporte de la puerta. Suspiró de alivio cuando vio las bolsas de pesticida aún encima del banco de trabajo, sin tocar. Dudó, insegura. ¿Era esto la escena de un crimen? Si era así, ¿era llevarse la bolsa interferir con las pruebas? Pero ella no podía volver a dejarla para que fuera usada.

La atronadora lluvia aumentó de volumen cuando entró en el garaje, como si lo tuviera planeado. Ahogó sus pensamientos como el crescendo de una orquesta. Kat miró la puerta abierta. Estaba oscuro fuera excepto por la fría luz de una farola al otro lado de la calle. Reflejaba las gotas de lluvia mientras cargaban hacia el suelo. Más le valía darse prisa antes de morirse de congelación.

¿Debería llevarse los pesticidas o dejar la bolsa aquí?

Al final se decidió a cogerla. Por supuesto, Hillary simplemente podía comprar otra bolsa, pero al menos de este modo ella habría eliminado la fuente del veneno y habría preservado las pruebas. Cogió las bolsas una a una y las depositó sobre el banco de trabajo.

Pruebas. Se miró las manos. Ella también había tocado la bolsa.

Pero lo más importante era eliminar el veneno. Quizás podría vincular estas bolsas en particular con la grabación de vídeo del Garden Heaven. Los números de lote podían ser vinculados a fechas, y así sucesivamente. Por supuesto, todo dependía de su corazonada sobre este pesticida. Nada se había demostrado aún.

Ella lamentó no haber ido con la furgoneta. La idea de cargar con veinte kilos de pesticidas durante dos manzanas no era exactamente atrayente. Ella buscó por el garaje de Harry, mirando en cajones y cajas en busca de una bolsa de plástico para proteger la bolsa de la lluvia. El plástico también conservaría las huellas dactilares en la bolsa. Por supuesto, eso incluía las suyas.

Se agachó y rebuscó en un montón de bolsas de plástico.

Una sombra bloqueó la luz exterior y Kat se giró hacia la puerta.

—¿Qué estás haciendo aquí? —la voz de Hillary era inconfundible.

Kat se puso de pie para encararse a Hillary. Se dio una patada mental por no darse cuenta antes de que Hillary volvería a por el veneno. Y para borrar sus huellas.

—Contéstame. ¿Por qué estás aquí, Kat? Esta no es tu casa—. Hillary estaba en la puerta, con los brazos cruzados. Llevaba vaqueros, botas, y un jersey negro. —Tú no perteneces aquí.

—Solo… solo estoy comprobando algo para Harry—. Kat se estremeció.

Hillary se burló de ella mientras entraba en el garaje. —¿Comprobar qué? Harry no necesita nada. Ciertamente no de ti.

Kat miró al banco de trabajo, contenta de que ella no hubiera cogido todavía la bolsa. Al menos Hillary no sabría que ella estaba tras el pesticida. —¿Por qué estás aquí, Hillary? Tampoco es tu casa.

Hillary sonrió pero no dijo nada. En vez de eso, sacudió su botella de agua de plástico y se acercó hacia el banco de trabajo.

—No tengo tiempo para tus ridículas acusaciones, Kat. Tengo suficientes problemas sin que tú seas una harpía conmigo—. Hillary miró su reloj.

—Apuesto a que sí. ¿Llegas tarde a algo? ¿O quizás las cosas no se están desarrollando tan rápido como esperabas que lo hicieran?

Hillary dejó su botella de agua sobre el banco de trabajo, justo al lado de la bolsa de pesticida.

Hillary llevaba guantes de jardinería. ¿Los había llevado cuando administró el veneno?

Kat rememoró el vídeo del Garden Heaven. Hillary también llevaba guantes entonces. ¿Eran las huellas de Kat las únicas en la bolsa de pesticida?

Se estremeció. Quizás solo estaba siendo paranoica. La visita al establecimiento de jardinería era la única anomalía que no podía explicarse. Hillary nunca había sido jardinera. Ciertamente no cuidaba y cultivaba cosas. Ella las mataba.

—Creo que deberías marcharte ahora —dijo Hillary.

—No voy a irme a ninguna parte —Kat se mantuvo en sus trece.

Hillary apuntó a Kat con el dedo y se rió. —Te daré treinta segundos para desaparecer. O ya verás—. Se dirigió hacia Kat, bloqueando la luz de la puerta abierta.

Kat sintió que todo parecido con el autocontrol se desvanecía. Ya basta. —¿Cómo has podido hacer esto?

—¿Hacer qué? —Hillary enseñó sus carillas blanqueadas. Pero su sonrisa era fría.

—¿Crees que no sé lo que has estado haciendo? —Kat no mencionó el veneno. —¿Las tarjetas de crédito, las facturas? ¿Tu nombre en la escritura de la casa de Harry? Es caer bajo, incluso para ti. ¿Tan desesperada estás que tienes que robarle a un anciano su última esperanza de tener una vida cómoda?

—¡Cómo te atreves a acusarme de robar! Tú deberías saberlo. Tú me robaste mi vida—. Hillary retrocedió contra el banco de trabajo, delante de las bolsas de pesticida.

—¿De qué estás hablando? —Kat se acercó más. —Tú eres responsable de tu propia vida. Nada de lo que yo haga cambia eso.

—Él es mi padre, Kat, no el tuyo. Estoy cansada de que te

impongas, consiguiendo la mitad de todo. No tienes derecho a nada.

–¿La mitad de qué?

Hillary no respondió. Ella cogió un destornillador del banco de trabajo de Harry y apuñaló la bolsa de pesticida. La rasgó para abrirla y la levantó por encima de su cabeza, liberando una nube de polvo. Luego cargó contra Kat.

Nubes de polvo explotaron de la bolsa, envolviendo la cabeza y el rostro de Kat. Kat soltó una exclamación cuando cubrió su rostro, cuello y hombros, invadiendo sus fosas nasales y pulmones. Dejó caer la cabeza, y se protegió los ojos con los brazos. Pero era demasiado tarde. El polvo estaba por todas partes. Se pegaba a su ropa húmeda, cubría sus zapatos y permeaba el suelo del garaje. Le dieron arcadas, inhalando el pesticida en sus pulmones. Sacudió los brazos y se removió, momentáneamente cegada cuando el polvo escocía en sus ojos.

Los ojos de Kat ardían cuando abrió uno despacio. Se frotó los ojos y se tambaleó hacia delante. Tenía que lavarse el veneno de sus ojos, pero el lavabo más cercano estaba dentro de la casa.

–Todo lo que hay aquí es mío. ¿Está claro? –Hillary se giró y se alejó, la bolsa medio vacía en una mano.

Entonces la puerta se cerró de un portazo y el candado hizo clic.

–Oh, y primita… me aseguraré de decirle a papá que has dicho adiós.

CAPÍTULO 63

Kat se tambaleó ciegamente hacia el banco de trabajo y pasó la mano por la superficie. Soltó un suspiro cuando tocó la botella de agua de Hillary. Vertió una gota en su dedo y la probó para estar segura. Solo agua.

¿Por qué le había concedido a Hillary el beneficio de la duda? Ella debería saber ahora que las acciones de Hillary tenían lugar para beneficiar solo a una persona. Incluso si eso significaba traicionar a Kat, a Harry, o a todos los demás.

Levantó la botella y vertió el contenido en un ojo, luego en el otro, lavándolos hasta que la quemazón paró. Usó el agua restante para limpiarse la cara lo mejor que pudo. Todavía le dolían los ojos, pero al menos podía abrirlos para ver.

Todas las bolsas de Garden Heaven habían desaparecido.

Kat empujó la puerta, sabiendo que era inútil. Ella había oído a Hillary cerrar el candado. ¿Cómo podía Hillary dejarla allí? Kat examinó el garaje. Consideró romper la ventana cuando se dio cuenta de que había otra forma de salir. El interruptor de apertura de la puerta del garaje.

Lo pulsó. Un minuto más tarde estaba fuera en el callejón,

tomando bocanadas de aire fresco y dejando que la lluvia lavara el veneno de su piel y la ropa.

Ya no tenía las bolsas de pesticida que había venido a recoger como pruebas. Hillary se había ocupado de ello. A pesar de ello, ella debería recoger algo del polvo para analizarlo. Volvió a entrar y cogió un envase vacío de yogur del montón que Harry guardaba debajo de su banco de trabajo. Ella recogió tanto como pudo del suelo del garaje.

Llamó a Connor Whitehall pero no recibió respuesta. Dejó un mensaje con instrucciones para recoger la muestra y el vídeo de su casa, junto con la localización de una copia de la llave. No tenía tiempo para esperarle. Tenía que llegar al hospital antes de que lo hiciera Hillary.

UNA HORA MÁS TARDE, Kat corría por el pasillo del hospital, solo para descubrir que Hillary ya estaba allí. Estaba sentada en una silla fuera de la habitación de Harry, llorando.

A pesar de sus ropas húmedas, Kat rompió a sudar. ¿Lo había hecho Hillary? ¿Le había matado? Se quedó paralizada fuera de la habitación de Harry. ¿Qué podía hacer?

En ese instante Hillary levantó la vista. Si estaba sorprendida por ver a Kat, ella no lo demostró. –Tú no perteneces aquí–. Ella alejó a Kat con una mano con la manicura hecha.

Kat la ignoró y entró corriendo en la habitación de Harry. Media docena de enfermeras y médicos se arremolinaban alrededor de la cama de Harry con carros de instrumental. Una enfermera levantó la mirada cuando ella entró. Era la misma enfermera que había sido maleducada con ella antes. Levantó la palma de la mano, indicando a Kat que se detuviera.

El corazón de Kat se paró. ¿Había llegado demasiado tarde? Se retiró fuera hasta donde estaba Hillary sentada con rostro impasible.

El público de Hillary había desaparecido, al igual que sus lágrimas. Sus mejillas estaban secas y su maquillaje no parecía estar estropeado. Sabía que era mejor no hablar con Hillary, pero no pudo contenerse. –¿Qué le has hecho?

Hillary sonrió. –¿Qué te hace pensar que he hecho algo?

–No lo pienso… lo sé, Hillary.

La enfermera emergió de la habitación de Harry. Ignoró los sorbos de Hillary y miró directamente a Kat. –Está peor.

–¿Qué? –Kat estaba asombrada de que la enfermera estuviera siquiera hablándole. No solo eso, sino que sus ojos revelaban preocupación. ¿Por qué no le estaba contando eso a Hillary? –¿Peor cómo?

–Está en shock. Todos sus síntomas han vuelto, peor que nunca. Ha vuelto a ingerir veneno.

Sin que yo estuviera aquí. De repente, Kat se dio cuenta de por qué la enfermera era agradable. Ahora sabía que Kat no lo había hecho. ¿Pero se daba cuenta de que Hillary sí lo había hecho?

La enfermera pasó su mirada hacia Hillary, cuyos sorbidos habían mutado a un lamento.

El llanto de Hillary sonaba convincente, pero sus ojos la delataban. Pasaban de la enfermera a Kat, esperando una reacción.

Hillary debía haberle dado a Harry una dosis final. Una mayor que el resto. Mientras que el equipo médico intentaba salvar una vida, Hillary estaba empeñada en quitar una vida. Y casi había tenido éxito.

Kat marcó el número de Connor Whitehall. Para entonces esperaba que él tuviera la grabación del Garden Heaven, así como la muestra del pesticida. Si todo iba según el plan, Connor Whitehall estaba entregándoselos a la policía en este mismo instante. La muestra sería igual a las toxinas encontradas en el análisis de sangre de Harry, y las autoridades se verían obligadas a entrar en acción.

Hillary se quedó fuera de la habitación. Lloraba, cada vez más fuerte, como la única superviviente de un desastre. Cada pocos segundos miraba alrededor para comprobar su público.

Al cabo de un minuto el pasillo estaba completamente vacío, ya que todos los médicos disponibles habían corrido a la habitación de Harry. Solo Hillary y Kat permanecían fuera, ya que les prohibieron que entraran.

Las lágrimas de cocodrilo de Hillary asqueaban a Kat. ¿De verdad creía que podía engañar a nadie?

–¿Por qué lo has hecho, Hillary?

–¿Hacer qué?– Una sonrisa taimada jugueteaba en los labios de Hillary. –No tengo ni idea de lo que estás diciendo. Aún cuando lo hubiera hecho, tú nunca lo sabrás. Nadie lo sabrá.

–Yo lo sé. Tengo pruebas.

Hillary levantó las cejas. –¿De verdad? ¿Qué exactamente?

–Ellos saben que eres tú, Hillary. Saben lo del dinero y el veneno.

–¿Quiénes son *ellos*?

–Los médicos, la policía. Los análisis de sangre han confirmado el veneno, y la policía tiene pruebas. Todo está en vídeo. Tú en Garden Heaven, tú envenenando el zumo de naranja. No puedes escaparte de esto–. Kat añadió el zumo de naranja solo para evaluar la reacción de Hillary.

–Te estás tirando un farol.

–La policía está de camino ahora mismo–. Incluso si Connor hubiera entregado la grabación a la policía, ella dudaba que se dieran tanta prisa. Pero Hillary no lo sabía.

–Di algo y haré que te arrepientas de haber vivido –susurró Hillary mientras miraba por el rabillo del ojo dentro de la habitación de Harry.

Pero nadie la oyó excepto Kat. El equipo médico estaba concentrado en su trabajo.

Hillary sacó una polvera de su bolso y la abrió. Retocó su rímel con un pañuelo de papel y miró a Kat con rabia. Había desaparecido la histeria de Hillary, apagada como siempre lo hacía cuando su audiencia se desvanecía.

–No salgas de la ciudad, Hillary. Tienes algunas explicaciones que dar.

Hillary le devolvió la mirada, muy calmada. –Intenta detenerme.

–Ya lo he hecho.

Hillary fulminó con la mirada a Kat, odio ardiendo en sus ojos. –Me las pagarás por esto.

–Demasiado tarde para eso–. Kat miró a Hillary a los ojos, preguntándose por qué había estado alguna vez aterrorizada por ella. Ella también había estado ciega al hecho de que Hillary era incapaz de cuidar de nadie más que de sí misma. Con esa comprensión, Hillary ya no tenía ningún poder sobre ella.

Kat pertenecía y tenía el derecho a estar allí. No importaba lo que Hillary dijera o pensara.

–Acúsame de algo y haré que lamentes haberlo hecho–. Hillary le frunció el ceño a Kat.

–La verdad se sabrá, Hillary. Ya se sabe.

Hillary miró hacia la puerta de Harry y puso los ojos en blanco. Se detuvo por un momento, luego se dio la vuelta y marchó pasillo abajo a través de las dobles puertas de la sala del hospital. Sus tacones hacían eco contra las paredes, seguidos por el timbre del ascensor.

Si Kat volvía a verla de nuevo, sería demasiado pronto.

CAPÍTULO 64

Kat estaba sentada en el despacho de Zachary unas horas más tarde, estupefacta por lo que Zachary acababa de decirle.

—¿Lo apostaste todo? —la mandíbula de Kat casi tocaba el suelo, atónita al saber que Zachary lo apostaría todo a una transacción. —¿Por qué, Zachary?

Zachary estaba delante de su terminal de ordenador, las mangas de su camisa enrolladas hacia arriba. Café manchaba la parte delantera de su arrugada camisa, y parecía que no había dormido en días. Por primera vez, Kat se sintió mejor vestida que él.

—Puedo recuperarlo todo, Kat —sonrió él. —Mi modelo funciona. Solo necesito demostrar que...

—Zachary, es demasiado tarde. Ya no importa si tu modelo funciona o no. Los inversores de Edgewater y las autoridades necesitan saber lo de la estafa piramidal de Nathan. Ahora.

Zachary señaló su pantalla de comercio. —Lo sabrán, después de que yo recupere el dinero. Mira la pantalla. El euro sube, y ya he recuperado algunas de las pérdidas. Casi un billón hasta ahora—.

Sacó un pañuelo de su bolsillo y se limpió la frente. –Un billón, Kat. Tengo que seguir con esto mientras dure.

La televisión parloteaba detrás de Zachary. El dólar se estaba colapsando contra el euro. Docenas de corredores de bolsa con aspecto agobiado estaban sentados pegados a las pantallas de sus ordenadores, el completo opuesto a la escena que se desarrollaba delante de ella con Zachary.

–Es el dinero de los inversores, Zachary. Corta por lo sano y sal mientras puedas.

–Es una locura. Gano cien millones por cada diez puntos de base que el euro sube contra el dólar. ¿Por qué parar ahora?

Cien puntos de base equivalían a un uno por ciento en términos de inversiones. Un billón de dólares equivalía a la mitad de las pérdidas de Edgewater por el fraude de Nathan. –Puede fácilmente ir en la otra dirección, Zachary. Déjalo estar.

Había desaparecido el puro pánico grabado en el rostro de Zachary cuando ella le habló de la estafa piramidal de Nathan. Su expresión había cambiado de vulnerable a petulante.

Kat miró fijamente el gráfico en la pantalla. La línea de tendencia del euro era verde, un uno por ciento por arriba contra el dólar hoy.

–Vende, Zachary. Sal mientras vas por delante y denuncia el fraude. Los inversores entenderán que fue todo culpa de Nathan y no tuya.

–Todavía no.

–¿Y si pierdes lo poco que te queda? Es una apuesta que seguramente perderás.

–No me gafes. No es una apuesta para nada. Mi apuesta es lo suficientemente grande como para mover el mercado ella sola. Una vez que gane impulso, volveré a estar bien económicamente en cuestión de días, si no horas.

–No puedes decirlo en serio. Después de quejarte de que Nathan ha arruinado Edgewater, estás a punto de hacer lo mismo.

Zachary soltó una risita. –La gente rica no entenderá una

pérdida tan grande, Kat. Tendrán sed de sangre una vez que oigan lo que hizo Nathan. También supondrán que me está protegiendo. O que soy un completo idiota, demasiado estúpido como para ver un enorme fraude justo delante de mis narices. O bien soy un incompetente o un ladrón. De cualquier modo, yo pierdo.

–Con suficientes pruebas te creerán–. Kat señaló la pantalla. –Esos beneficios no están asegurados. Fácilmente pueden cambiar de rumbo. En vez de una pérdida de dos billones, podrías perder mucho más. Confiesa tu posición, Zachary, y afronta las consecuencias. No has hecho nada malo… todavía.

–Y no voy a hacerlo. Esto es perfectamente legal. No hay nada en el prospecto del fondo que diga que no puedo.

Técnicamente era legal, pero ¿era lo correcto? –Pero seguramente tus inversores no quieren que lo apuestes todo a una transacción. ¿Qué harían si lo supieran?

Zachary no respondió, así que Kat contestó a su propia pregunta. –Retirarán su dinero–. La línea del gráfico del euro volvió a desplomarse, revertiendo todas las ganancias de hace unos minutos.

Zachary estaba igual de podrido moralmente que su padre; la única diferencia era que él no cruzaba las líneas legales.

–No tienen por qué saberlo –dijo Zachary.

–Esto no es una apuesta loca de Las Vegas–. Kat miró fijamente la pantalla. La línea del gráfico se había vuelto roja. Ahora mostraba una pérdida del uno por ciento. Casi todas las ganancias de ayer también habían desaparecido. –Justo como he dicho… estás perdiendo.

–¿Quieres cerrar el pico? –Zachary sacudió los brazos en el aire. –No es una corazonada… es mi modelo y está funcionando. Al menos lo estaba haciendo hasta que tú interviniste.

Él sacudió un brazo hacia una silla enfrente de él. –Me estás distrayendo. O bien siéntate o márchate. Si quieres ver como la historia se desarrolla, verás lo que quiero decir.

Kat suspiró y se sentó. Lo último que quería ver era a Zachary haciendo historia. El desastre se cernía cuando el euro se desplomó otros cien puntos. Ahora la pérdida era de dos billones.

Miraron fijamente la pantalla de comercio en silencio.

Entonces, justo cuando todo parecía perdido, el euro dejó de caer. Se recuperó despacio, unos cuantos puntos de base, luego una docena, luego treinta. Ahora la pérdida era solo de un billón setecientos millones. Solo.

–¿Ves eso, Kat? –la expresión aterrorizada de Zachary de hacía unos minutos había cambiado a una petulante. –Ese soy yo. Mi apuesta está funcionando ahora.

–¿Cómo puedes estar tan seguro?– Para Kat, la línea del gráfico formaba un ángulo como la subida más inclinada de una montaña rusa interminable. En unos segundos se desplomaría por el precipicio, repitiendo el viaje salvaje de los últimos veinte minutos.

–Impulso, Kat. Está cambiando–. Zachary señaló una depresión profunda en la línea del gráfico. –Todo funciona si la apuesta es suficientemente grande.

En menos de diez minutos volvía a estar arriba. Ahora Zachary necesitaba un billón.

–¿Cómo puede ser tan simple?

–Es un juego de todo o nada. Lo que sea que yo gane, alguien más pierde. Si apuesto suficiente, puedo mover el mercado en cualquier dirección que yo quiera. Cuando se mueve, otros lo siguen.

La línea del gráfico continuó su ascenso. Ahora se volvió verde cuando las fortunas de Zachary continuaban aumentando.

–Pero los economistas están prediciendo…

–¿A quién le importa lo que piensen los economistas? Los corredores de bolsa hacen los mercados. Cualquiera que piense lo contrario es un idiota.

–¿Qué hay de Svensson y los demás economistas? Si su trabajo no tiene sentido, ¿por qué no les dan el premio Nobel a los corredores de bolsa?

–¿Crees que los mercados se basan en la ciencia? –Zachary se rio. –Es más como el póquer. Puedes ir de farol hasta conseguir una fortuna.

Zachary se reclinó en su silla. Unió sus manos detrás de su cabeza y sonrió.

Según la línea verde, Zachary había subido un dos por ciento. Había recuperado todas las pérdidas de Edgewater. Kat no se habría creído que pudiera pasar tan rápido. Pero pasó.

–Pero tu modelo… dijiste que estaba basado en la teoría cuántica del juego. Eso no era infalible.

Zachary se rio. –Solo es el bombo publicitario. Le digo a la gente eso para impresionarles, y funciona de maravilla. Después de todo, en lo que estoy apostando realmente es en avaricia. Nadie quiere perderse algo que es seguro.

–Pero no es algo seguro en absoluto.

–Al contrario. ¿Quién crees que crea las fluctuaciones de las divisas en primer lugar? Si son lo suficientemente grandes, puedo congelarlos. Vendo una vez que toda la gente insignificante me sigue.

–¿Igual que haría el World Institute? ¿A expensas de los inversores de Edgewater?

–Inversores sofisticados que saben cuales son sus riesgos. Y si no son sofisticados, no deberían estar en el juego. Es así de sencillo. Todo el mundo está ahí por interés propio. Es cuestión de qué intereses son los más influyentes.

–¿Todo está manipulado? ¿El resultado final es una conclusión inevitable?

–Por supuesto. Todo está decidido, Kat. Como en Las Vegas. Solo que yo soy la banca.

Kat permaneció en silencio, transpuesta por la pantalla. El euro continuó su escalada, al parecer imparable. Zachary no solo había recuperado todas las pérdidas de Nathan; también había ganado un billón extra.

–He vuelto–. Zachary dio una palmada y soltó un silbido. –No solo está lleno el fondo, sino que he hecho beneficios. Y una bonita pequeña suma para Edgewater. ¿Qué te parecen estas probabilidades?

Probabilidades de Las Vegas. A favor de la banca, naturalmente.

Kat miró fijamente la pantalla. –¿Hora de asegurar tus beneficios?

–En unos minutos–. Zachary se giró hacia Kat. –Ahora… en cuanto a lo de mi acuerdo de divorcio. Necesitaremos revisar los números, volver a los tribunales. Victoria no va a recibir ni un centavo–. Zachary estaba más preocupado por los dólares que por la relación de Victoria y Nathan.

Como el acuerdo de divorcio había estado basado en números falsificados, a Victoria le correspondía incluso menos de lo que había ganado. Pero, ¿podían reabrir el caso?

–Puedo tener algo para ti mañana–. Kat se levantó y se giró para marcharse.

Pero Zachary no estaba escuchando. Se inclinó sobre su terminal de ordenador, mordiéndose el labio hasta que sangró. –¿Qué cojones…?

Kat se detuvo y se acercó para mirar la pantalla. Aunque no era su dinero, se sintió físicamente enferma. La línea del gráfico había cambiado de verde a roja. Una vez más se había desplomado en la dirección errónea.

Esta vez, Zachary no era la banca. El revés de la fortuna de Edgewater fue tan repentino como las ganancias. Alguien más había apostado aún más fuerte.

Y había ganado.

CAPÍTULO 65

*K*at estaba en el vestíbulo de la oficina del catastro la tarde del viernes y comprobó su reloj. Hillary debería haber llegado hacía treinta minutos. ¿Aparecería en realidad antes de que la oficina cerrara para el fin de semana? Por supuesto que lo haría. El plan de Kat no le daba más alternativa si quería evitar un proceso judicial.

No es que Kat quisiera que las cosas fueran en esa dirección. Un caso como este tardaría años en pasar por los tribunales. Quizás incluso más años de los que le quedaban a Harry. A Kat no le gustaba recurrir al chantaje, pero era el único modo de asegurar justicia rápida para Harry.

Cinco minutos más tarde, Hillary subió los escalones y abrió la puerta de un tirón.

A Kat se le hizo un nudo en el estómago como siempre que tenía que enfrentarse a su prima. ¿Haría Hillary realmente lo que le había pedido que hiciera? Las promesas de Hillary eran promesas vacías, así que Kat había tomado medidas para asegurar su cooperación.

–¿Te gustó el vídeo? –Kat le había enviado por email a Hillary una copia del vídeo de Garden Heaven con instrucciones de que se reuniera con ella aquí. La factura del pesticida y los recipientes vacíos eran más pruebas para apoyar el intento de Hillary de envenenar a Harry.

—No me amenaces —Hillary frunció el ceño. —Estoy aquí. ¿No es suficiente?

—No es una amenaza —dijo Kat. —Es una promesa. Si alguna vez haces algo como esto de nuevo, te denunciaré. Mi copia irá a la policía.

Antes de que los policías arrestaran a Hillary, había algo que necesitaba hacer. Las ruedas de la justicia giraban demasiado despacio para resolver algunas injusticias que ella pretendía arreglar.

Kat había insistido en reunirse con Hillary aquí para estar absolutamente segura de que Hillary retiraba su nombre de la escritura de propiedad de Harry. Eso significaba nada más y nada menos la confirmación oficial de que su propiedad había vuelto a su única propiedad. Ella no iba a aceptar la palabra de Hillary.

—Entremos—. Kat sostuvo la puerta para Hillary.

Diez minutos más tarde, todo el papeleo había sido completado. Hillary se había eliminado del título de propiedad de Harry, y la propiedad de Harry quedó restaurada.

La policía lidiaría con los fondos que Hillary le había robado a Harry. No es que Harry fuera a volver a verlo. El dinero ya había sido gastado, e intentar recuperarlo de Hillary era inútil. Pero al menos su casa volvía a ser suya.

Hillary se quedó junto a la puerta, rebuscando en su bolso. Parecía un desastre. Su pelo negro estaba enredado y encrespado, y sus ojos manchados de rímel seguían volando hacia su reloj.

—¿Llegas tarde para algo? —preguntó Kat.

Los ojos de Hillary se entrecerraron. —Deberías estar agradecida de que haya firmado. No tenía por qué hacerlo.

Sí, sí tenía por qué. —No esperes un gracias.

—Vas a lamentar esto, Kat.

Kat lo dudaba. Las amenazas de Hillary la habían asustado una vez, pero ahora sonaban huecas. Hillary no solo estaba llena de promesas vacías, sino también de amenazas vacías. Como Nathan Barron y Gordon Pinslett, Hillary Denton era toda una egoísta. Daban vueltas como tiburones preparados para matar, consumiendo a su presa y ganando toda ventaja que pudieran. Solo que sus peceras se hacían cada vez más pequeñas, hasta que solo eran los únicos supervivientes. Los tiburones no podían sobrevivir solos mucho tiempo.

CAPÍTULO 66

Veinte minutos más tarde, Kat llegó a casa, exhausta pero feliz. Se esperaba que Harry se recuperara por completo y le darían el alta pronto. Eso no tenía precio.

Aunque ella recuperó la casa de Harry, no podía escapar al hecho de que ahora estaba cargado de deudas. Era trágico en realidad. El hecho de que Hillary se enfrentaría a cargos por fraude era un pequeño consuelo.

Kat se quitó los zapatos en la puerta principal, dejó su abrigo sobre la barandilla de la escalera, y se dirigió arriba. Aún estaba asombrada por el fiasco de las inversiones de Zachary antes hoy, y que hubiera arruinado lo poco que quedaba de Inversiones Edgewater. Por qué había decidido apostar todo lo que le quedaba era un misterio. Apenas había evitado la bancarrota personal. Quizás simplemente no estaba acostumbrado a perder. Era una lástima que fuera el dinero de los inversores con lo que estaba jugando.

Kat llegó arriba de las escaleras y se quedó paralizada.

Había alguien en su estudio. La silla crujió, del modo que lo hacía cuando alguien se sentaba en ella y la hacía girar. Quien quiera que fuera también estaba tecleando en su teclado.

Kat espió una escoba en el armario abierto del pasillo y la cogió. La blandió sobre su cabeza mientras miraba dentro.

El intruso estaba sentado en el escritorio, dándole la espalda a Kat.

Estaba a punto de girarse y correr cuando la silla se giró en redondo de repente.

–¡Estás aquí! –Jace sonrió y se levantó de un salto de la silla. Se detuvo y levantó los brazos, rindiéndose. –No me pegues.

Kat bajó la escoba y corrió para abrazarle. –¿Has salido del hospital? Pensaba que tenías que quedarte unos días más. ¿Por qué no me llamaste?

Jace se retiró para estudiar a Kat. –Pensé que te sorprendería.

–¿Ya te han dado el alta? Pero yo pensaba...

–Tengo que publicar mi historia, Kat. Antes de que alguien más lo haga–. Él la besó.

–¿Te has dado tú mismo el alta? ¿Con un traumatismo craneal? –Kat se echó hacia atrás y tocó su frente. Los moretones de Jace se estaban volviendo morados y parecía una víctima de un accidente.

Jace no respondió.

–Jace, deberías haberte quedado en el hospital–. Ella tiró de su brazo bueno. –Voy a llevarte de vuelta. Solo dime qué necesitas hacer y yo lo haré.

Jace sacudió la cabeza. –Me siento bien, y además... necesito... y quiero... hacer esto yo mismo. Quiero ver a Pinslett y al resto de esos tipos encerrados.

–Normalmente no le guardas rencor a nadie.

–No voy a permitir que se salgan con la suya con esto, Kat. No pueden seguir cogiendo todo lo que quieran sin impunidad. Se supone que las leyes son para que todo el mundo las siga, incluyendo a los ricos. Incluso Hillary.

Kat no podía discutir contra eso. –Lo sé, pero deberías descansar al menos. Podemos continuar con tu historia una vez que te hayas recuperado.

–Demasiado tarde –Jace le sonrió. –Pinslett no puede ocultar la verdad. Puede que posea un montón de canales de radio y televisión, y un montón de periódicos. Pero no puede controlar las redes sociales. Mira.

Señaló el monitor del ordenador. —Mi historia se ha hecho viral; está en todas partes. Pinslett no puede negar su implicación en el fraude de las hipotecas. Tengo la prueba.

Kat estudió la pantalla. Era cierto. Pinslett había organizado rápidamente una rueda de prensa. Por una vez el magnate de los medios estaba a la defensiva.

—Y mi historia está finalmente ahí fuera —Jace sonrió. —Tengo algo que decir, y Pinslett no puede detenerme. Ahora que está en el ojo público, las autoridades están obligadas a investigarlo. A menos que quieran un clamor público.

Kat estudió el videoclip, una repetición de una rueda de prensa celebrada antes hoy. Gordon Pinslett estaba sentado a una mesa con varios de sus secuaces de los medios en una mesa larga. El logotipo del *Sentinel* estaba prominentemente desplegado en la pared detrás de ellos.

Un desafiante Gordon Pinslett negaba cualquier implicación en el fraude, insistiendo que no tuvo parte alguna en el fraude hipotecario ni en las reventas de las inmobiliarias.

Pero incluso sin pruebas, Kat podía ver a un mentiroso. Tartamudeaba mientras se esforzaba por encontrar las palabras correctas para quitarse a los periodistas de encima.

—No veo en qué ha cambiado. Todavía sigue negando...

—Espera, Kat.

La historia pasó a un segundo vídeo, de hacía solo unos minutos. Kat escuchó la voz del reportero mientras llevaban a Pinslett, esposado, por las puertas principales de su conglomerado mediático. Media docena de periodistas estaban en la entrada, cubriéndole de preguntas. El magnate de los medios caído en desgracia les ignoraba. Dejó caer la cabeza mientras le llevaban hacia el coche de policía que esperaba.

—Mi historia salió durante su rueda de prensa. Una vez fue

público, no podía ser ignorado. Incluso los medios tradicionales tenían que denunciarlo. Nadie está por encima de la ley. No solo eso, sino que Roger Landers también tiene pruebas para incriminarle. Al parecer Pinslett le pidió a Landers que *parara la historia*.

–¿Landers incendió nuestra casa? Le mataré.

–Relájate, kat. Pinslett se lo pidió, pero Landers no lo hizo. Sin embargo, grabó la conversación y docenas de otras conversaciones que tuvo con el tipo. Todas muy incriminatorias. Puede que Landers fuera egoísta, pero al menos es transparente sobre ello. Él solo quería la historia: una exclusiva sobre el World Institute, igual que yo.

–¿Qué pasa con todo ese asunto del asesinato de Svensson?

–Hurgando para encontrar una historia, supongo, o intentando alejarnos del rastro. En cualquier caso, es algo que la policía resolverá.

Kat lo dudaba un poco. Justo como se había imaginado, Landers todavía estaba intentando robar la exclusiva de Jace. Pero Jace tenía razón. Landers era inofensivo en realidad, en comparación con Gordon Pinslett, Nathan Barron, y el resto del World Institute. Y con la historia de Jace ahora pública, había poco que Landers pudiera hacer para robarle el protagonismo.

–Hiciste lo correcto, Jace. Aún cuando te ha costado tu trabajo–. Ella le abrazó. –¿De verdad no sientes rencor contra Landers? Nos dejó en la estacada.

–Quizás, pero siento un poco de lástima por él. Está tan desesperado por conseguir la gloria que está deseoso de inventarse una historia de la nada. Está arruinado como periodista. ¿Quién le va a tomar en serio ahora?

ngelika se reclinó en primera clase y le sonrió al hombre junto a ella. Él sonrió, ruborizado por la atención. De unos cincuenta años y seguro de si mismo. ¿Cambiaría su impresión si supiera sus secretos?

En unas pocas horas ella estaría de vuelta en Londres, lejos de Hideaway Bay, del World Institute, y de Nathan Barron. Lejos del hombre que le había robado la confianza y la había traicionado.

Ella se limpió las manos con la toallita húmeda cuando la azafata de vuelo retiró sus bandejas. Nunca dudó que Nathan se declararía culpable para hacer un trato para salvar su propio pellejo. Él la habría delatado en un minuto si eso le diera una ventaja. No le dejó más opción que matarle. Odiaba los finales desastrosos.

Las limpiadoras ya habrían descubierto el cuerpo de Nathan colgado en el armario, su cinturón una horca improvisada. Otro hombre roto y arruinado. Otro trágico suicidio. Últimamente había habido una plaga de ellos en Hideaway Bay.

¿Era el clima brumoso? ¿La ruina económica de Nathan Barron? ¿Culpa por traicionar a su hijo? La estafa piramidal la había sorprendido, pero encajaba perfectamente con su plan. Cualquiera que fuera la causa, el suicidio de Nathan alimentaría las especulaciones durante meses. Luego él sería olvidado.

Ella le había hecho un favor a Nathan. En vez de enfrentarse a unos cargos criminales y a hordas de airados inversores, él estaba en su lugar de descanso final. Ella le había puesto fin a su miseria.

Asesinato era una palabra muy dura. Muerte por clemencia sonaba mejor.

Nathan. ¿Cómo podía haberse equivocado tanto con él?

Angelika le había conocido en la sabana africana. En Selous, Tanzania, en un viaje de cacería. En ese remoto y salvaje lugar, él la había cortejado. Ella se había enamorado locamente de él, embriagada por sus atenciones, envuelta en su círculo de poder. Ella haría cualquier cosa, incluso matar por él.

Y lo había hecho.

Nathan entendía el baile entre el cazador y el cazado. Cada uno era necesario para sostener la vida, para vivirla. Como la relación especial que ella tenía con sus víctimas. Svensson había confiado completamente en ella, incluso en el momento de su muerte.

Después de cambiar drásticamente la causa de la muerte de Svensson, el forense había declarado por último que era un suicidio. A Angelika eran los que más le gustaban.

Sin cabos sueltos.

Angelika le echó un vistazo a su compañero de asiento. Miraba por la ventana, dándole la espalda a ella. Fuera, el cielo índigo pasaba, atrapado en algún lugar entre la noche y la mañana mientras viajaban hacia el este.

La gente nunca apreciaba la vida cotidiana, ni consideraba cuando o como terminaría. Cazar le había enseñado eso.

Pero Nathan la había engañado. Ella pensaba que su relación era especial; él como uno de los hombres más poderosos del planeta, y ella la asesina profesional que nadie esperaba. Ella no encajaba en el estereotipo, pero eso era parte de su éxito. Nadie esperaba una asesina femenina, mucho menos una joven y hermosa.

Hasta que él la dejó plantada en Londres. Ella había retrasado la muerte de Svensson como castigo. Ella esperó una llamada aterrorizada de Nathan, pero no llegó. Así que viajó con Svensson a Canadá, a la conferencia de Nathan, esperando subir la apuesta antes de matar a Svensson en Hideaway Bay. Había algo íntimo en lo de pasar las últimas horas de la vida de un hombre con él. Especialmente cuando él no tenía ni idea de que esas eran las últimas horas que iban a pasar.

Aparte de ignorarla, Nathan también la engañó con el pago final de Svensson al no recargar sus tarjetas de crédito de prepago. Las tarjetas eran convenientes e imposibles de rastrear, útiles para llevar grandes cantidades de dinero a través de las fronteras. El no pago era bastante malo, pero Victoria fue la gota que colmó el vaso. ¿De verdad esperaba Nathan que ella hiciera todo su trabajo sucio mientras él jugueteaba con esa zorra llena de Botox? Angelika no había contado con otra mujer.

Los hombres no dejaban a Angelika. Si lo intentaban, ellos dejaban el mundo según los términos de Angelika, no los suyos.

Angelika miró por la ventana de la cabina. Dio un sorbo a su café mientras el avión perseguía el amanecer.

En definitiva, un día perfecto. Y otro más en el horizonte.

CAPÍTULO 68

Kat estaba sentada a la mesa de la cocina de Harry, asombrada por la diferencia en su tío. Ya no estaban las miradas vacías, el arrastrar los pies, y los olvidos. Era un milagro.

Había una explicación, aunque a ella todavía le costaba mucho creerlo. Los efectos del veneno habían imitado los síntomas de la demencia, resultando en el diagnóstico erróneo del Alzheimer de Harry. Harry nunca había tenido demencia después de todo.

Claro, a veces se le olvidaban las cosas, pero nada diferente a cualquier persona de ochenta años.

Ahora, después de una semana en el hospital, el veneno había sido purgado de su sistema. Harry se había recuperado rápidamente, aunque no recordaba mucho de las últimas semanas y meses. Su recuperación había sido realmente increíble.

Kat miró el montón de catálogos de semillas que había sobre la mesa. Harry estaba planeando el jardín del año que viene, incluso volviendo a estar en contacto con sus compañeros de petanca.

—Hillary tiene un nuevo trabajo, Kat. Fuera de la ciudad.

—Bien por ella —dijo Kat, preguntándose cuanto de esa historia se creía Harry en realidad. O quería creer, porque la alternativa era impensable.

Por supuesto que Kat se había creído muchas de las mentiras de Hillary a lo largo de los años, queriendo concederle a Hillary el beneficio de la duda. Pero ahora ella la veía por lo que era en realidad. Un parásito.

Increíble, pensó Kat. Las pesadillas financieras de Harry empezaron alrededor de la época cuando comenzaron sus síntomas de demencia. Kat había supuesto naturalmente que sus delirios y sus olvidos eran por la demencia, al igual que el médico de cabecera de Harry.

En retrospectiva, la salud de Harry había caído en picado bastante de repente. Cuando Kat canceló sus tarjetas de crédito y se enfrentó al banco, ella exacerbó la situación. Cortó la fuente del dinero de Hillary. Su declive de salud no había provocado su desastre financiero; había sido al revés. En sus esfuerzos por proteger a Harry, Kat había conjurado que Hillary saliera de su agujero.

Harry era idealista, negándose a creer que su propia hija estuviera aprovechándose de él económicamente otra vez. Seguía creyendo en sus excusas y le daba dinero; cada vez segura de que se libraría de su desastre actual.

–¿Un huevo o dos? –Harry sacó el cartón de huevos del frigorífico y cerró la puerta.

–Dos–. Cuando el dinero paró, Hillary regresó, esta vez con un intento más desesperado por liquidar a Harry y sus bienes.

–¿Zumo de naranja? –Harry levantó la jarra.

Aunque Harry no recordaba mucho de sus meses en el infierno, Kat estaba segura de que la doctora Konig había mencionado el zumo de naranja envenenado. Pero ella no podía culparle por negarse a creer que su hija había intentado envenenarla. Era una verdad demasiado dolorosa para cualquiera.

–Creo que paso.

Harry se giró hacia Kat. –Ella es solo un poco insensata, Kat. Aprenderá.

Incluso ahora estaba excusando el comportamiento de Hillary. ¿Pero qué más podía hacer? Pensar que era premeditado era demasiado que considerar.

Kat no dijo nada. Estaba distraída por el ruido que venía de la parte delantera de la casa.

–Ahora mismo vuelvo–. Se levantó de la silla y se dirigió hacia el salón. Cuando se acercó a la ventana, vio una figura inclinada delante del Porsche.

Su corazón se paró cuando el capó del Porsche de Hillary dio una sacudida hacia delante. Hillary había vuelto a por su coche, a pesar de la orden de alejamiento que prohibía todo contacto con Harry.

Kat se preparó. ¿Por qué estaba Hillary violando los términos de su orden de alejamiento después de solo un día? Ella ya tenía suficientes problemas: acusada de intento de asesinato y fraude. La policía la había acusado, a pesar de las protestas de Harry. Ahora dependía de los tribunales decidir su destino.

Kat abrió la puerta de golpe, ansiosa por interceptarla antes de que Harry lo hiciera.

Solo que no era Hillary.

La grúa estaba levantando la parte delantera del Porsche.

Kat corrió fuera. –No puede llevarse ese coche, está aparcado legalmente y no tiene multa.

–Claro que puedo. El banco lo ha confiscado. Pagos retrasados.

–Oh–. Kat reculó mientras él arrastraba el coche. De un modo u otro, el fraude se solucionaría. Al menos si la compañía financiera se lo llevaba, estaría encerrado de forma segura y a salvo de Hillary. Y los avisos de pago cesarían. –Que tenga un buen día.

El conductor de la grúa le devolvió la sonrisa. –Vaya, eso es algo que no oigo con demasiada frecuencia–. Le dedicó un pulgar hacia arriba y se montó de un salto en la cabina de la grúa.

La grúa se retiró de la acera, arrastrando el Porsche detrás.

Kat observó a la grúa subir la colina. Finalmente llegó a la cima, hasta donde la colina tocaba el cielo, donde el mundo se derramaba.

El sol de la mañana se reflejó momentáneamente cuando llegó a la cima. Luego se hundió despacio por debajo del horizonte y desapareció.

Esta vez, ella no era la que huía.

¿Te ha encantado *Teoría del Juego*? Consigue *Fórmula Mortal* el siguiente libro de la serie

O comprueba todos los libros de Colleen
http://colleencross.com/espanol/

NOTA DE LA AUTORA

Aunque la mayoría de los escenarios en *Teoría del Juego* son reales, Hideaway Bay no lo es. Es un compuesto de varias comunidades pequeñas que salpican la Sunshine Coast, parte de la costa sudoeste de Canadá. El World Institute también es ficticio, pero ciertamente no está fuera del campo de lo posible.

El pesticida No-Gro también es parte de mi imaginación. Cuando hay mucho en juego, la gente llega a extremos extraordinarios para ganar tanto dinero como poder.

El fraude también me fascina, y siempre me siento asombrada por lo que motiva a la gente para enriquecerse a expensas de los demás. A pesar de lo que estos criminales creen, es solo cuestión de tiempo hasta que fueran pillados. Antes o después metían la pata o se volvían displicentes. Los contables forenses como Kat tienen un número de métodos para rastrear y exponer a los timadores, pero todos se concentran en una cosa. Seguir el dinero finalmente lleva al delincuente.

Espero que hayas disfrutado de *Teoría del Juego* tanto como yo he disfrutado escribiéndolo. Si te ha gustado, por favor considera escribir una reseña corta, darle una calificación, o decírselo a tus amistades. ¡El boca a boca es el mejor amigo de un autor! Siempre y cuando lectores como tú disfruten de mis historias, continuaré escribiéndolas. Si te gustó *Maniobra de Evasión* y te gustaría comprobar mis otros libros, puedes encontrarlos aquí.

Mis libros han sido traducidos a muchos otros idiomas. Visita mi página web para recibir

información sobre las últimas publicaciones.

Puedes estar informado de mis últimas publicaciones suscribiéndote a mi boletín de noticias en:

http://eepurl.com/c0js9v

http://colleencross.com/espanol/

Solo envío anuncios cuando tengo nuevas publicaciones e incluyo exclusivas ofertas especiales solo para suscriptores.

Conecta conmigo en las redes sociales

Facebook: http://www.facebook.com/colleenxcross

Twitter: @colleenxcross

Goodreads http://www.goodreads.com/author/show/5315300.Colleen_Cross